JUMATA EMILL

Tradução
Melissa Lopes

1ª edição

— Galera —

RIO DE JANEIRO

2024

PREPARAÇÃO
Gabriela Araújo

REVISÃO
Jean Mavel

TÍTULO ORIGINAL
The Black Queen

CIP-BRASIL. CATALOGAÇÃO NA PUBLICAÇÃO
SINDICATO NACIONAL DOS EDITORES DE LIVROS, RJ

E46r

Emill, Jumata
  A rainha negra / Jumata Emill ; tradução Melissa Lopes. - 1. ed. - Rio de Janeiro : Galera Record, 2024.

  Tradução de: The black queen
  ISBN 978-65-5981-267-7

  1. Ficção americana. I. Lopes, Melissa. II. Título.

23-87366

CDD: 813
CDU: 82-3(73)

Gabriela Faray Ferreira Lopes - Bibliotecária - CRB-7/6643

Copyright © 2023 Jumata Emill

Todos os direitos reservados.
Proibida a reprodução, no todo ou em parte, através de quaisquer meios.
Os direitos morais do autor foram assegurados.

Texto revisado segundo o Acordo Ortográfico da Língua Portuguesa de 1990.

Direitos exclusivos de publicação em língua portuguesa somente
para o Brasil adquiridos pela
EDITORA GALERA RECORD LTDA.
Rua Argentina, 120 — Rio de Janeiro, RJ - 20921-380 - Tel.: (21) 2585-2000,
que se reserva a propriedade literária desta tradução.

Impresso no Brasil

ISBN 978-65-5981-267-7

Seja um leitor preferencial Record.
Cadastre-se e receba informações sobre nossos
lançamentos e nossas promoções.

Atendimento e venda direta ao leitor:
sac@record.com.br

Mãezinha,
Você é o meu primeiro grande amor.
Minha Eterna Rainha Negra.

CAPÍTULO UM
DUCHESS

5 DE OUTUBRO
9h46

NOVA E EU vamos andando lado a lado, à frente da multidão saindo do Edifício B para testemunhar o que está prestes a acontecer. Não sei como a notícia se espalhou. Imagino que Nova tenha contado a outras pessoas sobre a mensagem que Tinsley McArthur a enviou ontem à noite, pedindo que a encontrasse entre o primeiro e o segundo tempos hoje no pátio: o ponto intermediário entre nossos mundos opostos no campus desta escola.

Vejo Tinsley desfilando em nossa direção ao longe, a brisa fresca levantando a bainha de sua saia xadrez e despenteando o cabelo castanho-escuro na altura dos ombros. Ela também é seguida por um grupo de pessoas. Parece aquela parte do filme *Ela é demais* (o original, da década de 1990, que finjo odiar toda vez que minha namorada quer assistir), quando Taylor

Vaughn, a garota malvada veterana da história, fica cara a cara no corredor com Laney Boggs, a desajeitada que se torna popular depois de virar o "projeto" do ex-namorado de Taylor, conforme a disputa intensa pelo título de rainha da formatura se aproxima do clímax.

Mas não é a coroa de rainha da formatura que instiga essa pequena rivalidade entre Nova e Tinsley. É a de rainha do baile de volta às aulas, título ao qual Tinsley acha que tem direito porque três gerações de sua família usaram a coroa antes dela. E a garota não tem a menor chance de vencer este ano, a menos que Nova desista da disputa. É por isso que ela marcou este encontro. Para de alguma forma convencer minha amiga a cair fora, porque Deus nos livre de a Tinsley não conseguir algo que quer.

Alerta de spoiler: isso não vai acontecer.

Respiro fundo, o que faz com que eu me sinta mais alta, e todos nós paramos a poucos metros do meio da passagem coberta. O viés racial do que está acontecendo não poderia ser mais evidente. Quase todos os adolescentes atrás de nós são negros, e a turma da Tinsley é predominantemente branca. O falatório de ambos os lados vira sussurros abafados quando Tinsley olha Nova de cima a baixo. Não preciso nem olhar para o lado para saber que Nova a está fuzilando com o olhar.

— Tinsley — diz Nova, brincando com o pingente prateado com diamantes em forma de flor que ela usa todos os dias desde que ganhou de aniversário no semestre passado. É falso, mas parece bem real. — Pra que isso tudo? — acrescenta ela, enfiando as mãos nos bolsos da calça jeans de cintura alta.

Ninguém dá nem um pio.

— Não vou gastar saliva com isso — informa Tinsley, puxando a alça da bolsa carteiro pendurada no ombro. — Tenho certeza de que você sabe por que te convoquei.

— *Convocou?* — pergunto em tom de deboche.

Nova ri, balançando a cabeça diante daquela falsiane esnobe.

Tinsley é uma cópia de Taylor Vaughn, mas com o típico sotaque sulista dos Estados Unidos. Ela anda por aqui com o nariz fino apontado para cima como se fosse a dona da porra toda. E, beleza, sua família é uma das mais ricas e influentes da cidade, *e* a empresa do pai dela construiu o prédio da nossa escola, mas isso não vem ao caso. Tinsley é arrogante e desagradável até dizer chega. Pode ser cruel e sabe que nunca é punida por nada. A galera branca não ousa contrariá-la porque ou é cria do country club como ela ou não quer ser excluída de seu círculo social. E muitos pais, tios e irmãos mais velhos dos estudantes negros trabalham para o pai dela de alguma forma, então temem que chateá-la possa significar o desemprego para suas famílias. É irritante pra cacete.

Mas conheço pelo menos uma pessoa além de mim que não está disposta a ceder para a princesinha mimada hoje: minha amiga Nova.

Ela pode ser a Laney Boggs neste contexto, mas não é *nada* parecida com a personagem boba do filme. Minha garota não é uma bonitinha desleixada que precisa de uma transformação no visual para perceber o próprio valor. Nova chegou aqui no penúltimo ano já parecendo uma deusa. Os caras perderam o juízo, e as meninas também, com inveja. Uma garota escultural negra com olhos azuis brilhantes. Todo mundo olhava para ela como se ela fosse um maldito unicórnio.

Ao que tudo indica, olhos azuis são tão raros entre os negros que o nosso professor de biologia deu uma aula inteira sobre código genético para apontar as poucas circunstâncias em que gente de pele escura como Nova nasce com olhos assim. De acordo com o professor Holston, há três maneiras possíveis para Nova ter nascido com os olhos deslumbrantes: 1) um de seus pais é branco; 2) ela tem alguma doença rara que a torna albina apenas nos olhos; ou 3) existe algum tipo de mutação em sua linhagem. Sempre brincamos que devia ser o último caso. Ter algum tipo de mutação genética parecia irado demais para não abraçar a ideia.

— Eu teria preferido fazer isso em particular. De mulher pra mulher, sabe? — comenta Tinsley, olhando mais para mim do que para Nova ou para a multidão atrás de nós. — Você precisava mesmo de plateia?

— E *você*? Precisava? — retruco, acenando com a cabeça para o mar de rostos brancos que mal conheço.

Se neste cenário Tinsley é Taylor Vaughn e Nova é Laney, isso me torna a personagem de Gabrielle Union. A garota que começou como amiga da Taylor, mas acabou se tornando a melhor amiga da Laney. Houve uma época em que considerei Tinsley uma amiga. Muito, *muito* tempo atrás. Eu jamais confiaria naquela cobra de novo.

— Estamos aqui pra proteger a Tins — diz Giselle para mim.

Ela é uma das melhores amigas da Tinsley. Lana, sua outra melhor amiga, ocupa o espaço à esquerda da Tinsley, feito uma guarda-costas.

Giselle é negra, uma das poucas pessoas negras na órbita da Tinsley, ou no mar de rostos atrás dela. A família da Giselle tem dinheiro para ser membro do country club. Todos os amigos dela são brancos. Todo cara com quem ela teve alguma coisa também era branco. Nós a chamamos de Candace Owens, sabe, aquela ativista e comentarista política negra que é ultraconservadora e casada com um executivo britânico branco.

— Protegê-la de quê? — rebato.

Sei muito bem o que a senhorita "Preta Não, Branca Escura" está insinuando.

— Vai saber... Todo cuidado é pouco com os *transferidos* — retruca Lana.

— Garota, se você não...

Nova levanta a mão, me contendo. Ela está certa. Se eu perdesse a cabeça, só faria reforçar o estereótipo que estão tentando nos impor. Mordo a boca para me controlar.

— Por que você está chiando com a multidão? — indaga Nova. — Não gosta de lavar roupa suja em público?

Tinsley hesita.

— Como é que é?

— Vou direto ao assunto — afirma Nova. — Porque não vamos ficar aqui fingindo que isso não é uma tentativa patética sua de me intimidar pra desistir da eleição.

Tinsley franze a testa.

—Desculpa, queridinha, mas não sou a Kim Hammerstein — continua Nova, fazendo algumas pessoas arfarem e ficarem com expressões confusas.

Kimberly Hammerstein era a rival da Tinsley na disputa pela posição de capitã da equipe de líderes de torcida no penúltimo ano. A gente esbarrou com ela semana passada na Jitterbug's, a hamburgueria onde a Nova e a minha namorada trabalham. Kim deu com a língua nos dentes depois que nos ouviu falando sobre a Nova estar concorrendo à rainha do baile de volta às aulas.

Kim contou que tinha sido a favorita a conquistar o título, sendo a líder de torcida mais habilidosa e tal, embora admitisse que o fato de sua mãe ser a melhor amiga da treinadora da equipe ajudasse. Kim disse que a Tinsley a chamou para conversar após o treino um dia antes de a treinadora Latham escolher a capitã. Então avisou que, se Kim não dissesse à treinadora para desconsiderar sua candidatura, seria forçada a revelar para a diretora que a Kim deixava o namorado de 19 anos entrar escondido no campus para fumar maconha debaixo das arquibancadas do estádio de futebol no horário escolar. Quando a Kim duvidou, dizendo que a Tinsley estava blefando, a própria pegou o celular e mostrou a ela as fotos que tinha dos dois no ato. Como eu disse, a mina é uma cobra.

Tinsley inclina a cabeça. A Pequena Miss Chantagem provavelmente está se perguntando como descobrimos sobre a Kim.

— Você não sabe de nada — diz ela.

— O que eu sei é que você é ingênua o suficiente... ou melhor... delirante o suficiente pra achar que eu deixaria você me intimidar — retruca Nova.

Tinsley suspira.

— Você é nova aqui, então não entende o que isso significa pra mim. Sonho em ser a rainha do baile desde criança. Minhas...

— Sua avó, sua mãe e sua irmã também foram rainhas — termino por ela, revirando os olhos. — Ela sabe. Eu contei. Manda outra.

— Vocês não estariam se achando tanto se a gente estivesse tendo uma eleição *de verdade* este ano — opina Lana. — Todo mundo sabe que ela jamais venceria a Tinsley numa votação justa.

— Só porque o grupo de *vocês* é maior que o nosso — completa alguém atrás de nós.

Nova e eu nos viramos assim que o nosso amigo Trenton se destaca da multidão, e de repente me dou conta de como foi que a notícia sobre esse confronto se espalhou. Nova deve ter falado da mensagem da Tinsley para ele. Trenton tem amizade tanto com os alunos negros quanto com os brancos, considerando que cursa as matérias avançadas. É colega de turma da galera branca, mas ainda assim anda com a gente. Ele também detesta a Tinsley, mais até do que eu. Com certeza ele abriu o bico.

— É um fato histórico: vocês só nos apoiam se a gente estiver dançando para os brancos rirem — declaro, olhando diretamente para Giselle.

Ela tenta mesmo avançar na minha direção como se fosse dessas. O braço direito da Tinsley dispara, feito uma mamãezinha protegendo o filho depois de dar um basta à situação. É óbvio que não quer que isso se transforme em uma porradaria. Ela se preocupa demais com a própria imagem.

— A gente pode *não* transformar isso numa questão racial? — pede Tinsley. — Isso não tem nada a ver com o fato de eu querer ser rainha.

— Engraçado você dizer isso agora — comenta Nova —, porque não foi você a presidente do conselho estudantil que argumentou que a nossa nova política eleitoral é basicamente *racismo reverso*, numa tentativa de persuadir o restante do conselho a fazer a diretoria desistir da mudança este ano?

O comentário da Nova provoca falatório em ambos os lados, que trocam acusações e insultos. São numerosos demais para eu distinguir quem está dizendo o quê. Fico atenta para me certificar de que nenhuma palavra racista esteja saindo da boca de ninguém do lado da Tinsley.

— Espera aí! Não foi nadinha como vocês estão fazendo parecer — grita Tinsley, mudando o peso de um pé para o outro. — Não vem me tachar de conservadora de direita preconceituosa e saudosista que prega a história trabalhada na invisibilização de gente negra, só porque expressei *preocupações* sobre as cotas raciais que esta escola implementou. Olha, eu só estava dizendo que essa política é outra forma de discriminação. Sem dúvida acho que somos todos iguais. E que deveríamos ser tratados de maneira imparcial. Todos aqui concordam: "Vidas negras importam." Postei a foto preta nas minhas redes sociais como todo mundo fez durante os protestos pela mudança de conduta da polícia.

Essa mina está falando sério?

— Aham, o ativismo performático em sua expressão máxima — rebato.

— *Nããão* — resmunga ela com uma expressão exaltada. — Por outro lado, ser excluída de algo apenas por causa do meu tom de pele, algo que *vocês* dizem ter sofrido todos esses anos, é meio injusto com a gente também, certo?

Algumas pessoas atrás dela acenam com a cabeça e murmuram em concordância.

— Não é assim que funciona — digo. — Não é assim que *nada* disso funciona.

— Meu único objetivo ao levar essa questão ao conselho foi iniciar uma conversa — explica ela depois que a falação diminui. — Você é a capitã da equipe de dança, Nova. Não odiou ter tido que escolher um número determinado de garotas brancas pra equipe este ano, não importa quão talentosas as outras garotas negras que participaram do teste fossem?

— Está admitindo que dançamos melhor que vocês? — indaga Nova, provocando risadas da nossa parte.

— Por que vocês não caem logo na porrada, e quem perder desiste?

A sugestão estúpida veio de Jaxson Pafford, que está empoleirado em uma das mesas redondas de concreto do pátio com outros jogadores de futebol americano. Seu cabelo loiro-escuro parece dez tons mais claro sob a luz quente do sol da manhã.

— Não precisamos de comentários do Camarote dos Boys Lixo — responde Tinsley, mantendo contato visual com Nova.

— Não era o que você dizia ano passado — rebate ele, sendo saudado pelo grupinho com vários "Toca aqui".

Nunca pensei que Tinsley pudesse dar ideia para ele. Jax e a família dele estão *muito* abaixo da faixa de imposto de renda dela.

— Diz seu preço — pede Tinsley para Nova.

— Meu preço?

— É. Com certeza tem algo que você quer mais que aquela coroa. Algo que eu possa te dar em troca. — Tinsley coloca uma mecha do cabelo atrás da orelha, a seriedade tomando conta do rosto pálido. — Ouvi dizer que você tem passado os fins de semana organizando mutirões de limpeza no antigo cemitério de escravizados do seu bairro. Acho isso tão nobre... tão altruísta... Aquele lugar está num estado péssimo...

— E como é que você sabe disso? — grita alguém atrás de nós.

Preciso me esforçar para não cair na gargalhada.

— E se eu fizesse uma grande doação pra uma revitalização? — prossegue Tinsley, sem se abalar. — Posso pedir ao meu pai que faça um cheque hoje. Arrancar mato e recolher lixo ajuda, mas só até certo ponto. Você tem razão: uma história tão importante merece respeito. Respeito que eu posso te ajudar a dar ao lugar. Pensa em como vai ficar bonito quando você puder comprar lápides novas e cuidar dos jardins, consertar os túmulos caindo aos pedaços, talvez até instalar pontos de referência e sinalização.

Um pouco do orgulho que eu vinha sentindo se esvai devagar, como um balão de festa murchando. Pela expressão pensativa de Nova, fico preocupada que ela esteja mesmo considerando isso. A tentativa de suborno de Tinsley não estava nos meus planos. Nova tem passado muito tempo limpando aquele cemitério. Ela até me convenceu a ir lá ajudar em alguns fins de semana, que é quando costumo jogar basquete com meu pai, sendo que quase nunca furo com ele. Virou um projeto pessoal para minha amiga. Mas ela tem enfrentado muitas barreiras quando se trata de arrecadar dinheiro para realmente dar a atenção que o projeto merece.

Não. Não. Não. *Não* era esse o rumo que as coisas deveriam tomar.

— Você é a única negra na disputa — diz Tinsley em um tom calmo e solidário. — Se desistir, será impossível implementar essa nova política. E tá tudo bem. Eles podem escolher uma garota negra no próximo ano. Ninguém sai perdendo.

Sei que a Nova consegue sentir meu olhar encarando a lateral do seu rosto. É por isso que ela se recusa a olhar para mim.

— Soube que você nem ficou muito empolgada quando foi indicada — continua Tinsley. — Isso diz muito. E então? Dou um cheque no valor que quiser, e você usa o dinheiro pra honrar seus ancestrais. Sabe que posso fazer isso acontecer. A coroa vale tanto assim pra você?

O sinal de alerta de três minutos para a aula toca, mas nenhum de nós se mexe. Tenho que me lembrar de respirar.

— Vamos, Nova. A gente vai se atrasar pra aula — avisa Trenton e coloca a mão no ombro dela, arrancando-a de quaisquer pensamentos que a proposta de Tinsley tenha provocado. — Vocês, McArthur, são inacreditáveis — diz ele para ela. — É só assim que conseguem chegar ao topo? Pisando em alguém que consideram mais fraco? Usando o dinheiro pra conseguir o que querem?

— E aí, Nova? — pergunta Tinsley, ignorando Trenton.

A Nova pisca, e a determinação que ela tinha no rosto quando marchamos até Tinsley está de volta.

— Não, Tinsley. Não vou desistir.

Meu coração relaxa, e enfim solto o ar.

— E fim de papo — digo com um sorriso.

— Estou vendo muitos alunos que vão ficar depois do horário se este corredor não for liberado... logo, logo!

Todo mundo reconhece a voz. A multidão se dispersa feito formigas saindo de um formigueiro depois de levar um chute. A diretora Barnett está de pé do outro lado, com as mãos na cintura.

— Mocinhas, vocês não têm aula? — indaga a diretora. Giselle e Lana permanecem ao lado da Tinsley, assim como eu e Trenton permanecemos ao lado da Nova. — Senhor Hughes, qual o problema aqui?

— Nada, a não ser a presidente do conselho estudantil tentando interferir nas eleições de rainha do baile — responde Trenton.

— Tinsley? Nova? — diz a diretora Barnett, olhando de uma para a outra.

— Não se preocupa, diretora — responde Nova. — Acho que a Tinsley já entendeu.

A diretora Barnett se aproxima de nós.

— Entendeu o quê?

— Que ela só vai ser a rainha do baile por cima do meu cadáver — afirma Nova.

Então ela dá meia-volta e vai embora na direção do Edifício B.

Trenton e eu a seguimos, deixando a Tinsley e as fiéis seguidoras para trás com a diretora.

— Aposto que a Tinsley está cuspindo fogo — comento quando ninguém mais pode nos ouvir.

— Deixa ela — retruca Trenton. — A gente está prestes a coroar a primeira rainha negra desta escola.

Nova está radiante quando entramos juntos no Edifício B.

Eu também.

Meu pai sempre diz que, quando um de nós ganha, todos ganhamos. Nunca tinha sentido isso tanto quanto agora. A Taylor pode ter vencido no final de *Ela é demais*, mas, na nossa versão, é a Laney que vai levar a coroa.

CAPÍTULO DOIS
DUCHESS

7 DE OUTUBRO
13h15

LOVETT HIGH É na verdade duas escolas diferentes fingindo ser uma só. Quase todas as pessoas que negam isso são brancas.

Esta escola nunca teve pessoas negras como presidente do conselho estudantil, rainha do baile de volta às aulas ou rainha da formatura. Quaisquer cargos disputados em eleições gerais sempre ficaram com *eles*: os adolescentes brancos. Eles são mais numerosos que nós. Eles se conhecem e frequentam a escola juntos desde o jardim de infância. Com isso fica difícil vencer qualquer um dos concursos de popularidade daqui. Um fato que nós, alunos negros, tivemos que aceitar, considerando que fomos forçados a vir para cá depois do furacão Katrina.

A população estudantil era noventa e cinco por cento branca antes do Katrina. O mundo todo se concentrou mais nos estragos que a tempestade provocou na cidade de Nova

Orleans, mas o Katrina também causou destruição ao longo da costa do golfo do Mississippi. Ele arrasou a nossa cidade e todas as outras no litoral. Vários tornados passaram por aqui, devastando bairros inteiros, empresas e nossas duas escolas de ensino médio: esta e a Booker High, que nós, negros, frequentávamos. Na época, o distrito escolar não perdeu tempo e distribuiu logo o dinheiro para reconstruir a Lovett. Mas com a Booker... a história foi diferente.

Eles *alegaram* que não era viável reconstruir a Booker por causa do seu desempenho acadêmico fraco e dos grandes danos à construção. Tradução: o conselho escolar composto apenas de pessoas brancas não estava disposto a gastar um dinheirão na reforma de uma escola para estudantes negros que viviam derrotando os times esportivos deles de maioria branca. Tiveram uma ideia melhor, que foi fechar a Booker e dividir o corpo discente, levando metade dos alunos para uma escola de ensino médio na cidade próxima e transferindo o restante para a Lovett. Então investiram vários milhões aqui para expandir as instalações de um jeito que pudessem acomodar todos os novos estudantes negros, que coincidentemente se tornariam os atletas famosos que transformaram o fraco programa de esportes da escola no campeão em diversas modalidades.

Na última década, os líderes locais da Associação Nacional para o Progresso das Pessoas de Cor vêm denunciando publicamente todas as disparidades que a situação criou. Seus esforços só ganharam força após os protestos em nível nacional pela reforma da polícia, ou, como gosto de dizer, quando os brancos enfim se dispuseram a reconhecer que o racismo estrutural existe. A administração da escola cedeu aos apelos por mudança, implementando cotas raciais para todos os grupos escolares e atividades extracurriculares a partir deste ano.

A realeza do baile de volta às aulas foi ampliada para incluir duas vagas para princesa em cada série: uma do currículo escolar padrão e outra matriculada no currículo escolar avançado da escola. Como rainha, os alunos teriam que eleger uma aluna do último ano do currículo padrão em um ano e, no seguinte, uma do currículo avançado, alternando a cada ano dali em diante, começando com a eleição de uma veterana do currículo padrão neste ano.

Assim, a escola basicamente garante que a realeza será composta por uma garota negra (ou pessoa não branca, embora por aqui isso no geral signifique pessoa preta) e uma garota branca em cada série, com a coroa de rainha se alternando entre branca e não branca, uma vez que a maioria das alunas negras integra o grupo dos alunos "regulares", e todas as brancas, o grupo dos alunos "avançados".

Minha amiga Nova já está com a coroa na mão. Mas os brancos são engraçados. Enquanto tudo estiver a seu favor, eles dirão: "Esforce-se muito e você conseguirá qualquer coisa." Mas assim que recebemos uma migalha eles perdem a cabeça e querem se fazer de vítima, como a Tinsley McEscrota.

Então que ela fique com dor de cotovelo. É divertido. Este é o *nosso* ano e ninguém pode tirá-lo de nós.

— Você ficaria com um cara branco? — A voz da Nova me arranca dos meus pensamentos e me traz para o presente.

Estou rabiscando no caderno de desenhos. Ajeito a postura no banquinho, torcendo o nariz para ela.

— É sério isso? — pergunto.

— Esqueci com quem estava falando — responde ela com uma risada. — E uma garota branca? Você consegue se ver namorando uma?

Nunquinha! E ela deveria saber por quê.

— Mana, você me conhece bem demais pra perguntar isso.

Volto a olhar para o emaranhado de linhas, formas e sombras em que passei o período todo trabalhando. É o desenho abstrato que o professor Haywood passou como tarefa e que decidi ser minha interpretação das lutas mentais que enfrento por ser uma mulher negra queer neste país. Ele provavelmente não vai compreender.

— Para de mentir! Você sabe que eu sei que você já beijou uma.

Ela percebe que meus olhos disparam para a mesa em que Tinsley e Jessica Thambley estão sentadas, duas fileiras atrás de nós.

Introdução ao Desenho e à Pintura é a única matéria em que vejo rostos brancos que não são de professores ou funcionários. É o que acontece com a maioria de nós, estudantes negros. As eletivas são as únicas disciplinas que temos com os alunos das turmas avançadas. A Associação Nacional para o Progresso das Pessoas de Cor tem chamado atenção para isso também, acusando a administração da escola de nos desencorajar a fazer testes para os cursos avançados. Todo mundo sabe que eles criaram o currículo escolar avançado apenas para agradar os pais brancos que fingiam estar preocupados com o fato de os professores terem que passar muito tempo recuperando o atraso dos alunos transferidos da Booker High quando a Lovett reabriu. Na verdade, eles só querem que seus filhos não se misturem com a gente. "Separados, mas iguais" ainda é um conceito tão sulista quanto o chá gelado.

— Nem tenta desenterrar isso, sua ardilosa — digo a Nova, cujo sorriso maroto ilumina seus lindos olhos. — Eu tinha 8 anos. Foi uma coisa inocente. E me ensinou a jamais confiar nelas outra vez.

Ainda sinto a Nova me observando depois que volto a rabiscar no caderno.

Paro.

— Que foi? — indago.

Ela se aproxima e sussurra:

— Soube que ela pediu à diretora Barnett que retirasse o nome dela da votação.

— Quem?

— A Tinsley — responde ela, acenando com a cabeça na direção da garota.

Estalo a língua e volto a desenhar.

— Amiga, vou ficar tão feliz quando o baile tiver passado, e você não estiver mais obcecada por ela... A gente ganhou. Bora aproveitar sem se preocupar com ela. Está agindo como se ela tivesse dormido com o teu boy, e você precisasse se vingar.

— Estou dando uma lição nela, só isso.

— Aham.

— Estou ouvindo muita conversa nesse canto — comenta o professor Haywood, olhando para nós enquanto percorre a sala para conferir os trabalhos de todos. — Imagino que vocês duas terão terminado seus desenhos quando eu chegar aí.

A Nova e eu nos inclinamos em direção aos cadernos de desenho, mordendo a boca para não rir.

— Professor Haywood, terminei — anuncia Jessica Thambley, acenando com o braço magro no ar. — Quer dar uma olhada no meu?

— Ai, meu Deus, lá vai ela de novo — sussurra Nova.

— Aspirante a puxa-saco do professor — comento, revirando os olhos.

— Não, aspirante a casinho do professor.

— *Eca*. Ele é velho... e comprometido.

— Não acho que a Barbie Baunilha se importe.

Nós duas rimos, o que atrai um olhar austero do professor Haywood.

Acho engraçado todas essas garotas ficarem babando por ele. Bom, é compreensível, eu acho. O cara não é feio e não é *tão* velho assim. Acabou de se formar na faculdade. E meio que se parece com o ator Adam Driver, com aquela beleza desajeitada e não convencional que elas de alguma forma acham atraente. Ele toca as costas de Jessica de leve quando se aproxima dela. Quase começo a rir de novo, porque flagro Jessica respirando fundo quando ele se inclina para olhar o que quer que ela tenha desenhado.

— Por que a pergunta? — sussurro para a Nova agora que o professor está distraído.

— O quê?

— Sobre ficar com um branco.

Ela para de sombrear com o lápis por um breve instante, olha depressa na minha direção e depois volta para o caderno.

— A Briana estava implicando com a Nikki outro dia por causa do namoro com o Chance. Dizendo que ela não pode realmente ser pró-negros namorando um cara branco. — A Nova gira o caderno e inclina a cabeça para a direita, analisando o desenho com a testa franzida. — Queria saber o que você acha, só isso — acrescenta ela, dando de ombros.

Briana e Nikki são amigas da minha namorada e com quem temos saído muito nos últimos tempos. Mesmo que essa história soe mesmo como algo que Briana diria, algo no jeito como o tom da Nova mudou parece falso. O papai diz que tenho um sexto sentido para esse tipo de coisa. Que a minha capacidade de perceber quando alguém está tentando esconder algo é o motivo pelo qual eu seria uma boa investigadora policial. Passei a maior parte da infância pensando que provaria que ele estava certo.

O ruído do sistema de intercomunicação da escola me impede de pressionar a Nova para saber a verdade.

Ela se endireita no banquinho no segundo em que a voz rouca da diretora Barnett ecoa do alto-falante acima do quadro branco na frente da sala. Eu tinha me esquecido de que os resultados da eleição do baile seriam anunciados hoje. Um sorriso se abre na minha boca. Vai acontecer na única aula que temos com a Tinsley. Que beleza.

— Aposto que ela está lá atrás prestes a ter um treco — comenta Nova, lendo minha mente.

Luto contra a vontade de olhar por cima do ombro para ver se é verdade.

Depois de um discurso apático sobre todos serem vencedores, independentemente dos resultados, a diretora passa a ler os nomes da realeza, começando pelas calouras. Algumas pessoas na turma aplaudem quando Jessica é anunciada como uma das princesas do penúltimo ano, chocando um total de zero pessoas. Ela é uma das garotas bonitas e populares. Uma miniTinsley, em outras palavras. Líder de torcida. Cria do country club. Acho que está na realeza desde que era caloura, assim como Tinsley. É bem capaz de ser a rainha ano que vem.

— E, finalmente, nossa estimada rainha este ano é Nova Albright, que sei que exercerá muito bem o reinado como a primeira rainha negra da escola — anuncia a diretora Barnett.

— *Êêêêêêêêêêêê!* — Nova e eu cantamos em uníssono antes de mostrar as línguas uma para a outra imitando a Cardi B.

— E, como a única outra garota indicada da classe dos veteranos desistiu no último minuto, não haverá princesa veterana este ano — continua a diretora. — Parabéns a todas as vencedoras.

Metade da turma olha para a Tinsley, que está colocando a bolsa carteiro no ombro quando o sinal toca para encerrar a aula.

— Parabéns, Nova — diz o professor Haywood ao passar pela nossa mesa a caminho da frente da sala. — Será ótimo quando não precisarmos mais ter eleições meio manipuladas para promover a inclusão.

Não, ele não disse isso.

A Tinsley sai andando com o nariz levantado. A Nova se afasta da multidão, bloqueando o caminho dela até a porta.

— Tinsley, não vai me parabenizar? — provoca Nova.

A Tinsley se aproxima dela com uma cara de nojo que põe medo em muitas das garotas brancas daqui. Passo no meio da aglomeração para ficar ao lado da Nova.

— Boa sorte pra conseguir um vestido de baile pra sua coroação — diz ela com naturalidade. — Duvido que vá encontrar algo luxuoso que sua mãe possa pagar, sabe, considerando que lojas chiques não aceitam fiado.

Todo mundo que está assistindo solta um gritinho.

A Nova não tem chance de responder. A Tinsley passa por ela e sai da sala.

Quando a Nova se vira para mim, posso ver que está tentando conter as lágrimas. Ela nunca disse isso, mas sei que se sente constrangida por sua mãe ganhar pouco mais que um salário-mínimo trabalhando como caixa numa mercearia do bairro.

— Essa escrota que se foda — digo, pegando a Nova pelos pulsos e a olhando nos olhos. — *Você* é a rainha. Isso é tudo que importa.

CAPÍTULO TRÊS
TINSLEY

7 DE OUTUBRO
16h12

— ENTÃO VOCÊ está me dando um gelo porque está chateada com ela?

— Nathan, não começa — advirto-o.

Após alguns segundos de silêncio desconfortável, ele diz:

— Me desculpa por tentar ser empático.

— Um namorado *empático* não estaria pressionando a namorada a falar depois que ela disse com todas as letras que não queria quando entrou no carro do tal namorado.

Eu sabia que deveria ter aceitado a carona da Lana para casa depois do treino de líderes de torcida. Não fui de carro para a escola hoje. Minha mãe precisou levar meu carro na concessionária para revisar os freios. A Lana teria pelo menos mostrado compaixão em relação à minha situação com a Nova. O Nathan, por outro lado, acha que preciso "aceitar e virar a página".

— Amor, não é o fim do mundo. — Ele tira uma das mãos do volante do novo Ford F-150 prata que ganhou de presente dos pais pelo último ano na escola. Tenta colocá-la no meu joelho, mas afasto a perna antes. — Fala sério, relaxa, Tins. Você sabia que ela ia ganhar.

Tenho que olhar pela janela do carona e me segurar para não explodir com ele. Conversas como essa fazem eu não me arrepender de tê-lo traído enquanto estava de férias na França com minha família no verão.

— Amor, sério...

— Nathan, por favor, para de falar. — Arranco o elástico que estava prendendo meu rabo de cavalo desde o treino, usando a outra mão para ajeitar o cabelo. — Já deixou bem nítido o que pensa. Isso tudo é uma piada pra você.

— Não é verdade. Só estou de saco cheio de ver todo mundo nessa droga de cidade dando tanta importância pra isso. Parece até que é o concurso de Miss Estados Unidos ou algo assim.

A rainha do baile de volta às aulas da Lovett High se torna praticamente a versão da Miss Estados Unidos da cidade. Seu reinado vai muito além de apenas desfilar no campo de futebol americano com o pai durante o intervalo de um jogo. Ela não só vira uma espécie de porta-voz da escola ao lado do presidente do conselho estudantil, como também atua como embaixadora social da secretaria municipal de turismo. Durante doze meses, é anfitriã em vários festivais e eventos patrocinados pela prefeitura. Além de ser convidada para festas chiques com líderes políticas. A rainha do baile de volta às aulas da Lovett High se tornou uma instituição.

E o Nathan sabe disso. A tia dele ganhou o título dois anos depois da minha mãe. Toda vez que vejo aquela mulher, ela se gaba das conexões políticas que fez enquanto rainha e como estas a levaram a se tornar a nossa atual vice-governadora. Eu pretendia usar a posição como um trampolim para virar influenciadora digital, algo que o aumento de seguidores e as aparições públicas como rainha poderiam facilmente ter me ajudado a alcançar.

Vai se foder, Nova!

— Amor, só estou dizendo que...

— Você pode, por favor, *não* dizer... nada?

Ele fica em silêncio até virarmos na rua principal, e posso ver no espelho retrovisor a silhueta iluminada dos hotéis e cassinos que pontilham a extremidade leste da orla Beachfront Boulevard. Então oferece um pedido de desculpas meia-boca antes de me convidar para ir a algum lugar com ele no fim de semana. Nem ouço direito, porque minha atenção está focada na variedade de cafeterias e lojas de roupa pelas quais estamos passando. Meu olhar perdido se fixa em duas pessoas sentadas a uma das mesas de ferro em frente à iogurteria Frozen Delights. O que vejo me faz prender a respiração.

— O que me diz, amor?

Enfio a cabeça para fora da janela, esticando o pescoço para a direita enquanto passamos depressa. Meu coração dispara. Com certeza vi o que vi.

— Combinado?

— Aham, tanto faz — murmuro, recostando-me no banco.

Coloco a mão no peito para acalmar a respiração.

— Amor, o que houve? — indaga Nathan. — Tins?

Não consigo abrir a boca para responder porque não sei explicar por que *meu pai* está sentado a uma mesa no centro da cidade tomando um *frozen yogurt* com Nova Albright.

* * *

A coroa é pesada, queridos, então deixe-a onde é o lugar dela.

Desde que Lisa Vanderpump, minha dona de casa favorita no reality *The Real Housewives of Beverly Hills*, começou a usar essa frase como lema, adotei-o também. Digo ele a mim mesma toda vez que experimento uma das três coroas que guardamos em um armário de vidro na nossa sala de estar social. Estou sussurrando a frase neste instante enquanto coloco a coroa da minha mãe na cabeça.

A coroa e o cetro da minha avó estão posicionados na prateleira superior do armário. Ainda me surpreendo por minha mãe não ter colocado esses objetos em uma das prateleiras mais baixas, uma vez que desprezava tanto a mãe do meu pai; um sentimento que era totalmente recíproco.

Na segunda prateleira ficam a coroa e o cetro da minha mãe, e os da minha irmã ficam logo abaixo, na terceira. Fantasiei que os meus fossem ser colocados ao lado dos dela, ou que minha mãe compraria um novo armário para abrigar os quatro conjuntos. Saber que isso nunca vai acontecer dificulta um pouco o ato de levantar os braços para retirar a coroa da minha mãe.

Toda coroa e cetro que as rainhas do baile de volta às aulas da Lovett High recebem não são como as tiaras de plástico comuns que se vê em quase todas as outras escolas de ensino médio. Uma joalheria de uma família local fabrica e doa as peças para as rainhas da nossa escola desde que a filha do patriarca ganhou o título dois anos antes da minha avó. Os desenhos da coroa e do cetro variaram ao longo dos anos, mas a qualidade permaneceu a mesma. Os acessórios reluzentes são feitos de prata esterlina e adornados com centenas de cristais de zircônia.

Depois de devolver a coroa da minha mãe ao apoio almofadado de veludo vermelho, pego seu cetro, apreciando o peso do bastão de 40 centímetros na mão. A Rachel ficou de castigo uma vez por me bater com o dela depois de me flagrar brincando com a peça. Ela lascou um dos meus dentes e rachou a esfera de vidro do cetro ao me bater na boca com ele. A rachadura capta a iluminação suspensa do armário, quase dando uma piscadela para mim enquanto guardo o cetro da minha mãe. Certifico-me de que esteja acomodado no estojo de um jeito que o nome da minha mãe, gravado na peça de metal que prende a esfera de vidro e zircônia ao bastão, como no cetro de todas as vencedoras, possa ser lido através da porta de vidro, assim como o da minha irmã e da minha avó.

— Tinsley!

Viro para trás, pensando que vou encontrar minha mãe parada embaixo de um dos dois arcos da sala.

— O jantar está pronto! — grita ela. — Estamos na sala de jantar, querida.

Franzo a testa.

Estamos? Meu pai deve estar em casa.

Respiro fundo antes de deixar o cômodo e atravessar o corredor.

Mas o que ele estava fazendo hoje com a Nova?

Minha cara fechada imediatamente se desfaz e minha boca relaxa assim que entro na sala de jantar. O "nós" a que minha mãe se referia é, na verdade, Rachel e minha sobrinha de 3 anos, Lindsey, que estão sentadas de costas para mim. Elas devem ter chegado enquanto eu estava no andar de cima tirando o uniforme do treino e tomando banho.

— Cadê o Nathan? — pergunta minha mãe de seu lugar na cabeceira da mesa.

Retribuo o aceno entusiasmado da minha sobrinha antes de responder:

— Na casa dele. Desculpa te privar da oportunidade de bajular meu namorado, mas eu não estava a fim da companhia dele. — Ao dar a volta na mesa, acrescento: — Rachel, você está aqui... *de novo*... comendo com a gente em vez de com o seu marido, na sua casa. Faz só três anos. Não vai me dizer que o Aiden já cansou de você...

Rachel é sete anos mais velha que eu. Ela fez da nossa mãe uma das mulheres mais felizes do mundo no dia em que se casou com Aiden Prescott no vigésimo primeiro aniversário dela, dois meses depois que ele se formou na Universidade do Mississippi. A maior parte da fortuna da família Prescott veio do mercado imobiliário. O casamento da minha irmã com Aiden, que foi basicamente arranjado pelas respectivas mães, beneficiou financeiramente a construtora do meu pai, empresa da qual Aiden se tornou o diretor administrativo logo depois que eles se casaram.

Nossa mãe se encarregou de arquitetar nossa vida social desde o dia em que nascemos, e sua maior motivação era fazer com que suas filhas não precisassem ralar tanto para manter o estilo de vida que ela conquistou ao se casar. De um jeito irônico, isso envolvia nos casar com outras famílias abastadas que também frequentam o country club. Para Rachel, ela escolheu Aiden Prescott; para mim, Nathan Fairchild, que é de uma das famílias mais antigas e ricas da cidade.

— Qual foi o resultado da eleição? Ah, espera, eu já sei — diz Rachel enquanto me acomodo na cadeira em frente a ela.

Sinto vontade de pegar a faca e arrancar aquele sorrisinho do rosto dela.

— Meninas — censura minha mãe.

— O Aiden está trabalhando até tarde de novo hoje? Isso costuma ser um sinal de que o seu marido está saindo com uma mulher mais nova e mais gostosa que você, o que, no seu caso, significa que ele pode estar dormindo com alguém que estuda na minha escola — retruco.

O sorrisinho logo some de seu rosto. Os ombros dela ficam tensos. Botei o dedo na ferida. Ótimo. Como ela ousa mencionar a eleição do baile assim?

— Tinsley, sei que você esteve com os nervos à flor da pele a semana toda por causa daquela confusão na escola, mas não desconte na sua irmã, está bem?

— Não entendo por que ela está mal com isso, de verdade. — Rachel enfia atrás da orelha uma mecha do cabelo, que ela tingiu de preto no mês passado. — Teve o verão inteiro pra aceitar a inevitabilidade disso tudo.

Travo a mandíbula.

— Tem razão, Rachel. Talvez eu devesse ter procurado aconselhamento na Abundant Life, como você fez quando tinha a minha idade, pra lidar com as minhas emoções.

O arquejo da minha mãe ecoa pela sala. Minha irmã infla as narinas.

A Abundant Life é uma clínica no condado de Harrison, a cerca de 120 quilômetros da Lovett. Ela oferece vários serviços de saúde para mulheres, sobretudo as de baixa renda ou carentes, mas é especializada em realizar abortos, discretamente, como o que a minha irmã fez quando tinha 16 anos.

— Tinsley, eu juro por Deus — dispara minha mãe, com o indicador e a unha francesinha apontados para mim. — Se falar mais uma palavra sobre *isso*, vai se arrepender.

— Então manda sua filha parar de me provocar — retruco.

— Vocês *duas*, já chega! — grita minha mãe. — Não me dei ao trabalho de providenciar esta comida maravilhosa e a mesa posta para vocês brigarem. Achei que um jantar em família pudesse amenizar a decepção que a Tinsley teve que enfrentar hoje.

É típico da minha mãe pensar que uma refeição pretensiosa pudesse fazer eu me sentir melhor.

Bagre recheado com *jalapeño* e massa ao molho Alfredo com lagostim estão fumegando em duas travessas de prata no centro da mesa. Ergo o olhar e encontro os olhos da Rachel. Ela rapidamente pega o celular e finge que o aparelho é mais interessante do que a gente. Mencionar o aborto foi um golpe baixo. Mas era óbvio que eu estava brincando sobre o Aiden ter um caso. Rachel não costuma se deixar abalar com essa facilidade.

— Tinsley, você não estaria nessa situação desagradável se tivéssemos rechaçado com mais ênfase essa nova política quando ela estava sendo discutida. — Minha mãe pega a taça de vinho que está à sua frente. — Mas não... Você não quis que todos pensassem que éramos racistas.

— Não fui a única. Também não me lembro de nenhum dos outros pais brancos se manifestando contra isso. Pelo menos não em público.

— Bem, a política é ofensiva, se quer saber — declara ela depois de tomar um gole de vinho. — Parece que agora só se fala sobre raça neste país. Focar tanto nisso é justamente o que nos divide.

Nisso concordo plenamente.

Se eu fosse a rainha do baile, isso daria a ela o direito de se gabar, não só a mim. No dia em que contei a ela que a Nova estava ameaçando nosso legado, ela quebrou a taça de vinho que estava segurando, de verdade. Nada nos une tanto quanto nosso desprezo compartilhado por alguém.

— O que está feito está feito. — Minha mãe abaixa a taça e junta as mãos. — Vamos comer antes que a comida esfrie.

— Vovó, pensei que tinha dito pra gente esperar o vovô.

Minha mãe lança a Lindsey um sorriso carinhoso.

— Eu disse, querida, mas parece que o vovô está trabalhando até tarde também, então podemos nos servir.

A imagem da Nova e do meu pai juntos me vem à mente.

— Rachel, estamos na mesa de jantar — repreende minha mãe depois de estender a mão para colocar um pouco da massa em seu prato. — Por favor, largue o celular.

— Só um segundo. Estou lendo um artigo. Parece que finalmente prenderam aquele cara, Curtis Delmont, que a polícia acha que matou aquela família em Jackson.

Uso o garfo para pegar uma porção de peixe recheado da travessa.

— Aquele cara que passaram três dias procurando?

Rachel faz que sim com a cabeça, seus olhos ainda na tela.

— Graças a Deus! O que ele fez com aquele pobre casal e a filhinha deles é simplesmente horrível — exclama minha mãe.

Enquanto eu estava obcecada com a Nova e a eleição do baile, todo mundo estava ligado nos assassinatos de Noah e Monica Holt, que inundaram os noticiários locais a semana toda. E não apenas porque o casal foi morto a tiros na própria casa com a filha de 8 anos, mas porque a polícia de Jackson, no Mississippi, acha que a pessoa que entrou na casa no meio da manhã e executou a família é o jardineiro deles, um homem que trabalhou para a família durante anos e teve algum tipo de desavença com Noah na véspera dos assassinatos. As conotações raciais do crime tinham intensificado a cobertura jornalística. Os Holt eram brancos, e o jardineiro é um homem negro.

— Ainda não há nenhuma prova consistente de que ele os matou, mamãe — acrescenta Rachel.

— Mas e os vários vizinhos que viram aquele homem sair correndo da casa logo depois de ouvirem os tiros?

— Uma vizinha também disse à polícia que viu Curtis Delmont entrar na casa por volta das 10h15, o que não bate com todos os outros que disseram tê-lo visto sair correndo da casa pouco depois disso. Ele não poderia ter atirado em três pessoas tão depressa.

— Ah, por favor, Rachel — replica minha mãe, revirando os olhos.

— A família e os amigos dele alegam que ele nem tem arma e que nunca usou uma na vida — rebate Rachel. — A polícia o acusou de assassinato sem nenhuma prova. É um absurdo.

— Só um bicho poderia fazer uma coisa dessas — comenta minha mãe. — Ninguém sabe como aquele homem foi criado. Li em algum lugar que ele não cresceu no melhor dos ambientes, se é que me entende.

Minha mãe arregala os olhos ao dizer a última parte.

Enfio um pedaço de peixe na boca. Eu me nego a participar dessa conversa assim que vejo a expressão no rosto da minha irmã quando ela larga o celular.

— Se for assim, você também seria capaz de fazer coisas horríveis, mamãe. Considerando que cresceu naquele parque de trailers.

Quase engasgo com o peixe. Uma veia salta no pescoço da minha mãe. O passado dela sempre foi um assunto delicado, que ela escolheu ignorar desde que se casou com meu pai. Em sua mente, no momento em que ela se tornou Charlotte McArthur, deixou de ser a "branca pobretona", como era apelidada na infância. Infelizmente, as pessoas no mundo do meu pai demoraram muito mais para aceitá-la, inclusive a mãe dele.

— Meu passado não tem *nada* a ver com isso. — Minha mãe enrola o macarrão no garfo. — Não fui criada em meio à violência. *Aquele* homem foi. Ninguém sabe como isso o afetou.

— Nem você...

— Rachel, deixe pra lá, está bem? Eu sabia que tinha sido um erro deixar você frequentar a Universidade do Estado da Luisiana. Voltou de lá cheia dessas ideias *progressistas*.

A porta da frente bate quando Rachel abre a boca para responder.

— Desculpem o atraso, moças. — Meu pai parece dissipar a tensão assim que entra na sala de jantar. Ele faz uma pausa para apertar o ombro da Rachel antes de se inclinar sobre a cadeira da Lindsey para beijar o topo de sua cabeça. — Precisei ficar mais tempo e cuidar de umas coisas depois que recebemos uma boa notícia.

Comprimo os lábios quando ele vem me beijar na bochecha. Saber que ele acabou de mentir faz meu estômago revirar.

Ele lança à minha mãe um sorriso forçado e um breve aceno de cabeça antes de se sentar no lado oposto da mesa.

— Que boa notícia? — pergunta ela.

— Ficamos sabendo que conseguimos aquele projeto de moradias populares em Avenues — responde ele, desdobrando o guardanapo de pano que estava no meio do prato e esticando o tecido no colo.

— Como é? — questiona minha mãe.

Fico surpresa ao ver linhas de expressão na testa dela. Sei que colocou Botox há duas semanas. Ela está com o garfo parado no ar.

— Achei que os irmãos Hughes estivessem na frente na disputa por esse projeto.

Meu pai coloca uma porção do peixe recheado no próprio prato, os olhos se voltando em nervosismo para minha mãe algumas vezes.

— Sim, parece que estiveram.

— Pensei que você tivesse parado de se intrometer na área do Clayton.

— Não é nada disso, Charlotte.

Minha mãe abaixa o garfo.

— Então o que é?

Dou uma olhada na Rachel, que parece tão confusa e desconfortável quanto eu. Tudo que sei é que Clayton Hughes é o pai do Trenton. Ele trabalhava para meu pai até os dois se desentenderem.

— Acho isso ótimo, papai — elogia Rachel. — A mamãe tinha acabado de reclamar de como ambientes insalubres provocam comportamento violento em *algumas* pessoas. Fico feliz em ver que alguém na família é capaz de reconhecer essas necessidades e trabalhar para atendê-las.

Enfio um lagostim na boca para esconder o sorriso.

— Obrigado, querida. Mas vão ter muitas noites de trabalho até tarde para o Aiden. Esse projeto terá vários elementos modulares.

O rosto da Rachel murcha quando ela ouve isso.

— Charlotte, esse peixe está excelente — diz meu pai, espetando o penúltimo filé de bagre da travessa. — Por favor, elogie por mim quem quer que você tenha contratado para preparar a comida. Talvez eu precise dar uma corridinha depois do jantar.

Bebo um pouco de água para me ajudar a engolir o pedaço de lagostim que agora tem gosto de papelão. Este é o momento pelo qual eu vinha esperando.

— Não acredito que esteja com todo esse apetite, papai, considerando que já comeu sobremesa hoje à tarde.

Meu pai baixa o garfo devagar, me olhando de soslaio.

— Hã?

— Não foi você que eu vi com a Nova Albright hoje de tarde? — O rosto dele fica pálido. — Vocês estavam tomando iogurte do lado de fora da Frozen Delights, certo?

O garfo da minha mãe bate no prato, e todos nós viramos a cabeça em sua direção. Se ela tivesse o poder de lançar chamas pelos olhos, meu pai estaria chamuscado agora.

— Virgil, que droga é essa que a Tinsley está falando? — indaga ela.

— *Uuuuui*, mamãe, a vovó disse uma palavra proibida — comenta Lindsey.

— Não é o que você está pensando, Charlotte — contesta meu pai.

— O que ela poderia estar pensando? — intervenho. — Como pôde fazer isso comigo? Por que está dando trela pra garota que roubou minha coroa?

— Ela não *roubou* nada. Ganhou de maneira justa — retruca meu pai.

— Eu não chamaria de justa — reclamo.

— Por que você está defendendo *essa garota*? — indaga minha mãe. — E, mais importante, como isso aconteceu? Ela entrou em contato com você?

A voz da minha mãe treme um pouco.

Meu pai deixa cair o garfo e depois limpa a boca com o guardanapo.

— Ela entrou em contato. Perguntou se a empresa poderia apadrinhá-la.

Fico de queixo caído.

Conseguir ajuda das empresas locais para pagar pelos vestidos e acessórios necessários para manter a pompa e a circunstância de ser a rainha do baile de volta às aulas da Lovett High não é incomum, sobretudo para as meninas que não têm condições de bancar tudo. Porém, que eu saiba, meu pai nunca apadrinhou uma rainha, a menos que a minha irmã conte.

Essa deve ser a maneira de a Nova se vingar de mim pelo que eu disse a ela na aula hoje. Eu a tinha subestimado.

— De jeito nenhum eu vou permitir que você apadrinhe aquela garota — declara minha mãe.

— *"Permitir"*? — repete meu pai antes que eu possa me intrometer.

— O que disse a ela, Virgil? — pergunta minha mãe.

Meu pai lança um olhar nervoso em minha direção.

— Disse que ia pensar.

— Tá de sacanagem comigo? — choramingo.

— Você não vai dar um centavo a essa menina — completa minha mãe.

— Ela só perguntou, tá? — grita meu pai. Depois de alguns segundos de silêncio, ele acrescenta: — Não vou apadrinhar ninguém, está bem? — diz, mais para mim do que para qualquer outra pessoa.

Eles comem o resto do jantar em silêncio. Fico só empurrando a comida no prato. Não estou com fome, só sede: de vingança.

CAPÍTULO QUATRO
TINSLEY

12 DE OUTUBRO
16h05

O TREINO DAS líderes de torcida durou meia hora a mais hoje. A treinadora Latham achou que as nossas acrobacias estavam desalinhadas. Seu olhar irritado focou em mim quando ela disse isso. Ela nos fez praticá-las a tarde inteira, e o tempo todo parecia que eu ia vomitar.

Quando enfim terminamos, algumas das garotas que serão anfitriãs da coroação na noite de sexta-feira ficaram um pouco mais para discutir os últimos detalhes. Mais cedo, Lana, Giselle e eu tínhamos avisado à treinadora Latham que preferimos ficar fora disso este ano, e ela assentira com um sorriso amarelo, compreendendo nossa decisão.

— Desculpa, o quê? — digo a Giselle enquanto saímos do campo de futebol em direção ao ginásio.

Uso a ponta da toalha que está em volta do pescoço para enxugar o suor da testa.

— Eu *disse* que a Jennifer Stansbury me contou que viu a Nova na Exquisite Designs ontem à noite, fazendo os ajustes no vestido da coroação. — Giselle usa a mão para se abanar. — Ela *jurou* que o vestido é lindo. A Jen que disse, não eu.

Já se passaram cinco dias desde que a Nova foi oficialmente anunciada como rainha do baile, e desde então não consigo pensar em outra coisa.

Como minhas amigas inúteis não conseguiram encontrar nada que eu pudesse usar para chantagear a Nova e fazê-la desistir da eleição, vou dedicar o resto do semestre a destruí-la. Isso envolve transformá-la na rainha mais deplorável que a escola já teve. Um jeito de fazer isso é expor quaisquer segredos que ela tenha e espalhar boatos para acabar com sua reputação. Mesquinho, porém eficaz. Assim como esta cidade, nossa escola é movida a fofocas.

— Gostaria de saber quem é que a está bancando — diz Giselle, lendo minha mente. — A Exquisite Designs é cara. Você tem certeza de que não é seu pai, né?

— Ele ainda não perdeu o juízo — retruco.

Meus pais discutiram por pelo menos uma hora depois do jantar na sexta à noite. Eu não conseguia ouvir tudo que gritavam um para o outro, mas escutei minha mãe ameaçar expor como meu pai conseguiu alguns dos contratos de construção com a prefeitura se ele desse um centavo à Nova. Acho que o fato de ele ser amigo do prefeito desde a infância tenha algo a ver com isso.

— Talvez seja aquele cara mais velho com quem eu a vi discutir na frente da escola — sugere Lana.

— Que cara mais velho? — perguntamos Giselle e eu.

— Não sei — responde ela, dando de ombros. — O homem parecia ter idade pra ser o pai dela.

— Como sabe que não era ele? — insisto.

Pelo que sabemos sobre a Nova, ela nunca conheceu o pai. Soube que ela conta às pessoas que ele abandonou a mãe antes de ela nascer. Parece que é por isso que a mãe se mudou. Ela só voltou a morar aqui, na casa que a avó deixou quando morreu, há um ano, segundo Lana e Giselle.

— Não tem como aquele homem ser o pai dela — contesta Lana. — O cara olhava pra ela de um jeito malicioso, mesmo depois que ela saiu batendo o pé.

— Menina, quando você viu isso? — pergunta Giselle.

— Hoje de manhã enquanto vinha pra escola. Eles estavam na calçada, perto do portão principal. — Lana toma um gole da garrafinha. — Ela parecia sem graça ao vê-lo.

— E você está me contando isso só *agora*? — repreendo. — Não dá pra depender de vocês pra me contar as coisas quando mais preciso.

A Nova em um relacionamento inapropriado? Esse é o tipo de merda que eu poderia ter usado *antes* das eleições. Preciso de amigas melhores.

— Você pode pelo menos trabalhar pra melhorar o seu salto afastado, considerando que ele ainda está um lixo? — digo a Lana enquanto abro a porta do ginásio.

Então me detenho.

Tem gente por todos os lados. Jaxson Pafford e alguns outros jogadores de futebol americano estão deslocando mesas e ajeitando cadeiras dobráveis. As meninas penduram serpentinas de papel pela parede e arquibancadas, que estão recolhidas. A diretora Barnett grita ordens na lateral, segurando uma prancheta transparente. É aqui que vai ser o jantar de coroação, depois que Nova for coroada numa cerimônia no auditório.

As garotas que vieram para o ginásio comigo passam por mim e entram em fila pela porta. Vou por último. Nós paramos perto da linha de fundo da quadra de basquete.

Meus olhos se concentram na Nova, que está no meio da quadra com o short de corrida e a camiseta verde-escuros que as garotas da equipe de dança usam para ensaiar. Algumas das outras garotas negras da equipe estão reunidas ao redor dela, todas de queixo caído, como se observar a transformação do ginásio fosse um milagre. As mesmas que me garantiram, após o anúncio da nova política eleitoral, que nenhuma das garotas negras do currículo escolar padrão estava interessada em ser rainha do baile este ano. As mesmas que me iludiram com a falsa sensação de segurança de ser capaz de manter o título apesar da nova política.

Ver todas elas cacarejando reunidas desperta uma nova onda de fúria em mim.

Disparo na direção delas, focando na Nova.

— Tins, está fazendo o quê? — reclama Giselle atrás de mim.

Ouço o restante das garotas me acompanhando também.

A Nova percebe minha aproximação alguns metros antes de que eu a alcance. Ela dá um passo à frente das meninas que estão com ela.

— Está tudo lindo, né? — comenta ela com um sorriso debochado que ilumina seus olhos azul-turquesa.

Minhas amigas se espalham à esquerda e à direita, refletindo a maneira como as garotas da equipe de dança estão flanqueando a Nova.

— *Lindo* não é a palavra que me vem à mente. Seria *comum* — declaro, olhando-a de cima a baixo. — Já decidiu quem vai te acompanhar no campo? Sabemos que não será seu pai.

Vai ser aquele cara com quem você estava discutindo hoje de manhã? A Lana acabou de me contar como vocês pareciam... *chegados*.

Os ombros de Nova pendem para baixo, e o sorriso metido desaparece.

Então a rainha tem um segredo, afinal.

Um sorriso de escárnio surge nos cantos da minha boca.

— Briguinha de namorados? Nossa, espero que não — debocho com uma expressão zombeteira para as garotas do meu lado. — Pelo que a Lana disse, aquele cara parecia velho pra cacete. Você tem sérios problemas com figuras paternas, garota.

— É melhor não entrar nesse assunto, Tinsley. Vai por mim — alerta Nova entredentes.

— Ah, querida, estou sabendo da sua tentativa desesperada de fazer meu pai apadrinhar você. Valeu o esforço. Parece que seu *sugar daddy* está pagando pelo vestido cafona que você comprou na Exquisite Designs, porque *meu pai* com certeza não está.

— Era meu tio, sua vaca! — Nova avança um passo. — Mas é bom saber que você pensa tanto em mim assim.

— Calma, menina. — Ponho a mão no peito, fingindo preocupação. — Eu só estava com receio de que a nossa rainha do baile pudesse estar em um relacionamento inapropriado. A galera toda acha meio suspeito, só isso. Eu odiaria que um boato chato saísse do controle e manchasse sua vitória.

A Nova desvia os olhos para minha esquerda. Sigo seu olhar, que está direcionado para Jessica Thambley. Ela é uma das garotas que ficaram para conversar com a treinadora Latham sobre trabalhar no jantar da coroação. Jessica e as outras agora estão alinhadas mais para minha esquerda. Eu não as tinha visto se juntarem a nós.

— Isso é verdade? — pergunta Nova, arqueando a sobrancelha.

Jessica olha para o chão.

— Será que podem me deixar fora disso? — murmura ela.

— Óbvio que podemos — digo. — É a Nova que está desviando a atenção. Parece que você está escondendo algo sobre esse seu *tio*. Talvez eu deva deixar a diretoria da escola decidir o que é inapropriado ou não.

A Nova manuseia seu pingente de diamante. Há uma frieza inquietante por trás de seus olhos vidrados.

— Quando comecei a estudar aqui, achei que poderíamos ser amigas. Sabe, do tipo que mais parecem irmãs. Mas agora percebo que eu nunca poderia ser próxima de uma garota como você. É insegura demais.

Meu coração está martelando nos ouvidos.

— Meninas, o que está acontecendo aí? — grita a diretora Barnett do outro lado do ginásio.

Nem a Nova nem eu rompemos o contato visual.

— Olha, sua vaca, não deixa o título de rainha do baile subir à sua cabeça. Eu ainda mando aqui.

A Nova revira os olhos.

— É melhor você dar um passo pra trás ou então...

— Ou então o quê? — rebato. — Cuidado com o que fala, a menos que queira que todo mundo nessa escola saiba sobre seu casinho nojento com seu *tio*.

Quando dou por mim, sinto uma forte ardência no rosto.

Se meu ouvido não estivesse zumbindo, eu seria capaz de ouvir os arquejos que vejo no rosto de todos.

Minha mão se fecha em um punho.

— Você não devia ter feito isso — digo, logo antes de acertar a cara da Nova.

Antes que eu perceba, ela e eu estamos rolando no chão, agarrando o cabelo uma da outra. A gritaria generalizada nos engole. Sinto mãos me puxando de todos os lados.

— Você tá morta, vagabunda! — grito, antes que a diretora Barnett e Jaxson consigam nos separar.

* * *

Nenhuma de nós disse uma palavra desde que a diretora Barnett mandou que nos sentássemos do lado de fora da sua sala enquanto ligava para nossos pais. Estou sentada na cadeira dura de madeira mais próxima da porta. A Nova está largada em uma cadeira idêntica no lado oposto à entrada das salas administrativas da escola. Além da diretora Barnett, atrás da porta fechada, somos as únicas pessoas aqui. O tique-taque persistente do relógio de parede do outro lado preenche o silêncio.

Minha bochecha ainda arde. Meu rabo de cavalo está torto; fios soltos de cabelo disparam em todas as direções. A gola da minha blusa de moletom está rasgada. Cada leve movimento parece expor um novo arranhão ou hematoma que começo a sentir cada vez mais à medida que a adrenalina está se esvaindo do meu sangue.

— Brigando? Você sabe que não posso me dar ao luxo de faltar ao trabalho pra isso!

Eu me viro e vejo uma mulher na soleira da porta muito parecida com a Nova. Ela está vestindo um colete laranja com as palavras *Quick Mart* bordadas em azul no lado direito do peito, por cima de uma camiseta folgada e calça jeans skinny.

— Eu não te eduquei desse jeito — ralha a mãe da Nova ao se colocar na frente da filha.

O rosto escuro da sra. Albright fecha assim que me nota, então ela se volta para a Nova.

— Não falei pra você ficar longe dela? — repreende, com os olhos na altura dos da filha. Seu dedo indicador está apontado para o rosto da Nova. — Eu sabia que era um erro a gente se mudar pra cá. Você está aprontando de novo.

De novo?

— *Eu* não estava fazendo nada — argumenta Nova, ajeitando a postura. — Ela que começou a encher a porra do meu saco!

— Fala baixo — censura a sra. Albright.

— Me faz um favor e usa essa mesma energia pra manter seu irmão longe de mim — diz Nova, e olha para mim. — Assim não vou ter que aturar ela e as amigas tentando inventar merda sobre ele.

A mãe de Nova se encolhe e endireita a postura devagar. O clima fica mais pesado de repente.

— Onde você o viu? — pergunta a sra. Albright, com a voz um pouco trêmula.

— Ele estava me esperando na porta da escola hoje de manhã — responde Nova.

— O que ele queria?

— O que você *acha*?

Faço o melhor que posso para continuar virada para a frente ao mesmo tempo que dou uma espiada na Nova e na mãe pelo canto do olho. A sra. Albright está puxando a alça da bolsa preta esfarrapada, pendurada no ombro direito, enquanto observa a filha. Ela parece estar prestes a dizer algo, mas então fecha a boca.

Eu me mexo na cadeira e percebo que minha mãe está parada na soleira da porta. Ela veste uma camisa polo branca e uma saia de tenista combinando. Isso significa que o telefonema da diretora Barnett interrompeu um de seus supostos jogos de tênis com as amigas no clube (que mais parecem uma desculpa para beber vinho durante o dia).

Ela olha primeiro para a Nova e depois para a sra. Albright, franzindo o nariz como se elas fossem um lixo rançoso empesteando o ambiente. Não posso deixar de sorrir com seu teatrinho.

— Deixa eu adivinhar: você é a mãe? — diz ela para a sra. Albright, que parece um tanto confusa com a pergunta. — Fez ela atacar minha filha só porque meu marido se recusou a dar o dinheiro pelo qual ela praticamente implorou de joelhos?

— Eu *não* fiz isso — rebate Nova.

— *Quieta!* — sussurra a mãe dela.

— Deixem-me explicar a confusão.

A diretora Barnett saiu da sala. Ela ainda parece tão irritada quanto estava quando separou a Nova e eu no ginásio.

— As meninas estão aqui porque a Nova deu um tapa na Tinsley, que revidou — explica a diretora.

— Como eu disse, foi um ataque — afirma minha mãe, provocando a sra. Albright.

— A Tinsley não é inocente nessa história — interrompe a diretora. — A Nova deu um tapa nela depois que a Tinsley fez comentários maldosos.

— *Essa* garota que tem hostilizado minha filha desde que você a deixou se tornar a rainha do baile! — grita minha mãe, apontando para Nova.

— Isso é mentira! — grita Nova, levantando-se da cadeira.

— Nova, fica *quieta*! — ordena sua mãe. Ela olha para a diretora Barnett e diz: — Essa garota tentou intimidar minha filha pra que ela desistisse da disputa de rainha do baile. Por que não fizeram nada em relação a isso? Não têm algum tipo de política antibullying?

— As duas meninas têm culpa no cartório — retruca a diretora.

— Espero que isso não signifique que minha filha esteja sendo suspensa por se defender — responde a sra. Albright.

A Nova faz uma expressão aflita. Parece estar compreendendo o que significaria ser suspensa. Ela não poderia participar de nenhuma atividade extracurricular, incluindo a sexta-feira da coroação. Seria perfeito... Isso se eu não corresse o risco de ser suspensa também.

— Chamei as duas mães aqui para discutir punições alternativas para as meninas — declara a diretora. — Não acho certo nem justo suspender a Nova neste caso, considerando que ela é a nossa rainha e...

— Está protegendo *essa garota*? — Minha mãe está soltando fogo pelas ventas. — A família McArthur construiu esta escola, e é assim que você trata nossa filha?

A diretora cruza os braços.

— Vocês falam como se tivessem feito isso de graça. Seu marido foi pago, e muito bem pago, aliás. Como qualquer empreiteiro que tivesse ficado com o projeto.

— Mamãe, se acalma — imploro.

Depois do chilique que dei para ser retirada das cédulas de votação, com certeza não sou uma das pessoas favoritas da diretora agora.

— Também não pretendo suspender a Tinsley, embora provavelmente devesse — diz a diretora, mais para mim do que para minha mãe.

Só percebo como eu estava tensa quando uma onda de alívio percorre meu corpo após ouvir essas palavras. Meu imaculado histórico disciplinar permanecerá como tal.

— Posso entender por que a hostilidade entre as meninas anda alta esta semana, mas, por outro lado, não posso deixá-las impunes. — A diretora entrelaça os dedos e deixa as mãos caírem na frente da barriga. — Elas terão que cumprir detenção na escola todo sábado durante um mês. E isso não está aberto para discussão.

Ok, acho que meu histórico não está mais completamente imaculado.

Minha mãe me segura pelo pulso, me puxando da cadeira.

— Como quiser. Vamos embora, Tinsley. Estou pensando seriamente em nem vir nessa cerimônia de coroação.

Todo ano a escola convida ex-rainhas a participarem da coroação, que costumam cantar o hino da escola para a rainha recém-coroada. Tanto Rachel quanto minha mãe concordaram em comparecer, segundo minha mãe, "por obrigação".

— Isso fica totalmente a seu critério, Charlotte — declara a diretora, inclinando a cabeça. — Temos várias ex-rainhas que com certeza adorariam dar uma contribuição maior se você não estiver no caminho... digo, se não quiser participar.

Minha mãe murmura algo que não consigo ouvir enquanto puxa meu braço. Ela faz uma pausa à soleira da porta, lançando um olhar venenoso por cima do ombro para as Albright, antes de me arrastar pelo corredor.

CAPÍTULO CINCO
DUCHESS

14 DE OUTUBRO
20h03

— É SEMPRE assim. Os brancos dão um jeito de se colocar no centro do nosso progresso.

Evelyn levanta a cabeça e segue meu olhar pelo ginásio, onde minha amiga Nova está cercada pelo prefeito, sua esposa e a diretora Barnett.

— Calma, amor. — Ev volta a olhar para o celular. Ela está entediada. — Não é isso que a rainha recém-coroada tem que fazer nesse jantar? Tirar fotos com toda essa gente cheia de pompa?

— Não te incomoda eles estarem a noite toda se apropriando de algo que esperamos tanto pra conseguir? — pergunto. — O jeito como a chamam de *sua* primeira rainha negra do baile. Ela não é deles. Ela é *nossa*. Ficam agindo como se tivesse sido ideia deles finalmente fazer a coisa certa por nós.

— Você vai ter um troço — alerta minha gata. — Não esquece: quando um de nós ganha, todos nós ganhamos.

— Sim, *nós*, não eles.

A Nova tem sido tratada como um cavalo de exibição neste evento, com os brancos monopolizando todo o tempo dela com pedidos de selfies que com certeza postaram em suas redes sociais para provar que são "progressistas" ao apoiarem a primeira rainha negra do baile da Lovett High. #NãoÉSobreRaça.

O fato de artigos com títulos do tipo "A PRIMEIRA PESSOA NEGRA A..." ainda serem publicados deveria ser vergonhoso para eles. Hoje à noite, durante o discurso de abertura na cerimônia de coroação, a diretora Barnett disse ao público que implementar as novas "políticas de equidade" da escola foi "um passo muito necessário na direção certa". Minha vontade era de levantar e gritar: *Obrigada a todos por finalmente nos fazerem sentir que somos importantes depois de nos tratarem como "diferentes", considerando que nos obrigaram a vir estudar aqui!*

Respiro fundo. A Ev está certa. Não posso deixar que nada estrague a magia desta noite.

Minha amiga está lidando com isso com muita elegância, mantendo um sorriso perfeito em meio a todos os "Vem cá e diz isso pra aquela pessoa" e "Fica aqui e faz isso" que não para de ouvir desde que foi oficialmente coroada. Qualquer pessoa pode participar da cerimônia de coroação, desde que consiga um dos ingressos limitados que a escola disponibiliza. Mas somente convidados, amigos e familiares da rainha recém-coroada podem comparecer ao jantar que acontece depois. Ao que parece, a escola está usando a lista de convidados dos anos anteriores. Quase não há líderes comunitários ou empresários negros aqui.

Eu disse "nós, não eles" alto o bastante para a diretora Barnett ouvir enquanto estávamos sentadas à mesa da Nova. Como puderam não convidar as mesmas pessoas que comemoraram a vitória dela a semana toda? Felizmente, a Nova conseguiu dar uma de Meghan Markle na cerimônia de coroação inserindo um pouco da nossa cultura na programação. Ela desfilou ao som de uma banda de metais ao estilo de Nova Orleans, recebeu uma serenata com a música "She's Your Queen to Be", de *Um príncipe em Nova York*, e fez o coro gospel da escola cantar "Amazing Grace" depois que foi coroada.

A Nova está parecendo uma princesa da Disney hoje. Quase me engasguei quando ela apareceu no palco. O tule do seu vestido de baile branco brilha sob os holofotes. Ela ainda não me contou qual empresa a apadrinhou. Aposto que foi a Jitterbug's.

Eu me aproximo da Ev.

— Preciso muito que esse pessoal dê um espaço — declaro. — A gente mal conseguiu falar com ela a noite toda.

— E vou precisar que você se acalme, tá bem? — Ev acaricia minha nuca com um sorriso brincalhão. — Sua amiga é a rainha. Deixa ela lá fazendo as coisas de rainha. Você vai ter que se acostumar a dividir a garota.

Reparo no casal branco mais velho na mesa ao lado encarando a gente quando estou prestes a responder. A expressão da mulher é de quem está sentindo um fedor. Percebo que é porque a Ev ainda está acariciando minha nuca enquanto olha para o celular. Eles só desviam o olhar quando faço biquinho para eles e inclino a cabeça. Não dou a mínima se eles se sentem desconfortáveis ao verem duas garotas fazendo carinho uma na outra em público. Uma coisa que minha mãe enfiou na minha mente antes de morrer foi: nunca deixe ninguém fazer você sentir vergonha de quem é. Ela me disse isso para que eu tivesse orgulho da minha pele negra e do meu cabelo crespo. Deixá-la orgulhosa, mesmo que ela tenha partido, é o mais importante de tudo.

A Ev e eu somos as únicas pessoas na mesa da Nova, no centro do ginásio, que, graças a todos os balões, à iluminação especial e à decoração, não se parece nem um pouco com o lugar onde sou forçada a suar por uma hora três tardes por semana. O máximo de tempo que a Nova esteve à mesa foi quando ela veio aqui para pôr a bolsa e deixar a Ev retocar sua maquiagem. A mãe dela, Donna, estava sentada com a gente também, mas escapuliu de fininho logo após o jantar. A diretora Barnett e o Trenton também foram convidados a se sentarem com a gente. O Trenton saiu há alguns minutos para ajudar o pessoal de TI com uma falha na iluminação.

Ninguém sabe por que a Donna foi embora tão cedo. A Nova e a mãe são uma dupla difícil de entender. Tem momentos em que são amorosas e carinhosas uma com a outra, e outros em que se comportam como se estivessem se tolerando apenas porque não tem outro jeito. As coisas parecem mais tensas que o normal desde que o tio da Nova voltou a morar na cidade há um mês, depois que saiu da prisão. Ainda não conversei com ela sobre isso. É um assunto *muito* delicado na casa delas.

— Amor, a Nikki está ligando — diz Evelyn, apertando meu antebraço.

— Que horas são? — pergunto. — Ela provavelmente quer saber se a gente ainda vai.

A gente marcou de encontrar os amigos da Ev em uma festinha mais tarde e estou pronta para ir. Este evento está caído demais. Mas, como somos algumas das únicas pessoas dotadas de melanina aqui, estou tentando oferecer apoio à minha amiga pelo máximo de tempo possível.

— Deixa eu ver o que ela quer — diz Evelyn ao atender a ligação.

— Beleza. Estou prestes a resgatar minha amiga desse povo — respondo, ficando de pé.

A Nova acabou de tirar uma foto com o prefeito e a esposa quando me aproximo dela. No segundo em que nossos olhos se encontram, sua boca se abre, e ela se afasta da esposa do prefeito, que tinha se inclinado para lhe dizer algo.

— Menina, timing perfeito — diz ela, tendo que praticamente gritar por cima do quarteto de cordas ali perto. — A mulher do prefeito perguntou se podia tocar no meu cabelo. "Não acredito que conseguiram fazer caber tudo isso debaixo da coroa", ela acabou de falar pra mim.

— Mentira que aquela vaca fez isso! — deixo escapar.

A Nova me segura pelo braço, nos puxando para longe da banda e dos ouvidos do prefeito e da esposa.

— Vou gritar se tiver que tirar outra foto com mais uma fuça branca — confessa Nova.

Nós duas caímos na gargalhada.

Paramos perto da mesa com a tigela de ponche e a grande escultura de gelo esculpida com as iniciais da escola. A Nova ajeita a coroa que a mãe da Tinsley prendeu em seu black power.

— A gente mal conseguiu conversar — comento. — Você sabe que não estou me aguentando de tanto veneno.

A Nova olha para a nossa mesa e franze a testa.

— Cadê minha mãe?

— Saiu agora há pouco — respondo, surpresa por ela não saber. — Ela não falou contigo?

— Não. E não vou esquentar com isso.

A Nova muda a expressão, a carranca sumindo.

— Tá tudo bem entre vocês?

— Mais ou menos. — Ela dá um passo para trás e me olha de cima a baixo. — Menina, gostei muito desse look com o smoking — elogia minha amiga, apontando o cetro em movimentos circulares para mim.

Você desconversa bem, miga. Vou deixar passar, mas só porque esta é a sua noite.

— Esse povo do country club não estava preparado pra sua amiga hoje, gata — digo, desfilando em semicírculo ao redor da Nova. — Falando sério, obrigada por ajeitar a roupa pra mim. Você arrasa mesmo com a máquina de costura.

O código de vestimenta para a coroação e o jantar é semiformal. Mas não uso vestido, então pedi à Nova que reformasse este smoking velho que comprei em um brechó. Ela o ajustou no meu corpo e acrescentou alguns detalhes para deixar mais moderno. Resolvi causar com sapatos de salto pretos e uma camisa de smoking desabotoada para mostrar um pouco do decote. Não tem nada que eu goste mais do que dar aos jovens um pouco da autêntica mistura "desfeminilizada" e "feminilizada".

— Mas olha só pra isso. — Eu me curvo para levantar a cauda de seu vestido de baile. — Menina, esse seu look é *tu-do*! Vai me dizer quem te apadrinhou ou não?

— Eles querem continuar anônimos por enquanto — responde ela com um sorriso tímido.

Meu olhar atravessa o salão até onde os McArthur estão sentados. A Tinsley sem dúvida herdou a cara de nojo da mãe.

A irmã dela, que apresentou a cerimônia ao lado do professor Haywood, foi um pouco menos babaca. O senhor McArthur parece meio indiferente, como se estivesse aqui somente porque foi obrigado pela esposa.

— Eu bem queria que você tivesse convencido o pai da Tinsley a te apadrinhar — digo. — Você teria entrado no Hall da Fama da Maldade por isso.

A Nova dá de ombros.

— Bem, consegui o que queria assim mesmo e de quebra consegui irritá-la. Dois coelhos numa cajadada só.

Ela começa a me contar sobre algumas das conversas constrangedoras que teve que suportar, mas seu celular apita, e ela faz uma pausa, pegando-o para ver quem mandou a mensagem.

Vejo Jessica Thambley enquanto olho ao redor do salão. Ela e a maior parte da equipe das líderes de torcida estão trabalhando como anfitriãs, o que implica encher os copos de água, levar os convidados até as mesas e ficar em pé exibindo a própria beleza. Não me surpreendeu nem um pouco que Tinsley e suas seguidoras tietes tenham ficado de fora. Jessica está com o olhar fixo na mesa onde o professor Haywood está sentado, ao lado de uma mulher que presumo ser sua noiva. Acho que ela faz pós-graduação na Universidade do Estado do Mississippi.

Estou prestes a zoar a paixonite óbvia da Jessica pelo nosso professor de artes, mas paro quando vejo a preocupação tomando o rosto da Nova.

— O que foi? — pergunto a ela.

Ela se sobressalta, erguendo o olhar do celular como se tivesse esquecido que eu estava aqui.

— Ah. Nada, amiga — responde ela, guardando o aparelho em um bolso embutido no vestido de baile.

— Não é o que parece. Você ficou um pouco...

— Tudo bem, eu tô bem — interrompe ela.

Quero insistir, mas de repente Ev está ao meu lado.

— Pronta pra meter o pé? — pergunta ela para mim. — A Nikki está intimando a gente a ir pra festa. Pelo visto, o Chance e a Briana não são divertidos o suficiente.

— Podem ir — intervém Nova, com um sorriso incompatível com a tensão que turva seus olhos cintilantes. — Como sua rainha, ordeno que vão e compareçam.

A Ev faz uma reverência de brincadeira.

— Sua palavra é uma ordem, minha rainha.

Não posso deixar de notar como a Nova está desconversando de novo.

— Podemos ficar mais um pouco — garanto. — O lugar está me passando uma vibe bem cenário de *Corra*. Não quero te deixar desprotegida perto de todos esses brancos.

Na verdade, não estou brincando, mas a Nova ri.

— Miga, tchau. Tá tranquilo. Mando uma mensagem pra vocês assim que isso acabar.

Procuro em seu rosto algum pedido oculto para que eu fique, mas não vejo nada.

— Vai pra casa como? — pergunto.

— Vou pegar uma carona com o Trent. — Ela olha ao redor do ginásio. — Ele ainda está aqui, né?

— Aham. Está no auditório ajudando o pessoal a fazer uma coisa nerd com a iluminação. — Esfrego o braço da Nova. — Miga, é sério. A gente pode ficar. Você parece meio...

— Amiga, já disse que estou bem. — O tom dela ainda é gentil, mas posso sentir um pouco de irritação. — Falo contigo depois, tá?

Olho para ela com a testa franzida. Sinto a Ev me observando, esperando que eu me mexa.

— Estou falando sério — insiste Nova com uma risada nervosa. — Olha, amanhã desabafo algumas coisas com você. Nada que eu vá resolver hoje.

— Que tipo de coisas? — indago.

Ela olha para o cetro na mão, evitando meu olhar inquisitivo.

— Coisas que você teria que prometer não contar pra mais ninguém.

A Nova olha rapidamente para a Ev, que não percebe porque está enviando uma mensagem.

— Você sabe que pode contar comigo. Sempre — afirmo.

— Eu prometo que te conto amanhã. Só quero curtir hoje. Viver o momento.

Nós nos despedimos com uma rodada de abraços e beijinhos no ar, e sinto uma sensação desconfortável no estômago se intensificar à medida que nos afastamos. Quando saímos do ginásio, topamos com o Trenton entrando novamente, parecendo um pouco desgrenhado.

— Estão metendo o pé? — pergunta ele.

Concordo com a cabeça e acrescento:

— Ei, você não vai embora cedo não, né?

— Não, por quê?

— Tem alguma coisa rolando com a Nova — explico a ele. — Ela recebeu uma mensagem e ficou meio esquisita depois.

Trenton suspira.

— Ela contaria a você antes de me contar qualquer coisa.

Verdade. Mas saber que ela ainda tem alguém aqui para protegê-la faria eu me sentir menos pior por ir embora.

— Me faz um favor e vê se ela tá bem, beleza? — peço.

Ele sorri antes de assentir.

Depois de entrelaçar os dedos nos da Ev, olho por cima do ombro. A Nova está no mesmo lugar em que a deixamos, olhando para o celular.

Será que acabei de fazer uma promessa que não vou poder cumprir?

CAPÍTULO SEIS
TINSLEY

14 DE OUTUBRO
20h26

NÃO SEI SE a foto que minha mãe acabou de me enviar está embaçada porque quem a tirou (provavelmente meu pai) fez um péssimo trabalho ou por causa de toda a vodca que bebi. Seja qual for o caso, torço o nariz vendo a imagem dela e da Rachel sorrindo feito bobas nos vestidos de gala reluzentes. Esta deve ser a vigésima foto da coroação que ela mandou hoje. Parece até que está gostando de me lembrar que não estou lá. Que ela e minha irmã fazem parte de algo que eu jamais poderei fazer.

Ponho o celular de lado.

— Por Deus, minha mãe está irritante pra cacete hoje. Se ela me mandar mais uma foto...

— É só silenciar, caramba. — Giselle se apoia nos cotovelos na toalha de praia ao meu lado. — É o que faço sempre que minha mãe está enchendo o saco.

Lana está esparramada de bruços na toalha à nossa frente, mexendo no celular. Ela ergue a sobrancelha e olha em nossa direção. As sombras projetadas pelo fogo crepitando no buraco que Nathan e Lucas cavaram na areia dão um ar sinistro ao rosto dela.

Nathan e o melhor amigo estão fazendo graça na beira do mar a alguns metros de distância. Acho que a água do Golfo é mais interessante do que nós; o que é absurdo, considerando que essa festinha na praia foi ideia *dele*.

A festa temática "vamos fazer a Tinsley esquecer a coroação" está rolando em um dos recantos isolados da praia que serve como fronteira sul das cidades ao longo da costa do golfo do Mississippi. O hotel-cassino à esquerda nos oculta do restante de Lovett. À direita, a praia tranquila se estende no breu por quilômetros, até Gulfport, no Mississippi, ao longe. O som do tráfego zunindo atrás de nós na Beachfront Boulevard compete com as ondas do Golfo quebrando na praia. A população da nossa cidade aumenta em umas duas mil pessoas no verão, quando os turistas vêm aqui para se divertirem nas águas quentes e cinzentas do Golfo e frequentarem um dos nossos muitos cassinos, museus e restaurantes, além dos vários festivais que realizamos todos os anos. O lado da Beachfront Boulevard em que estamos lembra muito uma paisagem californiana, com uma praia de areia branca e palmeiras. O lado oposto tem toda a estética que as pessoas adoram na ficção gótica do sul dos Estados Unidos: arquitetura anterior à Guerra Civil e árvores cobertas de barbas-de-velho.

O vento que sopra nas águas do Golfo carrega de vez em quando lufadas de enxofre do complexo industrial que se estende no lado noroeste da praia. Os guindastes de aço e as caixas de metal empilhadas a distância são lembretes de que a indústria de petróleo e gás comanda a economia do estado.

Eu me deito de costas na toalha de praia, meio tonta, enquanto observo a noite escura sem estrelas encobrindo nossa festinha de consolação. "Wipe Me Down", do Lil Boosie, está tocando na caixa de som portátil do Lucas. A *intenção* disso tudo era me distrair da coroação. Mas, graças à minha mãe e à companhia patética que tenho agora, não consigo pensar em outra coisa.

Me ergo outra vez e rastejo até o cooler a pouco mais de um metro de distância. Quando abro a tampa da garrafa de vodca que Nathan roubou do armário de bebidas dos pais, Lana resmunga:

— Tins, você trouxe a gente pra cá de carro.

— É, eu sei — respondo enquanto coloco mais álcool no copo rosa descartável. — Para de tentar acabar com a minha vibe, sua chata.

Dou uma olhada rápida no Nathan, que dá uma chave de braço no Lucas. Acho que está tentando jogar o Lucas nas águas escuras do Golfo, e parece que está prestes a conseguir.

Meu celular apita de novo. Tomo um gole da bebida e remexo os dedos dos pés na areia fria. Provavelmente é outra foto da minha mãe. Não vou mais deixá-la perturbar minha paz.

Ouço Nathan e Lucas se aproximando antes de me sentar e vejo os dois vindo na nossa direção, dançando e cantando a letra da música:

— *I pull up at the club VIP, gas tank on E but all drinks on me...*

— *Wipe me down!* — completa Lucas, pendurado no ombro do Nathan.

— *Fresh kicks, fresh white tall tee, fresh NFL hat, fresh'bauds with the crease...* — continua Nathan, seu cabelo castanho--claro cacheado balançando ao vento enquanto ele se agacha, sacudindo os braços no ritmo da música enquanto avançam até a gente.

— *Pussy niggas wanna hit me with they heat...*

Cada músculo do meu corpo fica tenso.

— Nathan!

— O quê? — pergunta ele, parando perto do cooler e me lançando o mesmo olhar espantado do Lucas.

— Você usou a palavra racista que começa com N. — Meu olhar se volta para Giselle, que ainda está deitada de costas com os olhos fechados. — Sabe que não deve falar isso.

Nathan se deita na frente da minha toalha, esticando o corpo esguio na areia.

— Calma, gatinha. Estou só cantando a letra da música.

Lucas dá risada enquanto se senta na tampa do cooler.

— *E daí?* — Solto o ar pelo nariz com força. — Primeiro, não é porque está na letra da música que te dá o direito de falar. E, segundo, é ofensivo pra Giselle.

— Tudo bem, Tins — retruca Giselle. — Sei que o Nathan não quis dizer *naquele* sentido.

Estreito os olhos para ela. Devo mencionar que sua indiferença é o motivo pelo qual muitos alunos negros da escola a chamam de Candace Owens?

— Tá vendo? A Giselle não ficou bolada. — Nathan levanta os braços para pegar a cerveja que Lucas joga para ele. — Você assistiu a uma palestra daquele Ta-Nehisi Coates e quer bancar a desconstruída. O que é hipócrita pra caralho, considerando que você literalmente tentou sabotar as eleições *inclusivas* deste ano.

Não é o sorriso petulante que ele me lança que faz algo dentro de mim explodir. É ver todo mundo achando graça que me leva ao limite.

— Achei que a gente tivesse combinado que o nome da Nova não seria mencionado hoje.

— *Tecnicamente*, ele só disse...

— Ah, cala a boca, baba-ovo! — grito para Lana.

Quase caio para trás quando me levanto depressa demais. Puxo de qualquer jeito as pontas da camisa azul-clara de Nathan, que vesti por cima do biquíni para não passar frio. Tentar abotoá-la enquanto as rajadas de vento continuam a abri-la me irrita ainda mais.

— A Nova Albright é irrelevante! — balbucio quando meu mundo começa a se inclinar um pouco mais para a esquerda.
— Sabem por que não importa que ela seja rainha do baile? Porque ela não vai mais longe que isso. O máximo de sucesso que a garota vai ter na vida vai ser no ensino médio. Enquanto eu sou uma McArthur, porra. Não preciso de uma coroa pra ser rainha. Nunca precisei!

Estendo o braço direito, esperando que isso me impeça de sentir como se estivesse andando em uma corda bamba suspensa a milhares de metros no ar. Infelizmente não é o que acontece.

— Ninguém vai se lembrar dela na nossa festa de reencontro daqui a dez anos de tão rodada e acabada que ela vai estar.

Tomo outro gole. Algumas das gaivotas que pairaram perto deles a noite toda começam a grasnar.

— Não, acho que todo mundo sempre vai se lembrar da garota que deu um tapa na cara da Tinsley McArthur, ainda que ela fique horrorosa — provoca Lucas.

— Que é isso, *cara* — reclama Nathan enquanto tenta esconder um sorriso.

— A Nova Albright que se foda! — Derramo um pouco da bebida no Nathan quando balanço o copo na direção do Lucas. — Eu devia ter matado a garota e desovado o corpo naquele cemitério de escravizados que ela tanto ama.

Giselle solta um arquejo.

— Ah, *isso* te ofende, mas ouvir o Nathan dizer uma palavra racista com naturalidade tá tudo bem? — Puxo a barra da camisa do Nathan novamente. — Teria sido merecido se eu tivesse matado aquela vagabunda por roubar a porra do meu legado!

— Gatinha, pega leve, sério. — Nathan se levanta bem a tempo de me impedir de tropeçar. — Isso foi pesadão, até pra você.

— É, foi bem escroto — concorda Lucas.

Lana continua segurando o celular com ambas as mãos, mas agora está sentada na toalha de praia com os joelhos encostados no peito.

— Que foi? — grito para ela. — Também não gostou do que eu disse?

Ela olha para o aparelho em vez de responder.

Eu me liberto dos braços do Nathan.

— Quer saber? Vocês são chatos pra cacete.

— Está indo aonde? — pergunta Nathan depois que largo o copo e me curvo para pegar a toalha de praia.

— Pra qualquer lugar que não seja aqui.

Enfio a toalha na bolsa, o que leva mais tempo que o normal porque minha vista está bem embaçada. Nathan fica pedindo para eu me acalmar.

— Tins, o que está fazendo? Você é a nossa carona — reclama Giselle.

— Chama um carro de aplicativo — rebato.

A mão do Nathan se fecha em volta do meu pulso, e puxo o braço, quase caindo para trás. Seria muito mais fácil vazar daqui se eu não tivesse que me esforçar tanto para me equilibrar na areia.

— Tins, espera!

— Me deixa em paz!

— Você está bêbada. Não vou deixar você dirigir assim.

Continuo cambaleando em direção ao estacionamento, que parece mais longe que os dez metros de distância de sempre.

— Tins, para! Estou falando sério.

Nathan segura meu pulso novamente. Eu me solto e me viro para encará-lo.

— Você sempre tem que bancar o cachorrinho patético correndo atrás de mim?

A boca dele se contorce.

— Como é que é?

— Será que dá pra me deixar em paz? Consegue fazer isso? Ou tenho que ser a babaca e dizer que você com certeza não será o marido com quem vou aparecer no nosso reencontro daqui a dez anos?

— Tins...

— Quê?

— Me desculpa, tá? Me desculpa por ter tocado no assunto.

— Você está sempre se desculpando, Nathan. Você é um ser lamentável que eu só namoro porque minha mãe quer. Mas você nunca vai ser meu marido. Inclusive estou começando a questionar se quero mesmo manter esse relacionamento até me formar.

Os olhos de Nathan se arregalam, e ele franze a testa para mim.

— Pronto, falei — concluo.

Ele não tenta me impedir quando me viro e saio andando. Em direção ao carro que ele disse com toda a razão que eu não deveria dirigir.

CAPÍTULO SETE
DUCHESS

15 DE OUTUBRO
7h18

SÁBADO É O único dia em que eu *quase* consigo dormir até tarde. Digo "quase" porque meu pai ainda me acorda cedo, mas geralmente não antes das nove. Nossa agenda semanal de sábado inclui eu limpar a casa enquanto ele cuida do quintal. Tem sido assim desde que minha mãe morreu. Eu dividia um pouco do trabalho com meus dois irmãos mais velhos quando eles ainda moravam aqui, mas agora sou só eu.

Hoje é meu celular que me acorda. A princípio, acho que é uma chamada de telemarketing, porque quem me conhece *sabe muito bem* que não deve me ligar tão cedo em um sábado. Depois da décima segunda vez que o celular vibra na mesa de cabeceira, finalmente desenterro a cabeça de debaixo das cobertas. O pouco de luz do sol que conseguiu penetrar as cortinas escuras incomoda meus olhos.

Tudo parece bem mais pesado que o normal. Cheguei em casa ontem à noite só um pouco antes do meu limite de horário. A festinha estava bem legal quando a Ev e eu aparecemos. Eu teria perdido a hora se ela não tivesse me tirado de um animado jogo de Spades contra alguns de seus colegas de turma. O papai estava num sono profundo no sofá quando entrei. Se eu tivesse me atrasado, ele teria despertado no segundo em que me ouvisse tentando fechar a porta da frente sem fazer barulho. É como se ele tivesse algum alarme interno programado para despertar se o meu pé cruzar a soleira depois das 22h30.

Assim que minha mão encontra o celular, o aparelho para de vibrar. Como já estou acordada, pego-o da mesinha e me sento na cama para ver quem preciso xingar. Esfrego os olhos com a mão livre e fico paralisada quando vejo todas as notificações listadas na tela. Dezessete chamadas perdidas? E uma porrada de mensagens!

O que é que pode ter acontecido tão cedo, inferno?

Clico nas notificações de chamadas perdidas. A maioria é do papai. Ele está ligando desde quinze para as sete. Por que simplesmente não bateu na porta do meu quarto?

— Papai! — grito, vendo todo o registro de chamadas. — Papai! Agora vai usar o celular pra me acordar?

Silêncio.

Mais duas chamadas perdidas seguidas da Ev. E uma do Trenton dez minutos depois. Uma mensagem do meu pai surge na parte superior da tela. O que está escrito me faz franzir as sobrancelhas.

LIGA PRA MIM! POR FAVOR!

Sinto o coração acelerar, empurrando minhas costelas como se quisesse pular para fora do peito.

Afasto as cobertas. O papai nunca usou apenas letras maiúsculas em uma mensagem. Ele me provoca quando faço isso. *Com quem você pensa que está gritando, garotinha?*, costuma dizer. O silêncio incomum que continua me instigando começa a me causar uma sensação incômoda no estômago. Quando estou prestes a ligar para o papai, uma foto minha e da Briana aparece na tela.

— B, te ligo em um minuto — atendo e digo enquanto saio da cama. — Preciso falar com meu pai.

— Aposto que sim. O que ele te falou do que aconteceu com ela? — pergunta Briana, parecendo sem fôlego. — Menina, não acredito que é verdade.

— O que é verdade?

— A Nova.

— O que tem ela?

O silêncio se estende por tanto tempo que olho para a tela do celular para ver se a ligação caiu.

— Alô? B? Tá falando do quê?

— Espera. Você não... você não sabe...

O tremor na voz dela me assusta.

— Não sei o quê? — grito, ficando irritada.

Mais um instante de silêncio antes de a Briana gaguejar:

— Está... está... está em todos os noticiários.

Já estou procurando o controle remoto na mesa de cabeceira. Preciso afastar meu exemplar de *A nova segregação* para alcançá-lo. Comprei o livro há uma semana, esperando que me ajude a decidir se realmente quero estudar direito criminal na faculdade. Ainda não comecei a ler. Vou começar hoje à noite, digo a mim mesma, enquanto aponto o controle remoto para a televisão pendurada na parede em frente à cama.

— Tipo, como isso pode ter acontecido? — pondera Briana. — Vai falar com seu pai e me liga de volta assim que souber de mais alguma coisa.

Porém, por algum motivo, Briana não desliga, nem eu. Mantenho o celular encostado na orelha enquanto ponho na Fox 6, uma das emissoras de notícias da cidade, e leio as palavras na parte inferior da tela. O texto *"corpo achado no cemitério é identificado"* vai rolando abaixo de Judy Sanchez, a principal repórter criminal do canal.

Aumento o volume, sobrepondo-o ao silêncio ameaçador do quarto. Ouço a respiração da Briana do outro lado da linha ficar mais alta.

— *... o corpo de Nova Albright, aluna veterana da Lovett High, de 17 anos, foi encontrado por volta das seis horas da manhã de hoje no Cemitério de Escravizados Sagrado Coração, logo atrás de mim.*

As palavras da Judy são um soco no meu estômago.

Meus joelhos se dobram. Quando eu caio, minha bola de basquete rola pelo chão do quarto.

— B, o que aconteceu? — berro.

— Eles não sabem — responde Briana, o choro embargando a voz. — Duchess, isso é tão horrível...

— *Shhhhhh!* — sibilo, aumentando ainda mais o volume da TV.

Só posso ter escutado errado. A Judy não pode estar falando da *minha* Nova. Tem que ser alguma outra Nova. Uma que mora aqui também e estuda com a gente. Minha Nova está viva. Minha Nova está ótima.

A câmera aponta para a esquerda, revelando um grupo de policiais uniformizados reunidos em torno de uma lápide cercada pela fita adesiva amarela que indica cena de crime. De repente, me dou conta do motivo de o meu pai ter me ligado tantas vezes. E de ele obviamente não estar aqui agora.

— *A polícia não divulgou nenhum detalhe sobre a causa da morte, mas sabemos que a garota foi vista com vida pela última vez por volta das 21h30 ontem na Lovett High, onde a escola realizava a cerimônia anual de coroação seguida de um jantar. Uma hora antes, a vítima havia sido coroada a rainha deste ano, tornando-se a primeira aluna negra na história da escola a conquistar o título.*

Quanto mais Judy fala, mais sinto um vazio gelado crescer em minhas entranhas.

— Duchess, Duchess — chama Briana. — Duchess, você tá bem?

Não quero responder. Reagir à sua preocupação tornaria isso real.

A transmissão da TV corta da imagem de Judy para uma filmagem meio trêmula. Eu me inclino para a frente de joelhos, analisando a pessoa cambaleante que agora está na tela. Fico de pé, uma perna de cada vez, quando começo a reconhecer a garota de biquíni lutando para manter o equilíbrio na frente do que parece ser um dos postos salva-vidas da praia. Quem quer que tenha filmado a Tinsley fez isso sem o conhecimento dela.

— *Este vídeo viralizou nas redes sociais da noite para o dia. Mostra Tinsley McArthur, filha do renomado empresário Virgil McArthur, falando sobre querer matar a vítima* — explica Judy Sanchez com a voz ao fundo. — *Alertamos ao telespectador que este vídeo contém linguagem imprópria.*

— *A Nova Albright que se [bipe]!* — grita Tinsley para Giselle e, pelo que aparece da outra silhueta sentada na praia no canto do vídeo, seu namorado, Nathan Fairchild. — *Eu devia ter matado a garota e desovado o corpo naquele cemitério de escravizados que ela tanto ama.*

A tela volta a mostrar Judy Sanchez.

— *Este vídeo foi postado no TikTok por um dos amigos de Tinsley aproximadamente uma hora antes de a vítima ter sido vista com vida pela última vez. Tinsley McArthur havia sido a concorrente da vítima na eleição para a rainha do baile. A rivalidade chegou a se tornar física poucos dias antes do assassinato...*

Minha mente relembra o olhar no rosto da Nova depois que ela checou o celular ontem à noite. A pessoa que postou aquele vídeo da Tinsley deve ter enviado para ela também.

— Duchess, isso tudo é muito surreal...

— B, falo contigo depois — digo e desligo antes que ela possa responder.

Tiro o som da TV e ligo para o papai. Ele atende no primeiro toque.

— Duchess...

— Papai, por favor, me diz que isso não é verdade — imploro, andando de um lado para outro na frente da TV silenciada. Meu quarto parece ainda menor do que já é. — Só quero ouvir que isso não é real. Que ela não está morta. Por favor, me diz que ela não...

O restante da frase fica entalado no fundo da minha garganta.

Posso ouvir o som de conversas do outro lado da linha, mas nada do meu pai.

— Papai! — berro.

— Minha menina. — Ele soa esgotado. — Não posso te dizer isso. Ela está, ela está...

O pavor que estava rastejando pela minha pele envolve e aperta meu pescoço.

— Não, papai! A Nova não — respondo, a dor ameaçando cair pelos meus olhos. — Não pode ser a Nova.

— Duchess, vou pra casa assim que puder. Só tenta aguentar firme...

— NÃO! — grito, caindo de joelhos de novo.

Tem um porta-retrato sobre a mesinha de cabeceira com uma foto da minha mãe. A última foto boa que ela tirou antes que o câncer começasse a afetar seu corpo. Seu rosto sorridente me observa esparramada no chão, chorando de agonia enquanto meu coração se parte no peito. Do mesmo jeito que aconteceu na manhã em que o papai me contou que minha mãe nunca mais voltaria do hospital.

CAPÍTULO OITO
TINSLEY

15 DE OUTUBRO
8h17

SAIO CORRENDO ASSIM que vejo o Range Rover do meu pai virar na nossa entrada da garagem.

Passei os últimos trinta minutos andando de um lado a outro na varanda do quarto dos meus pais. Ela tem vista para a frente do nosso terreno e para o restante do loteamento, sendo a melhor posição de ver quando eles voltam de onde quer que tenham estado no início da manhã de hoje.

Invadi o quarto deles segundos depois de assistir à notícia urgente de Judy Sanchez sobre o assassinato da Nova. Estava praticamente inconsciente quando cambaleei para fora da cama para atender a ligação da Rachel, a décima quinta dela esta manhã.

— Põe no jornal! *AGORA!* — gritou ela depois de eu falar um fraco "alô".

O que se seguiu foi um turbilhão de emoções. A incredulidade me assolando se dissolveu em uma raiva de martelar o coração antes que minha ansiedade fosse liberada e me engolisse por inteiro.

A Nova está morta. Assassinada, estão dizendo. E todo mundo acha que eu fiz isso.

Quando cheguei ao quarto dos meus pais, ele estava vazio, a cama, desfeita e as roupas que usaram na cerimônia de coroação da noite passada, jogadas sobre vários móveis. Pensei em telefonar para eles, mas não queria ligar o celular de novo. Mesmo não recebendo uma notificação toda vez que alguém deixa um comentário no vídeo, isso *não* deixa de ser estressante.

Ela é uma fedelha arrogante e cruel!, alguém disse sobre mim no TikTok.

Isso é revoltante!!!, outra pessoa escreveu.

A desgraçada está cancelada!

Não tem nada de novo por aqui, pessoal, só mais um branco fazendo o que sempre faz quando algo não sai do jeito que quer: reclamar e depois ameaçar com violência.

Sempre odiei essa nojenta privilegiada. Que bom que o mundo está enxergando a verdade.

Por que ela ainda não foi presa? Praticamente admitiu que é culpada!

Alguém devia estrangular essa puta e se livrar do corpo! Branca privilegiada do caralho!

Sim, o que ela disse foi horrível, mas que tal esperar até todos os fatos serem revelados antes de condená-la? Inocente até que se prove o contrário!

Eu me senti grata por pelo menos alguém ter me apoiado. Isso até eu ler todas as respostas a esse comentário basicamente atacando a pessoa que o escreveu, ao mesmo tempo que afirmava que sou racista pelo que disse sobre desovar o corpo dela em um cemitério de escravizados.

Aquela bruxa traidora da Lana! Não acredito que ela me gravou e, pior, que postou o que eu disse nas redes sociais. Preciso dos meus pais, principalmente da minha mãe. Ela saberá o que fazer. Sempre sabe.

Ela está descendo do carro quando saio pela porta. Não me vê correndo em sua direção, mas seu rosto já exibe uma expressão carrancuda.

É bem provável que a Rachel tenha ligado e contado a eles o que está acontecendo.

Sabendo que odeiam qualquer notícia sobre nossa família que seja veiculada sem passar pelo crivo deles, eu deveria ter ligado para minha irmã e dito a ela que ficasse de bico fechado até eu ter a chance de lhes explicar tudo.

— Não fui eu! Eu juro! — grito.

Minha explosão assusta minha mãe, que para de súbito perto do para-choque traseiro do SUV do meu pai. Ela gira o pescoço depois de olhar para mim. Ainda estou usando o biquíni de ontem à noite e a camisa de botão do Nathan. O concreto fervendo queima meus pés descalços.

— Tinsley, você está horrível — declara ela.

Meu pai aparece na parte traseira do lado do motorista, uma careta distorcendo seu rosto barbudo.

— Caguei pra minha aparência.

— O que está acontecendo? — pergunta meu pai.

— Como assim? A Rachel não contou pra vocês?

— Contou o quê? — intervém minha mãe.

— Está em todos os noticiários! Ela está morta, e eles acham que fui eu!

Meus pais trocam uns olhares que oscilam entre a perplexidade e a angústia.

— Tinsley, meu Deus, você está tremendo. — Minha mãe me segura pelos ombros. — Quem está morta? Do que você está falando?

— Onde vocês estavam? Estou em pânico — digo com a voz trêmula.

Meu pai se aproxima de mim.

— A gente foi tomar café da manhã no clube. O que está te deixando tão nervosa?

— Nova Albright foi assassinada ontem à noite — respondo, me livrando do braço que meu pai também tenta colocar em volta dos meus ombros. — Todo mundo acha que fui eu!

— Por que motivo... achariam isso? — indaga minha mãe, lançando um olhar confuso para meu pai.

Abro a boca para contar a eles do vídeo, mas a fecho quando uma viatura policial branca e bege aparece na entrada da garagem.

Sinto calafrios pelo corpo todo. Minha mãe segura o antebraço do meu pai. Nós três observamos a viatura do Departamento de Polícia de Lovett parar devagar atrás do carro do meu pai. Desta vez não me afasto quando ele passa o braço pelos meus ombros.

Reconheço o rosto negro e harmônico do policial uniformizado que sai da viatura. Ele tem a mesma pele marrom-escura da filha. Quando se aproxima de nós, percebo que a Duchess também tem os olhos profundos e os lábios carnudos do pai.

— Virgil, Charlotte — cumprimenta meus pais com um aceno de cabeça.

Mal consigo ouvi-lo. Meus batimentos estão martelando nos ouvidos.

— Por que está aqui? — pergunta meu pai, postando-se na frente da minha mãe e de mim. — Tão cedo? Em um sábado?

O policial Simmons olha brevemente para mim, então se aproxima do meu pai com as mãos no cinto tático.

— Houve um assassinato ontem à noite. A vítima foi Nova Albright. Ela era a melhor amiga da minha filha.

— Sinto muito pela sua perda, mas o que isso tem a ver com a gente? — retruca meu pai, com a voz um pouco trêmula.

— Precisamos que a Tinsley vá até a delegacia e responda a algumas perguntas — declara o sr. Simmons.

Minha mãe dá um passo à frente.

— Por quê?

O sr. Simmons solta o ar com força e diz:

— Porque ela é a única pessoa que sabemos que queria a garota morta.

* * *

O Departamento de Polícia de Lovett fica no prédio onde funcionava o hospital municipal. Depois do Katrina, os líderes do condado usaram milhões em verbas federais para construir uma instalação médica maior do outro lado da cidade, e o antigo hospital foi cedido para a polícia. Eu nunca tinha visto o interior deste lugar até hoje. Meus pais não saíram do meu lado desde que chegamos aqui.

— Ela não está sendo presa — explicou o sr. Simmons. — Mas precisamos entender por que ela disse aquilo no vídeo. Não há necessidade de envolver advogados ainda.

A maneira como ele enfatizou a palavra *"ainda"* arrepiou os cabelos da minha nuca.

Nós três estamos sentados em uma sala de interrogatório há 45 minutos. A parede atrás de mim é repleta de tomadas que eram usadas como fontes de energia para equipamentos hospitalares. O contorno desbotado de onde ficava uma TV de tela plana descolore a tinta cinza metálica da parede à frente. As persianas rolô de tecido escuro impedem que o sol entre pela grande janela retangular à direita. O sombreamento lança uma camada opaca em tudo, fazendo com que a grande mesa de metal e as cadeiras do cômodo pareçam foscas. A sala está muito fria.

Puxo para baixo as mangas do moletom que vesti com uma calça jeans antes de sair de casa. Envolver os dedos gelados no algodão macio não impede que arrepios percorram meu corpo.

— Por que tanta demora? — questiona minha mãe. Ela vai até a porta, à esquerda, para espiar pela estreita janela de vidro no centro. — Estou achando que devíamos ter chamado um advogado, Virgil — opina ela enquanto se vira para nós. — Duvido que não vão tentar jogar a culpa disso na nossa filha.

Graças ao noticiário, meus pais viram o vídeo do meu desabafo na praia. Lana e a mãe estão agora na lista de embustes da minha mãe também.

— Charlotte, pode se sentar? — implora meu pai. — Está me deixando nervoso. Já estou com coisas de mais na cabeça, pelo amor de Deus.

— Mas e se eles...

A porta se abre, interrompendo minha mãe. Tensão se revira em meu estômago quando vejo o pai da Duchess entrar na sala. Ele tem uma pasta marrom nas mãos. Outro homem entra atrás dele. Quando nossos olhares se encontram, percebo que é o chefão do departamento de polícia. Eu só o tinha visto no noticiário. O olhar duro do superintendente Barrow se volta para meus pais. Ele comprime os lábios grossos de forma tensa e se encosta na parede à minha frente, cruzando os braços, enquanto o pai da Duchess se senta na cadeira oposta à minha. Ouço minha mãe desabar em um dos assentos atrás de mim enquanto o sr. Simmons, ou melhor, o *capitão* Simmons, de acordo com o crachá dourado preso à sua camisa, pigarreia.

Depois de nos agradecer por sermos pacientes, o capitão Simmons pede que eu conte tudo que fiz ontem à noite.

— Não deixe nada de fora — acrescenta ele, como se eu fosse uma menininha com dificuldade para compreender.

Minha boca está tão seca que minha língua parece pesada. Eu me demoro descrevendo minha noite. Com quem eu estava, por que estávamos lá. Digo a eles inclusive que estávamos bebendo. Culpo o álcool pelo que disse sobre a Nova.

— Todo mundo ali sabia que era uma brincadeira — afirmo.

O superintendente Barrow e o capitão Simmons não demonstram qualquer emoção. Ouço meu pai se mexendo na cadeira atrás de mim quando admito ter dirigido bêbada para casa depois de brigar com o Nathan.

— Se você não consegue se lembrar exatamente de como chegou em casa ontem à noite, por que deveríamos acreditar que não foi até a escola após se separar dos seus amigos?

Sinto o coração pesar no peito quando o arquejo da minha mãe ecoa na sala. O superintendente franze a testa. Ele parece irritado com o rompante dela.

— Eu... eu... eu não a matei — gaguejo, desesperada para fazê-lo acreditar em mim. — Eu não faria uma coisa dessas. Além disso, eu estava *pra lá* de bêbada. Mal conseguia ficar em pé... mesmo hoje de manhã.

— E ainda assim foi capaz de dirigir até em casa? — questiona o capitão Simmons.

Puxo os punhos das mangas. Dirigir bêbada está longe de exigir as habilidades motoras necessárias para matar alguém e se livrar de um corpo. Mas estou com medo de retrucar, pela maneira como o pai da Duchess está olhando para mim do outro lado da mesa.

Ele deve me odiar tanto quanto a filha. A esposa dele perdeu o emprego no clube depois que contei à minha mãe que a Duchess me beijou enquanto brincávamos na quadra de tênis. Tínhamos 8 anos. Eu não imaginava que minha mãe fosse ao gerente expressar suas "preocupações" a ele. Só fiquei sabendo no fim de semana seguinte, quando nem a Duchess nem a mãe apareceram lá. O incidente levou à política atual do clube de proibir os funcionários de levarem os filhos para o trabalho.

— Achei que minha filha estivesse aqui para responder perguntas, não para ser acusada de assassinato — declara minha mãe.

— Chefe, deixa comigo — diz o capitão Simmons por cima do ombro para seu superior. — Tinsley, deixe-me relatar o que sabemos até agora. — O capitão Simmons entrelaça os dedos e coloca as mãos em cima da pasta à sua frente. —

Testemunhas oculares na cerimônia de coroação afirmam que Nova deu uma olhada no próprio celular antes de sair do ginásio por volta das nove da noite.

— Ela de fato foi embora — interrompe minha mãe. — Nós estávamos lá. Não encontraram a menina quando chegou a hora de se despedir de alguns dos convidados ilustres.

— Charlotte! — repreende meu pai. — Por favor. Deixa o homem falar.

O capitão Simmons espera alguns segundos antes de prosseguir:

— O zelador do cemitério achou o corpo da Nova por volta das 5h30 de hoje.

O capitão Simmons abre a pasta. Ele pega uma foto de 20x25cm e, com delicadeza, a coloca na minha frente. Não consigo olhar nada além do vestido de baile branco manchado de sangue antes de desviar os olhos. A bile com gosto de vodca borbulha no fundo da minha garganta. A Nova está mesmo morta. Tipo, alguém realmente a matou.

Isso não pode estar acontecendo.

— Ela teve ferimentos múltiplos na cabeça — continua o capitão Simmons. — Parece que alguém bateu na cabeça dela por trás e ela caiu.

— Bateu nela? Com o quê? — pergunto.

— Achamos que com o cetro dela — responde o capitão Simmons. — O legista encontrou fragmentos de vidro no crânio. O cetro da Nova sumiu, junto com o celular. — Ele pega a foto do corpo dela e a coloca de volta na pasta, fechando-a. — Temos que reconstruir o que aconteceu entre as nove da noite e o momento em que o corpo dela foi encontrado. Sei que você disse que não se lembra, mas é possível que a tenha encontrado em algum lugar?

— Não! De jeito nenhum! Eu estava trêbada. Pode perguntar aos meus amigos: Nathan Fairchild, Giselle Joubert, Lana Malone e Lucas Hutchins. Todos estavam comigo. Eles me conhecem. Sabem que eu nunca faria algo assim.

— Você e a Nova discutiram alguns dias atrás, não foi? Antes das eleições para a rainha do baile? — indaga o capitão Simmons.

— Quando pedi a ela que desistisse?

— Você diz que *pediu*, mas ouvi dizer que não foi tão gentil assim.

O rosto do capitão Simmons está neutro.

Eu me mexo na cadeira.

— Também não foi hostil.

— Tentou suborná-la? — continua ele. — Ofereceu dinheiro a ela pra reformar o Cemitério de Escravizados Sagrado Coração, mas ela recusou, foi isso?

— Foi.

Qual é a relevância disso?, eu me pergunto.

— Isso te chateou?

— Bom, não fiquei feliz por ela não ter aceitado. Todo mundo sabe o que ser rainha signif... — Minha garganta se aperta. Percebo por que as sobrancelhas do superintendente e do capitão Simmons se ergueram depois do que acabei de dizer. — Espera aí. Estão tentando insinuar que joguei o corpo dela lá porque estava com raiva por ela não ter aceitado o dinheiro? Isso seria *muuuuito* doentio... além de quê, não é verdade.

— Ninguém falou nada disso — contrapõe o superintendente com uma expressão presunçosa.

— E você não se lembra a que horas chegou da praia? — prossegue o capitão Simmons.

Dou de ombros. Percebo que talvez devesse mentir. Mas minha mente está tão embaralhada agora que não consigo determinar de um jeito rápido o bastante que horário me faria parecer mais inocente.

— A que horas vocês chegaram em casa ontem à noite? — pergunta o capitão Simmons, agora olhando para atrás de mim.

Eu me viro na cadeira. Os ombros do meu pai se erguem quando ele ajeita a postura. E não sei dizer se é a falta de luz do sol que faz o rosto da minha mãe ficar pálido, ou se é porque definir minha inocência acaba de recair sobre os ombros dela.

— Hum, bem, tomei uns drinques na coroação — conta meu pai, coçando a barba. Ele se vira para minha mãe. — Que horas eram quando chegamos, querida?

Minha mãe cruza as pernas, seu rosto ficando rígido.

— Chegamos em casa entre dez e dez e meia. E o carro da nossa filha estava estacionado na garagem.

— Então você a viu em casa quando chegou?

— Não. A porta do quarto dela estava fechada. Como ela disse, ela dormiu a noite inteira.

— A noite inteira? — persiste o superintendente Barrow.

Eu me viro para a frente. Ele está com a coluna mais esticada agora, olhando para minha mãe como se ela tivesse dito algo ofensivo.

— O que está insinuando? — pergunta minha mãe.

— Tinsley, vou ser bem sincero — começa o capitão Simmons, recostando-se na cadeira. — Isso é muito pessoal pra mim. A Nova... Bem, ela era como uma filha. Passava *muito* tempo na minha casa, então... Vamos apenas dizer que estou ciente de como as coisas ficaram *tensas* entre vocês duas por causa da eleição.

Faço um movimento circular com os ombros, prevendo o que ele está prestes a dizer.

— Por exemplo, sei que vocês duas se envolveram no que foi descrito pra mim como uma briga bastante acalorada no início desta semana...

— Foi isso que a Duchess te contou? — rebato.

— Ouvi dizer que houve algumas conversas tensas entre vocês antes de ela ser morta — acrescenta o superintendente Barrow. — Também ouvi que você já fez coisas extremas no passado para conseguir o que queria. Como a vaga de capitã da equipe das líderes de torcida.

Quem contou isso a ele, porra? A única pessoa possível seria a Duchess, eu me dou conta, pensando em como ela e a Nova esfregaram o lance com a Kim Hammerstein na minha cara.

— Usar os segredos de uma pessoa contra ela não significa que eu mataria alguém — retruco.

— Mas você é uma garota muito popular, Tinsley — devolve o capitão Simmons. — Muita gente quer ser sua amiga, se dar bem com você, até te agradar. Alguém pode ter visto aquele vídeo, que a sua amiga postou mais ou menos uma hora antes de a Nova deixar a cerimônia de coroação, e realizado seu desejo.

— Tá de sacanagem? Não tenho esse tipo de poder.

— Isso não é bem verdade — responde o capitão Simmons com uma expressão rígida.

Ele nem precisa completar. Sei que está se referindo ao que fiz quando era mais nova e como isso afetou a família dele.

— Você ficaria surpresa com o poder que garotas adolescentes podem ter — intervém o superintendente Barrow.

Mas ele está olhando para minha mãe, não para mim, quando diz isso.

O som de metal raspando em ladrilho rompe o silêncio que se segue.

— Não conseguem rastrear o celular dela ou algo assim? — indaga minha mãe, de repente de pé ao meu lado. — Isso vai provar que aquela garota não esteve nem perto da minha filha.

— Já estamos fazendo isso, Charlotte — informa o superintendente Barrow. — Não preciso que você nos diga como fazer nosso trabalho.

— Bom, isso não sei dizer — retruca minha mãe, verbalizando meu medo de que eles me vejam cogitar agora, com medo de me incriminar.

Meu pai se levanta antes de dizer:

— Juro por Deus, Charlotte, se não calar a porra da boca...

O capitão Simmons e o superintendente Barrow parecem surpresos com essa rara exibição pública de como meus pais são disfuncionais. Sei que meus pais estão nervosos, mas agora não é hora de o casamento deles implodir.

— Se não foi você que fez isso, Tinsley, tem alguma ideia de quem poderia querer machucar a Nova? — pergunta o capitão Simmons.

Olho para os próprios dedos, depois de ter passado os últimos minutos os contorcendo no colo.

— Não. Você sabe muito bem que a gente não era amiga.

— Já terminamos aqui? — pergunta meu pai, surgindo ao meu lado.

Se tem alguém que pode acabar com isso, esse alguém é ele.

— Temos só mais algumas perguntas, Virgil — informa o capitão Simmons.

— Não, acho que terminamos aqui. — Meu pai me puxa da cadeira pelo braço. — Não gosto do tom acusatório na voz do seu chefe. Não vou deixar que a implicância dele comigo e com a minha esposa afete a minha filha.

Franzo a testa. Fiquei confusa com essa reviravolta. Implicância com meus pais?

— E fiquem sabendo que o prefeito vai ficar sabendo disso — acrescenta minha mãe enquanto meu pai me arrasta pela sala, logo me conduzindo em direção à porta.

O superintendente Barrow se põe no meu caminho, me detendo.

— Vai em frente, Charlotte — diz ele. — Eu não trabalho para o prefeito. Trabalho para os cidadãos desta cidade. *Todos* eles. Não apenas vocês. E uma cidadã foi assassinada ontem à noite e largada num cemitério como se fosse um saco de lixo. Não vou sossegar até encontrar a pessoa que fez isso, não importa quem seja.

O olhar do superintendente desvia da minha mãe para mim. A maneira como ele está me encarando me dá vontade de vomitar.

Ele dá um passo para trás e abre a porta, permitindo que a gente saia para o saguão. Uma mulher está parada no balcão circular da recepção. Um policial uniformizado está ao lado dela, com a mão tocando o centro de suas costas enquanto ela se inclina para assinar a folha de registro dos visitantes.

Paro, fazendo meus pais pararem também. Eu a reconheço antes que ela se vire, e seus olhos inchados se fixam em mim do outro lado do saguão.

O rosto da sra. Albright endurece no segundo em que ela me vê. Meus joelhos ficam bambos. Mas é a sra. Albright que cai no chão. E, com o dedo trêmulo apontado para mim, ela grita:

— O que você fez com ela?

* * *

A van de um canal de notícias está nos seguindo desde que saímos da delegacia. Voltamos para casa em silêncio. Meu pai nem liga o rádio. Há mais duas vans da imprensa estacionadas na rua em frente à nossa casa quando nos aproximamos. Uma delas tem a logo da Fox 6 na lateral. Do banco de trás do Range Rover, vejo Judy Sanchez fechar o estojo espelhado de pó compacto que está usando para conferir a maquiagem enquanto meu pai vira na nossa entrada da garagem circular. A outra van é de uma emissora que fica na cidade de Jackson.

A van que nos seguia para em frente à da Fox 6. Um repórter e um cinegrafista saltam para alcançar Judy, que está liderando o bando de intrusos.

Meu pai é o primeiro a descer do carro. Com o dedo apontado na direção deles, grita:

— Todos vocês, fora da minha casa! *Agora!*

O grupo de pessoas para no meio da entrada da garagem. Essa é a última coisa que vejo antes de a minha mãe usar sua jaqueta de couro para proteger meu rosto das câmeras enquanto me leva para dentro de casa. Antes de bater a porta da frente, ouço Judy Sanchez gritar:

— Tinsley, você matou a Nova?

— Meu Deus, essa mulher não desiste — reclama minha mãe, acrescentando um *"Vaca!"* para finalizar. Então ela se vira para mim com um sorriso forçado. — Vai ficar tudo bem, querida. Prometo. Ninguém realmente acha que você... você sabe...

Eu poderia mostrar a ela as centenas de mensagens que as pessoas me mandaram nas redes sociais dizendo o contrário, mas não mostro. E isso foi apenas na primeira vez que olhei. Não estou pronta para ligar o celular novamente e lidar com tudo isso.

Prefiro fazer a pergunta que esteve na ponta da minha língua durante todo o trajeto para casa.

— O que foi aquilo lá na delegacia?

— Aquilo o quê? — retruca minha mãe, piscando para mim de modo inocente no meio do saguão.

— Entre você e o superintendente de polícia. Por que toda aquela tensão e arrogância dele pra cima de você?

A acústica do saguão vazio ecoa a risada nervosa da minha mãe.

— Ah, só um drama qualquer do ensino médio. Nada com que você precise se preocupar.

Franzo a testa para ela.

— O que você fez pra ele?

O silêncio que paira entre nós responde à minha pergunta. Ela fez alguma coisa. Algo ruim o bastante para que ele ainda esteja com raiva. E o superintendente está disposto a canalizar seu desdém por ela para mim.

— Vai me responder? — insisto com raiva, fazendo-a se sobressaltar.

A porta da frente se abre atrás dela, e meu pai entra. Parece tão frustrado quanto eu.

— Vou ligar pro Joel, ver se pode fazer alguma coisa pra deixá-los longe ali da entrada — informa.

Ele não olha para nenhuma de nós enquanto se afasta.

— Ele não pode fazer nada, Virgil. Ele é o prefeito, não a polícia — opina minha mãe, enfim desviando o olhar do meu.

Meu pai murmura uma resposta e desaparece no corredor. Dou meia-volta e saio na mesma direção.

— Está indo fazer o quê? — pergunta minha mãe.

— Pensar — respondo por cima do ombro.

Meu pai está fechando a porta do escritório quando viro no corredor e entro na biblioteca em frente a ela. O livro que procuro está no lugar de sempre, na terceira prateleira da estante que vai do chão ao teto e se estende por toda a parede. Alguns segundos depois, estou subindo a escada que faz uma curva em direção ao segundo andar, abraçando o livro de capa dura e grossa que peguei da prateleira.

— O que está fazendo? — pergunta minha mãe, aparecendo ao pé da escada no momento em que estou chegando ao topo. — Não quer conversar? Tenho umas ideias de como devemos...

— Não, estou de boa — respondo, interrompendo-a.

Vou direto para meu quarto, bato a porta e jogo o anuário de 1994 da Lovett High na cama. Abro na turma do último ano e procuro por Fred Barrow, sem me importar em me demorar nas fotos granuladas dos meus pais. Já as vi antes. Vi como me pareço com a minha mãe.

Mas não consigo encontrar o superintendente de polícia. Vou folheando até o índice no final do livro. Não demora muito para achar seu nome na seção B. Só que tem outro Barrow. Regina.

Regina Barrow.

O nome de alguma forma me parece familiar. Soa até comum quando repito para mim mesma. Há pelo menos umas dez páginas listadas ao lado do nome dela. Abro na primeira e descubro que Regina Barrow era líder de torcida e muito bonita. Ela está no centro da base da pirâmide que a equipe formou para a foto do anuário. O nariz afilado, os lábios finos e o cabelo loiro me lembram o superintendente Barrow. A versão adolescente do superintendente de polícia aparece na terceira foto de Regina. Não é de se admirar que eu não tenha encontrado seu nome entre os alunos do último ano; a legenda revela que ele estava dois anos atrás dos meus pais na época e era um cadete do Corpo de Treinamento de Oficiais da Reserva da escola. Vê-los lado a lado, com os braços apoiados nos ombros um do outro, torna mais óbvias as características similares em suas feições.

Regina Barrow é uma das várias alunas da quarta foto que analiso. Parece que foi tirada no refeitório, durante o almoço, e ela está cercada por pessoas que presumo serem seus amigos. O garoto a beijando na bochecha com o braço em volta do pescoço dela me faz arfar.

É meu pai.

Flashes distantes de conversas antigas se encaixam, assim que vejo minha mãe no grupo de amigos da Regina, que deve ter sido a garota que meu pai namorou antes de começar a sair com minha mãe. A garota que minha mãe afirmava que minha avó desejava como nora. A garota que minha mãe descrevia como uma líder de torcida linda de morrer que vinha de uma boa família.

Os pelos da minha nuca se arrepiam. A última entrada do índice que confiro é uma foto de Regina Barrow em preto e branco ocupando a página inteira e escrito *In Memoriam*.

— Ela morreu? — murmuro para mim mesma, levando a mão à boca.

Não há informações explicando quando a foto foi tirada, mas está no anuário, então deve ter sido antes da formatura.

Pulo da cama para pegar o notebook na escrivaninha. Digito *Regina Barrow* em uma aba de busca na internet. A maioria dos links que aparecem não tem a ver com ela, mas a quarta página de resultados lista um artigo sobre Fred Barrow que foi publicado no jornal local oito anos atrás. É uma matéria escrita logo depois que ele conquistou o primeiro mandato como superintendente de polícia. Aciono a ferramenta de busca na página, digito o nome da sua irmã e sou levada ao trecho em que ele a menciona. O entrevistador está perguntando como o suicídio dela no ensino médio o havia afetado.

Suicídio?

Fred Barrow conta ao jornalista que a decisão da irmã mais velha de tirar a própria vida serviu de catalisador para ele ingressar no exército em um momento em que sua vida parecia estar perdendo o controle por causa da dor.

A tristeza que nubla os olhos de Barrow quando ele fala de Regina muda o clima na sala, relata o artigo. *Após um breve silêncio, Barrow afirma que defender mais educação sexual nas escolas é a promessa de campanha que ele mais se empenhará em cumprir.*

"Se eu puder salvar uma garota de ter que passar pelo que minha irmã passou, isso realmente a honrará", declarou ele.

Quando solicitado a explicar melhor, Barrow apenas disse: *"Ela confiou em quem não deveria."*

O sentimento denso que esteve alojado em meu peito durante toda a manhã cresce. Será que meus pais se apaixonaram sem que Regina soubesse e essa traição a levou ao limite? Isso explicaria por que o superintendente não gosta deles. E por que está tão determinado a me culpar pelo assassinato da Nova.

CAPÍTULO NOVE
DUCHESS

15 DE OUTUBRO
17h52

— AMOR, TEM certeza de que não quer que eu vá aí?

Perdi a conta de quantas vezes a Ev me perguntou isso hoje. Respiro fundo para não explodir com ela. Sei que não está tentando me irritar. Está se esforçando para me consolar. Mas nada do que ela diga ou faça, pessoalmente ou por telefone, aliviará essa dor entorpecida.

— Não. Estou de boa. Esperando meu pai chegar em casa — respondo sem emoção, de olho no hall que leva à porta da frente.

Ficamos ao telefone em silêncio. Algo que fizemos mais de uma vez no decorrer da conversa de uma hora. Se bem que é forçar a barra chamar nossas ligações de hoje de conversas. Esta é a quarta. O máximo de tempo que nos mantivemos em silêncio no telefone foi por mais de uma hora esta tarde. Acho que a Ev só quer me ouvir respirar. Certificar-se de que não estou só balbuciando coisas desconexas em desespero como estava de manhã quando atendi sua ligação.

Não chorei de novo desde então. O que é estranho, considerando que ainda sinto a dor nos ossos. É como se meus canais lacrimais tivessem secado. Talvez estejam tão fracos quanto eu. Carecem da força para funcionar direito. Eu gostaria que tivesse sido assim quando minha mãe morreu. As lágrimas foram infinitas na época. Todos os dias. Toda hora, ao que parecia. Por três meses. Ter que testemunhar o câncer sugando pouco a pouco a vida dela foi uma montanha-russa que só ia para baixo em um desespero pavoroso. Quando seu sofrimento terminou, ela tinha se tornado uma versão enrugada de seu antigo eu. Talvez seja por isso que não chorei muito hoje. Desidratei meus olhos lá atrás.

Puxo um dos fios soltos saindo de uma parte esfarrapada do sofá. Meus pais o compraram antes de eu nascer, como a maioria dos móveis da casa. O assento está afundado e as almofadas, duras e desbotadas pelos anos que passamos dormindo nelas. Alguns amigos nossos brincaram afirmando que por dentro nossa casa parece o cenário de uma série de comédia do final da década de 1990. O papai tem condições de comprar coisas novas, mas ele, meus irmãos e eu nunca pensamos nisso. Não depois que minha mãe morreu. Ela decorou esta casa. Se nos livrássemos das coisas que ela escolheu, seria como se estivéssemos apagando seu legado. E nenhum de nós quer fazer isso.

Talvez eu não tenha chorado muito porque meu sofrimento está entrelaçado com raiva e perplexidade. Estou no piloto automático. Andando pela casa de moletom. Tirando um cochilo ou outro na esperança equivocada de acordar e perceber que tudo isso é um pesadelo. Assistindo às notícias em busca de novidades sobre a prisão da Tinsley. Mandando mensagens de texto e ligando para o meu pai quando não há novidade nenhuma. Vê-la na Fox 6 saindo da delegacia com os pais, tentando parecer toda aflita, me deixou transtornada. Nunca quis tanto pular para dentro de uma TV. Liguei imediatamente para o Trenton.

— Tá vendo essa merda? — gritei assim que ele atendeu.

Ele compartilhou da minha indignação. Isso foi um pouco reconfortante. Então ele me lembrou de como a Tinsley tentou usar o cemitério de escravizados para subornar a Nova e fazê-la desistir da eleição, e fiquei com raiva de novo. Ela está zoando com a nossa cara. Isso não passa de um jogo para ela.

— Ela vai ter o que merece. Pode confiar — garantiu Trenton antes de encerrarmos a ligação.

Meu pai garantiu que explicaria tudo. Ele mal teve tempo de conversar hoje. Contou que esteve ocupado interrogando pessoas que estiveram na coroação e conversando com a mãe da Nova. Perguntei como a Donna estava.

— Ela está... sobrevivendo — respondeu.

Ele disse que vamos visitá-la amanhã. Sugeriu que levássemos comida para ela.

— Uma coisa a menos com que ela se preocupar — explicou ao telefone.

Duvido seriamente que ela esteja pensando em comer. Sei que eu mesma passei o dia todo sem pensar nisso.

— Isso é tão errado... — comenta Ev do outro lado da linha.

Por um segundo, acho que ela está falando do assassinato da Nova. Então vejo a foto de um homem negro de meia-idade parecendo arrasado surgir na TV. Paro de puxar os fios do sofá.

Estamos assistindo ao noticiário nacional juntas. A legenda diz: *Jardineiro acusado de assassinar a família em Jackson, no Mississippi*. O assassinato da Nova ainda não chegou às manchetes do país inteiro, mas o daquela família branca, sim.

Por que não estou surpresa?

Saber que Curtis Delmont, o jardineiro da família, foi indiciado hoje por três acusações de homicídio em primeiro grau, mesmo sem nenhuma prova concreta, está me tirando do sério. Eles vão mesmo colocar o homem na prisão, sabe-se lá por quanto tempo, por causa de alguns relatos fajutos de vizinhos que dizem tê-lo visto lá? Enquanto isso, aqui, essa princesa mimada e detestável é filmada dizendo que quer matar minha amiga, então isso acontece, mas ela consegue sair da delegacia como se nada tivesse acontecido. Não vejo a hora de ouvir o papai justificar isso!

— A polícia nem está investigando a denúncia do colega de trabalho da esposa que ouviu fofocas no escritório sobre a mulher estar tendo um caso com outro colega — relata Ev, como se eu não estivesse vendo a mesma coisa que ela. — E sabe por que não? Porque ela era uma mulher branca cristã que *supostamente* amava a família! Lá vão eles de novo empurrar a narrativa da mulher branca coitadinha.

Ela está certa, mas não tenho forças para concordar. Não quando suspeito que Tinsley tenha usado as lágrimas brancas como arma na delegacia para escapar da prisão. O que ela poderia ter dito para fazer o papai liberá-la? Minha perna direita começa a balançar quando me sento na beira do sofá. Uma foto minha e da Nova fazendo palhaçada na feira agropecuária do ano passado me encara da mesa de centro.

— Esse homem vai pegar prisão perpétua — reclama Ev. — Quando é que a justiça vai trabalhar por nós? Quando os caras de azul vão parar de nos prender e matar e fazer um serviço melhor pra nos proteger?

Meu coração se contorce, formando um nó.

Meu pai é um dos "caras de azul" de quem ela está falando. Mesmo que não o tenha citado, o que ela disse dói. Não porque estou ofendida; concordo com ela, mas fui condicionada a jamais dizer isso a alguém. Não quando o papai é um dos poucos agentes negros da polícia. Ele está em uma posição de supervisão que teme perder por qualquer infração mínima, o que inclui qualquer coisa que eu possa dizer ou fazer publicamente.

Minha perna balança com mais força quando sinto o rosto ficar quente. Quero acreditar que o papai está fazendo tudo que pode para obter justiça pela Nova. Mas cá estamos nós, quase doze horas depois que o corpo foi descoberto, sem nenhuma notícia da prisão da garota que todos sabem que fez isso. A Ev está certa. Quando o sistema de justiça vai trabalhar por nós? Pela Nova?

Ouço a porta da frente se fechar. As molas do sofá rangem quando me levanto.

— Ev — sussurro ao telefone —, meu pai acabou de chegar. Te ligo depois.

Encerro a ligação enquanto ela está no meio da frase.

O primeiro botão da camisa do uniforme já está aberto quando ele aparece na soleira entre nosso pequeno hall e a sala de estar. Seu rosto está marcado pelo cansaço. Seus olhos, pela tristeza. Vê-lo ameniza a tensão dos meus ombros, assim como minhas frustrações reprimidas. Eu me movo devagar pelo cômodo, os ombros pendendo para baixo. Arrasto os pés pelo carpete puído. Ele estende os braços quando estou no meio do caminho, envolvendo-os ao meu redor no segundo em que o abraço.

— Sinto muito, minha menina. — É o que fica repetindo, me apertando mais forte a cada vez.

Fecho os olhos, deixando o calor dele tomar conta de mim. Sua força estabiliza o mundo que saiu do eixo hoje de manhã. Ainda não choro.

— Vem comigo. Vamos conversar — diz ele, baixando os braços e indicando a cozinha com a cabeça.

Eu o sigo; parece que meus pés descalços estão sendo puxados para baixo por sapatos pesados. Sento-me à mesa de jantar enquanto ele abre a geladeira e observo em silêncio enquanto passa pelo menos um minuto olhando lá para dentro. Ele pega uma cerveja e o pote com sobras da comida chinesa que pediu na noite anterior. Como consegue comer em um momento como este?

A cadeira que ele afasta da mesa arranha o ladrilho. Meu pai abre a cerveja enquanto se senta. Depois de tomar um longo gole, suspira e finalmente encontra meu olhar ansioso. Seus olhos fundos estão vidrados e vermelhos. Ele não aparentava tanto esgotamento desde a morte da mamãe.

— Filha, sei que o dia de hoje foi muito duro pra você, mas preciso que seja forte e descreva tudo que se lembra da noite de ontem — pede ele, arrancando a tampa das sobras de comida.

— Está bem. Estou pronta pra falar. — Ajeito a postura. — Fiquei o dia inteiro repassando tudo na cabeça.

Eu me sinto a pior amiga do mundo por ter ido embora sem a Nova ontem à noite. Não consigo deixar de pensar que, se eu tivesse ficado, ela poderia ainda estar viva.

O papai come o frango empanado com gergelim sem esquentar nem usar talheres enquanto conto a ele tudo de que me lembro. Conheço o procedimento. Sei que qualquer detalhe minucioso pode ser importante para ele entender como a Tinsley fez o que fez. Sempre presto atenção quando ele fala sobre a condução de investigações. Vejo e ouço muitos documentários e podcasts sobre casos criminais reais. No passado quis ser como ele. Ser policial. Isso até tantos deles começarem a meter bala em muitos de nós e saírem impunes, alegando que se sentiram ameaçados.

Deixo a frustração de lado para me concentrar na Nova e na noite da coroação. Não posso deixar nada de fora. Falo sobre a aparência dela, o que todos disseram, com quem ela interagiu, como reagi a certas coisas. Ele concorda com a cabeça quando menciono como a Nova pareceu angustiada depois de checar o celular antes de a Ev e eu irmos embora.

— Por acaso viu o que causou a reação dela?

Nego com a cabeça.

— Só consigo imaginar que alguém tenha enviado a ela aquele vídeo da Tinsley na praia.

— Ela e Lana Malone eram amigas?

A pergunta dele me pega desprevenida.

— Lana? Amiga da Tinsley?

Ele faz que sim com a cabeça.

— Não. O que ela tem a ver com isso?

— Foi quem gravou o vídeo e postou. Ela teria que ter enviado a filmagem direto pra Nova na hora que você disse ter ido embora ontem à noite, porque só foi postado quinze ou vinte minutos depois.

Fico chocada. Não sou amiga do grupinho da Tinsley nas redes sociais. Mas quase todos os *meus* amigos da escola repostaram o vídeo hoje, então não pude deixar de vê-lo. Lana e Giselle são as melhores amigas da Tinsley. Pelo menos pensei que fossem. Eu nunca esperaria que uma delas a expusesse dessa forma. Não quando ambas foram peças cruciais para ajudar a Tinsley na hora de ferrar com outras pessoas.

— Pedi ao Trenton que ficasse de olho nela quando a Ev e eu metemos o pé — conto ao papai. — Já falou com ele?

Ele empurra o pote de sobras para o lado.

— Já. Ele contou mais do mesmo. Que a Nova estava apreensiva olhando para o celular antes de sair do evento sem que ele percebesse.

Minha mente volta para a semana passada, quando Tinsley pediu a Nova que a encontrasse no pátio. Ela tinha mandado a mensagem na noite anterior, dizendo que as duas precisavam ter uma conversa "cara a cara" sobre "algumas coisas". "Algumas coisas" eram a eleição do baile. Eu sabia o que estava rolando assim que a Nova mencionou.

Isso significa que a Tinsley poderia ter mandado mensagens para ela naquela noite falando alguma merda. Sei que tinha o número da Nova. Ela estava nitidamente bêbada naquele vídeo. Aposto que o álcool a transforma em uma nojenta ainda mais cruel do que já é. Alguém que golpearia a cabeça de uma pessoa quando não conseguisse o que queria.

— O celular da Nova vai ser fundamental — afirmo, mais para mim do que para meu pai.

— Isso ou encontrar o cetro — complementa o papai. — Aposto que o assassino o pegou porque o incriminaria.

— Como é que é?

O papai acha mesmo que alguém *sem* ser a Tinsley pode ter feito isso?

O som da TV que esqueci ligada na sala de estar preenche o silêncio que está corroendo a conexão da nossa dor compartilhada.

— Por que está falando como se a gente não soubesse quem é a culpada? Ela foi filmada admitindo o que fez.

O papai suspira.

— Não, alguém a filmou em um momento de raiva dizendo o que gostaria que acontecesse, mas não temos provas de que ela realmente tenha feito alguma coisa.

Minhas mãos se fecham em punhos sobre a mesa.

— Foi por isso que não prendeu aquela garota hoje? Por não ter *provas* suficientes? De quantas provas precisa?

Meu pai balança a cabeça.

— Não é tão simples, filhota.

— Não, não é tão complicado.

— Olha, nenhuma das pessoas que estavam no jantar ontem à noite disse se lembrar de ter visto a Tinsley por lá — informa ele. — E, sim, considerando que parece que a Nova talvez tenha deixado o evento, isso significa que pode ter se encontrado com ela ontem à noite em algum lugar.

— O que a Tinsley disse pra você hoje? — pergunto, pressionando-o.

Ele toma um gole da cerveja.

— Que ela voltou dirigindo bêbada pra casa depois de largar os amigos na praia. E que apagou assim que chegou em casa.

Ela apagou! Que conveniente. O papai deveria ser mais esperto do que isso.

— E vocês acreditam nela? Essa garota mente e manipula as pessoas com a mesma facilidade com que a gente respira.

— Estamos verificando a história dela, não se preocupa.

— E ela fica em casa, *livre*, enquanto vocês fazem isso? — Eu me levanto, dou alguns passos para longe e giro de volta. — Por que as evidências em vídeo nunca são suficientes pra condenar os brancos por nos matarem, mas uma mera suspeita é suficiente pra atirarem em nós e nos prenderem?

O rosto do papai fica rígido.

— Duchess, esse assunto comigo não.

— O que vai precisar acontecer? A mesma defesa incansável, os milhões de mensagens de texto e telefonemas para os políticos e as mesmas petições necessárias pra prender os três homens brancos que assassinaram Ahmaud Arbery... *dois meses* depois que o mataram?

— Não é a mesma coisa, e você sabe disso.

— Quero aquela garota presa. Ela deveria ser presa! Por que não a prendeu? — grito.

— Olha como fala comigo, menina — censura ele. — Sei que está sensível agora, mas ainda sou seu pai.

— Deixa eu adivinhar: seu chefe está cheio de medo de enfrentar os todo-poderosos McArthur? — rebato, ignorando a ameaça.

Ele coça o nariz.

— Na verdade, muito pelo contrário. O superintendente teria trancafiado a garota se pudesse. Mas aquela família tem amigos em cargos mais altos que nós. Nenhum juiz assinará um mandado de prisão até termos provas sólidas de que ela está envolvida. O tal vídeo é circunstancial.

— Provas circunstanciais não impediram a polícia de Jackson de acusar Curtis Delmont de assassinar aquela família branca.

O papai esfrega o rosto com a mão, mas isso não elimina a frustração crescente em seus olhos.

— Dinheiro e privilégio branco sempre vencem — esbravejo, jogando as mãos para o alto. — Essa garota vai realmente se safar do que fez.

— Não vou deixar isso acontecer — declara meu pai, com a voz cada vez mais alta. — Vou descobrir quem matou a Nova, não importa quem seja. Prometo a você.

— Ah, é? Como prometeu que a mamãe ficaria bem?

Pela maneira como seus olhos se entristecem e ele franze a testa, sei que meu comentário o machucou o tanto que eu pretendia. Mas não me importo. Minha amiga está morta. E a garota que fez isso está dormindo bem tranquila na própria cama.

Corro pelo corredor até o quarto antes que o papai grite comigo. As lágrimas fazem meus olhos arderem quando bato a porta. Pelo jeito, foi preciso uma raiva desmedida para fazer meus canais lacrimais voltarem a funcionar.

CAPÍTULO DEZ
TINSLEY

16 DE OUTUBRO
17h45

A SUCESSÃO DE batidas leves em minha testa me arranca da escuridão serena. Abro os olhos trêmulos, e os fecho novamente com o golpe ofuscante da luz do teto. Tenho que piscar algumas vezes antes que o rosto rechonchudo da minha sobrinha se torne reconhecível.

— Lindsey? — Bocejo, esticando os braços acima da cabeça. — O que está fazendo aqui ainda?

— Te acordando, bobinha. — Ela me dá aquele sorriso bobo que me irritaria se viesse de qualquer outra pessoa. — Tá dormindo tem muito tempo, tia Tinsley.

— Pelo visto, sim — confirmo, dando uma olhada rápida no brilho laranja-escuro do horizonte que preenche a janela do meu quarto.

Não me lembro de cair no sono. Mas foi em algum momento depois que chegamos da igreja, a que minha mãe nos obrigou a comparecer em família hoje.

— Temos que estar lá. Não vai pegar bem se não formos — argumentou ela ao me puxar para fora da cama hoje de manhã. — Pessoas inocentes não se escondem. Elas andam por aí de cabeça erguida.

Para ela é fácil falar isso. Não foi o rosto dela que estampou a primeira página do jornal de hoje sob a manchete: *Vídeo viral de adolescente fazendo ameaças violentas é associado a investigação de assassinato.*

— A mamãe disse que você não tá se sentindo bem — diz minha sobrinha enquanto me sento na cama. — É porque não gostou de ir na igreja hoje? Parecia que você não tava feliz.

Não, não estava feliz sentindo todos me observarem durante a missa. E *com certeza* não gostei de ver meu namorado me ignorar com o braço jogado por cima do ombro de uma das minhas melhores amigas traidoras. Lana e Nathan saíram antes que eu pudesse falar com eles. Dá para entender por que Lana está me evitando. Está preocupada com a merecida retaliação por ter postado aquele vídeo. Ela não perde por esperar. Mas o apoio dela e da Giselle significaria muito agora. Seria algo familiar para silenciar todo o ódio que as pessoas estão destilando sobre mim na internet.

É óbvio que o Nathan está me punindo pelo que falei para ele na praia na sexta à noite. E, tudo bem, ele tem o direito de estar bravo. Mas eu ser injustamente acusada de assassinato não é mais importante que um ego ferido? Se ele não consegue engolir o orgulho para estar ao meu lado me confortando nesta situação infernal, deveria pelo menos invadir a delegacia com meus amigos para defender minha inocência.

Pego o celular na mesinha de cabeceira. Ele ainda não respondeu à mensagem que enviei antes de dormir, perguntando se podíamos conversar. Nenhuma das meninas entrou em contato tampouco. Tipo, qual é, Giselle? Não fiz nada para *ela*. Por que está me dando gelo?

Largo o celular ao lado na cama.

— Ficaram aqui o dia todo? — pergunto à Lindsey.

Ela faz que sim com a cabeça.

Ela e a Rachel nos encontraram na igreja com meu cunhado, Aiden, a reboque. Minha irmã e minha sobrinha também estiveram aqui a noite toda ontem.

Saio da cama, e Lindsey me segue até o banheiro da suíte.

— Você não tá com cara de doente — comenta ela.

— É outro tipo de mal-estar — respondo, abrindo a torneira.

Ela faz pergunta após pergunta na tentativa de diagnosticar minha falsa doença enquanto lavo o rosto.

Estou pegando a escova de dentes quando ela declara:

— Você tá com cara de cansada.

— E estou. Dessa minha sobrinha tão xereta — digo brincando, curvando-me para apertar seu narizinho.

Enquanto escovo os dentes, ela pega o brilho labial que deixei na bancada do banheiro. Observá-la passar um pouco nos lábios me diverte. Enxáguo a boca e então levanto a menina, colocando-a sentada em cima da tampa do vaso sanitário.

— Aqui, deixa eu te ajudar — digo, agachando-me diante das perninhas balançando.

Pego o brilho de suas mãozinhas. Tenho que usar um lenço de papel para limpar a boca e o queixo borrados.

— Por que seus amigos colocaram coisas nas suas costas? — pergunta ela enquanto uso o dedo para espalhar o brilho de um jeito uniforme em seus lábios rosados.

Paro, tentando entender o que ela acabou de falar.

— Hein?

— Ouvi a vovó e a mamãe conversando... Só que fingi que não tava ouvindo... — Ela dá de ombros e ergue a sobrancelha, o que me arranca uma gargalhada. — ... e elas disseram que seus amigos colocaram algo nas suas costas.

As palavras se encaixam, e entendo o que ela está tentando perguntar.

— Ah. Elas disseram que meus amigos me *apunhalaram pelas costas*.

— Como assim? — indaga Lindsey, esfregando os lábios, como deve ter visto a mãe fazer depois de passar batom.

Fico de pé.

— Que fizeram uma maldade comigo.

— Você vai levar bronca?

— Talvez — respondo, os músculos do meu pescoço se contraindo.

Eu me viro para o espelho e aplico um pouco de brilho nos meus lábios. Enquanto me olho, Lindsey continua:

— A minha amiga Allison fez uma maldade comigo uma vez.

— Ah, é mesmo? — digo, voltando-me para ela. — E o que foi?

— Ela puxou meu cabelo enquanto eu brincava no balanço. Comecei a chorar.

Coloco o brilho de volta na bancada. Sinto saudade do tempo em que puxões de cabelo no parquinho eram o máximo de drama com que eu tinha que lidar.

— Por que não me contou? — questiono, inclinando-me para ficar na altura dos olhos da minha sobrinha. — Eu teria batido nela por você.

Lindsey dá uma risadinha.

— Levei bronca porque a professora contou pra mamãe que a Allison fez isso porque furei a fila pra ir no balanço antes dela.

— E você furou?

— Furei! Mas eu tava muito animada. Não foi pra deixar a Allison triste.

— Você ainda é amiga dela?

Ela confirma com a cabeça.

— Mas precisei pedir desculpa. E a mamãe disse que eu tinha que ser muito, muito, muito sincera pra Allison parar de ficar triste.

Ergo Lindsey da tampa do vaso sanitário e a coloco no chão, depois apago a luz e faço um gesto para que ela me siga para fora do banheiro.

— Funcionou? — pergunto.

— Aham.

Provavelmente será necessário mais do que um pedido de desculpas sincero para acertar as coisas com Nathan e minhas amigas. *Mas* vale a pena tentar, acho. Preciso deles do meu lado. Agora mais do que nunca.

Pego o celular na cama e estou apressando minha sobrinha escada abaixo quando ela diz:

— Posso chupar um picolé, tia Tinsley?

É então que percebo que não comi o dia todo.

— Pode comer o que quiser — respondo, dando um sorriso rápido a ela antes de olhar para o celular.

Ainda sem resposta do Nathan, mas dezenas de notificações de comentários nas redes sociais lotam minha tela de bloqueio.

— Tia Tinsley, você deixou seus amigos tristes? — indaga Lindsey quando estamos entrando na cozinha. — Foi por isso que fizeram uma maldade com você?

As respostas a essas perguntas provocam uma tensão na minha barriga, acabando com o pouco apetite que tenho. Abro o freezer para evitar o olhar inquisitivo da minha sobrinha. Não consigo encará-la, assim como não quero encarar a realidade de que posso estar colhendo o que plantei. Por sorte, ela para de me questionar assim que entrego o picolé que pediu.

Acesso as configurações do celular para desativar todas as notificações dos meus perfis nas redes sociais. Os milhares de mensagens não respondidas, atualizações de status e comentários não param de chegar, e sem dúvida não são bons para minha saúde mental no momento.

Vou até a sala e encontro a Rachel esparramada em uma ponta do sofá. Seu cabelo pintado de preto cai por cima da almofada que ela pôs sob a nuca enquanto assiste à TV afixada acima da lareira.

— Olha, mamãe! — Minha sobrinha balança o picolé no ar quando entramos juntas na sala. — A tia Tinsley me deu um picolé!

— Achei que tivesse dito a você pra não acordar sua tia... e que não podia comer mais doce hoje.

Rachel silencia a TV com o controle remoto enquanto se senta.

Eu me acomodo no meio do sofá.

— Cadê os genitores? — pergunto.

— A mamãe está trancada no quarto há duas horas. Provavelmente tentando colocar mais panos quentes na situação.

O que significa que ela deve estar dizendo a todo mundo que tudo isso foi um grande mal-entendido, e que a Lana postou aquele vídeo porque tem inveja de mim (o que não é exatamente mentira, acho).

— O papai não saiu do escritório desde que voltamos — continua Rachel. — Você devia ver todas as vans estacionadas lá fora agora. O cara da entrega de comida quase não conseguiu chegar aqui.

— Maravilha. — Solto um suspiro, deixando o celular cair no colo. — Ei, lembra da Regina Barrow?

Rachel franze a testa.

— Não. Deveria?

— Ela foi namorada do papai no ensino médio.

— Tá falando daquela garota que ele namorou antes da mamãe, aquela de quem ela era amiga?

Concordo com a cabeça.

— O que tem ela?

— Ela era irmã do superintendente de polícia e se matou. Descobri isso depois que voltamos da delegacia ontem. Fiz algumas pesquisas porque a mamãe não quis me falar por que o superintendente estava sendo tão babaca com eles.

— O que isso tem a ver com a sua situação?

— Acho que o superintendente vai me punir como um jeito de se vingar deles. Dependendo de quando eles ficaram juntos, ele pode achar que o papai ter se apaixonado pela mamãe levou a irmã a perder a cabeça. Não seria a primeira vez que uma garota faz algo absurdo por causa de um garoto.

Rachel comprime os lábios em uma linha fina enquanto abaixa o olhar.

— Que foi? — indago.

Ela fica em silêncio por alguns segundos antes de dizer:

— É absurdo pensar que ele odeia tanto os dois que estaria disposto a culpar a filha deles por um assassinato, tudo em nome de rancor.

— Por que isso é absurdo? — questiono, estreitando os olhos para ela.

— Entendo por que a polícia te interrogou, mas, no final das contas, aquele vídeo não prova nada.

— Diz isso pro tribunal da opinião pública. Ninguém mais se importa com a verdade. Flagram uma pessoa fazendo ou dizendo algo horrível, aí ela é cancelada, e ignoram qualquer explicação que surja depois.

Sei disso melhor que ninguém. Foi assim que consegui a presidência do conselho estudantil ano passado. Desbanquei o candidato mais forte, Ethan Callaway, desenterrando tuítes antigos dele fazendo piadas grosseiras sobre proibir garotas bonitas de ingressarem na organização que reconhece alunos que se destacam no ensino médio, a National Honor Society, da nossa escola na época em que o movimento #MeToo estava ganhando força. Não importava que depois ele tivesse postado outros tuítes se sensibilizando com as vítimas, os quais ele mencionou depois que me certifiquei de que os tuítes ruins fossem "vazados" para nosso jornal estudantil. O estrago estava feito. Ganhei de lavada.

O que está acontecendo comigo agora deve ser meu castigo por passar dois dias vasculhando os tuítes do Ethan até encontrar algo que pudesse usar contra ele.

— Tins, você não tem que deixar...

— Rach, a gente pode *não* falar disso agora? — interrompo, pegando o celular para indicar o fim da conversa. — Sabe que estou certa. E fingir que não estou pra tentar me fazer sentir melhor só vai gerar o efeito contrário.

Posso sentir a Rachel me fitando, então fico com os olhos colados na tela do celular. Meu dedo paira sobre as mensagens de texto para o Nathan. É estranho sentir vontade de ouvir a voz dele.

Quando a Rachel solta um arquejo, fico paralisada. Abaixo o celular, seguindo seu olhar perplexo em direção à TV, que mostra o rosto resignado de Judy Sanchez nos encarando. As palavras *"novos detalhes sobre a morte da rainha do baile da Lovett High"* estão passando na parte inferior da tela. Uma foto da nossa casa pouco iluminada está emoldurada ao fundo.

— Aumenta o som! — grito para Rachel.

— *... uma fonte de dentro do departamento de polícia confirmou que os investigadores ainda estão interrogando testemunhas e tentando reconstruir as últimas horas de vida de Nova Albright* — informa Judy Sanchez, o rosto parecendo o arremate perfeito de um tutorial de maquiagem do YouTube. — *A mesma fonte me revelou que, desde ontem, a polícia conversou com pelo menos dois amigos de Tinsley McArthur e seu namorado, mas os detalhes sobre o motivo e o que eles podem ter dito à polícia ainda são desconhecidos...*

— Eles disseram que não tem a menor chance de eu ter matado a garota! — intervenho enquanto me sento na beirada do sofá.

— *O vídeo de Tinsley declarando que queria matar a vítima foi compartilhado mais de um milhão de vezes nas redes sociais, atraindo a indignação de líderes negros do condado, que estão irritados por ela ainda não ter sido indiciada pela morte da vítima.*

Depois de uma imagem minha saindo da delegacia com meus pais, a tela passa a mostrar uma mulher negra mais velha que não reconheço. A tarja de identificação que surge na parte inferior da tela informa que é a reverenda Joyce Mable, presidente da seção da Associação Nacional para o Progresso das Pessoas de Cor do nosso condado.

— *Um homem negro inocente foi acusado por três assassinatos ontem com pouca ou nenhuma prova.* — A reverenda Mable praticamente grita no microfone da Fox 6 diante de sua boca. — *Mas essa branquinha rica, que foi filmada falando em matar um de nós, pode continuar usufruindo de sua liberdade enquanto a polícia fica enrolando? Era de se esperar que, depois de tudo pelo que passamos, de toda a conversa sobre harmonia racial e reforma da polícia nos últimos anos, não precisaríamos mais aturar isso. Queremos indiciamentos e queremos agora, caso contrário iremos para as ruas até termos justiça!*

— Ai, meu Deus. — Ponho as mãos na testa e afasto o cabelo do rosto. — Por que estão transformando isso num problema do tipo "Vidas Negras Importam"?

— *A mãe da vítima não quis falar diante das câmeras, mas quase concordou com a reverenda Mable* — declara Judy Sanchez com a voz ao fundo enquanto várias fotos do cemitério onde Nova foi encontrada passam na tela. — *Cheryl Barnett, diretora da Lovett High, foi rápida em minimizar essa acusação.*

A tela mostra a diretora Barnett, que está sentada atrás da mesa em sua sala na escola.

— *É imprudente fazer essas acusações alarmistas quando, primeiro, não temos todos os fatos, e, segundo, esta é uma situação delicada* — opina ela. — *Trata-se de duas garotas de 17 anos de origens muito diferentes, mas com o mesmo potencial de um futuro brilhante. Isso é uma tragédia. Uma nuvem horrível que agora paira sobre esta escola e as festividades de volta às aulas deste ano, que deveriam ser um momento de harmonia racial, não de mais divisão.*

— *Amigos da vítima não estão culpando a questão racial pela morte de Nova, mas estão culpando Tinsley McArthur* — anuncia Judy Sanchez logo antes de o rosto do Trenton aparecer na tela.

Seus olhos estão vermelhos e inchados. A luz forte da câmera desbota sua pele marrom-clara.

— *A Tinsley tentou intimidar a Nova pra fazê-la desistir da eleição pra rainha porque achava que o título pertencia a ela. E, quando a Nova não cedeu, a Tinsley começou a intimidar a minha amiga e a espalhar mentiras sobre ela* — relata ele. Trenton mal olha para a câmera. — *Ela não se importa com ninguém além de si mesma.*

— *A Tinsley?* — pergunta Judy Sanchez com a voz ao fundo.

Depois de alguns segundos, ele assente.

— *A Nova era uma das únicas pessoas na escola que não baixava a cabeça pra ela, e olha só o que aconteceu por causa disso.*

— *Acha que Tinsley McArthur pode realmente ter feito isso?*

A tela fica preta.

— Como assim? — grito, virando-me para Rachel.

Ela deixa cair o controle remoto no colo.

— É fake news. Tudo isso.

— Por que o menino estava falando aquilo sobre a tia Tinsley? — pergunta uma vozinha de criança.

Eu tinha esquecido que minha sobrinha estava na sala.

— Em 48 horas minha vida se tornou um verdadeiro inferno. — Eu me levanto. — Cada coisinha que eu já disse ou fiz está sendo distorcida. Já estou no banco do réu!

— Tins, aquelas entrevistas foram tendenciosas — argumenta Rachel. — Ninguém com credibilidade nesta cidade vai acreditar no que eles disseram. Confia em mim.

Reviro os olhos para a Rachel antes de sair da sala.

Pouco antes de chegar à escadaria, meu celular apita. É uma mensagem do Nathan. Dou um sorriso lento.

"E aí?", diz a mensagem.

"Posso passar aí?", escrevo em resposta de imediato.

Fico ao pé da escada, mordendo o lábio enquanto observo os três pontos piscarem pelo que parece uma eternidade. Meu coração se encolhe quando eles desaparecem sem uma resposta.

Subo a escada, tentando não pensar no Nathan passando o braço em volta da Lana na igreja. Não posso tirar conclusões precipitadas. A Lana é esperta demais para isso. Ela não quer que eu fique com raiva. Meu celular apita quando estou entrando no quarto.

"Pode", escreve ele, e fico pensando se ele digitou outra coisa e depois apagou antes de enviar a resposta curta.

Levo menos de dez minutos para vestir um jeans skinny e uma camiseta de gola em V de que o Nathan gosta porque realça meus seios. Depois de calçar uma sandália anabela, enfio os braços na jaqueta cropped de couro bege. Escovo o cabelo com rapidez enquanto desço a escada apressada, com a chave do carro na mão.

— Pra onde vai com tanta pressa? — pergunta minha mãe do segundo andar enquanto desço o último degrau.

— Pra casa do Nathan — digo sem diminuir o passo. — Já volto.

Enquanto saio correndo pela porta da frente, ela grita:

— Tinsley, espera! Você não deveria sair em público sozinha!

O aviso da minha mãe faz sentido no segundo em que fecho a porta atrás de mim. Os flashes das câmeras disparam a toda enquanto sigo depressa para o carro. Saio da nossa entrada circular acelerando antes que alguém tenha a chance de pular na van de uma emissora e me seguir.

O Nathan mora no Garden District, um dos bairros mais antigos e ricos da cidade. É onde meu pai cresceu, antes de se mudar da casa que pertencia à família havia várias gerações aos 19 anos, quando desafiou a vontade do pai dele ao não entrar para os negócios da família. Depois de viajar pelo mundo com minha mãe e se casar com ela, ele voltou para Lovett e usou parte de seu fundo fiduciário para abrir a construtora. Meu avô não viu meu pai se tornar o próspero empresário que afirmava que o filho nunca seria: morreu um ano antes de a Rachel nascer.

Aproveito o trajeto para ensaiar o pedido de desculpas com que espero trazer o Nathan de volta. Espero que funcione para mim como funcionou para minha sobrinha. Mal consigo segurar o volante com firmeza.

Quando chego à casa do Nathan, o topo do sol poente está despontando por cima do telhado da residência, e o brilho alaranjado o envolve em uma sombra intimidadora. Saio do carro assim que a porta da frente se abre. Nathan já está na metade do caminho estreito da varanda até a caixa de correio. Está descalço e veste um short cáqui que vai até os joelhos, além de uma camisa polo verde-oliva com a gola aberta.

Nós nos encontramos no meio do caminho.

— Oi — cumprimento.

— E aí?

Seu tom é neutro.

— Podemos entrar e conversar?

Nathan passa a mão pelos cachos bagunçados.

— Hum, então. Sobre isso... Olha, não estou tentando te magoar, mas... Bem... Olha, meu pai acha que precisamos de um pouco de espaço agora. Você sabe, até tudo se acalmar.

Fico sem reação enquanto ele fala, oferecendo uma explicação de merda sobre o pai não querer manchar a imagem dos negócios da família caso ele se envolva em toda a "treta" que está acontecendo comigo. Estou tentando controlar a respiração, me convencer a não passar pelo Nathan e entrar naquela casa para perguntar ao pai dele se é homem o suficiente para dizer aquilo na cara do meu pai. Ao homem que é seu amigo há anos e que fez investimentos enormes em seus empreendimentos.

— Tins, você tá bem? — pergunta Nathan, arrancando-me dos meus pensamentos.

— Tá de brincadeira, né?

Pela maneira como Nathan continua olhando para os próprios pés, dá para ver que não está.

— É lógico que você faria isso comigo — digo, balançando a cabeça.

A apreensão desaparece do rosto dele, que se reconfigura quando infla as narinas, e os olhos ficam duros.

— O que esperava? Que eu bancasse o cachorrinho patético?

— É disso que se trata mesmo? Ainda está remoendo o que eu disse? Eu estava bêbada, Nathan. Sinto muito. De verdade.

Não é o pedido de desculpas que ensaiei no caminho, mas estou sendo sincera. E me surpreendo com a intensidade desse sentimento. Ter seus braços familiares em volta de mim agora seria tão bom... tão... normal.

— Sente mesmo? — questiona ele. — Ou está aqui porque finalmente precisa de mim, mas sabe que fez merda e por isso está usando essa blusa? Como se ver seu decote fosse me transformar num bobão e fazer eu voltar pra coleira.

Tímida, puxo um lado da jaqueta sobre o peito. A voz do Nathan está trêmula com um ressentimento que nunca ouvi.

— Não estou aqui pra brigar, tá? — digo, passando o peso de um pé para o outro. — Estou falando sério, Nathan. Me desculpa pelo que falei na sexta. Sei que posso ser... *intensa*. Mas não sou o tipo de pessoa que faria o que a polícia acha que fiz. Você sabe disso. Me conhece desde que nasci.

Ele desvia o olhar.

— Tins, por que você está aqui?

— Pra dizer...

— Para com o showzinho de desculpas — interrompe ele antes que eu termine. — Quer saber o que contamos pra polícia, não é?

Agora sou eu que não consigo parar de olhar para os próprios pés.

— Quer saber o que a gente disse? — pergunta ele. Então se inclina para mim com os dentes cerrados. — A gente disse a verdade. Que você é uma tirana manipuladora, egocêntrica e mentirosa.

Minha respiração fica presa na garganta.

— Mentirosa?

Por que ele diria isso?

— Como *você* chamaria uma pessoa que consegue mentir na cara do namorado e dizer que sentiu falta dele no verão, quando ela estava piranhando com um cara nas férias com a família? *PUTA* seria uma palavra melhor?

Uma onda de raiva toma conta de mim. *Lana desgraçada!* Ela foi a única pessoa com quem falei sobre meu caso de verão.

— Foi isso que a Lana disse pra fazer você ficar abraçadinho com ela na igreja hoje? — Estreito os olhos para ele. — Foi essa sua forma de me punir? Por favor, não me diga que vocês estão se pegando agora.

Ele me lança um olhar vazio.

— Vocês estão sacaneando com a minha vida! Isso é sério! Não é um joguinho mesquinho de colégio, Nathan. Estão tentando me acusar de assassinato.

— Pois é, que chato. Mas não tem nada que eu possa fazer pra ajudar. — Nathan joga a cabeça para o lado, afastando o cabelo do rosto. — A gente contou pra eles o que sabia: que você estava caindo de bêbada e revoltada com o mundo na sexta à noite e deixou a gente na praia pra ir sabe-se lá pra onde.

— Fui pra casa.

Ele dá de ombros.

— A gente não sabe disso. E não vou mentir por uma garota que não dá a mínima pra mim.

Meu coração está martelando.

— Como você se sentiria se eu virasse o jogo? Eu poderia muito bem plantar a semente de que vocês mataram a Nova e estão tentando me incriminar como vingança por todo o bullying que *supostamente* sofreram de mim. Vamos ver como seu pai lida com essa crise de imagem.

Nathan dá um sorrisinho maldoso e responde:

— Vai em frente. Os policiais já sabem que a gente passou a maior parte da noite na Jitterbug's depois de sair da praia. Os funcionários confirmaram que a gente ficou lá até fecharem. E nossos pais contaram que horas a gente chegou em casa e que todo mundo dormiu a noite toda.

Sinto um nó do tamanho do punho apertando minha barriga.

— Por favor, não me abandona. Não agora — peço, e minha voz soa baixinha, como se estivesse distante. — Não desse jeito.

Nathan enfia as mãos no bolso.

— Você disse que queria que eu te deixasse em paz. Bem, estou apenas fazendo o que pediu.

— Vai se foder! — grito, cuspindo. — Você vai se arrepender disso quando eu limpar meu nome!

Ando depressa até o carro. Sinto as lágrimas se acumulando nos olhos e me recuso a deixá-lo me ver chorar.

CAPÍTULO ONZE
DUCHESS

17 DE OUTUBRO
9h18

DEPOIS QUE MINHA mãe morreu, eu queria alguém para culpar. A Duchess de 13 anos precisava fazer alguém pagar por tirá-la de mim. Mas o câncer não permitiu isso: eu não tinha quem culpar. A doença acabou com a minha vida, aí pegou e foi embora para destroçar outra família da mesma forma que fez com a minha. E não havia nada que eu pudesse fazer.

Isso não vai acontecer com a Nova. A assassina dela é uma desgraçada que anda, fala e respira, e que não vou deixar escapar impune depois de matar alguém.

Se é de uma prova concreta que o papai precisa para prender a Tinsley, então vou garantir que ele consiga, quer ele saiba, quer não. E, neste caso, ele não sabe.

Esse é meu único propósito para aparecer na escola hoje. Por nenhum outro motivo eu teria saído da cama do jeito que estou me sentindo. O vazio que se enraizou em meu peito na manhã de sábado continua crescendo. Estar na escola sem a Nova só piora as coisas. Mas aqui também é um bom lugar para ajudar o papai a provar que a Tinsley é culpada.

As coisas ainda estão tensas entre nós. Mal nos falamos ontem. Não jogamos nosso mano a mano semanal de basquete. Fomos à igreja juntos em silêncio. Visitamos a Donna depois. O momento que mais falamos no dia todo foi ao consolar a mãe da Nova, mas conversamos muito com ela e não um com o outro.

Várias pessoas passaram na casa da Donna enquanto estávamos lá. Apesar de estar cheia de gente, ainda pareceu fria e vazia sem a Nova ali. Vizinhos, frequentadores da igreja e outros pais da escola estiveram lá. A Ev e alguns colegas de trabalho da Nova também foram. Todos levaram comida. A Donna foi educada, embora eu percebesse que no fundo ela não queria nenhum de nós ali.

Estou esperando do lado de fora da entrada principal do Edifício A há dez minutos, buscando com o olhar toda hora pela passarela lotada. Torço para não ver a Tinsley. Não tem como saber como vou reagir quando a encontrar de novo. Ainda tenho mais cinco minutos antes de precisar voltar para o Edifício B e evitar me atrasar para a próxima aula. Se o Trenton veio para a escola hoje (como espero), devo topar com ele a qualquer momento.

Seu primeiro período às segundas-feiras é livre. Em geral ele fica no laboratório de robótica fazendo as coisas nerds de que gosta. O garoto é um de cerca de uma dúzia de alunos negros que priorizam cursar disciplinas avançadas com todos os brancos. A escola não poderia tê-lo desencorajado a fazer provas para o currículo escolar avançado nem se quisesse. Meu amigo teve uma nota quase perfeita nos simulados dos exames finais que fez no nono ano. Trenton já recebeu algumas ofertas de admissão antecipada de faculdades. O menino é inteligente até demais.

E é exatamente por isso que preciso dele.

Distingo sua silhueta esbelta e marrom em meio ao aglomerado de rostos brancos que se movimentam em minha direção. Ele anda com a cabeça baixa e não faz contato visual comigo até estar a poucos metros de distância. Então abre caminho pela multidão.

— Estou surpreso por ter vindo hoje — diz ele ao se aproximar.

— Idem — respondo.

Nossos olhos se conectam por apenas um segundo antes de ele olhar em outra direção. Não parece que tem dormido muito também. Seus olhos estão inchados.

— Tá conseguindo levar de boa? — pergunto.

Ele dá de ombros sem muita vontade.

— Ouvi muitos "fica firme" hoje de manhã de pessoas que viram o noticiário ontem à noite.

— *Deles* ou de *nós*?

Ele vira a mão, esfregando a palma com o dedo indicador, indicando que está falando dos brancos.

— Nunca pensei que tantos deles compartilhassem do meu desprezo por aquela família.

O canto direito de sua boca se curva um pouco antes de se endireitar em uma linha novamente.

Ver o Trenton sofrendo com a morte da Nova é um lembrete de que não estou sozinha nesse luto. Sinto vontade de abraçá-

-lo, e provavelmente deveria, mas me lembro de que estou aqui por um motivo. Algo que poderia nos ajudar a aliviar essa dor que nos corrói.

— Olha, tenho que falar com você rapidinho — digo em tom sério.

— O que rolou?

— Preciso que me faça um favor.

— Que tipo de favor? — pergunta ele, afastando-se para que os outros alunos possam passar por nós com mais facilidade enquanto entram e saem do Edifício A.

— Consegue hackear o sistema de segurança da escola de novo? Estou tentando conseguir umas imagens das câmeras de monitoramento.

Ele finalmente faz contato visual comigo, franzindo a testa, sem entender.

— Pra quê?

— Acho que uma das câmeras espalhadas pela escola pode ter filmado a Nova saindo na sexta — explico, baixando a voz. — Talvez exista até uma imagem dela com a dita cuja.

— O seu pai já não fez isso? — indaga ele, coçando a lateral do pescoço. — Quer dizer, isso é algo que a polícia faria, certo?

— Estou tentando ajudar, na encolha, a driblar a burocracia toda que ele tem que enfrentar pra prender aquela falsiane. — Olho depressa por cima do ombro para garantir que ninguém esteja ouvindo. — Você já não hackeou o sistema antes?

— Sim, no primeiro ano... só de zoeira. Um dos meus melhores trabalhos, na verdade. — Um brilho fugaz de superioridade atravessa seu rosto, dando-me um vislumbre de seu comportamento habitual. — Mas não posso te ajudar, Duchess. Desculpa.

— Por que não?

— A escola instalou um novo firewall depois que alguém abriu a porra da boca e contou o que eu fiz — explica ele. — Não tenho como pagar pelo software necessário pra entrar sem que eles me peguem.

— Cacete.

— Pressiona seu pai a fazer isso. É uma investigação criminal. Ele deve conseguir um mandado pra apreender a gravação... se houver alguma.

O pai daquela desgraçada provavelmente tem gente comprada no tribunal. O que significa que podem não conceder um mandado ao meu pai caso ele solicite.

— As coisas estão meio difíceis entre o papai e eu nos últimos tempos — conto ao Trenton em vez disso.

— O que aconteceu?

Não quero falar disso. Trenton com certeza ficaria do lado do papai. Eles se dão superbem.

— Tem certeza de que não viu a Tinsley aqui na sexta à noite? — pergunto para mudar de assunto.

Ele olha para os pés.

— Não vi.

— Por que você foi embora sem checar se a Nova tinha carona pra casa? — continuo, tentando manter a irritação longe da voz.

Sei que Trenton deve pensar que estou prestes a explodir com ele; caso contrário, ele me olharia nos olhos.

— Mandei mensagem pra saber se ela estava bem quando percebi que ela não estava mais no evento, mas não me respondeu. — Ele chuta uma pedra no chão. — Pensei que talvez ela tivesse ido embora com outra pessoa e fosse me dar um toque mais tarde.

— Mas você não viu... a Nova indo embora com outra pessoa? — insisto.

Trenton dá um suspiro profundo e dolorido.

— Fiz merda, né?

— Como assim?

— Vai em frente e diz, Duchess, sei que você quer. Que, se eu fosse um bom amigo, teria garantido que ela estivesse bem. Ainda mais depois que você me pediu.

Seguro os pulsos dele.

— Se for assim, também fiz merda por ter ido embora sabendo que tinha algo errado com ela.

Quando falo isso em voz alta, percebo que estou tentando convencer mais a mim mesma do que a ele. Não posso me permitir pensar assim. Não vai me ajudar a provar que a Tinsley é culpada.

— O que está feito está feito. Não podemos mudar o passado — digo ao Trenton. — Não te culpo pelo que aconteceu com ela. Sério mesmo.

— Mesmo assim...

Toca o sinal avisando que faltam dois minutos para a aula, e vejo o lábio inferior do Trenton tremer. Eu o puxo para os meus braços. Nós ficamos abraçados até soar o último sinal para o próximo período. O vazio dentro de mim se expande um pouco mais.

* * *

O Trenton está certo. O papai sabe o que está fazendo. Só não está fazendo rápido o suficiente. Ele dará um jeito de conseguir a gravação. Posso contribuir ligando os pontos em outro lugar, caso as câmeras da escola não tenham captado nada incriminador. Embora muitos dos alunos negros não tenham ido ao evento, alguns podem ter visto a Nova em outro local mais tarde naquela noite. Ou, mais importante, alguns podem ter visto a Tinsley fazendo algo que não bate com o que ela disse à polícia. Em relação a isso, posso ajudar meu pai a conseguir mais informações.

Passo a manhã inteira perguntando aos alunos se viram a Nova ou a Tinsley na sexta à noite. Vou sondando em busca de qualquer detalhe de que possam se lembrar, mesmo que achem que não significa nada.

Começo a questionar um novo grupo de alunos assim que entro na sala da disciplina de história dos Estados Unidos.

— Ariah, posso falar contigo um minuto? — peço enquanto me acomodo em frente à mesa.

Ariah ergue o olhar. Ela era da equipe de dança da Nova.

— Oi — responde ela baixinho.

Está me lançando o mesmo olhar preocupado, do tipo *"você vai ficar de boa?"*, que vi na cara de todo mundo hoje.

— Por acaso encontrou a Nova em algum lugar na sexta à noite? Sabe, depois da coroação e antes de...

Deixo a frase morrer. Ariah comprime os lábios e balança a cabeça.

— E a Tinsley? — continuo.

— Mana, por favor. Eu moro em Avenues — responde Ariah. — Você sabe que ela não passaria por lá depois de escurecer.

Resisto à vontade de apontar a imprecisão em sua declaração lembrando-a de que a Tinsley precisaria passar pelo bairro dela naquela noite para desovar o corpo da Nova no cemitério.

Em vez disso, inclino-me para a frente e toco no ombro do Lorenzo. Ele está sentado à mesa na frente da Ariah.

— Ei, Renzo — cumprimento quando ele se vira. — Viu a Nova ou a Tinsley em algum lugar na sexta à noite?

— Por que está perguntando? — retruca ele, estreitando os olhos. — Seu papai vai nos deixar na mão de novo?

Alguns dos alunos sentados perto se viram para nós.

— Tá querendo dizer o quê? — indago, um caroço se formando na minha garganta.

Seguro nas laterais da mesa, esperando que esse estúpido não diga o que acho que vai dizer.

— Que seu velho ainda baixa a cabeça para os policiais racistas pra quem ele trabalha em vez de lutar pela *gente* como deveria.

A galera ao nosso redor está ou balançando a cabeça ou resmungando. Não sei por quê, mas olho para Ariah em busca de um bote salva-vidas. Ela baixa os olhos para o livro e se contorce na cadeira. Obviamente, concorda com esse otário.

— Ele não é chaveirinho de branco... Nem vem querer cair de pau em cima do meu pai assim, não — esbravejo, apertando as laterais da mesa com mais força.

— Garota, por favor, fala isso pra um desses outros manos que não manjam da parada — contrapõe Lorenzo com um rosnado. — Aqueles policiais brancos estão toda hora passando pelos nossos bairros, intimidando a gente sempre que podem. Ainda ficam esperando com algemas depois dos jogos de futebol, fazendo *a gente* encostar pra que possam "verificar nossos documentos" se a gente estiver dirigindo um carro bacana.

Ele desenha aspas no ar quando diz a última parte.

Mordo o lábio; minha perna treme. Eu deveria responder alguma coisa. Calar a boca dele. Mas o fato de ele usar o assassinato da Nova para colocar para fora as frustrações que eu suspeitava que alguns colegas tivessem sobre a figura do papai como policial me deixou zonza.

— O que seu *papai* está fazendo pra impedir isso? Porra nenhuma — continua Lorenzo.

O coro de grunhidos expressando concordância me impede de conseguir pensar num fora bem dado que eu poderia usar para encerrar essa conversa.

— Eles só aceitaram seu pai lá pra preencher a cota de diversidade — prossegue ele. — É um preto que não fez nada pela comunidade. Provavelmente é ele quem nos entrega pra eles.

— Isso é mentira! — grito.

— Então por que nada mudou com ele lá? — retruca Lorenzo. — Do que adianta ter um policial parecido com a gente se nossa vida continua não valendo nada pro restante deles? Ele está deixando nossa gente morrer e os caras saírem livres. E deixando a filha fazer o trabalho por ele, não é?

A lembrança do que falei ao meu pai na outra noite faz meu rosto ficar quente. Talvez seja por isso que é tão difícil defendê-lo agora. Porque tenho medo de admitir que uma parte de mim concorda com Lorenzo.

— Não entendo como um homem negro que se preze poderia vestir o uniforme do sistema que foi literalmente criado pra impor a segregação e defender a supremacia branca — intervém Khalid, amigo do Lorenzo, entrando na conversa.

— Como consegue respeitar o cara quando ele está deixando a garota que pode ter matado sua amiga continuar livre? — pergunta Lorenzo.

— Investigações de assassinato levam tempo — afirmo, agarrando as laterais da mesa com tanta força que meus dedos estão perdendo a cor. — Isso não é *Lei & Ordem*. Não se resolve um caso em uma hora. O meu pai está fazendo o que precisa ser feito — digo tudo com convicção.

Mais para mim do que para eles.

— Se isso fosse verdade, você não estaria aqui tentando interrogar a gente — conclui Lorenzo.

Então ele revira os olhos e me dá as costas.

O toque estridente do sinal me impede de responder, e o professor Pattinson imediatamente começa a aula enquanto ainda estou ali soltando fogo pelas ventas.

À medida que o professor conduz uma discussão sobre a Guerra de 1812, fico ruminando todas as coisas que deveria ter dito ao Lorenzo. Coisas que são fatos. Por exemplo, como meu pai se tornou policial pensando que poderia mudar o sistema por dentro, mas ficou um tanto desmoralizado quando percebeu contra o que estava lutando: uma cultura problemática construída em cima de preconceito, um sindicato que maximizava essas crenças e uma resistência ferrenha a reformas. E, ah, o momento em que ele foi promovido foi suspeito, considerando que aconteceu após o assassinato de George Floyd, quando estavam analisando as forças policiais de todos os lugares com minúcia. Mas o papai se esforçou muito nos bastidores, usando a nova posição para fazer exatamente o que Lorenzo o acusa de não fazer.

Eu deveria ter dito algo sobre os seminários "Conheça Seus Direitos" que ele realizou na comunidade para que pessoas negras pudessem aprender a não serem manipuladas e levadas a se incriminarem durante as interações com policiais. Ou sobre todo o trabalho que ele tem feito com o promotor distrital para conceder solturas antecipadas a presos condenados por crimes não violentos, em sua maioria pobres e negros que não podiam pagar bons advogados como muitos infratores brancos. Eu poderia ter dito a ele que meu pai impôs consequências disciplinares rígidas a policiais que ele provou terem usado força desnecessária ou que foram pegos postando, dizendo ou fazendo qualquer coisa racialmente insensível. Isso não acontecia antes de ele se tornar capitão.

Mas duvido que teria feito alguma diferença. Sei da mudança de que Lorenzo está falando. Ele e muitas outras pessoas negras não ficarão satisfeitos até que tenha mais policiais negros como meu pai, significando que nossos homens negros desarmados não serão mais mortos a tiros nas ruas por policiais brancos com dedos nervosos no gatilho. Até que pessoas negras deixem de receber sentenças de prisão pela mesma coisa pela qual os brancos recebem liberdade condicional.

Quanto a mim, preciso que a Tinsley seja presa para resolver as emoções conflitantes que estou sentindo em relação ao papai por causa do assassinato da Nova.

Assim que o sinal toca no final da aula, pulo da cadeira e corro pela porta. Preciso ficar o mais distante possível dessa conversa.

Sou engolida pela multidão que se formou no meio do corredor. Todos parecem estar se aglomerando para observar algo adiante.

— O que está acontecendo? — pergunto ao pessoal ao redor, ficando na ponta dos pés para tentar ver por cima da galera.

— A polícia está revistando o armário da Nova — responde uma garota. O rosto dela muda quando percebe quem fez a pergunta. — Acho que seu pai está lá.

Abro caminho até a frente da multidão e, de fato, o papai está ao lado do armário da Nova com dois policiais brancos. Ele está de costas para mim, observando um deles usar a mão enluvada para colocar uma folha de papel amassada em um saco plástico. Após lacrá-lo, ele o entrega ao meu pai.

— O que será que encontraram? — pondera alguém atrás de mim.

Minha própria curiosidade me impulsiona à frente.

Os outros dois policiais começam a pôr de volta todas as coisas que tiraram do armário da Nova. As homenagens que os alunos vinham colocando ali o dia todo como um pequeno santuário agora estão empilhadas ao lado.

O papai se vira quando me aproximo.

— O que acharam? — pergunto.

Sua boca forma uma linha dura. Ele passa por mim como se nem tivesse me visto, desaparecendo na multidão reunida do outro lado do corredor.

O vazio em meu peito aumenta novamente. Ele está magoado. *Eu* o magoei. E sinto como se isso fosse uma morte também.

CAPÍTULO DOZE
TINSLEY

17 DE OUTUBRO
10h47

MINHA MÃE TER me deixado ficar em casa hoje foi uma bênção. A escola é o último lugar em que quero estar, levando em conta minha briga com o Nathan ontem à noite, somado ao fato de ainda não ter tido notícias da Lana nem da Giselle, que desconfio estarem me dando um gelo, se a descrição que elas deram do meu caráter para a polícia tiver batido com a do Nathan. Não ter meu namorado ou minhas melhores amigas ao meu lado só vai me fazer parecer mais culpada.

Meu pai mal fala comigo desde sábado. Quase não fala com minha mãe também. As garrafas de Pinot Grigio e uísque estão acabando depressa. Quando meus pais ficam assim, em geral significa que estão discordando sobre algo que envolve minha irmã ou eu. E, em vez de resolver conversando, como adultos, bebem muito e se evitam.

Só fui me levantar da cama depois das nove, e tudo que fiz foi tomar um banho e descer para me forçar a comer uns pedaços de fruta e metade de um bagel que tinha gosto de papelão. Fiquei esparramada no sofá da sala desde então. Ainda bem que nem meu pai nem minha mãe estão aqui para fazerem eu me sentir pior do que já estou.

O assassinato da Nova não foi a principal notícia desta manhã. A série de manifestações e passeatas em Jackson ofuscou um pouco nosso escândalo. Os líderes negros de lá foram às ruas, exigindo que as acusações contra Curtis Delmont fossem retiradas, e que ele respondesse em liberdade até que a polícia conseguisse reunir mais evidências de que ele poderia ter matado os Holt. As coisas estão calmas agora, mas um dos pastores da cidade teme que elas piorem se o sr. Delmont não for liberado em breve.

Ao que parece, uma nova entrevista de Judy Sanchez foi ao ar hoje de manhã, com o superintendente Barrow respondendo a perguntas sobre o prosseguimento da investigação do assassinato da Nova. No vídeo que minha irmã me mandou, Judy ouve do superintendente Barrow que eles estão "examinando detalhadamente" as ações de "uma pessoa suspeita" para ver se esse alguém, de alguma forma, "influenciou" o que aconteceu com a Nova.

Meu estômago se apertou quando Judy perguntou:

— E estão perto de efetuar uma prisão?

O superintendente olhou diretamente para a câmera e respondeu:

— Sem comentários sobre isso neste momento.

O leve sorrisinho que ele deu me causou um arrepio nas costas.

O superintendente Barrow está determinado a fazer as pessoas acreditarem que tive alguma participação na morte da Nova, seja verdade ou não. O pensamento desanimador me faz me sentar mais ereta no sofá. Não matei a Nova, mas alguém matou. Alguém que obviamente a odiava. E me recuso a acreditar que a pessoa fez isso inspirada pelo meu discurso bêbado. O que significa que a Nova devia ter um segredo. É sempre isso que causa a morte das garotas nas séries e nos filmes. Se eu conseguir descobrir o que era, talvez possa me livrar de ser um alvo da polícia como Curtis Delmont.

Pego o celular. Meu pulso acelera quando entro na conta do Instagram pela primeira vez desde que desativei as notificações no sábado. Existem mais de trezentas notificações esperando por mim. Centenas de pessoas que provavelmente tiraram um tempinho para me dizer como me desprezam. Ignoro de propósito os números em círculos vermelhos no Direct e as notificações, e toco na barra de pesquisa com o dedo indicador. Só preciso digitar as letras *N* e *O* para que o perfil da Nova apareça na lista de pessoas que sigo. A última foto postada é daquela noite. Ela posou do lado de fora do ginásio, usando o vestido de baile branco. Há centenas de comentários com mensagens de luto. Clico no ícone que vai mostrar as fotos em que ela foi marcada.

Outras dezenas da noite da coroação aparecem na tela. Na primeira, ela está de pé no palco do auditório, parecendo lindíssima no vestido com decote em coração e pedraria. Quase parece que ela vai se casar em vez de ser coroada rainha do baile. O cabelo crespo volumoso é aureolado pela coroa brilhante. Ela está embalando o cetro nas mãos como se fosse um bebê recém-nascido. Seu conjunto de coroa e cetro é praticamente idêntico aos três no armário da minha família.

As fotos todas servem como um vislumbre daquela noite. Desde sexta-feira, as pessoas que estavam lá têm postado e marcado a Nova como uma forma mórbida de se envolverem em sua tragédia. O capitão Simmons disse que a Nova foi vista com vida pela última vez por volta das nove da noite. E que ela mexeu no celular antes de sair do ginásio.

Silencio a televisão enquanto percorro o restante das imagens. Quem matou a Nova poderia estar lá ou ter aparecido mais tarde. E talvez, quem sabe, alguém tenha tirado uma foto da pessoa sem saber.

Paro em uma foto de perto da Nova com a diretora Barnett, outra que foi tirada no auditório, pouco antes de a cerimônia ser transferida ao ginásio para o jantar. As luzes destacam os olhos azul-turquesa e refletem no pingente de prata e diamante em forma de flor pendurado em seu pescoço. Continuo passando pelas fotos, parando rapidamente em uma mostrando minha mãe e Rachel com a Nova e as outras seis rainhas anteriores que compareceram, todas em poses idênticas, com as coroas empoleiradas na cabeça, segurando os respectivos cetros. Minha mãe está à direita da Nova, com um sorriso forçado estampado no rosto com uma maquiagem pesada. Depois vejo várias fotos espontâneas, sendo que em algumas a Nova está marcada, mas não aparece. Nessas paro por vários segundos, analisando o fundo das fotos, fazendo um levantamento de todo mundo que estava lá.

Identifico Jessica Thambley e as líderes de torcida que atuaram como anfitriãs. Muitos professores e funcionários, incluindo o professor Haywood, que posou com a Rachel para uma foto. Esqueci que eles apresentaram o baile de coroação juntos. Muitas imagens da Nova em fotos com colegas que conheço e com convidados de honra, como o prefeito, vários vereadores e amigos dela. Numa delas, a Nova está fazendo caretas com a Duchess e outra garota loira com cabelo cortado a máquina que nunca vi. Não tenho certeza, porque a foto vai até a altura da cintura, mas parece que a Duchess estava vestindo um paletó de smoking masculino com uma camisa branca de botão de aparência feminina.

Trenton Hughes aparece com a Nova algumas fotos depois. Quase não o reconheço no smoking sob medida, com o cabelo crespo curto raspado nas laterais com perfeição. Ele e a Nova parecem o casal que ele provavelmente gostaria que fossem.

Ela não se importa com ninguém além de si mesma. As palavras que ele disse sobre mim no noticiário ecoam na minha mente.

Continuo descendo o feed, e a próxima dezena de fotos é de pessoas paradas bebendo e conversando, comendo e admirando a Nova. Localizo meu pai ao fundo de uma delas. Ele parece entediado, quase como se estivesse ali sob tortura. Faço uma pausa na próxima foto, uma da Nova e a mãe. A mulher de pele marrom-escura e a filha que é uma cópia dela parecem se amar muito. Bem diferente da maneira como elas agiram na sala da diretora no dia em que brigamos.

Baixo o celular. A quem estou enganando? Não sou detetive. Mas sou filha de Charlotte McArthur. Minha mãe tem um ditado: *percepção é realidade.* "Se quer que as pessoas acreditem em algo sobre você, é preciso fazê-las acreditar", sempre diz ela.

Com isso surge uma outra ideia. Uma que envolve a mãe da Nova.

* * *

Encontro a casa da Nova usando a lista de contatos que o diretor da banda e a treinadora Latham montaram no Google Docs. A lista contém os nomes, números de telefone e endereços de cada membro da banda da escola, da equipe de dança e da equipe de líderes de torcida. É usada principalmente pelo corpo docente quando há alterações ou atualizações de última hora sobre as quais precisam nos informar. Temos acesso à pasta compartilhada também, caso a gente precise ligar uns para os outros para conseguir carona ou qualquer outra coisa que acharmos importante.

A Nova morava em Avenues, que fica cerca de dezesseis quilômetros a sudoeste do centro da cidade. É um bairro predominantemente negro e de baixa renda. Posso contar nos dedos de uma das mãos o número de vezes que estive lá. O bairro sem dúvida precisa daquele projeto de moradias populares que a empresa do meu pai está desenvolvendo.

A dois quarteirões da casa dela, vejo o Cemitério de Escravizados Sagrado Coração, e prendo a respiração. A fita amarela de isolamento de local de crime ainda bloqueia a área de sepulturas onde seu corpo foi encontrado, com uma das pontas balançando ao vento. Em vez de virar à direita, como o GPS do celular me orienta a fazer, viro à esquerda e vou margeando a cerca no lado leste da entrada do cemitério. Já estive aqui uma vez, em um passeio escolar. Acho que estava no sétimo ano.

O cemitério ocupa um quarteirão inteiro e é rodeado por uma cerca de ferro forjado com um portão de entrada na Avenida F, ladeado por estátuas em tamanho real de um homem e uma mulher negros com as mãos para o céu e se libertando das correntes que os prendiam. É difícil acreditar que a Nova passava os fins de semana organizando mutirões de limpeza aqui. Os jardins estão muito malcuidados. Há lixo por toda parte. Vários túmulos de concreto acima do chão estão desmoronando, expondo os caixões apodrecidos dentro deles. A cerca de ferro forjado enferrujada está inclinada e deformada em alguns lugares. A fita de isolamento contribui para a atmosfera decadente do cemitério. Em outras palavras, o dinheiro que ofereci a ela seria bastante útil aqui.

Estaciono perto do local onde ela foi encontrada. Saio do carro e caminho até a cerca, apertando as finas hastes de ferro forjado enquanto espio o cemitério da calçada. Ramos retorcidos de um trio de carvalhos cobrem a seção do cemitério que agora é uma cena de crime.

Estar a menos de seis metros de distância das sepulturas sem identificação onde ela pode ter dado os últimos suspiros me deixa arrepiada. A imagem de uma Nova sem vida volta à minha mente. Fecho os olhos com força, desesperada para afugentá-la. Mas o vestido de baile branco manchado de sangue da Nova só fica mais nítido. Quando abro os olhos, é como se eu pudesse vê-la deitada ali de verdade, ocupando três sepulturas, a do centro marcada por uma lápide de madeira em forma de cruz que está parcialmente coberta de musgo e líquen. Desvio o olhar, esforçando-me mais para afastar a imagem da cabeça.

Meu olhar agitado vai parar na entrada, que, como percebi quando cheguei de carro, não está trancada. Isso significa que qualquer um poderia ter acesso a qualquer hora. E, dada a proximidade do cemitério com as casas ao redor, acho que ela devia estar morta, ou quase morta, quando foi trazida para cá. A Nova era briguenta; sei disso por experiência própria. Só posso presumir que ela teria reagido lutando se pudesse.

— Tá procurando o que aí?

Eu me viro. Uma mulher negra mais velha está olhando para mim da varanda de uma casa estilo *shotgun* do outro lado da rua.

— Hum... Nada, senhora — respondo, com o coração disparado enquanto volto correndo para o carro.

Os olhos inquisitivos da mulher permanecem em mim enquanto dou a partida e me afasto. Pelo espelho retrovisor, eu a vejo sentada na varanda, observando-me enquanto sigo para a casa da Nova.

A casa localizada no endereço da Nova caberia no nosso quintal. A construção de tijolos cor de areia tem um jardim malcuidado na frente e um telhado desbotado com telhas cuja cor preta está ficando cinza. Sinto um frio na barriga enquanto espremo o Mustang ao lado do Honda Civic cinza, um modelo mais antigo, estacionado na garagem para dois carros.

Desligo o carro e fico sentada ali, olhando para a porta de tela. E se a sra. Albright cair de joelhos assim que me vir? E se ela gritar comigo como fez na delegacia? O que posso dizer para conseguir entrar e fazer o que vim fazer aqui? Convencer a mãe da Nova da minha inocência forçaria a polícia a admitir que tirou conclusões precipitadas ao concentrar suas suspeitas em mim. Se a sra. Albright não achar que matei a filha dela, será difícil para o restante da cidade acreditar que sou culpada. É um tiro no escuro, mas a única opção que tenho.

Você consegue, garota, digo a mim mesma enquanto desafivelo o cinto de segurança e saio do carro. *Você é A Tinsley McArthur, caralho. Você. Faz. Acontecer.*

Aperto a campainha iluminada e deixo as mãos caírem ao lado do corpo. Meu estômago se revira quando a porta se abre do outro lado da tela. A expressão no rosto da sra. Albright muda de choque para incompreensão e então para raiva em dois segundos. Ela se inclina para a frente, lançando olhares nervosos à direita e à esquerda antes de abrir a porta de tela.

— Está do lado errado da cidade, né? — Ela me olha de cima a baixo com tanta intensidade que minhas costelas começam a apertar os pulmões. — Com certeza errou de casa, porque nem pensar que ia aparecer na minha porta.

Tento engolir o nó na garganta. Quando abro a boca para falar, as palavras que treinei no caminho ficam presas, então a sra. Albright fala antes de mim:

— Todos os McArthur estão saindo da toca hoje?

— Perdão?

A sra. Albright põe a mão na cintura, apertando os lábios enquanto me olha. Seu cabelo ressecado está preso em um rabo de cavalo com um elástico verde. Ela está usando chinelo e um roupão felpudo rosa com calça jeans e uma camiseta folgada com decote em V. Sua roupa reflete a confusão angustiada em seus olhos quando pergunta:

— Por que está aqui, garota? Pra me dizer que não matou a minha filha?

— Eu... eu... eu não matei. — Tiro os óculos escuros para que ela veja a sinceridade em meus olhos. — Sra. Albright, eu juro. Juro pela Bíblia. Pela vida da minha avó. Não matei a Nova.

Seu olhar duro faz meu coração bater mais forte.

— Sei que é pedir muito, mas posso entrar e conversar com a senhora? — peço com pressa antes que a raiva que posso ver fervilhando em seus olhos escuros me mande voltar para o carro. — Sei que não me deve nada depois de tudo que rolou entre a Nova e eu, depois de tudo que eu disse sobre ela, mas a senhora e eu queremos a mesma coisa... eu juro.

— E o que é?

— Descobrir quem matou a sua filha.

Ela franze a testa, e espero que seja porque está se permitindo considerar o que eu disse. Mantenho contato visual com ela, mesmo querendo muito desviar o olhar. Não suporto ver a tristeza nos olhos dela.

— Vai pra casa — ordena ela, fazendo menção de fechar a porta.

Depressa coloco o pé na frente para impedi-la de fazer isso, estremecendo com a dor que sobe pela minha perna quando a madeira me acerta.

— Garota, qual é o seu problema? — resmunga a sra. Albright, abrindo a porta e olhando para o meu pé.

— Por favor, sra. Albright.

— Por favor, o quê?

Com certeza ela vai bater a porta com mais força na minha cara se eu não der a ela uma razão convincente para não fazer isso.

— Eu estaria aqui se *realmente* tivesse matado sua filha?

— Os brancos acreditam que podem fazer qualquer coisa e sair impunes.

— Isso pode ser verdade, mas não é meu caso.

O olhar que ela me lança grita *"me poupe"* sem que precise verbalizá-lo.

— Por favor, me escuta! — grito quando ela começa a fechar a porta novamente. — Eu disse algumas coisas ofensivas sobre a Nova. Coisas que falei por inveja. Mas juro, juro, *juro* que não matei sua filha. E eu vou provar isso. Mas preciso falar com a senhora. Por favor. Só cinco minutos.

Ela espera alguns segundos antes de acenar com desdém para que eu entre.

Sinto um cheiro familiar quando piso do lado de dentro. O aroma amadeirado que faz cócegas nas minhas narinas não combina com o charme feminino silencioso que me recebe quando entro em uma área de estar e jantar em conceito aberto. Embora os móveis da sala estejam um pouco ultrapassados, estão em boas condições. Tenho certeza de que já vi o sofá de suede, a poltrona de dois lugares e o conjunto de mesinha de três peças de latão e vidro em um daqueles anúncios de venda parcelada de móveis que estão sempre no jornal de domingo. Uma mesa de jantar redonda de madeira de quatro lugares está bem à minha direita. Atrás dela, há uma cozinha estreita. Um arco a alguns metros de distância parece levar ao restante da casa. A sra. Albright passa por mim e vai em direção à sala de jantar.

É quando ela está se virando para mim que percebo as duas canecas na mesa. Uma ainda está fumegando e cheia até a borda. A outra parece meio vazia.

— Me desculpa. Não sabia que a senhora estava com visita — digo, apontando para as canecas.

— Não estou. — A sra. Albright pega a caneca fumegante, a que está mais perto de mim, depois vai até a cozinha e a coloca na pia. Ao voltar para a mesa, explica: — A pessoa acabou de sair. Estou surpresa por não terem se encontrado.

— Com a sobrancelha erguida, acrescenta: — Isso teria sido interessante.

Meus olhos se voltam para a estante estreita na parede ao meu lado. As prateleiras estão cheias de porta-retratos e enfeites, todos cobertos por uma fina camada de poeira.

— É a avó da Nova? — pergunto, apontando para o porta-retrato maior centralizado na estante na altura dos meus olhos. Dou um passo à frente, analisando a mulher de aparência doente sentada em uma cadeira dobrável na frente da casa.
— Ela morreu de covid, certo?

A sra. Albright revira os olhos antes de responder com um breve aceno de cabeça.

— Ela sofreu com as muitas complicações do diabetes e de uma doença renal por dezessete anos. Aquele maldito vírus veio e matou minha mãe em uma semana.

Eu me identifico com essa dor. O vírus matou a mãe do meu pai também.

— Você e a Nova se mudaram pra cá depois que ela morreu, certo? — indago.

— Você me convenceu a te deixar entrar pra me fazer um monte de perguntas para as quais já sabe as respostas, garota? — retruca ela, seu rosto se contraindo.

Franzo a testa para ela.

— Desculpa, o quê?

— A Nova me contou como você e suas amigas tentaram se intrometer na nossa vida. — A sra. Albright fecha o roupão e se senta na cadeira em frente à caneca de café que manteve na mesa. — Aquela menininha negra que disse que anda com você convenceu um dos garotos do estoque com quem vocês estudam a contar a ela tudo sobre mim e a minha mãe e por que voltamos de Virgínia pra cá. Achou que a gente estivesse fugindo de alguma coisa?

O desprezo em seu rosto lembra o de sua filha no dia em que tentei convencê-la a desistir da eleição de rainha.

— Não venha aqui tentando bancar a inocente — continua ela. — Você encontrou na Nova uma adversária à altura, não foi? Aquela garota não tinha medo de lutar com o diabo em pessoa por algo que ela queria.

Meu corpo passa a pesar toneladas. Eu me pergunto se o garoto do estoque contou à sra. Albright todas as outras coisas que ele revelou à Giselle sobre elas. Como a avó da Nova ter costumado reclamar com os caixas durante anos que seus filhos nunca a visitavam. E como sua filha, a mãe da Nova, achava que pagar pelos tratamentos e medicamentos caros bastasse.

— Posso imaginar o que a senhora deve pensar de mim...

— Ainda não sei o que pensar — interrompe ela, inclinando-se para a frente, apoiando os cotovelos na mesa. — Mas sei que a polícia está no seu cangote por causa daquele vídeo. E o fato de o seu pai ter apadrinhado a Nova sem dúvida é mais um motivo pra você querer que ela morresse, pelo que o capitão Simmons me disse.

Fico paralisada. Devo ter ouvido mal a sra. Albright.

— O meu pai não apadrinhou a Nova. A minha mãe mandou que ele não fizesse isso.

— E eu gostaria que ele a tivesse escutado. Havia dezenas de empresários negros na cidade dispostos a fazer isso, mas a Nova quis que fosse ele porque sabia que isso irritaria você.

Retiro os braços de cima da mesa. Se a sra. Albright está dizendo a verdade, isso significa que o meu pai pagou por aquele lindo vestido de baile no qual a Nova foi assassinada. Como ele pôde fazer isso? *Por que* faria isso?

— Você não sabia — percebe a sra. Albright, arrancando-me dos meus pensamentos. — Parece que esse seu pai é bom em guardar segredos da família dele.

Eu me inclino para a frente.

— A Nova tinha algum?

— Hã?

— Algum segredo — completo. — Teria alguma *razão* pra alguém querer machucá-la?

A sra. Albright ergue a sobrancelha.

— Além do que a senhora acabou de dizer... porque *eu* não a matei.

— Vou te contar o que contei pra polícia: a Nova e eu... não éramos tão chegadas assim. Não foi sempre desse jeito, mas acabou ficando depois...

Ela para de falar.

— Depois do quê? — indago quando o silêncio se prolonga demais.

A sra. Albright se mexe na cadeira.

— Cometi um erro quando ela era pequena. Um erro grave. Não tentei entender por que ela costumava se comportar mal na escola. Eu me recusei a acreditar nela depois que descobri o motivo. E as coisas nunca melhoraram depois disso.

— Não estou entendendo, sra. Albright.

— Tudo que você precisa saber é que a minha filha teve uma vida difícil — responde ela, enrijecendo os ombros. — Fiz o melhor que pude como mãe solo, mas nunca foi bom o bastante. Então voltamos pra cá, pra esta casa, e ela ficou obcecada com uma vida que nunca poderia ter.

Os olhos da sra. Albright estão fixos nos meus, com intensidade.

— O que a senhora fez de tão horrível? — questiono.

Após um instante, a sra. Albright desvia o olhar e responde:

— Eu a trouxe pra este mundo.

A declaração dela cria uma barreira que sei que não conseguirei transpor. Seu olhar distante recai sobre o próprio colo. O pensamento sobre o que aconteceu com sua única filha é provavelmente o que o atraiu para lá. Minha tentativa ambiciosa, ou equivocada, de convencê-la da minha inocência está indo pelo ralo. Olho de soslaio para o arco que leva ao resto da casa. Sinto um frio na barriga. Acho que vou ter que dar uma de Nancy Drew, a detetive adolescente, para achar uma saída.

— Hum, posso usar seu banheiro, por favor, sra. Albright? — Meus lábios se abrem em um sorriso nervoso quando ela ergue o olhar. — Eu tomei uma daquelas raspadinhas de mais de um litro no caminho para cá.

As lágrimas brilhando nos olhos dela fazem eu me agitar na cadeira.

— O banheiro fica na primeira porta à esquerda no corredor. — Ela aponta para o arco. — Em frente ao quarto da Nova — acrescenta ela, solícita.

Ela me observa ficar de pé, e posso sentir seu olhar queimando minhas costas enquanto saio da sala e sigo para o corredor escuro e estreito. Há quatro portas, duas de cada lado. Faço uma pausa no banheiro para olhar por cima do ombro e me certificar de que a mãe da Nova não está me seguindo. Fico ali parada, com o coração acelerado, até que o som fraco de água corrente ecoe vindo da cozinha; então me inclino para dentro do banheiro para encontrar o interruptor de luz e acendo, fecho a porta e cruzo o corredor até o quarto da Nova.

Meu olhar frenético salta da cama queen size para a penteadeira espelhada bagunçada e a parede de destaque adornada com fotos. Não sei quanto tempo tenho para procurar, mas preciso presumir que não é muito.

Tenho certeza de que o departamento de polícia já esteve aqui. Mas imagino que o superintendente Barrow tenha mandado gente para encontrar algo que *me* fizesse parecer culpada, não para guiar a investigação para quem *realmente* matou a Nova. Além disso, duvido muito que a polícia de Lovett saberia onde procurar os segredos que uma adolescente poderia estar escondendo.

Sinto um lampejo de culpa surpreendente por estar no quarto de uma garota morta, preparando-me para xeretar sua vida pessoal. Como se eu já não a tivesse desrespeitado o suficiente.

Tem uma escrivaninha pequena encostada na parede ao lado do guarda-roupa. Começarei por ela. Há alguns livros do colégio empilhados e folhas soltas reunidas de maneira organizada no canto esquerdo. Um quadro de feltro acima da escrivaninha está coberto de vários artigos, páginas arrancadas de revistas e o que, à primeira vista, parecem post-its com datas e prazos que ela não queria esquecer.

Meu olhar recai sobre os desenhos afixados na parede ao lado do espelho. A Nova gostava de moda? Dou a volta na cama dela para dar uma olhada mais de perto, e as ilustrações são bem boas. Isso me faz questionar se ela desenhou algumas das roupas diferenciadas que usava. Deixo a máquina de costura enfiada no canto à direita servir como resposta.

Olho para a porta antes de puxar o edredom lilás da cama e então levanto o colchão. As funcionárias que limpam nossa casa vira e mexe levantam os colchões quando trocam os lençóis. Só percebi que faziam isso quando eu tinha 12 anos. Foi quando parei de esconder o diário e qualquer outra coisa *debaixo* do colchão e comecei a esconder coisas *dentro* dele.

Não escrevo no diário desde os 15 anos. O espaço que abri no colchão agora serve como meu esconderijo para maconha.

Vou andando ao redor da cama da Nova, passando a mão ao longo da lateral da parte superior do colchão, aplicando uma pressão de leve, na possibilidade remota de ela e eu pensarmos igual. Chego ao outro lado da cama sem identificar nada, colocando o colchão de volta no lugar fazendo o mínimo de barulho possível, e, em seguida, pego o celular.

Fico ajoelhada e ligo a lanterna do aparelho para dar uma olhada rápida debaixo da cama. Ela provavelmente não esconderia nada lá; é óbvio demais. E, se o fez, a polícia sem dúvida já procurou e encontrou o que quer que ela tenha sido boba o suficiente para pensar que tivesse escondido. Mas e se ela *prendesse* algo por baixo do box da cama? Foi o que fiz no sétimo ano quando não quis que meus pais encontrassem um dos meus boletins. Tirei duas notas baixíssimas semanas antes da minha festa de aniversário de 13 anos, e de jeito nenhum eu deixaria meu desinteresse por estudos sociais e matemática me impedir de ter *a* festa do ano.

Não tem nada embaixo da cama da Nova, exceto ácaros e caixas de sapatos.

Ainda de joelhos, olho para a parede pintada de lavanda à direita. Várias luzinhas brancas contornam a parede onde ela encontra o teto texturizado. Cada cordinha pendurada no fio principal que segue pelo topo da parede está decorada com pequenas fotos que foram tiradas com uma daquelas câmeras Polaroid novas. Deve haver mais de cinquenta fotos presas às cordas que caem em cascata na parede. Uma cascata de memórias reunidas pela Nova que não tenho tempo para analisar agora.

Percebo então que não ouço mais o ruído distante da torneira da cozinha. Estou com as axilas suadas quando me levanto do chão, indo direto ao guarda-roupa da Nova. Penso em correr pelo corredor até o banheiro para dar a descarga ou abrir a torneira, qualquer coisa para fazer a sra. Albright pensar que ainda estou lá dentro caso ela esteja se perguntando por que tanta demora. Uma imagem mental dela parada no arco, olhando pelo corredor em direção à porta fechada do banheiro, surge na minha mente, mas ainda não encontrei nada.

Abro a porta do guarda-roupa e enfio a mão nos bolsos das calças jeans e dos casacos pendurados, mas não há nada. Nem mesmo troco ou recibos esquecidos, como eu encontrava no closet do meu pai quando eu era pequena.

Um sino estridente ecoa por toda a casa, quase fazendo meu coração pular do peito.

Fico paralisada, observando a porta. O toque da campainha ecoa pela casa novamente. Alguns segundos depois, ouço a sra. Albright perguntar: "Quem é?" A voz dela não vem de perto do corredor nem, o mais importante, próximo do quarto da Nova.

Fico atenta enquanto mais segundos se passam; então ouço a porta da frente se abrindo e posso soltar o ar.

Corro pelo quarto e coloco a cabeça para fora da porta. Quem quer que seja, vai me garantir mais um minuto ou dois, no mínimo.

Sinto o suor escorrendo pela testa e pela nuca. Quando giro o corpo, meus olhos se fixam na grade de ventilação perto da penteadeira. Preciso me refrescar. A sra. Albright saberá que eu estava aprontando alguma coisa se eu voltar parecendo que acabei de fazer uma aula de zumba.

Fico de joelhos, rastejando em direção à ventilação e ao frescor que estou desejando. Mas não há nada, nem mesmo quando pressiono o rosto na grade de metal que esconde o pequeno buraco retangular aberto na parede. Consigo ouvir o ar chiando vindo do duto, mas nem de longe com a força que deveria ter.

Olho por cima do ombro para ter certeza de que ainda estou sozinha antes de bater de leve na saída da ventilação. A fina grade de metal se solta, me assustando, mas a pego antes que caia no chão. Não há parafusos. Abro um sorriso, percebendo o que isso significa. Sem parafusos segurando a grade no lugar, qualquer pessoa pode colocá-la e retirá-la com mais facilidade. E esse alguém seria a Nova, que encontrou um esconderijo melhor para seus segredos do que eu.

Olho dentro do duto de ventilação e, ali no meio, há uma caixa de tamanho médio.

A voz da sra. Albright sobe uma oitava, mas não consigo entender o que ela ou a pessoa na porta está dizendo. Retiro a caixa e a coloco no chão à frente. Está coberta por um tecido floral rosa, verde e amarelo horroroso. A tampa abre para trás, mas permanece presa por dobradiças de metal, semelhante à abertura da caixinha de lembranças de cristal da minha avó.

A caixa está cheia de pedacinhos de papel dobrados em quadradinhos. Pego um, franzindo a testa para o pedaço amarelado de folha de caderno esfiapado nas bordas. Eu o desdobro, revelando as letras pequenas e irregulares de uma mensagem manuscrita.

Você está linda hoje, diz.

Deixo cair o pedaço de papel no chão e tiro outro da caixa. Tem a mesma caligrafia.

Acho que te amo.

Olho para os outros pedaços de papel dobrados enfiados na caixa. Então a Nova *estava* se relacionando com alguém! Que parecia estar apaixonado por ela! Mas, sem uma data ou um nome, é difícil saber quanto tempo isso tem. Pode ser de um namorado da escola antiga em Virgínia. Quem quer que fosse, ela não queria que sua mãe soubesse sobre ele... ou ela, talvez? Quer dizer, a gente achava *de verdade* que ela e a Duchess estavam namorando quando começaram a sair juntas.

O próximo bilhete que pego diz: *Eu queria te beijar agora.*
O quarto: *Seu sorriso acaba comigo.*
Eu queria que a noite passada não terminasse nunca.
Não importa o que aconteça, por favor, saiba que sempre vou te amar.
Eu te daria o mundo se pudesse. Este me faz revirar os olhos.
O próximo: *Eu quero você.*
Se pelo menos isso fosse mais fácil...
Este me faz parar. Por que amar a Nova não seria fácil?

Quando estou baixando a mão para apanhar outro bilhete, algo escondido no fundo da caixa chama minha atenção.

Minha garganta fica apertada. É um folheto. O mesmo que a Rachel recebeu quando minha mãe a levou para a Abundant Life para fazer o aborto. Eu o retiro da caixa com a mão tremendo. O folder brilhante em papel couché tenta amenizar preocupações e responder a quaisquer perguntas que uma mulher que esteja pensando em fazer um aborto possa ter.

Isso significa que a Nova *fez* um aborto ou ela estava apenas pensando em fazer um?

— Você não pode entrar porque esta casa agora é minha! — grita a sra. Albright, me trazendo ao presente.

Eu me viro para a porta do quarto. A voz que responde é brusca. Com certeza é de um homem.

Em desespero, enfio todos os bilhetes e o folheto de volta na caixa e fecho a tampa. Coloco-o no duto de ventilação, encaixo a grade no lugar, levanto-me e saio do quarto da Nova, parando no arco da sala de estar para que consiga ouvir a conversa que a sra. Albright está tendo na porta da frente.

— Eu cresci nesta casa, assim como você! — exclama o homem.

— Mas a mamãe a deixou pra mim — retruca a mãe da Nova.

— Não estou aqui pra causar problemas, Donna. Só quero dar uma força pra minha irmã mais velha — continua o homem, com o tom mais suave. — Sei que você deve estar sofrendo agora.

— Estou. Mas não quero companhia.

— Ah, é? Então, de quem é aquele carro na garagem? — retruca o homem, elevando novamente o tom de voz.

Sinto o coração acelerar.

— Não é da sua conta, Leland! — berra a sra. Albright.

— Acho bom que não seja ele!

Dou um passo para trás, com receio de que ele possa estar tentando olhar para atrás da mãe da Nova a fim de ver o resto da casa.

— Ele teria todo o direito de estar aqui se fosse o caso — retruca a sra. Albright.

— Por favor! Eu praticamente fui o pai da menina! — zomba o homem.

— Pais não fazem o que você fez — responde a sra. Albright, com a voz trêmula.

Espio devagar ao redor do arco, me esforçando para ver com quem a sra. Albright está falando. Ela está de costas para mim, mas posso ver que o homem tem pele escura, como ela, e um corpo parecido com o do Dwayne "The Rock" Johnson. Volto a me esconder assim que seus olhos passam pelos ombros da sra. Albright. Tem que ser o cara com quem a Lana viu a Nova discutindo fora da escola. O homem que a Nova disse ser seu tio.

— Leland, saia antes que eu chame seu oficial de condicional — ameaça a sra. Albright.

— Isso é sacanagem, mana. Você está sendo muito sacana. Um irmão não pode consertar os erros do passado ficando do seu lado?

— Não preciso de você — declara a sra. Albright.

— Mas precisou quando o pai dela não quis nada com ela, nem com *você*. — O tom de Leland Albright é cheio de desprezo. — E o que eu fiz quando você bateu na minha porta em Virgínia, sem dinheiro e grávida? Eu te apoiei! Quando a mamãe virou as costas pra você. E é assim que você me trata?

— Vai se preocupar em ficar fora da cadeia, em manter o seu emprego no Fatbacks. Não preciso que se preocupe comigo.

A casa inteira treme quando ela bate a porta.

Reapareço na sala quando a sra. Albright está se virando.

— Acho melhor eu ir — digo. — Já me intrometi por tempo demais.

— Que seja a última vez que você faz isso — responde ela.

CAPÍTULO TREZE
TINSLEY

17 DE OUTUBRO
19h07

ENTRO COM TUDO no escritório do meu pai. Ele está sentado atrás da mesa, de costas para mim. Meu estômago está embrulhado desde que saí da casa da Nova. Quando eu não estava pensando na possível gravidez e no aborto secretos, eu me perguntava se a sra. Albright contou a verdade sobre meu pai apadrinhar a filha dela. Eu o teria confrontado assim que ele chegasse do trabalho se eu estivesse em casa em vez de na casa da Rachel, tomando conta da Lindsey, enquanto minha irmã resolvia umas coisas.

— Papai, precisamos conversar — anuncio.

Ele não se mexe nem responde. Contorno o lado direito da mesa e descubro que ele não está olhando pela grande janela com vista para o quintal iluminado pela lua.

Ele está dormindo.

Sua cabeça está inclinada um pouco para o lado, a boca aberta. Um dos copos de cristal que pertence ao conjunto que adorna o frigobar no canto do cômodo está pendendo da mão flácida, o copo vazio correndo o risco de se espatifar no piso de madeira se a mão relaxar um tantinho mais.

O hálito de uísque faz minhas narinas arderem quando me inclino para puxar o copo de sua mão com delicadeza. Enquanto faço isso, percebo que ele também está segurando algo na outra mão. São algumas folhas de papel amassadas, grampeadas juntas. Ele devia estar no meio da ação de jogá-las na lixeira antes de apagar. Parece um tipo de contrato.

Dou uma espiada no rosto dele, certificando-me de que ele ainda está dormindo, antes de me inclinar devagar para olhar melhor as folhas. A respiração dele faz cócegas na lateral do meu pescoço quando estou perto o suficiente para ler as palavras em negrito no topo da primeira página.

CONTRATO DE CONFIDENCIALIDADE

Preciso me aproximar mais para distinguir o nome rabiscado no primeiro espaço em branco.

— Está fazendo o que aqui?

A voz dele faz meu coração ir parar na boca, e dou um pulo para trás.

Ele está estreitando os olhos azul-esverdeados para mim.

— Você quase me matou de susto — digo com uma risada nervosa.

— Eu já não disse que porta fechada significa que não quero ser incomodado? — resmunga ele, travando a mandíbula.

Então abre a gaveta inferior direita da mesa e enfia o contrato de confidencialidade lá dentro, então me olha com intensidade.

— Por que você está aqui? — diz ele. — Algum problema? Outro amigo seu filmou você fazendo ou dizendo alguma coisa estúpida?

Aí está a raiva que eu vinha esperando. Mas não vou deixá-lo mudar o que eu planejei.

Dou a volta até a frente da mesa para olhar na cara dele.

— Precisamos conversar — digo, meu estômago revirando enquanto o observo pegar a garrafa de cristal em meio às pilhas de papéis e plantas de construção espalhadas pela mesa.

— Sobre o quê? — grunhe ele.

Fecho os olhos brevemente e solto o ar.

— É sobre a Nova.

Meu pai, com o copo na direção da boca, para e abaixa a bebida devagar.

— O que tem ela? A polícia encontrou alguma evidência nova? — pergunta ele com a testa franzida.

Espero que sim. Qualquer coisa que tire as suspeitas de cima de mim.

— Eles estiveram na escola hoje, revistando o armário dela, segundo Judy Sanchez.

Sua expressão se ilumina.

— Talvez isso signifique que o Fred abandonou a ideia ridícula de que você teve algo a ver com o que aconteceu com... ela.

Então vira o copo inteiro de uísque de um só gole.

É agora ou nunca. Ele me deu a abertura perfeita. Mas as palavras ficam presas no fundo da minha garganta.

— O que foi? — Ele se serve de outra dose de uísque. — Desembucha. O que você quer? Porque estou vendo que quer alguma coisa. É só nessas horas que você age como se desse a mínima pro que eu e...

— É verdade que você a apadrinhou? — questiono de uma vez.

Suas sobrancelhas grossas baixam quando ele ergue o copo de novo. Mas ele não bebe. Em vez disso, segura-o perto da boca, observando-me em silêncio por cima da borda do vidro. Depois de uns segundos, enfim toma um gole e então pergunta:

— Onde você ouviu isso?

— Não importa. É verdade ou não?

Ele suspira antes de se recostar na cadeira e passar a mão pelos cachos castanho-escuros emoldurando o rosto bruto.

— Sim. É verdade.

Leva alguns segundos para eu recuperar o fôlego.

— Papai, por que você fez isso? Ainda mais depois que a mamãe disse pra você não fazer.

— Ela é *sua* mãe, não minha — retruca ele.

Posso sentir o próprio rosto esquentando.

— Não preciso nem mencionar que fazer isso é um tapa na minha cara, mas, considerando o que aconteceu com ela, você não entende como isso pega mal pra mim? Se a polícia também souber disso, vai tentar dizer que eu matei a garota por ciúme.

Faço uma pausa para tentar voltar a respirar normalmente. A adrenalina dispara pelo meu corpo feito fogo. Como é possível que uma garota morta esteja causando mais estragos na minha vida do que quando estava viva?

— Acha que eu já não pensei nisso?

— Então por que você foi apadrinhar a garota?

Meu pai dá um tapa na mesa.

— Como eu ia saber que você seria tonta a ponto de deixar seus amigos gravarem você falando besteira... e que depois... ia acontecer o que aconteceu?

— Você sabia que isso iria me magoar... mesmo que ninguém tivesse matado a Nova. — Mordo o lábio, piscando para conter as lágrimas que brotam em meus olhos. — Ela só procurou você pra se vingar de mim.

— Tinsley, para! — Ele revira os olhos, como se me ver fosse demais para ele. — Nem tudo é sobre você.

— Então por que você apadrinhou a menina?

— Por que não? — vocifera ele. — Porque eu deveria apoiar sem questionar sua vingancinha boba contra ela? Ela foi a primeira rainha negra do baile da escola. Ia pegar bem pra empresa. Cacete, *qualquer* empresa que seja propriedade de brancos hoje em dia precisa mostrar publicamente apoio a iniciativas de igualdade racial.

— Mas não foi público — argumento, lembrando-o. — Você fez isso em segredo.

Seus ombros desabam.

— Eu a fiz concordar em esperar e anunciar mais tarde, durante o reinado. Depois que você superasse a mágoa e seguisse pra próxima coisa fútil pela qual ficaria obcecada.

— Então dane-se como eu me sentiria com isso? — retruco com um dar de ombros, enxugando a lágrima que escorre pela minha bochecha. — Contanto que a McArthur Construções receba a medalha por apoiar a diversidade, isso é tudo que importa pra você.

Meu pai vira a cabeça, olhando para a garrafa de uísque em vez de para mim. A filha que ele sempre deixou em segundo plano. Ele *nunca* teria feito algo assim com a Rachel. A filha favorita. A que compartilha sua vocação para os negócios. Aquela que era praticamente sua sombra até ir para a faculdade e se casar. Ele é a razão pela qual a Rachel e eu nunca fomos próximas. Ele me pune por ser apegada a minha mãe. Descontando em mim qualquer ressentimento que tenha por ela. Não me importo com o que ele diz; minha mãe pediu a ele que não fizesse aquilo, e ele fez mesmo assim. E, como sempre, sou o dano colateral na briga deles.

— Achei que poderia me ajudar a me blindar de alguns erros nos negócios... Não que eu te deva qualquer explicação — diz ele de um jeito sombrio, servindo-se de mais uma dose de uísque.

— E conseguir aquele novo projeto de moradias populares não foi o suficiente? Ou isso também fazia parte da sua propagação de diversidade? — pergunto, apertando os lábios.

Meu pai me fuzila com o olhar.

— Meio que senti que precisava diminuir um pouco do estrago depois da sua ceninha na semana passada sobre as eleições.

Ele joga a cabeça para trás, bebendo outra dose de um só gole.

— Você não pode mais sair por aí dizendo qualquer coisa ignorante que quiser, Tinsley — continua ele. — Aquele maldito vídeo. Você tentando sabotar as eleições. Meu Deus! Tem alguma ideia de como isso pode prejudicar a empresa que passei metade da minha vida construindo do zero? Todo mundo nessa cidade provavelmente acha que eu sou preconceituoso agora. E, nessa onda do politicamente correto, o menor vestígio de racismo pode destruir alguém. Você está tentando me destruir?

E, sem mais nem menos, é tudo culpa minha.

— Não, papai — respondo. — Eu não estava pensando...

— Exatamente! Você não estava pensando! — berra ele, me interrompendo. — Então não venha aqui me questionar sobre... *isso*.

Olho para o chão enquanto ele passa a mão pelo cabelo. *Não* é assim que a conversa deveria terminar. Era para ele estar se sentindo um merda pelo que fez, não eu.

— Como você descobriu? — indaga o meu pai, quebrando o silêncio que deixava o ar da sala pesado.

Devo dizer a ele que fui à casa da Nova hoje? Que conversei com a mãe dela? E, quando ele perguntar o porquê, que mentira vou contar por não querer confessar a verdade?

A campainha toca.

— Eu atendo — digo depressa, e saio correndo do escritório. Estou cansada disso. Cansada dele.

Minha mãe já está na porta quando chego ao saguão.

— Ah, Deus! O que é agora? — diz ela, irritada, ao abrir a porta.

Estaco de súbito no meio do saguão assim que o superintendente Barrow ergue os olhos. Seu olhar acusatório se fixa em mim por cima do ombro da minha mãe.

— Só estou aqui para fazer meu trabalho — responde ele, mantendo os olhos em mim. — Viemos revistar o quarto da sua filha.

Paro de respirar.

Minha mãe abre mais a porta, revelando os dois policiais uniformizados atrás do chefe, ambos com olhares sérios.

— Ah, não vão, não! — retruca minha mãe.

— Não estou pedindo. — O superintendente Barrow quebra o contato visual comigo para puxar um pedaço de papel branco dobrado do bolso traseiro. Ele o coloca na cara da minha mãe. — Temos um mandado.

— Pra quê? — grito quando o superintendente abre mais a porta e entra na casa.

— Isso eu não preciso te dizer.

— Virgil! — berra minha mãe enquanto lê o mandado que arrancou da mão do superintendente. — Vocês não podem entrar na minha casa assim do nada. Não sem o nosso advogado estar presente.

— Na verdade, podemos. — O superintendente Barrow se vira para os dois policiais e diz: — Sabem o que estamos procurando. Coletem o máximo de material possível que possamos relacionar com o que encontramos na escola hoje.

Minha mãe corre na frente dos dois policiais, bloqueando o caminho para a escada. Eu me junto a ela.

— Não. De jeito nenhum! — protesta ela, a voz esganiçada. — Vocês não podem fazer isso... *Virgil!*

Viro a cabeça em direção ao corredor, esperando desesperadamente que meu pai saia do escritório. Tão logo ele o faz, me volto para o superintendente.

— Quando você vai cair na real e perceber que eu não matei aquela garota? — digo a ele enquanto ele fica parado perto da porta com as mãos no cinto tático.

— Engraçado, porque aqueles amigos com quem você queria muito que a gente conversasse disseram que você estava tão chateada por a Nova não desistir da eleição que fez vários comentários sobre prejudicá-la.

Que surpresa, penso com um olhar exasperado.

Dou um passo na direção dele ao mesmo tempo que meu pai entra no saguão.

— Você não vai encontrar nada no meu quarto provando que eu matei a Nova.

— Se isso é verdade, então você não tem com o que se preocupar.

Seu sorriso arrogante faz um nó se formar no meu estômago. O que eles poderiam ter encontrado na escola, no armário da Nova, que os trouxesse até minha casa? O armário dela ficava no Edifício B, e eu quase nunca vou lá. Mesmo assim, estou fazendo um inventário de cabeça do meu quarto enquanto minha mãe briga com os dois policiais. Imaginando se existe alguma coisa lá dentro que esse cretino pudesse usar contra mim.

— Fred, o que significa tudo isso? — questiona meu pai.

— Ele conseguiu um mandado pra revistar o quarto da Tinsley — explica minha mãe, correndo pelo saguão e acenando com o papel para meu pai. — Isso beira a importunação — esbraveja ela para o superintendente.

O superintendente Barrow assiste a tudo com prazer enquanto os olhos vidrados do meu pai examinam a papelada. Quando olho por cima do ombro, os dois policiais estão no meio da escada.

— Gostou da sua visitinha? — pergunta o superintendente Barrow para mim depois que me viro.

— É o quê? — digo, confusa.

— Da sua visita em Avenues. — O superintendente se junta a mim no centro do saguão. A presunção brilhando nos olhos dele me causa arrepios. *Ele sabe que fui à casa da Nova*, eu me dou conta antes que ele continue: — Que assunto você teria para falar com Donna Albright hoje cedo?

As sobrancelhas dos meus pais estão franzidas quando me viro e olho para eles. A expressão séria da minha mãe parece expressar sua incredulidade, ao passo que a do meu pai transmite uma emoção bem diferente. Agora ele sabe como descobri que ele apadrinhou a Nova.

— Do que ele está falando, Tinsley? — Minha mãe se junta ao superintendente e a mim no centro do saguão. — Por que você iria falar com aquela mulher, inferno?

Outra pergunta que não vou responder hoje. Não quando tenho a oportunidade de desafiar o superintendente Barrow.

— Eu sei por que você está fazendo isso comigo — digo, ignorando minha mãe. — Por que você nem sequer cogita que eu seja inocente. É pra se vingar dela, não é?

Aponto para minha mãe com o polegar.

Ela solta um arquejo.

— Tinsley, cala a boca *agora*! — grita meu pai, vindo para perto de mim.

— Não, papai! Ele está tentando me mandar pra cadeia porque a irmã dele, sua ex-namorada, se matou depois que você se apaixonou pela minha mãe.

— Tinsley, não — contrapõe minha mãe.

— Foi isso que ela te contou? — retruca o superintendente, calmo. Ele olha para minha mãe e depois para mim. — Porque a sua mãe fez mais do que agir pelas costas da minha irmã e começar a namorar o seu pai.

Minha mãe se interpõe entre mim e o superintendente.

— Quantas vezes eu vou ter que dizer que não foi culpa minha? Como eu poderia saber o que iria acontecer? E não vou permitir que tente me culpar por isso. Não na minha casa.

— Então saia do meu caminho e me deixe fazer meu trabalho — ordena o superintendente, passando por mim para subir a escada e se juntar aos policiais que posso ouvir vagamente remexendo meu quarto.

Minha mãe ainda está de costas para mim. Percebo que suas mãos estão tremendo.

— Mamãe — murmuro, suavemente colocando a mão no seu ombro.

Ela recua ao meu toque como se queimasse, depois se retira para a cozinha. Meu pai está com uma expressão de dor. Estou muito confusa.

— Vou vigiá-los, pra ter certeza de que não estão tentando plantar nenhuma prova — declara ele, e sobe os degraus de dois em dois.

Preciso entender a tensão dos meus pais com o superintendente e vou até a cozinha, onde encontro minha mãe sentada na ilha. Uma taça de Pinot Grigio até a metade está na frente dela, o resto da garrafa ao lado.

— Mamãe — digo baixinho. Mas ela nem percebe minha presença. Apenas bebe o vinho, sem qualquer reação. Caminho devagar para a ilha, deslizando para a banqueta vazia ao seu lado. — Mamãe, o que o superintendente acha que você fez pra irmã dele?

O silêncio me rodeia, apertando meu estômago. Ela toma lentamente um pequeno gole do vinho, então vira a cabeça, por fim olhando para mim. Seus olhos estão distantes pelo que só posso supor ser culpa. Nunca a vi assim antes.

— Mamãe — chamo com gentileza —, o que você fez?

— Quando me casei com o seu pai, achei que as coisas seriam mais fáceis — diz ela. — Depois de tanto tempo sem nada, ter tudo *deveria* ser melhor. E é, acho. Comparado com o lugar de onde eu vim. O que às vezes me incomoda é como é cansativo manter as aparências. Ser uma socialite. Uma senhora de respeito com compromissos sociais. Não será tão difícil pra você e sua irmã. Vocês nasceram nesse meio. Mas, pra mim... cada dia pode ser uma luta.

— O que isso tem a ver com Regina Barrow? — pergunto, ainda mais confusa.

Minha mãe solta um suspiro.

— A vergonha é grande parte do motivo pelo qual não falo com vocês sobre a minha vida antes de me casar com o seu pai. Mas não é o tipo de vergonha que vocês devem pensar que eu sinto por saber o que as pessoas ainda falam de mim pelas costas... enquanto sorriem pra mim, querendo o nosso dinheiro. Sempre quis que as minhas filhas tivessem *certa imagem* sobre mim. Eu me convenci de que isso nunca aconteceria se vocês soubessem sobre a Regina.

Fico em silêncio, ansiosa para que ela continue. Tenho muitas perguntas, mas nunca vi minha mãe tão vulnerável e não quero interromper esse momento. Ela começa a girar a haste da taça entre dois dedos. Seu olhar distraído aponta para o conteúdo translúcido, como se o vinho estivesse refletindo a lembrança que ela vem temendo compartilhar.

— Os Barrow não eram uma família rica. Apesar disso, frequentavam os mesmos círculos sociais que a família do seu pai, considerando que o pai do Fred era superintendente de polícia na época — começa ela, baixinho. — Regina era *a* garota.

Ela era você: bonita, popular e invejada. Ela era... perfeita. Pelo menos era nisso que ela queria que todos acreditassem, e acreditaram. Inclusive eu, por um tempo. Nós nos tornamos amigas no penúltimo ano do ensino médio. A gente se sentava lado a lado na aula de economia doméstica. Nossa amizade se desenvolveu depressa. Não havia muitos lugares pra onde ela ia sem mim, nem mesmo pro country club às vezes. Fiquei surpresa ao perceber que Regina não era tão presunçosa e pretensiosa quanto parecia pra maioria das pessoas. Ela tinha feito um trabalho muito bom sendo quem todos queriam que ela fosse, e por "todos" quero dizer a família dela, o seu pai e o grupinho dele no country club.

Minha mãe olha para mim e diz:

— O que muita gente não sabia é que ela também tinha um lado rebelde. Olhando pra trás, acho que ela esperava que eu tivesse esse lado também. Por isso ela estava tão disposta a cultivar essa amizade improvável comigo, a garota do parque de trailers decadente do outro lado da cidade.

Inclino-me para a frente, apoiando o cotovelo na bancada da ilha e segurando o queixo com a mão. Ávida por essas novas informações sobre a antiga vida da minha mãe.

— A Regina namorava o seu pai, algo que sua avó adorava, mas ela se divertia flertando com os meus amigos. Você sabe, os "bad boys" da parte errada da cidade — conta ela, traçando as aspas no ar. — Uma amiga minha ia dar uma festa, e a Regina me convenceu a levá-la comigo, apesar de eu ter dito a ela que não era a galera dela, e que ela não conheceria ninguém além de mim. Seu pai não estava em casa naquele fim de semana, visitava a família em outra cidade, eu acho. Enfim, a Regina perdeu a linha naquela noite. Bebeu. Se esfregou em vários caras. Usou drogas... O pacote completo. Eu também aprontei... Não faz sentido fingir que eu era uma garotinha inocente da igreja.

O olhar de soslaio que ela dá me faz sorrir.

Quando ela muda de posição no banquinho, seu rosto fica sério.

— A gente brigou naquela noite depois que eu disse que queria ir embora e ela não queria. Quando mencionei seu pai e como ele poderia reagir se soubesse como ela estava agindo naquela noite, ela se transformou, foi cruel. Me chamou de branca pobretona, de sanguessuga. Tudo que sempre tive medo de que ela e os amigos dela pensassem de mim. Eu estava com tanta raiva que fui embora. Disse a ela que se virasse pra voltar pra casa.

Minha mãe solta o ar com força.

— O que aconteceu depois que eu saí foi parar na boca de todo mundo na escola na segunda-feira. Envolvia a Regina e vários caras da festa... Pois é. Quando seu pai descobriu, ficou furioso. Ele a chamou de piranha e terminou com ela, embora ela alegasse que tinham colocado algo na sua bebida e que tinham se aproveitado dela naquela noite.

Franzo a testa. A Regina foi estuprada?

— Ela tentou buscar apoio em mim. Mas eu ainda estava com raiva pelo que ela tinha dito, então não a ajudei como obviamente precisava. Ah, Deus, isso é horrível. — Lágrimas cintilam nos olhos da minha mãe. — Eu tinha me convencido de que se o que todos estavam dizendo era verdade, de certa forma ela merecia passar pelo que estava passando. Falei para mim mesma que uma pessoa boa não trataria a amiga do jeito que ela me tratou. Como se isso melhorasse as coisas. Eu não tinha ideia de como ela estava sofrendo, ou talvez eu simplesmente não quisesse saber. Não percebi a tempo quanto eu estava errada. As fofocas. A queda do pedestal. Tudo isso a levou a fazer o que ela fez.

Enxugando as lágrimas, minha mãe continua:

— E o Fred, ai, meu Deus, ele ficou furioso. Ele me culpou por largá-la na festa. Pra ele, o que ela disse pra mim não importava. A irmã dele era minha responsabilidade. Ele culpou o seu pai, também, por se voltar contra ela. O fato de começarmos a namorar meses depois apenas agravou o desprezo do Fred, que agora percebo jamais ter sido superado, considerando o que ele está nitidamente tentando fazer com você.

Minha mãe coloca a mão na minha coxa.

— Querida, eu sinto muito. Ele só está fazendo isso porque não fui a amiga que deveria ter sido quando a Regina precisou de mim. Mas eu era jovem. E estúpida. E mesquinha. Não quero que você sofra pelos meus erros.

Cubro a mão dela com a minha, desejando que eu pudesse fazer mais para curar a culpa que ela vem carregando há tanto tempo.

— Não vou deixá-lo ganhar, mamãe. Você me ensinou bem.

— E o que isso quer dizer? — questiona minha mãe depois de fungar e tentar conter as lágrimas.

Que, se o superintendente Barrow não descobrir quem realmente matou a Nova, eu vou.

CAPÍTULO CATORZE
DUCHESS

18 DE OUTUBRO
7h30

MEU CORAÇÃO ESTÁ martelando no peito enquanto saio na ponta dos pés do quarto do papai. A chave pressionada no meu punho fechado machuca a palma enquanto fecho a porta devagar. Só tenho dez minutos para fazer isso e devolver o objeto; quinze, no máximo, se ele decidir fazer a barba no chuveiro.

Corro pelo corredor até o escritório do papai, sendo vista apenas pelas fotos de família que cobrem as paredes bege. Minhas mãos tremem tanto que demoro alguns segundos para inserir a chave na fechadura.

Houve um tempo em que eu não precisava analisar os arquivos dos casos do papai às escondidas. Um tempo em que eu costumava pensar que os policiais eram *sempre* os mocinhos. Era por isso que eu queria ser policial. Ele passou a trancar este cômodo quando eu estava no sétimo ano e comecei a entender e questionar as complexidades do mundo. Mais especificamente, foi depois que constrangi um garoto que ficava me chamando de sapatão dizendo a todos que ele morava com a avó porque a mãe dele era uma trabalhadora do sexo viciada em drogas. Algo que eu tinha descoberto depois de ver o sobrenome dele entre os arquivos de trabalho do meu pai.

Desde aquele dia, ele tranca o escritório. Assim que o ouvi abrir o chuveiro, entrei no seu quarto para roubar a chave. Eu não tinha interesse naquele cômodo até ontem à noite, quando o vi voltar para casa com uma pasta sanfonada marrom debaixo do braço. Estava escrito *Albright* na frente com caneta preta.

A tal pasta está tombada de lado no centro da mesa. Disparo até ela. A série de fotos e certificados emoldurados que narram a carreira do papai na segurança pública me observam da parede atrás da mesa.

Preciso saber o que encontraram ontem no armário da Nova. O papai e eu ainda não estamos nos falamos direito, embora eu duvide que ele fosse me contar mesmo se estivéssemos. Essa tensão entre nós está aumentando o frio que se agarrou a mim e a esta casa. Se minha mãe ainda estivesse viva, ela me faria pedir desculpas a ele.

"'Honra teu pai e tua mãe, a fim de que tenhas vida longa'", dizia ela sempre que meus irmãos ou eu éramos desobedientes.

Eu nunca soube de ela ter desrespeitado meus avós, mas não teve uma vida longa. Talvez, se ela os tivesse confrontado quando eles fizeram por merecer, ainda estaria aqui. Então tudo seria diferente. O papai seria diferente. Eu também. Nosso desentendimento nunca teria acontecido. A Nova ainda estaria viva também e, com sorte, ainda seria minha melhor amiga.

Juro que meu coração está prestes a explodir enquanto tiro a pilha de papéis de dentro da pasta da Nova. Folheio o relatório do legista e os depoimentos das testemunhas. Fecho os olhos para não ver as fotos em preto e branco do seu corpo sem vida deitado naquele cemitério. Examino diagramas, uma cópia de um mandado para revistar o quarto da Tinsley, relatórios disciplinares da escola para a Nova e a Tinsley, documentando a briga delas. Acho que o superintendente não mentiu para a imprensa sobre investigar seriamente a McArthur caçula. Ótimo.

O que não encontro é o saco de evidências que o policial deu ao papai no corredor. Nem mesmo quando viro a pasta e a balanço para ter certeza de que não ficou mais nada ali dentro.

O alerta de cinco minutos que pus no cronômetro do meu Apple Watch começa a apitar, e dou um pulo.

Merda!

Em desespero, começo a enfiar tudo de volta na pasta. Não posso correr o risco de ser pega. Não depois do que eu disse na outra noite. Ele cairia matando em cima de mim se pensasse que estou tentando interferir na investigação deles. Meu pai me assusta quando está furioso. É por isso que ainda não quero encará-lo.

Já guardei quase tudo dentro da pasta quando algo no relatório do legista chama minha atenção, e paro, pensando que não tem como eu ter visto o que acho que vi. Chego até a aproximar o papel dos olhos porque tenho certeza de que não estou lendo direito.

Mas estou. As palavras estão nítidas como o dia. Em preto e branco. Sinto o coração palpitar e desabo na cadeira atrás de mim.

A Nova estava grávida?

* * *

O santuário no armário da Nova cresceu. Está repleto de fotos, cartões de condolências e bilhetes manuscritos. Agora as pessoas têm que contornar a coleção de velas e lembranças dispostas em frente a ele no chão do corredor. Em algum momento, alguém precisará limpar isso, esvaziar o armário e entregar tudo para a Donna. Sei que provavelmente serei eu.

Estou parada na frente de tudo isso, forçando as pessoas a passarem ao meu redor enquanto olho para a foto no centro da colagem no armário dela. É uma cópia 20x25cm da foto que ela tirou no ano passado para o anuário. Seus olhos combinam com o fundo turquesa diante do qual todos nós tivemos que posar. Como essa garota que eu chamava de irmã, minha amiga de confiança, podia estar grávida e nem sequer me contar? Achei que não houvesse segredos entre nós. Sempre contei tudo a ela. Então, por que ela escondeu isso de mim? Ou será que tentou me dizer e não percebi?

Penso no que ela me disse no jantar de coroação. *Coisas que você teria que prometer não contar pra mais ninguém*, ela disse quando me despedi naquela noite. *Eu prometo que te conto amanhã*.

E, depois, penso naquele dia na aula do professor Haywood, quando ela me perguntou sobre ficar com um cara branco. Aquela foi a maneira dela de informar que estava namorando? Não, de jeito nenhum ela teria escondido todo um relacionamento de mim. Deve ter sido só um rolo. Um rolo que resultou em gravidez.

Isso é demais para mim.

Uma mudança repentina no volume da conversa ao redor desvia minha atenção do rosto sorridente da Nova para a multidão que vejo, pela visão periférica, se formando à esquerda.

— Ei, eu preciso muito falar com você — diz Tinsley, aparecendo de forma abrupta e muito próxima.

Eu me viro e fico um pouco perplexa com sua aparência. Ela não está tão arrumada quanto de costume. Acho que tentar se defender de uma acusação de assassinato faz isso com as pessoas. E, no entanto, embora seu cabelo castanho esteja um pouco despenteado e seu rosto sem maquiagem, ela ainda mantém o ar de rainha do gelo patricinha, usando calça jeans, mocassins e um blazer por cima de um suéter que com certeza custou algumas centenas de dólares.

— A menos que esteja aqui pra confessar, você não tem *merda* nenhuma pra me dizer — declaro, soltando fogo pelas ventas.

Todo mundo começa a se reunir ao redor.

— Eu não matei a Nova — garante ela com uma expressão sofrida.

— Ah, é mesmo? Então por que falou que ia matar? — Eu a olho de cima a baixo, respiro fundo por entre os dentes. — Você tem a audácia de aparecer com a sua fuça privilegiada aqui e me abordar depois do que fez.

É por isso que eu não queria topar com ela. A raiva está vibrando em cada membro do meu corpo.

— Duchess, qual é? A gente costumava ser...

— Isso mesmo — eu a interrompo. — *Costumava ser*. Até que você estragou isso também.

— Pode só ouvir o que eu tenho a dizer? — pergunta ela com a voz trêmula. — O que eu preciso te perguntar. É sério.

— Você acha que vou ficar paradinha aqui pra ouvir alguma bobagem sua?

Começo a enxergar tudo vermelho. Preciso dessa garota longe da minha vista. Preciso dela algemada.

Respiro fundo várias vezes, cerrando os punhos. Estou tendo dificuldade em resistir à vontade de socar a cara dela. Não é justiça, mas faria eu me sentir melhor. Pelo menos por um tempo.

— Você precisa cair fora, na moral — alerto.

— Acaba com ela, Duchess! — grita alguém da aglomeração ao redor.

A energia da multidão está alimentando minha ira. Eles querem justiça pela Nova tanto quanto eu. E eu quero dar isso a eles, da maneira que eu puder.

— Duchess, por favor. — A garota se inclina para mais perto em vez de se afastar de mim. Sua expressão fica séria. — É sobre a Nova. Você tem todo o direito de estar com raiva de mim. Mas quero consertar as coisas descobrindo quem realmente a matou.

— Vai se foder, garota!

Dou as costas para ela. Bater em retirada é a única coisa que vai me impedir de ser suspensa. O papai me deixaria de castigo até a formatura por brigar na escola. Eu já o irritei o bastante esta semana.

— Espera! Por favor.

Eu me viro, inflando as narinas. Pensando bem, talvez a suspensão valha a pena. A Nova está morta. Essa garota arruinou tudo que havíamos planejado para nosso último ano.

— Vai dar uma surra nela ou não? — instiga um dos espectadores.

— Com quem a Nova estava saindo? — Tinsley deixa escapar antes que eu possa ameaçá-la novamente. — Eu não sabia que ela tinha namorado... pelo menos não um que estudasse com a gente.

Um arrepio percorre minha espinha. Ela não deveria estar me perguntando isso. *Por que* está me perguntando isso? Ela poderia de alguma forma... Não, de jeito nenhum. Se *eu* não sabia, ela não teria como saber.

— A Nova não estava com ninguém — respondo, tensionando os músculos do rosto para não transparecer minha incerteza.

Tinsley franze a testa.

— Tem certeza?

Aperto os lábios com força.

— Então quem escreveu todos aqueles bilhetinhos românticos pra ela?

— Que bilhetinhos românticos?

— Os que eu... Olha só, eu sei do segredo dela.

Sinto um nó se formar na garganta.

Tinsley olha ao redor antes de dar um passo hesitante na minha direção. Já sei o que ela está prestes a dizer. Ela sabe. Mas como? O papai teria mencionado isso enquanto a interrogava? Se esse fosse o caso, porém, por que ele não me perguntou a respeito?

— Obviamente ela tinha estado com alguém, já que fez um aborto — sussurra Tinsley.

Fico boquiaberta.

Aborto? Isso não está certo. O relatório do legista dizia que a Nova ainda estava grávida quando morreu. De onde essa falsa tirou o aborto? Ela está tentando distorcer alguma narrativa para, de alguma forma, parecer menos culpada?

— Garota, se você não quer que eu esfregue essa sua cara branca no asfalto, é melhor eu *nunca* mais ouvir você repetir isso! — Minha voz sai trêmula de tanta raiva.

Mesmo que a Nova tenha partido, ainda quero protegê-la. Pelo menos a imagem dela.

— Não estou mentindo, eu juro — diz ela, com os olhos desesperados e o queixo tremendo. — Duchess, eu descobri...

— Você já não tirou o bastante da gente? — ouço alguém dizer.

Trenton se interpõe entre nós, parecendo mais irritado que eu. Não entendo por que ele está no Edifício B até que olho para baixo e vejo a foto dele com a Nova que ele está segurando. Sua contribuição para o santuário no armário dela, imagino.

— Não vamos deixar você escapar impune do que fez — declara ele, com a voz cheia de convicção.

— Eu não matei a Nova! — grita Tinsley, olhando mais para a multidão do que para nós. — Você sabe que eu poderia te processar por difamação depois do que disse sobre mim na TV.

— Lógico, porque é isso que a sua família faz: suga, suga e suga mais um pouco — sibila Trenton por entre os dentes cerrados. — Vocês nunca se cansam de ter que mentir, trapacear e roubar pra manter o restante de nós no cabresto?

— Isso aqui — Tinsley acena com o braço para o santuário da Nova — não tem nada a ver com a rixa entre os nossos pais.

Trenton bufa.

— Dane-se.

— Olha — diz ela —, eu sei que você provavelmente tinha algum lance não correspondido pela Nova, mas fica calmo aí, nerd.

Ah, não. Ela não disse isso!

— Não, princesa, é você quem precisa se controlar — intervenho. — Não temos nada aqui pra você, então volta pro Edifício A com a sua laia. Aproveita os últimos instantes de liberdade que você ainda tem.

Ela endireita a postura e morde o lábio, então sai furiosa na direção de onde veio. E eu fico imaginando como o segredo da Nova pode de alguma forma estar ligado a ela.

CAPÍTULO QUINZE
TINSLEY

18 DE OUTUBRO
9h22

TALVEZ TENHA SIDO um erro vir para a escola.

Aqui parecia o lugar mais lógico (e mais seguro) para abordar a Duchess sobre a gravidez da Nova. Outro *grande* erro, por sinal. No entanto, essa conversa desaparece da minha mente assim que entro no Edifício A. É como se o tempo desacelerasse enquanto todos me observam caminhar pelo corredor. Seus olhares são uma forma de intromissão que eu não conhecia.

Antes, eu me deleitava com a atenção. Considerava esses corredores minha passarela particular. Os olhares de desprezo e reprovação que estou recebendo agora fazem minha garganta parecer um deserto de tão seca. As conversas exaltadas entre diferentes grupos de amigos não estão reforçando minha postura como costumavam fazer. Tudo parece diferente. Incoerente. Como se de uma hora para outra eu não me encaixasse mais neste lugar.

Acho que ouvi alguém dizer: "Como ela tem a coragem de mostrar a cara aqui?" Parece que estou entrando em uma versão em live-action da seção de comentários de um post de rede social. Como qualquer um desses otários pode pensar que realmente matei a Nova? Eles me conhecem desde criança. Quer dizer, sabem que posso ser maldosa, até vingativa às vezes. Mas assassina?

Eu sabia que isso poderia acontecer. Eu disse a Rachel que seria assim. Eles não querem enxergar a verdade quando a versão escandalosa da história oferece mais entretenimento.

Faço contato visual com alguns dos representantes do currículo escolar avançado no conselho estudantil. Eles estão reunidos em frente ao armário de Kyle Bakeman, o vice-presidente. Eu os cumprimento com um sorriso tenso e um aceno tímido. É exatamente o acolhimento de que preciso. Algo familiar para me ancorar na vida que eu tinha antes daquele vídeo e do timing péssimo do assassinato da Nova. Vou me espremendo entre os aglomerados de pessoas para chegar até eles. Ter o apoio público do meu conselho, de outros líderes estudantis, vai pegar bem. Provará que não perdi o respeito dos meus colegas. Que eles acreditam na minha inocência.

Kyle se inclina e sussurra para os outros antes de me olhar com escárnio e fechar o armário. Eu me forço a parar de súbito. O grupo se espalha em diferentes direções pelo corredor. Há uma explosão de risadas atrás de mim. Ter o poder de me tornar invisível (ou de telepaticamente reduzir este lugar a pó) seria excelente.

Não reage, digo a mim mesma. *Apenas continue andando.*

Seria muito mais fácil se eu tivesse meus amigos caminhando ao meu lado. Meu olhar vasculha o corredor, estou desesperada para encontrar seus rostos. Qualquer rosto acolhedor, na verdade. Um bote salva-vidas que possa me arrancar dessa sensação de impotência.

Preciso andar. Mais depressa. Chegar até meu armário.

— Olha só quem nos agraciou com a sua presença: a futura ex-presidiária! — grita alguém.

Sinto a nuca esquentar.

— De líder de torcida a assassina da rainha do baile — provoca outra pessoa. — Ela é um filme da Lifetime prestes a ser lançado.

As pessoas começam a rir, e minha nuca parece estar pegando fogo.

Viro a cabeça na direção dos insultos, com os instintos defensivos no piloto automático. Um grupo de jogadores de futebol americano está apontando para mim. É o único garoto que *não* se juntou a eles que chama minha atenção.

Jaxson Pafford na verdade parece incomodado com as piadas de seus companheiros de equipe. Nossos olhares se cruzam. Fico surpresa ao reparar em como os olhos dele estão vermelhos. E parece que ele dormiu com a roupa que está vestindo.

— Será que podem maneirar, porra? — reclama ele.

Jaxson bate a porta do armário e sai furioso, deixando os companheiros de equipe para trás com olhares espantados.

Caramba. Ele é a última pessoa que pensei que viria em minha defesa. Acelero o passo, andando depressa entre as pessoas, tentando parecer despreocupada. A multidão diminui quando viro no corredor em que fica meu armário.

O superintendente Barrow e seus capangas deixaram nossa casa ontem à noite com vários cadernos meus depois de passarem pelo menos uma hora revistando meu quarto. Pelo que sei, os cadernos foram as únicas coisas que levaram. E, obviamente, o superintendente não quis nos dizer por quê.

— Vocês terão notícias nossas se eles ajudarem na investigação — disse ele com um sorriso zombeteiro ao sair.

Paro de súbito outra vez.

Lana, Giselle, Nathan e Lucas estão caminhando juntos à frente. Eu deveria sentir alívio. Mas não. Vê-los rindo juntos, como se já tivessem seguido em frente sem mim, me faz sentir como se a garganta estivesse arranhando.

Entro no banheiro feminino à esquerda, desesperada para evitar mais humilhação pública. Uma leveza toma conta de mim no segundo em que a porta se fecha às minhas costas. Em seguida, prendo a respiração e a falta de ar vira um nó no meu peito. Jessica Thambley e duas outras garotas estão de pé na frente do espelho que se estende sobre as quatro pias alinhadas na parede à frente.

As três me encaram em silêncio pelo reflexo do espelho por alguns segundos. Não sei para onde olhar, como agir ou o que dizer. Jessica decide por mim.

— Você apareceu... *aqui*... na escola. — Ela baixa o tubo de brilho labial rosa que estava aplicando quando entrei. — Acho que te devo cem dólares, Brooke.

Brooke Haughton, líder de torcida do penúltimo ano, solta uma risadinha junto com Jessica e Chelsea Grant, do mesmo ano.

Faço questão de manter o contato visual com elas. Não posso demonstrar nenhuma fraqueza.

— É isso que as pessoas inocentes fazem. — Pigarreio, esperando que isso deixe minha voz mais firme. — Continuam vivendo a vida sem nada a esconder.

— *Certeza* que sim — diz Chelsea devagar com um sorrisinho. Jessica se vira para me encarar.

— É que ninguém pensou que você seria corajosa o bastante pra aparecer aqui, por conta das repercussões. Todos sabem como você adora exercer a autoridade nas várias funções que tem no colégio.

— Que repercussões? Do que você está falando?

Ela solta um arquejo de modo melodramático. Não entender por que ela está me provocando agora faz meu estômago revirar.

— Bom, isso explica muito. Ela não sabe — conclui Jessica, olhando para Brooke e Chelsea.

— Não sei o quê?

Meu olhar se reveza entre suas expressões debochadas.

Jessica nunca agiu assim comigo. Ela costuma ser passiva; eu diria até obediente. Sempre rindo das minhas piadas. Ansiosa para participar das nossas conversas. Elogiando todas as minhas roupas. Agora, porém, tem uma malícia cintilando em suas feições de porcelana enquanto ela está aqui, de pé com as amigas. As três parecendo versões genéricas de mim.

— Não acho que eles iam querer que você descobrisse desse jeito, mas fazer o quê? — comenta ela. — Ontem o conselho estudantil aprovou uma moção pra censurar você pelo que disse naquele vídeo.

Tinsley, não reage, digo a mim mesma. *Não. Reage.*

— E eu soube pelo Kyle que eles têm apoio suficiente pra conseguir um voto de desconfiança, que com certeza você sabe que te forçaria a renunciar ao cargo de presidente — informa Brooke. — Mas até que isso é bom, com tudo que está acontecendo na sua vida agora. Vai te dar tempo pra se concentrar nisso. Resolver as coisas.

— Ser suspeita de assassinato não pega nada bem pra uma líder do corpo estudantil, sabe? — acrescenta Chelsea.

Disparo para dentro da primeira cabine vazia à esquerda. Bato e tranco a porta. Não vou deixar que saboreiem o soco no estômago que acabaram de me dar. Censura? Desconfiança? Isso me forçaria a deixar o cargo de capitã das líderes de torcida e todas as outras funções de liderança que tenho. Basicamente eu viraria uma ninguém.

Pressiono o antebraço na boca para abafar o grito que preciso dar.

Todo mundo está se voltando contra mim. Como se isso não fosse nada. Como se este fosse o momento pelo qual estavam esperando. A minha queda.

Jessica e suas amigas ainda estão cochichando, mas não consigo entender o que dizem. Eu me sento na tampa do vaso sanitário. Lágrimas se formam em meus olhos. Quero muito abrir a porta e colocar Jessica e as Ninguéns em seus devidos lugares. Fazê-las se lembrarem de que eu ainda sou *A Tinsley McArthur*. Mas fazer isso pode contribuir para a narrativa que todos estão construindo com base naquele vídeo. Óbvio, bancar a submissa pode ser visto como um comportamento suspeito também, como se eu tivesse algo a esconder. Estou ferrada de qualquer jeito.

Não importa o que eu diga ou faça, esses babacas vão me pintar como vilã. E por que não? Até parece que me tornei popular por ser doce e meiga, como minha irmã. Eu sempre soube que meu status social era firmado pelo dinheiro e pelo medo. E ele nunca esteve ameaçado, porque eu sabia como tirar proveito dos segredos e inseguranças dos outros. Algo que minha mãe me ensinou a fazer.

Pela primeira vez, outras pessoas desta escola têm o poder de acabar com todas as coisas sobre as quais construí minha identidade.

Espero até que Jessica e as outras garotas saiam antes de deixar a cabine. Quase não reconheço a pessoa tímida que me encara no espelho do banheiro.

Como vim parar aqui?

Escondendo-me em cabines de banheiro. Sendo importunada nos corredores. Evitando meus amigos. Isso tudo é algum tipo de karma doentio.

O corredor está quase vazio quando saio do banheiro feminino. Ótimo.

Preciso me concentrar em descobrir quem engravidou a Nova se eu quiser recuperar alguma parte da minha vida. A Duchess certamente não será nem um pouco útil nesse sentido, mas me lembro de que tem outra pessoa que pode me ajudar.

* * *

Saí escondida do campus para esperar o tio da Nova aparecer para trabalhar, e não tem nada que eu deteste mais que esperar.

Não pretendo voltar à escola até que tenha dado à polícia outra pessoa em quem se concentrar: o pai do filho ainda não nascido da Nova é a escolha mais lógica.

Seria difícil para eles ignorarem o pai anônimo de um bebê. Os documentários sobre crimes reais me ensinaram que quase sempre é o namorado, o marido ou o amante rejeitado que cometem homicídios contra mulheres. Minha ex-amiga e melhor amiga da Nova pode não saber com quem ela estava saindo, mas acho que sei quem sabe.

Acho bom não ser ele! As palavras ecoam em minha cabeça.

Estou partindo da hipótese de que o tio da Nova estivesse falando sobre quem a sobrinha namorava escondido. As únicas outras coisas que me lembro da conversa, além do óbvio desdém do tio pela pessoa à qual ele se referia, são a sra. Albright chamando o irmão de Leland e mencionando o trabalho dele no Fatbacks.

Fatbacks é um restaurante de comida típica do sul dos Estados Unidos no lado oeste da cidade, nos arredores de Avenues. Os donos do local são negros, e é uma atração turística popular. Nunca estive aqui, mas acho que o meu pai, sim. Uma vaga lembrança dele falando sobre um prato de frango frito e feijão-vermelho rodeou meus pensamentos durante o trajeto até aqui.

Faz duas horas que estou sentada encolhida em um dos bancos reservados, com o cabelo enfiado debaixo do boné de beisebol do Ole Miss que o Nathan deixou no banco de trás do meu carro. O restaurante pitoresco estava bastante lotado quando entrei. Minha chegada atraiu alguns olhares curiosos do aglomerado de rostos marrons e negros ocupando as mesas. Depois de murmurar para a mulher que me recebeu na porta que eu só precisava de mesa para uma pessoa, puxei a aba do boné um pouco mais para baixo a fim de esconder o rosto. Suponho que muitas dessas pessoas não seriam gentis se soubessem quem sou. E ser um dos únicos rostos brancos aqui me faz sobressair ainda mais.

Soube pela minha garçonete, Tiffany, que não parece muito mais velha que eu, que Leland Albright está atrasado para o trabalho hoje. Perguntei por ele enquanto ela anotava o que eu queria beber.

— É melhor ele chegar logo, antes que a dona Anita dê um tiro no traseiro dele — comentou ela ao me entregar um cardápio.

Tiffany me deixou beber um copo d'água por cerca de uma hora antes de perguntar, um pouco irritada, se eu ia ficar só na água, então pedi o prato de frango frito e feijão-vermelho, mesmo estando nervosa demais para comer. Não fiz nada além de beliscar o prato abarrotado de comida enquanto espero o tio da Nova aparecer, e estou aqui há tanto tempo que o restaurante está quase vazio.

Estou dando uma mordida na coxa de frango, que surpreendentemente ainda está quente, quando um homem negro e musculoso entra no Fatbacks, e a lembrança vaga do vislumbre rápido que tive de Leland Albright na porta da casa da Nova se torna uma imagem sólida. Eu o observo percorrer a área de refeições, aparentando estar bastante despreocupado. O corpo robusto e musculoso veste uma camiseta branca apertada e com decote em V, jeans escuros e coturnos marrons com cadarços desamarrados. Ele está com um avental branco e manchado pendurado no ombro. Vejo características da Nova em suas feições. Só uma estúpida como a Lana para se deparar com eles e não perceber que a Nova era parente do homem.

Quando ele desaparece pelas portas de vaivém de alumínio que levam à área da cozinha, noto que a Tiffany está me observando do caixa do outro lado do restaurante.

Meus olhos imediatamente se voltam para o prato. Arranco outro pedaço da coxa, enfio na boca e mastigo de forma frenética. O olhar curioso da Tiffany ainda paira em mim de vez em quando, enquanto me obrigo a comer mais do feijão e do frango. Será que peço à Tiffany que chame o Leland para mim? E o que devo dizer sobre o motivo para eu estar aqui? Talvez para oferecer minhas condolências pelo que aconteceu com sua sobrinha. Tiffany não me deu nenhuma indicação de que sabe quem sou, o que significa que ela não deve assistir ao noticiário. A mentira pode funcionar.

— Quer uma sobremesa ou algo assim? — pergunta Tiffany, aparecendo à mesa depois de eu ter comido quase metade da comida no prato.

Sou a única pessoa no restaurante agora.

— Não, eu...

O resto da minha resposta fica preso na garganta quando vejo Leland empurrar as portas duplas. Ele usa as costas da mão para enxugar o suor que brilha na testa.

— Vou fumar um cigarro rápido, dona Anita — grita ele por cima do ombro.

— Acho bom não passar de cinco minutos! Você já chegou atrasado hoje! — ouço alguém gritar em resposta para ele de dentro da cozinha.

A imagem de uma mulher negra mais velha, baixinha e que não aceita desaforo, cuja voz provavelmente é mais alta que o seu corpo, surge em minha cabeça para representar dona Anita.

Leland lança um olhar breve para mim antes de sair pela entrada da frente.

Tiffany ergue a sobrancelha quando olho para ela.

— Ele faz as pausas pra fumar perto da lixeira ao lado do prédio — informa ela com um sorriso sonso.

— Eu juro que não vou embora. — Eu me levanto do banco. — Só preciso perguntar uma coisa a ele. Depois vou pagar a conta e te deixar em paz.

— Aham — murmura Tiffany, e faz um bico.

Depois de sair pela lateral do prédio, contornando todo o contêiner de madeira da lixeira do restaurante, encontro Leland exatamente onde Tiffany disse que ele estaria, fumando um cigarro. Mexo a língua para diminuir a viscosidade que começa a se espalhar em minha boca quando me aproximo dele, o homem que era o motivo da tensão entre a Nova e a mãe, e eu ainda estou tentando entender o porquê. Tiro o boné de beisebol do Nathan e passo os dedos pelo cabelo. Leland não me nota até que sem querer chuto uma pedra do outro lado do estacionamento ao arrastar os pés.

Minha presença repentina o faz pular.

— Menina, não dá susto num irmão assim. É desse jeito que os desavisados se ferram.

Leland exala uma nuvem de fumaça através do sorriso torto.

Murmuro baixinho um pedido de desculpas, mas fico sem saber o que dizer a seguir. Ofereço minhas condolências para iniciar a conversa? Talvez afirmar a ele que sou inocente seja o melhor jeito de quebrar o gelo. Eu deveria ter ensaiado enquanto o esperava.

Os olhos do Leland se estreitam antes que ele levante a cabeça, me observando.

— Você é a filha do Virgil, não é? Aquela que todo mundo acha que matou a minha sobrinha.

É um pouco desconcertante ouvir como ele se sente à vontade chamando meu pai pelo primeiro nome. E, como ele já sabe quem sou, provavelmente devo dizer que não fui eu.

— Estava sentada lá esperando por mim tem quanto tempo? — Ele bate a cinza do cigarro. — Te vi abaixada no banco quando cheguei.

— Um tempinho — respondo. Não há raiva em seus olhos, o que alivia um pouco da tensão em meu peito. Ainda assim, acrescento: — Não estou aqui pra causar problemas, senhor. Eu só quero conversar, perguntar uma coisa, nada mais. Sobre a Nova.

Leland faz um barulho displicente com a boca.

— Procurou a pessoa errada pra isso. A Nova e eu não éramos muito próximos.

— Mas ouvi você dizer à mãe dela que era como um pai pra ela.

— Quando você me ouviu...? — Ele fica boquiaberto. — Então era o *seu* carro estacionado na frente da casa da minha mãe ontem. — Depois de dar uma tragada no cigarro, continua: — Estava fazendo o que lá? Tentando consertar seus erros com dinheiro? Vocês, McArthur, são bons nisso.

O porquê de ele pensar assim... apesar de não estar errado... é um mistério para outro dia. A questão aqui é a sobrinha dele, não minha família.

— Eu estava lá pra provar minha inocência.

Leland dá risada.

— Certeza que sim.

— Senhor Albright, acho que o garoto que a sua sobrinha namorava pode tê-la matado.

— Que garoto? — retruca ele com uma expressão vazia.

— Aquele que você pensou que era eu ontem.

Um olhar pensativo toma seu rosto. Dura apenas um segundo. Então sua boca relaxa em um sorriso insolente. Depois de dar mais uma tragada no cigarro, ele retruca:

— Não sei que porra é essa que tá falando, menina.

— Não acredito em você.

— Você pode acreditar em qualquer merda que quiser. Eu não dou a mínima. Não te devo nada.

— Senhor Albright, eu sei que ela estava saindo com alguém. Só não sei com quem. Mas tenho o pressentimento de que essa pessoa a queria morta por causa de algo que ela fez ou deixou de fazer.

Leland bate mais cinzas do cigarro.

— Seu papai sabe que você tá aqui?

Qual é a desse cara? Nada nele faz sentido. Ontem afirmou ser uma figura paterna para a Nova. Agora diz que não eram tão próximos assim. Está aborrecido por eu fazer perguntas sobre algo que ele disse, mas não demonstrou nem um pingo de raiva em relação à garota que todos pensam que matou sua sobrinha. Deve ser por isso que a Nova pediu à mãe que o mantivesse longe dela naquele dia na sala da diretora Barnett. Ele não é nada confiável. O que agora me faz pensar: por que ele estava incomodando tanto a Nova e a mãe dela?

— Não quer saber quem fez isso com a Nova? — pergunto.

— Olha, eu já te disse, eu e a minha sobrinha não éramos próximos, então não sei nada de namorado nenhum.

— Então por que você foi na nossa escola se encontrar com ela dois dias antes de ela ser assassinada?

— Você é policial ou alguma merda assim?

— Não, mas eles sabem que esteve lá? — Cruzo os braços.

— Pelo que soube, vocês estavam discutindo sobre alguma coisa.

— Eu fui mais pai daquela menina que o pai verdadeiro. Ele não foi homem o suficiente pra isso — diz Leland, apontando o dedo indicador grosso para mim. — Mas agora a minha irmã me trata como se eu não fosse merda nenhuma, depois de tudo que eu fiz pelas duas quando ela apareceu e interrompeu a *minha* vida na Virgínia.

— O que aconteceu entre vocês?

— Nova. — Leland deixa o cigarro cair no concreto, pisa nele e depois torce o pé como se estivesse matando um inseto. — Nunca conseguia ficar de boca fechada. A boca grande dela foi provavelmente o que a matou.

Leland vai embora e me deixa parada perto da lixeira, atordoada com suas palavras.

* * *

O sol está quase se pondo quando volto para casa. Tenho três ligações perdidas e duas mensagens não respondidas da minha mãe.

Depois de sair do Fatbacks, dirigi pela cidade por uma hora, com a estranha conversa com o tio da Nova rondando a minha mente sem parar. Estacionei na praia e fiquei sentada dentro do carro, observando o Golfo ao longe. Fui acordada algumas horas depois por uma fiscal do parquímetro batendo na minha janela para me avisar que eu estava em uma zona de estacionamento proibido.

Meu corpo está um pouco dolorido quando saio do carro. É um alívio não haver vans da imprensa estacionadas do lado de fora da nossa casa hoje à noite. Vou em direção à porta da frente. É como se tudo pelo que passei nos últimos dias estivesse começando a pesar fisicamente.

O celular vibra na minha mão. Olho para ele. A notificação iluminando a tela me faz arquejar.

Deveria ter sido você, não a Nova.

A mensagem foi enviada para minha conta de e-mail da escola. Não há assinatura, e não reconheço o endereço do remetente: chegadeprivilégiobranco@evermail.com.

— Como você sabia? — grita alguém atrás de mim.

Eu me viro, o coração palpitando. A Duchess está no meio da nossa entrada circular.

— De onde você veio? — pergunto, com a mão no peito.

— Estou esperando há um tempo. — Ela entra no perímetro iluminado da nossa porta da frente. — Quero saber como você descobriu.

— Está falando do quê? — indago, ainda pensando no e-mail enigmático que acabei de receber.

— Da Nova. Por que acha que ela fez um aborto?

Suspiro, ponderando se devo contar a verdade a ela ou mentir. A centelha de desespero que cintila em seus olhos me força a ser honesta. Conto sobre o folheto que encontrei ontem no quarto da Nova.

— Você estava fuxicando o quarto dela? — esbraveja Duchess. — Pra quê?

Reviro os olhos.

— Por que veio aqui? Você se recusou a ouvir quando tentei te contar isso antes.

Seu rosto se suaviza um pouco.

— Eu não sabia que ela estava grávida. Descobri hoje de manhã quando eu... Não importa. Mas você estava errada. Ela não fez um aborto. Ela ainda estava grávida quando você... quando ela foi assassinada.

— Ai, meu Deus.

Por alguma razão, essa revelação me abala com mais força do que eu poderia imaginar. Fico ainda mais triste.

— Mas eu não entendo como isso aconteceu — continua Duchess, com a voz um pouco embargada. — A Nova não estava saindo com nenhum cara... pelo menos, não que eu soubesse.

— Quer entrar? — pergunto.

CAPÍTULO DEZESSEIS
DUCHESS

18 DE OUTUBRO
17h27

ACHO QUE ELA não estava esperando que eu aceitasse o convite. Tinsley está com uma expressão confusa.

— A gente vai entrar? — pergunto depois de ficarmos olhando uma para a outra em silêncio por um tempo longo demais.

— Ah, sim — confirma ela, piscando para despertar de algum pensamento. — Vamos.

Respiro fundo. *Não tem como voltar atrás agora*, digo a mim mesma. *Justiça pela Nova. É a razão de eu estar fazendo tudo isso.*

Tive que ficar repetindo isso para mim mesma durante todo o trajeto de carro até aqui. Esta garota arrogante e insensível é o último ser humano com quem quero estar. Mas talvez ela seja a única que pode me ajudar a descobrir a verdade. Nossa discussão na escola hoje fez minha cabeça entrar em parafuso. Talvez a Tinsley seja mesmo inocente.

A mãe dela está em pé do outro lado da porta quando a Tinsley a abre.

— Onde você estava? Ligaram da escola e disseram...

Ela para de falar no meio do caminho quando me vê atrás da filha. Tinsley acena para que eu entre depois que paro à porta e encaro intensamente a sra. McArthur. Preciso me lembrar de novo de por que vim aqui para resistir ao impulso de sair desta casa antes que Tinsley tenha a chance de fechar a porta. Essa mulher ainda faz eu me sentir insignificante e indesejada. Da mesma forma que ela fazia quando era sua filha que eu chamava de melhor amiga em vez da garota que todos pensam que ela assassinou. Acho que é a cara de nojo habitual dela. A mulher deve ter nascido assim.

Eu me pergunto se ela ainda se lembra de mim. Provavelmente não. Ela tem mesmo a aparência do tipo de mulher que fez com que muitas pessoas fossem demitidas daquele country club.

"Você não pode ser você mesma perto de alguns *deles*, Duchess. Vão usar isso contra você", minha mãe me disse na noite em que soube por telefone que estava sendo demitida por conta de reclamações de vários clientes. Mas era de apenas uma cliente. A que está na minha frente. Parecendo uma versão mais velha e fria da filha. A mesma mulher que transformou um beijo inocente entre duas garotinhas, uma das quais ainda tentava se entender, em algo que ela alegou fazer sua filha se sentir ameaçada.

— O que está acontecendo? — pergunta a mãe da Tinsley com um aceno de desdém para mim.

— Muita coisa acontecendo na escola, então fui embora — explica Tinsley.

— Isso não responde à minha pergunta — insiste a sra. McArthur, me olhando de lado.

Tinsley começa a caminhar em direção à maior escadaria que já vi em uma casa que não fosse da TV.

— Vamos, Duchess. Podemos conversar no meu quarto — diz ela, me chamando.

Meus pés não se movem, embora eu esteja gritando mentalmente para eles seguirem Tinsley. A maneira como a sra. McArthur ainda está me analisando me paralisou no lugar.

— *Du-chess* — repete a mãe em um tom antipático. — Achei mesmo que você parecia familiar. É a garotinha com quem a Tinsley brincava no clube. Sua mãe... ela servia mesas lá, certo?

Não, trabalhava no bar, sua vaca! É o que quero dizer, mas sei que a corrigir não vai adiantar nada. Bartender, garçonete; são apenas serviçais para ela.

— Tinsley, tem alguma coisa acontecendo aqui que eu deva saber? — indaga ela.

A mulher chega a torcer o nariz para o meu macacão largo e meu tênis Vans néon. Quando Tinsley não responde, ela se vira para mim e diz:

— Como está sua mãe? Suponho que esteja bem.

Parte da cor desaparece do rosto já pálido da Tinsley. Não estou respirando. O aperto em minha garganta é mais forte que o do meu punho.

— Mamãe, com licença. A gente precisa conversar sobre um projeto em grupo pra escola.

Tinsley segura meu pulso, puxando-me com ela para a escada.

A mãe dela ainda está nos observando quando olho para trás por cima do ombro. Quando entramos no quarto da Tinsley e a porta é fechada, finalmente consigo soltar o ar que eu vinha prendendo desde então.

— Meu Deus, por que as mães são tão péssimas? — Ela para, percebendo o que disse e para quem. — Desculpa, não foi minha intenção... Câncer de mama, né?

Não vou mentir: estou chocada. Não pensei que a morte da minha mãe fosse de conhecimento dela. Principalmente porque não éramos amigas e nem estudávamos na mesma escola quando a mamãe morreu. Essa garota está me vigiando? Não me importo o suficiente com isso para perguntar. Não estou aqui pela falsa compaixão dela.

— O que você sabe e não podia me contar lá fora? — pergunto para mudar de assunto.

Ela larga a bolsa carteiro no chão, perto da escrivaninha centralizada sob a janela em arco à direita, depois se joga na poltrona reclinável ao lado do closet, que parece um provador de loja de departamentos.

Tento não parecer impressionada parada em pé no meio do seu quarto. É grande o suficiente para conter todos os três quartos da minha casa. E nunca estive em um lugar tão feminino e burguês. Para onde quer que eu olhe, há rendas, enfeites rosa com babados e coisas brilhantes. O quarto dela parece a materialização de uma colagem do Pinterest com o tema estética barroca.

— Posso te perguntar uma coisa primeiro? — pede ela, com a testa franzida.

Respondo com um aceno relutante. Tenho quase certeza do que ela está prestes a dizer.

— Por que você está aqui? — Ela inclina a cabeça para a direita. — Hoje, na escola, você estava pronta pra me nocautear no corredor, convicta de que eu matei sua amiga. — Ela estreita os olhos para mim. — Mas você não estaria aqui, no meu quarto, se realmente acreditasse nisso. O que aconteceu?

Enfio as mãos nos bolsos da frente do macacão. A triste verdade que responde a sua pergunta faz o meu estômago revirar. Apegar-me à ideia de que a Tinsley matou a Nova só porque não suporto essa garota não dará à Nova a justiça que ela merece. Preciso disso mais do que tudo. Não vou deixar quem fez isso com ela ficar impune. Não posso cruzar os braços e sofrer impotente de novo, como fui forçada a fazer por causa da minha mãe. Então engulo o ressentimento e decido ser sincera com a Tinsley. Admito que estava deixando a ferida aberta por perder a Nova me impedir de ver as coisas de maneira objetiva.

— Meu pai me contou uma vez que os culpados fazem tudo que podem pra evitar serem pegos no fogo cruzado das investigações ligadas aos seus crimes — digo, olhando por cima dos ombros da Tinsley para o closet dela, mas sem realmente vê-lo. A lembrança da Duchess aos 10 anos sentada à mesa de jantar com a mãe, os dois irmãos e o papai é tudo que estou visualizando. Um dos muitos jantares em que o trabalho do papai era o assunto da conversa. — Ele disse que eles costumam fazer isso por medo de dizer ou fazer algo que possa incriminá-los, ainda mais os que não são criminosos profissionais e já têm costume de se safarem mentindo pra polícia.

Meus olhos estão fixos nos de Tinsley, cuja testa ainda está franzida.

— Você acabou de me dizer que foi visitar a mãe da Nova ontem. E hoje se aproximou de mim na escola. Encheu de perguntas as duas pessoas que mais estão sofrendo com a morte dela. O jeito como você falava, o olhar no seu rosto no corredor hoje. Nunca vi você tão desesperada. Desesperada pra entender o que estava acontecendo com uma garota que você odiava. Depois que me acalmei, fiquei repetindo tudo que você me disse várias vezes na cabeça. E não consigo entender por que você estaria fazendo tudo isso se realmente tivesse matado a minha amiga. Se o que meu pai disse for verdade, você estaria reclusa em algum lugar, escondida. Com medo de que pudesse fazer algo pra lançar ainda mais suspeitas sobre si.

A boca da Tinsley, que antes formava uma linha tensa, lentamente se estica em um sorriso. Esta deve ser a primeira vez que alguém, fora da sua família, expressou alguma fé na sua inocência.

— Sei que não se trata de nada além de instinto de preservação pra você — declaro. — Você não dava a mínima pra Nova. E tudo bem. Eu dou. E quero a mesma coisa que você. E, quanto mais eu pensava nisso, mais achava que encontrar o assassino dela ainda pode ter a ver com você.

O rosto da Tinsley fica mais tenso, e sua postura se enrijece.
— Como é que é?

— Você passou os últimos três anos sendo absolutamente escrota com todo mundo. — Tiro as mãos dos bolsos para enumerar as ações delas com os dedos. — Você chantageou, manipulou, intimidou e sacaneou muitas pessoas. Qualquer uma delas poderia estar entre as primeiras cem ou mais que viram o seu vídeo na praia, postado pela sua amiga.

— Ainda não estou entendendo aonde você quer chegar com isso — revela ela, jogando um pouco a cabeça para trás.

— Alguém tentando se vingar de você pode ter matado a Nova. É muita coincidência ela ter sido morta algumas horas *depois* de você falar sobre isso. As duas únicas explicações lógicas são: ou você a matou *ou* alguém que queria se vingar de você a matou pra te derrubar.

Tinsley balança a cabeça.

— Não acredito que alguém chegaria a esse extremo.

— Tem outra teoria plausível?

Ela se levanta.

— Talvez você esteja parcialmente certa. O meu vídeo deu a alguém uma cortina de fumaça pra esconder o que fez. Mas acho que quem matou a Nova fez isso porque queria mesmo vê-la morta.

— Como assim?

Tinsley se recosta na poltrona.

— A menos que a Nova tenha engravidado por obra do Espírito Santo, ela tinha que estar ficando com alguém — argumenta ela. — E esse alguém a assassinou. Você não tem *nenhuma* pista sobre quem poderia ser?

Faço que não com a cabeça.

— Costuma ser o namorado, sabe — opina Tinsley.

O comentário da Nova na aula do professor Haywood sobre ficar com um cara branco surge em minha cabeça.

— Ela não estava com ninguém... que eu soubesse.

— Como ela conseguiu esconder um segredo desses de todo mundo na cidade? — questiona Tinsley enquanto tira o blazer e o joga nas costas da poltrona reclinável. — Ah. Desculpa. Você pode se sentar.

Ela acena para a cadeira em frente à escrivaninha.

Acho que, agora que ela sabe que acredito na sua inocência, está sendo mais hospitaleira.

— Tentei falar com o tio dela hoje, pensando que ele poderia saber quem era — conta ela enquanto me sento na cadeira retrô.

— Leland? Ele não saberia. — Tiro o gorro, passando a mão pelo cabelo curtinho. Ela não falaria com o tio nem se sua vida dependesse disso. — A Nova evitava aquele nojento como se ele fosse uma doença contagiosa.

— Por quê?

— Aquele depravado abusava dela quando ela era mais nova — digo antes de poder me conter.

Tinsley fica de queixo caído.

A Nova me fez jurar segredo. Ela falou comigo sobre o abuso sexual apenas uma vez, durante uma festa do pijama. Com o rosto coberto de lágrimas, ela me deu todos os detalhes sobre o que suportou enquanto ela e a mãe moravam com Leland na Virgínia. Essa experiência penosa foi o motivo para o relacionamento dela com a Donna ser tão perturbado. A Nova contou que a princípio a mãe não acreditou nas coisas que ela disse que Leland fazia toda vez que tomava conta dela. Começou a se comportar mal na escola por causa disso, chamando a atenção de um conselheiro, que a persuadiu a revelar o abuso. Os serviços de proteção à criança quase a tiraram de sua mãe, e Leland foi condenado à prisão.

— Quantos anos ela tinha? — pergunta Tinsley baixinho.

Nova, por favor, me perdoe.

— Aconteceu no primeiro ciclo do fundamental — respondo.

— Asqueroso — murmura Tinsley, retorcendo o lábio superior.

— Leland deveria ter cumprido dez anos, mas saiu neste verão por causa da soltura antecipada garantida por um movimento de reforma prisional, defendido pelo governador da Virgínia — explico. — Ele voltou pra cá, mesmo havendo uma medida protetiva que o proibia de chegar perto da Nova.

O pervertido ainda tentou fazer as pazes. A mãe da Nova até pediu a ela que lhe desse uma chance de se desculpar. Mas a Nova não ia fazer isso.

— Isso explica por que ele não demonstrou nenhuma compaixão pelo assassinato dela quando falei com ele — diz Tinsley. — Além disso, ele é tão... *intimidador*. Tive a sensação de que ele estava escondendo alguma coisa.

Cerro os dentes ao me lembrar de como a Nova ficava nervosa sempre que falava dele. Leland merecia estar em um caixão a sete palmos do chão, não na prisão.

— Eu estava esperando aquele babaca cometer um deslize — revelo. — No segundo em que o vir a menos de 30 metros de uma criança ou de uma escola, vou denunciar aquele pedófilo desgraçado.

Tinsley se recosta na poltrona outra vez.

— Você perdeu essa oportunidade. A Lana o viu conversando com a Nova fora da escola alguns dias antes da coroação. Segundo ela, a conversa parecia tensa. Embora ela tenha interpretado mal e pensado que ele era o *sugar daddy* da Nova.

— O que a faria pensar isso? — pergunto com o cenho franzido.

— Ela disse que o Leland olhava pra Nova de um jeito sugestivo... Espera um minuto! — Tinsley se levanta e começa a andar na minha frente. — E se ela *tentou* evitar o tio, mas ele... hum... a ignorou?

— Não, isso não aconteceu — afirmo.

— Tem certeza disso?

— Ela teria me contado.

Pelo menos, acho que teria. Não, tenho *certeza* de que teria. Ela sabia que eu odiava Leland tanto quanto ela. Ou... era

Leland, ou algo relacionado a ele, as *coisas* que Nova prometeu me contar, mas nunca teve a chance?

Tinsley faz uma pausa, erguendo a sobrancelha.

— Ah, como ela te contou sobre estar grávida? Ou sobre o tio dela aparecer na escola? E não minta dizendo que sabia disso — acrescenta ela quando abro a boca para responder. — Você ficou surpresa agora mesmo quando falei.

Argh, essa mina!

— Por que você está insistindo nisso?

Achei que estávamos tentando descobrir com quem a Nova estava tendo um relacionamento escondido. Não especular sobre o nojento do Leland.

— Pensa no seguinte. — Tinsley volta a andar de um lado para outro. — Nenhuma de nós sabe da existência de alguém com quem ela podia estar namorando ou saindo. Mas ela tinha um tio pervertido que pode ter desejado continuar de onde havia parado. E, agora que não podia manipulá-la facilmente, ele usou a força.

Eu me preparo para o que ela está prestes a dizer.

— Ela pode ter engravidado dele.

Fico de queixo caído, mas não consigo assimilar o que ela acabou de dizer rápido o suficiente para formular uma resposta.

— Um bebê seria uma prova irrefutável de que ele violou os termos da medida protetiva — prossegue Tinsley. — E, se ele não quisesse voltar pra prisão, o que tenho certeza de que não queria, e ela não quisesse fazer um aborto, matá-la seria a única maneira de garantir que isso não acontecesse.

O cenário doentio que ela está imaginando libera uma raiva tão latente em meu peito que meu coração acelerado começa a martelar pelo corpo. Só de pensar que o Leland poderia tê-la machucado novamente...

— Só preciso mostrar que é possível que ele tenha matado a Nova pra tornar mais difícil pro superintendente da polícia pôr a culpa em mim — conclui Tinsley, aparentemente mais para si mesma do que para mim. — Se eu contar a eles o que descobri hoje e o que você acabou de me contar...

Pulo da cadeira, ficando de pé.

— Pera, pera, pera! — exclamo, com as mãos levantadas. — Não vou deixar você fazer isso.

— Fazer o quê?

— Divulgar tudo que aconteceu entre a Nova e o Leland. — Bato no peito com o dedo indicador e acrescento: — Ela era a *minha* melhor amiga! Ela revelou isso pra mim em segredo. *Eu* sei como aconteceu. Não se consegue controlar como essas coisas são divulgadas. Não vou deixar isso acontecer!

Os ombros da Tinsley despencam, a empolgação desaparecendo do seu rosto.

Respiro fundo, me acalmando.

— Você disse que o superintendente quer que você seja presa — digo numa voz mais suave. — Aquele homem não larga o osso. O meu pai é a sua única esperança de conseguir alguém na polícia pra realmente te escutar. Ele adorava a Nova. E ele não deixa os sentimentos pessoais interferirem no que é certo a se fazer. Ele vai acreditar mais na gente se eu estiver lá, confie em mim.

— *Na gente?* — indaga Tinsley, com o queixo apontado para baixo e as sobrancelhas levantadas. — Você quer que a gente faça isso juntas? Ir à polícia?

Espero alguns segundos antes de fazer que sim com a cabeça. O rosto dela se ilumina.

— Beleza. Vamos amanhã de manhã. Combinado?

Meu celular toca enquanto estou assentindo novamente. Tinsley fica em silêncio quando o tiro do bolso de trás. É uma mensagem da Ev.

Por favor, esquece a ideia de se juntar com aquela garota, escreveu ela.

Antes que eu possa digitar a resposta (que seria *tarde demais*), chega outra. Esta diz: *Não confio nela!*

— Tudo certo? — pergunta Tinsley, trazendo minha mente de volta para o quarto.

Dou um sorriso fraco.

— Aham, tudo bem.

Preciso muito que esta seja uma daquelas vezes em que provo que minha namorada desconfiada estava errada.

CAPÍTULO DEZESSETE
TINSLEY

19 DE OUTUBRO
7h05

EU TINHA IMAGINADO este momento de uma maneira bem diferente.

E, nesse cenário idealizado, o pai da Duchess primeiro nos lançaria um olhar horrorizado quando soubesse por que o tio da Nova tinha cumprido pena na prisão. Então ele ouviria com atenção a minha teoria de como a Nova engravidou e por que o Leland teria motivo para matá-la. Nossa conversa terminaria com o capitão Simmons se desculpando com fervor por todo o estresse e constrangimento desnecessários que o departamento havia causado a mim e à minha família. Eu sairia da delegacia de cabeça erguida. Então daria a Judy Sanchez uma entrevista exclusiva contando como passei de suspeita a heroína improvável na investigação de assassinato que abalou nossa pequena cidade.

Parece que isso não vai rolar.

O pai da Duchess está com uma expressão aflita desde que mencionamos a prisão do Leland. Ele até revirou os olhos para a minha teoria sobre por que o tio da Nova poderia tê-la assassinado. O superintendente Barrow também está aqui, parado atrás da mesa do capitão Simmons, com um chumaço de tabaco no canto da boca rachada. Ele nos seguiu até a sala do capitão Simmons depois de ver o pai da Duchess nos escoltando pela delegacia.

— Foi sobre isso que você conversou com Donna Albright? — intervém o superintendente Barrow enquanto explico como a gravidez da Nova poderia ter mandado o Leland de volta à prisão. — Foi assim que descobriu que a Nova estava grávida? E que o tio abusava dela?

Cruzo os braços e me recosto na cadeira.

— Não, não foi — respondo, olhando-o com escárnio.

— Então como descobriu?

A Duchess se ajeita no assento ao meu lado. Por que ela não está dizendo nada? Estava falando a beça no meu quarto ontem à noite. Coisas que *nunca* pensei que a ouviria dizer. Como o fato de que acredita na minha inocência. Finalmente alguém além da minha família com bom senso nesta cidade.

— Isso não importa. O que importa é que é verdade — digo ao superintendente.

O capitão Simmons aponta para mim.

— Foi pra lá que você foi escondida ontem à noite? Pra casa dela? — indaga ele para Duchess.

Ele está sentado atrás de uma mesa repleta de pilhas de pastas, papéis e porta-retratos de sua família.

A Duchess me lança um olhar melancólico. Está rolando uma tensão bizarra entre os dois agora. Ele parece muito irritado com a presença da filha. A garota tinha dito que ela estar aqui ajudaria. Estou começando a achar que está surtindo o efeito contrário.

— Pai, não faz sentido que o Leland seja culpado, considerando o que ele fez com a Nova quando ela era criança? — questiona ela. — Ouvi você no telefone hoje de manhã dizendo que achava que o assassino deve ser alguém que ela conhecia ou com quem tinha um relacionamento íntimo, porque a pessoa roubou o colar dela.

Espera aí. Isso é informação nova. Olho para a Duchess.

— Aquele do pingente em forma de flor que ela sempre usava? — indago, depois me volto para o capitão Simmons. — Vocês não me disseram que o assassino roubou aquilo. Era o que estavam procurando no meu quarto na outra noite?

— Esta é uma investigação em andamento — declara o superintendente Barrow —, então não podemos responder a essa pergunta.

— Por que estava ouvindo minha conversa? — repreende o capitão Simmons, dirigindo-se à filha. — Já não faz tempo que conversamos sobre você *não* se envolver no meu trabalho? Você não é mais criança. Não tem graça. Há mais coisas em jogo. Você devia saber disso, considerando o seu discurso *fervoroso* na outra noite sobre eu fazer o meu trabalho.

— E como é que anda isso? — rebate Duchess. — Parece que *nós* estamos trabalhando mais do que...

— *Não* me desrespeite de novo! — vocifera o capitão Simmons, batendo na mesa.

A sala fica em silêncio por alguns momentos até a Duchess falar.

— Ela era a minha melhor amiga — diz ela em um tom mais brando.

— Eu sei disso — responde o pai com a cara fechada.

— Talvez seja bom você reduzir o contato com as pessoas agora — interrompe o superintendente, olhando diretamente para mim, mas com certeza falando com a Duchess. — Não podemos ter nossa investigação comprometida como desconfio que já aconteceu. Agora, eu quero saber como você descobriu que a Nova estava grávida e pensando em fazer um aborto.

Ele cospe um pouco de tabaco mascado na lata de lixo.

Nem ferrando que vou contar para ele.

O superintendente Barrow arqueia as sobrancelhas desgrenhadas para mim, e me mexo no assento para ficar de frente para o capitão Simmons, com o superintendente na minha visão periférica.

— Capitão Simmons, e quanto ao tio da Nova? — pergunto. — Você não pode ignorar a nossa teoria.

— Vocês estão redondamente enganadas — responde ele.

— Como pode dizer isso? — insisto.

O capitão Simmons se recosta na cadeira, esfregando a nuca.

— Já investiguei essa possibilidade, tá bom? — diz ele, de repente parecendo cansado. — Outro dia, também fui falar com o Leland no Fatbacks, depois que soube do seu passado. Ele estava trabalhando no dia da coroação, no turno da noite. A chefe dele confirmou.

— Só que o Fatbacks fecha às dez — ressalta Duchess, antes de mim. — Você disse que a Nova foi assassinada entre 21h30 e meia-noite, com base no que foi dito no noticiário.

— Também obtive depoimentos comprovados de várias testemunhas oculares que confirmaram que o Leland estava em um bar no lado oeste da cidade, vendendo mercadorias roubadas — acrescenta o pai dela.

— E você vai confiar em gente que compra coisa roubada? — questiono.

— Não tenho motivos para pensar que mentiram para mim. — O capitão Simmons coça a cabeça. — E tenho algo para usar contra o Leland se eu precisar de mais informações. Vender mercadorias roubadas é uma violação da liberdade condicional dele.

— Não lhe dei autorização para seguir essa pista. Pedi que rastreasse o paradeiro *dela* — esbraveja o superintendente Barrow enquanto aponta para mim. — Fez algum progresso na busca pelo celular da Nova?

— Senhor, eu...

— Preciso saber o que *ela* estava fazendo naquele intervalo de tempo! — grita o superintendente para o pai da Duchess, apontando o dedo na minha direção novamente.

Meu rosto fica quente quando o superintendente levanta a voz.

— Chefe — começa o pai da Duchess. — Eu sei que a Associação Nacional para o Progresso das Pessoas de Cor daqui está pressionando por uma resolução rápida que se encaixe na narrativa que eles estão promovendo...

— Isso não tem nada a ver com o fato de você estar desobedecendo as minhas ordens, Simmons — interrompe o superintendente Barrow, prestes a explodir —, e não estar fazendo o trabalho que pedi.

O capitão Simmons parece encolher na cadeira.

— Sim, senhor — murmura ele.

Estou segurando os braços da cadeira com tanta força que não sei como as pontas das minhas unhas não se quebraram. Então não consigo mais ficar de boca fechada.

— Isso é um absurdo! — exclamo. — A Nova estava grávida, caramba. Algo que o senhor, superintendente Barrow, de alguma forma garantiu que não vazasse pra imprensa, ao contrário de várias outras coisas. Por que não realizaram um teste de paternidade a partir do feto? Não têm como? Eles fazem isso o tempo todo em *Lei & Ordem*. Não acham que descobrir quem é o pai do bebê seria um uso melhor do seu tempo do que, sei lá, tentar me incriminar pelo assassinato dela?

— Estamos aguardando os resultados do laboratório do condado, Veronica Mars — informa o superintendente Barrow com desdém.

— Estamos — confirma o capitão Simmons. — Disseram que isso pode levar alguns dias, considerando que estão com muitos processos acumulados. — Ele se volta para a filha novamente. — Agora, vamos voltar pra você e o fato de achar que pode brincar de detetive.

Duchess se recosta e cruza os braços enquanto ele inicia um sermão sobre como precisamos deixar a polícia fazer seu trabalho. É só depois que ele diz "a verdade sempre vem à tona, mas não se pode apressá-la" que também me inclino para trás na cadeira, lançando-o um olhar irritado.

Eu me seguro para não fazer um comentário sarcástico e paro de escutar. Entrei nesta delegacia me sentindo orgulhosa do que descobri ontem, apenas para ver tudo ser descartado de imediato por um homem que agora está me dizendo que não tenho o direito de tentar salvar minha própria pele.

À esquerda, uma porta que eu não tinha notado interrompe o capitão Simmons ao se abrir de repente, e um policial uniformizado enfia a cabeça na sala.

— Chefe, preciso falar com o senhor um instante — anuncia o policial.

O policial dá uma segunda olhada quando percebe que a Duchess e eu também estamos na sala. Ele rapidamente desvia o olhar, e me dou conta de que é um dos policiais que estiveram na minha casa na outra noite com o superintendente.

— O que foi, Johnson? — pergunta o superintendente Barrow a ele.

— Hum, algo... algo relacionado a... você sabe... — O policial olha para mim. — Nossa investigação em andamento.

Os braços do superintendente Barrow caem ao lado do corpo.

— Entendido.

Enquanto observo o policial voltar para o cômodo conectado à sala do capitão Simmons, sinto um frio na barriga. Atrás dos ombros do jovem policial, vejo meu rosto. A foto está granulada porque foi ampliada umas cinco vezes a partir do tamanho que está na minha carteira de estudante. A porta se fecha, mas não antes que eu veja que minha foto está colada no que parece ser um quadro branco com muitos rabiscos e mais fotos que não consigo distinguir.

— Escute o seu pai, Duchess — diz o superintendente Barrow, depois se vira para mim. — E você, não saia da cidade.

Então ele abre a porta da misteriosa sala do quadro branco.

Respondo ao aviso do superintendente com um sorriso fingido.

Quando ele se vira para sair, me inclino para a frente na cadeira, na esperança de ter outro vislumbre do quadro com a minha foto. Mas o superintendente abre a porta apenas o suficiente para passar antes de fechá-la, como se soubesse o que estou tentando fazer.

— Vamos, meninas, vou acompanhar vocês até a saída pra não se atrasarem pra escola.

O capitão Simmons se levanta e vai para a frente da mesa.

Sinto o nervosismo tomando o peito. Acho que sei um jeito de ver melhor o que está naquele quadro, que suponho ser um resumo do caso que o superintendente está tentando construir contra mim. Olho para a minha bolsa carteiro enquanto a Duchess se inclina para pegar a mochila do chão. Eu me levanto junto com ela, dando ao capitão Simmons um sorriso inofensivo enquanto disfarçadamente chuto a bolsa para debaixo da cadeira. Solto o ar quando nenhum deles percebe que não a peguei enquanto os sigo para fora da sala.

Faço questão de ficar alguns passos atrás da dupla pai e filha, que começa o que parece ser uma conversa meio forçada sobre como ela está lidando com a morte da Nova. Tenho certeza de que vê-la entrar na delegacia comigo esta manhã soou como um grande sinal de alerta para ele. Mas isso não é problema meu. Quero descobrir meu próximo passo. Como diria minha mãe, preciso jogar xadrez, não damas, ficar sempre dois passos à frente de qualquer um. Tenho que ver aquele quadro.

No meio do corredor, paro de andar e exclamo:

— Ai, droga!

Duchess e o pai se viram para ver o que houve, e continuo:

— Deixei a minha bolsa na sua sala, capitão Simmons.

— Vou buscar — diz ele.

— Não! Posso ir lá rapidinho e pegar — sugiro, estendendo as mãos para impedir que ele se mexa. — Continuem conversando. Não demoro.

Dou meia-volta e ando até a sala, indo direto para a porta da sala adjacente. Confiro rapidamente se ninguém me seguiu, então tiro o celular do bolso de trás. Minhas mãos estão tremendo enquanto acesso a câmera, verificando se o telefone está no modo silencioso para que o disparo da foto não faça barulho. Minhas palmas estão tão escorregadias que limpo a mão na calça jeans antes de pegar a maçaneta. Meu coração bate como um solo de bateria nos meus ouvidos.

Estou literalmente prendendo a respiração enquanto abro a porta devagar, rezando para que as dobradiças não chiem. Através de uma pequena fresta, vejo o superintendente Barrow. Ele está inclinado lendo algo ao lado do policial que entrou onde estávamos antes, mas está de costas para mim. Aperto a maçaneta com mais força, abrindo a porta um pouco mais sem fazer barulho.

Movo o celular pela porta até que o quadro apareça na tela. No segundo em que isso acontece, tiro uma foto, então depressa puxo o braço para trás e fecho a porta.

Abro a foto na mesma hora, analisando em desespero a imagem que consegui capturar.

— Está fazendo o quê?

Quase derrubo o celular com o pulo que dou.

A Duchess está na soleira da outra porta, com a testa franzida.

— Pegando minha bolsa, *ué* — respondo, enfiando o celular no bolso de trás. Ela me lança um olhar intenso enquanto me observa caminhar até a cadeira e pegar a bolsa do chão. Capto seu olhar confuso em direção à porta da sala adjacente.

— Você não devia franzir tanto a testa. Vai te dar rugas — digo enquanto passo por ela, o mais indiferente possível.

Nenhuma de nós fala até sairmos da delegacia e a Duchess dizer:

— Você vai pra escola?

— Talvez — respondo sem convicção.

Só consigo pensar no celular no bolso de trás e em chegar a um lugar onde possa ver a foto que tirei.

Digo um "tchau" rápido e saio na direção oposta. Estou praticamente marchando. Sinto a pele formigar. De alguma forma, me sinto mais viva do que nunca, mas ansiosa ao mesmo tempo.

Assim que chego ao carro e entro, meu estômago revira. Abro a foto, e a primeira coisa que me chama a atenção é uma folha amassada de caderno colada no quadro branco perto da minha foto. Ao lado está escrito *"encontrado no armário da vítima"*. Parece um bilhete. Tenho que ampliar a imagem para ler a frase escrita à mão no meio da folha amassada.

Puxo o ar pela boca quando entendo o que diz.

Não faça isso! Ou vou fazer você se arrepender!

CAPÍTULO DEZOITO
DUCHESS

19 DE OUTUBRO
15h39

NÃO FAÇO IDEIA do motivo para a diretora Barnett ter me chamado (ela disse apenas que era "algo importante"), mas está mais de trinta minutos atrasada. Era para eu estar irritada, mas esperar aqui é melhor do que ficar em casa. Sozinha. O silêncio torna mais difícil ignorar o vazio que tomou conta de mim. Além disso, no momento estou sendo entretida por uma aluna do primeiro ano que está esperando pela diretora ao meu lado. Ela está aqui para ser disciplinada por alguma coisa. Sei disso porque falou em alto e bom som no celular.

— Sim, *flagrei* ele na casa dela — anuncia a garota para mim, para a secretária da diretora e para a pessoa com quem conversa. — Pois é, aham. Baixei o aplicativo de rastreamento no celular dele, mas vinculei a conta ao meu computador. Aí eu rastreei a localização dele no sábado à noite sem que ele soubesse.

Posso ouvir a pessoa do outro lado da linha uivando de tanto rir. A secretária da diretora está olhando feio em nossa direção por trás da mesa. Normalmente eu ficaria irritada também, mas a falta de decoro dessa garota está distraindo minha mente da dor do luto.

— Jaz, eu estava prestes a pegar aquela piranha pela lace hoje na aula de biologia — continua a garota. — Ela teve sorte que o professor Glasper me segurou.

A diretora Barnett passa apressada pelas portas duplas.

— Duchess! — exclama ela. — Me desculpe pelo atraso. Tive que resolver umas pendências, e demorou mais do que eu esperava.

Eu me levanto.

— Tranquilo.

— Vamos entrar na minha sala — acrescenta ela, apontando para a porta.

Ela me segue para entrarmos, mas para à porta e olha para a outra garota, que ainda está ao telefone.

— Tori, falo com você em um minuto — informa a ela. — E *sai do celular.*

Então a diretora fecha a porta.

— Mais uma vez, mil perdões — diz ela enquanto contorna a mesa. — Como está se sentindo?

A preocupação está pesando mais em seu rosto do que a maquiagem. Deus, eu gostaria que todos parassem de me perguntar isso. É como um lembrete constante de que a Nova se foi.

— Estou de boa... quer dizer, não *de boa* — respondo, coçando a nuca. — Estou... *aqui.* Isso já é bom, certo?

— Sim, com certeza — responde ela com um leve sorriso. Então cruza as mãos sobre a mesa à frente. — Vou direto ao assunto. Estamos organizando um tributo para homenagear a Nova no jogo de sexta. A comunidade está tão abalada por essa tragédia que achei apropriado reservar um intervalo para a cerimônia, além de um cortejo na quadra. A coroação da Nova foi um passo monumental em direção à inclusão e à diversidade aqui, e detesto que tenha sido manchado dessa forma.

Parece que ela está prestes a me pedir alguma coisa. Eu me preparo para o que quer que seja e decido deixar passar a falta de sensibilidade de seu último comentário. A Nova era uma pessoa, não apenas a garota-propaganda da diversidade desta escola.

— Eu me atrasei justamente por estar alinhando tudo. Me reuni com a banda, a equipe de dança e as líderes de torcida, e todos concordaram em participar e montar uma apresentação especial.

Ajeito a postura. Isso significaria o envolvimento da Tinsley também.

— As líderes de torcida? Incluindo...

— Pedi à senhorita McArthur que ficasse de fora, por motivos óbvios. Ela não fez nenhuma objeção quando conversamos há alguns instantes no treino.

A tensão nos meus ombros se dissolve. *Ótimo*, penso. Mesmo que eu não acredite mais que tenha matado a Nova, ela ainda disse todas aquelas coisas doentias sobre fazer isso. Não seria certo incluí-la em algo assim.

— Eu esperava que você dissesse algumas palavras — sugere a diretora. — Você era a melhor amiga da Nova. Seria adequado que estivesse envolvida. Ninguém melhor que você pra ajudar as pessoas a entender como ela era especial.

Eu não tinha intenção de ir ao jogo ou ao baile neste fim de semana. Sem a Nova, não parecia certo. Tínhamos planejado cair na farra. Era nosso último ano, ela era a primeira rainha do baile negra. Já tínhamos as roupas, sabíamos para onde iríamos para o pós-festa. Seria épico. Memorável. Mas não tem como eu deixá-los fazer um tributo sem estar lá para falar sobre ela. Eu a conhecia melhor que ninguém, apesar dos segredos que ela aparentemente escondia de mim. Alguém precisa estar lá para garantir que ela seja homenageada como indivíduo e não apenas como rainha propaganda da escola. *Eu* posso garantir que isso aconteça.

— Certo, posso fazer isso — respondo.

A diretora Barnett assente.

— Agradeço muitíssimo.

A Tori Bocuda ainda está falando no celular quando estou saindo da diretoria. Olho para o aparelho em sua mão quando passo por ela e lembro daquele seu namorado babaca quando um pensamento surge em minha mente.

O celular da Nova.

Saio correndo pelo corredor vazio em direção ao Edifício B. Preciso do notebook que deixei no armário. E a diretora mencionou que a Tinsley está no treino de líderes de torcida agora. Depois de pegar o notebook, disparo para o ginásio. Sei como podemos localizar o telefone da Nova.

* * *

— Espera. Tá falando sério?

Eu tinha entrado no ginásio e acenado para a Tinsley lá no treino de líderes de torcida para contar o que descobri. Seu rosto não dá sinais da angústia que provavelmente teria se ela fosse culpada. A incredulidade em seus olhos arregalados me assegura de que não estou cometendo um erro ao contar com ela para isso.

Subo na arquibancada atrás de nós, sentando-me na terceira fila.

— Sim, estou falando sério. — Abro a mochila e pego o notebook cedido pela escola. — Mas, se tem coisa melhor pra fazer, longe de mim te interromper. Me perdoa por desperdiçar seu tempo com algo que poderia ajudar a livrar a sua barra.

— Você me pegou desprevenida, só isso — argumenta ela.

— Mas o seu timing é perfeito. Eu preciso parar de vir pra este lugar. A treinadora Latham me puxou pro canto outro dia e sugeriu que eu deixasse o cargo de capitã por algumas semanas, "até a poeira baixar". Eu só vim pra escola hoje esperando descobrir quem escreveu o...

Seus olhos baixam depressa para onde estou equilibrando o notebook nas pernas.

— Desculpa — diz ela, com as bochechas coradas. — Não pretendia despejar meus problemas em você desse jeito.

Faço uma pausa por um segundo, analisando-a. Ela está parada na minha frente com um sorriso nervoso. Está na cara que quase se descuidou e disse algo que não queria que eu soubesse. E ela estava agindo do mesmo jeito na delegacia hoje de manhã quando voltou ao escritório do papai. Balanço a cabeça. Mais tarde dou atenção à dúvida que está embrulhando meu estômago. O crucial agora é encontrar o celular da Nova.

— Se você parar de choramingar e subir aqui pra me ajudar, a gente vai poder impedir que tudo isso aconteça encontrando o verdadeiro assassino dela — digo, acenando para ela se juntar a mim.

Ela sobe na arquibancada e se senta ao meu lado enquanto ligo o notebook.

— Isso não é só sobre a Nova, é? — pergunta ela.

Franzo a testa.

— Sobre quem mais seria?

Ela espera alguns segundos antes de responder:

— O seu pai.

Devagar, me viro em direção a ela, com receio de que esteja prestes a repetir algumas das coisas que o Lorenzo e meus colegas disseram sobre o papai esta semana. *Senhor, por favor, não deixa essa garota entrar nesse assunto comigo*, rezo em silêncio. Sou capaz de dar uma *surra* nela se fizer qualquer suposição ignorante sobre o meu pai.

— O superintendente parece gostar de controlar tudo de perto, pelo que presenciei na delegacia hoje de manhã — comenta ela. — Ainda estou bolada por ele ter repreendido o seu pai só por ele fazer um trabalho de detetive de verdade, em vez de seguir na caça às bruxas contra mim. Você está fazendo isso pra ajudá-lo também, não é? Porque ele pode perder o emprego se não trabalhar do jeito que o chefe quer.

Eu me concentro no notebook, observando a tela acordar para a vida enquanto vou assimilando o que ela acabou de dizer. Suas palavras abalam parte da determinação que criei dentro de mim para buscar justiça pela Nova... e para fazer isso com uma garota que desprezo. Essa mesma garota que entendeu um pouco sobre as batalhas que meu pai enfrenta, algo de que poucas pessoas sabem. Ela está errada, mas só em partes. Isso não é sobre fazer o trabalho que o superintendente não permite que o meu pai faça e, ao mesmo tempo, meio que é. Eu só não tinha percebido isso até ela enunciar.

Um aperto em meu peito se desfaz. Sinto o olhar dela fixo na lateral do meu rosto enquanto continuo encarando a tela do notebook. Talvez a garota não seja tão superficial quanto eu pensava. Espero que isso signifique que ela pode lidar com o que eu estou muito inclinada a contar.

Eu a encaro.

— Sabia que faz só quinze anos desde que esta cidade teve o primeiro policial negro?

Espero até que ela reaja à minha pergunta balançando a cabeça antes de continuar:

— O meu pai foi, tipo, o terceiro oficial negro a entrar na força policial pela academia, e o primeiro e único a ser promovido a um cargo de supervisor — informo. — Como você viu esta manhã, ele ainda tem que pisar em ovos com o superintendente Barrow, que está sempre disposto a minar as decisões que meu pai toma. Ele sofre dez vezes mais pressão que qualquer um dos outros supervisores por ser o primeiro. Sem falar na comunidade negra analisando tudo que ele faz com uma lupa simplesmente por vestir aquele uniforme.

Volto a olhar para o computador.

— Seja qual for a rixa que o chefe dele tem contra você, isso o está impedindo de deixar meu pai fazer o próprio trabalho direito.

— E é aí que você entra? — pergunta ela.

— Não vem ser condescendente, não — retruco, brusca.

— Não é isso. Mas ele parecia bastante inflexível em não querer que você se envolvesse.

— Ele provavelmente também ia preferir que eu gostasse de garotos — minto. O papai literalmente deu de ombros quando me assumi para ele aos 14 anos. — Enquanto o superintendente focar apenas em você, tornará impossível que a verdade seja revelada sobre o que aconteceu de verdade com ela.

— Concordo super.

Suspiro.

— Mas, papo reto: a minha intromissão não tem a ver com essas coisas todas. Comecei por raiva do meu pai, e o motivo não é da sua conta — acrescento ao ver a curiosidade brilhando nos olhos dela. — E, só pra você saber, agora que a gente está aqui, e depois de ver em primeira mão como o superintendente é um babaca, beleza, talvez você esteja meio certa.

Trocamos sorrisos rápidos e, por um segundo, parece que ainda somos aquelas mesmas menininhas correndo atrás uma da outra pelo country club, alheias a tudo que nos tornava diferentes. Dura apenas um instante, e então a tela inicial aparece, chamando nossa atenção para o notebook, e o instante se vai.

Clico na caixa de pesquisa e digito depressa as palavras que abrirão o aplicativo de que preciso.

— Então, como vai fazer uma coisa que nem a polícia consegue? — indaga ela enquanto estou fazendo login na conta do aplicativo de rastreamento. — Eles não têm como rastrear celulares?

— A utilização do celular, sim, mas não exatamente onde *está* o aparelho. A polícia só pode pedir um mandado para os registros telefônicos e rastrear o uso vendo onde um telefone emite sinal para as várias torres de celular. Isso não diz a eles exatamente onde está o aparelho, apenas mostra a área em que foi usado. É como eles provam que alguém esteve em determinada parte da cidade cometendo um crime. As pessoas são estúpidas demais pra sacar que deveriam deixar os telefones desligados de modo que o sinal não seja captado pelas torres próximas, porque eles ficam recebendo notificações mesmo quando não estão sendo usados.

— Saquei — fala ela devagar, mostrando-se interessada.

— Mas a gente pode identificar exatamente onde está o telefone da Nova com o aplicativo de rastreamento.

— Mas isso não funciona somente se você tiver o recurso ativado?

Faço que sim com a cabeça.

— E a Nova tinha. Também ajuda o fato de eu saber a senha dela, considerando que ela teve que usar o recurso no meu notebook. Aquela garota perdia tudo.

Recordar todas as vezes que ela perdeu suas chaves, o celular, até mesmo as canetas e os lápis me faz sorrir. Eu daria qualquer coisa para perder horas do meu dia ajudando-a a encontrar algo novamente.

— Uau, acho que esse negócio de detetive é de família — comenta Tinsley. — Está seguindo os passos do seu pai?

— Eu estava, e aí muitos daqueles que se parecem com você começaram a matar muitos de *nós* injustamente... ficando impunes — respondo.

Agora estou indo para a faculdade sem a menor ideia do que quero fazer da vida, completo na cabeça.

— Hum, a Nova foi assassinada na sexta à noite — diz Tinsley para preencher o silêncio incômodo que se instalou entre nós.

As líderes de torcida que ela largou quando a chamei se dispersam do outro lado do ginásio e começam a andar na direção do vestiário feminino.

— Com certeza a bateria do celular dela acabou a essa altura — acrescenta ela.

— Não importa. O aplicativo usa localização por bluetooth pra rastrear um dispositivo perdido.

— E isso quer dizer o quê?

— Mesmo que a bateria de um celular acabe, o aplicativo vai rastrear a última localização conhecida do dispositivo antes de ter desligado.

Os olhos dela se iluminam.

— Isso significa que vamos saber onde mataram a Nova ou onde o assassino pode estar... se a pessoa não jogou o telefone numa lata de lixo ou no Golfo... Deus queira que não.

— Isso aí.

— Por que você não pensou nisso antes?

— Estava com outras coisas na cabeça — respondo com um tom de voz um pouco mais cortante do que pretendia. — Ela não significava nada pra você, mas a Nova era como uma irmã pra mim.

— É, eu sei — diz ela, retraindo-se.

— E acabei de lembrar que poderia fazer isso — admito.

Ela chega mais perto quando começo a digitar. Aperto Enter e espero enquanto um mapa se materializa na tela do notebook. Clico em Encontrar Dispositivos, e o mapa se amplia à medida que o aplicativo se concentra no sinal que o telefone da Nova emitiu pela última vez antes de desligar. A lembrança do seu rosto angustiado na noite da coroação surge na minha mente.

Viro a tela para que a Tinsley possa ver melhor, e a bolinha verde para. Franzo a testa quando vejo onde apareceu.

— Maravilha. Não nos disse nada que já não soubéssemos — reclama Tinsley.

A bolinha está aparecendo dentro do retângulo que representa a nossa escola no mapa.

— Sabemos que ela esteve aqui pra coroação naquela noite. Isso foi inútil — opina ela.

— Dá um tempo.

Clico no sinal de adição e dou zoom no mapa, o que consequentemente faz a bolinha parar em um prédio específico do campus.

Nós duas nos inclinamos para a frente ao mesmo tempo, estreitando os olhos para a tela.

— Onde fica isso? — indaga ela, apontando para o pequeno prédio quadrado.

Giro o notebook no sentido anti-horário para que possamos situar melhor nossa localização em relação à bolinha. Juntas, nossas cabeças se voltam devagar para o acesso que dá nos fundos do ginásio. O mapa está nos dizendo que o último lugar onde o celular da Nova esteve é o prédio conectado ao ginásio e ao auditório.

* * *

Puxo com toda a força as maçanetas das portas duplas que, tenho quase certeza, levam ao depósito atrás do palco do auditório. Elas não se movem.

— Merda! — grito.

Minha explosão ecoa no interior da passarela coberta que liga a entrada de trás do ginásio ao auditório.

— O que tem aí? — indaga Tinsley atrás de mim.

Franzo a testa para a captura de tela do mapa gerado pelo aplicativo que enviei para meu celular.

— Se for o que estou pensando, conheço outro jeito de entrar. Vamos.

— Aonde estamos indo? — pergunta ela, seguindo-me quando entro novamente no ginásio no momento em que algumas das líderes de torcida estão saindo do vestiário feminino.

— É um depósito — explico. Tinsley está logo atrás de mim enquanto corro pela passarela coberta que leva ao pátio. — Podemos chegar lá pelo auditório.

Contornamos o prédio do refeitório para chegar ao pátio minúsculo em frente ao local onde a Nova foi coroada na noite de sexta. Estou surpresa por Tinsley não saber sobre o depósito. Imaginava que muitos alunos daqui soubessem.

Estou ofegante quando chegamos às portas de vidro do auditório.

— Como é que você sabe?

Algo se move na minha visão periférica, e paro quando estou prestes a abrir a porta. Olho por cima do ombro, mas o borrão escuro que pensei ter visto perto da quina do prédio do refeitório está imóvel. Quase pensei que estávamos sendo seguidas.

— Uma veterana que era do clube de teatro costumava me trazer aqui o tempo *todo* quando eu estava no primeiro ano — explico, conduzindo Tinsley para dentro e pela área dos bastidores. Eu vinha aqui pelo menos uma vez por semana para me encontrar com a Dani. Ninguém sabia sobre a gente. Ela gostava de bancar a hétero para proteger a imagem de moça religiosa do sul. — Muitos alunos vão escondidos ao depósito pra dar uns pegas durante as aulas... ou depois.

— Eu não — contrapõe ela.

Acho que os adolescentes ricos não precisam se preocupar com os pais os flagrando fazendo sexo, uma vez que seus quartos não ficam praticamente em cima do quarto dos pais, como no meu caso.

Percorro o confuso labirinto de portas e passagens estreitas que conheço de cabeça. Meu coração está acelerado. Encontrar o celular da Nova significaria obter uma resposta sobre o que a incomodou tanto no jantar. *O que ela ia me contar se não tivesse morrido?*

Meu estômago fica embrulhado com o cheiro de cobre que me atinge quando entramos no cômodo úmido. O cheiro aqui nunca foi muito bom, mas este é o pior fedor que já senti desde que vinha escondida para cá.

— Eeeeca — resmunga Tinsley. — Que cheiro é esse?

Um som de batida na escuridão sem fim atrás de nós me deixa paralisada.

— O que foi isso? — diz Tinsley, chocando-se com as minhas costas.

— *Shhhhh*, aguenta aí.

Levo alguns segundos para tatear no escuro em busca do interruptor que sei que fica ao lado da entrada. Aperto o botão, e Tinsley ainda está onde a deixei. Ela observa as peças grandes do cenário que o clube de teatro usou no ano passado para a montagem de *Dentro do bosque*. Seu olhar perplexo percorre o cômodo. O que quer que a gente tenha acabado de ouvir desaparece dos meus pensamentos enquanto assimilamos a bagunça entulhada.

— Se o celular da Nova ainda está aqui, como a gente vai encontrar no meio disso tudo? — questiona ela, acenando com os braços para o caos que nos cerca.

Não há nenhuma lógica na maneira como as coisas estão dispostas. Capacetes de futebol americano velhos dividem espaço nas prateleiras com perucas e outros adereços de cabeça extravagantes. Para cada item de equipamento atlético pelo qual passo, há uma peça elaborada de cenário que preciso me espremer para contornar. As estantes de metal de mais de 2 metros de altura dispostas lado a lado criam colunas que dividem o centro do cômodo em três corredores.

— Essas coisas são do clube de teatro ou do departamento de atletismo? — pergunta ela, pegando uma bola de basquete murcha da estante mais próxima.

Caminho pelo corredor central.

— De ambos. E do clube de robótica, ao que parece. — Examino o cachorro de aparência robótica de plástico e metal na prateleira à esquerda. Isso me lembra algumas das coisas que vi no quarto do Trenton. — O celular dela pode não estar aqui. Não esquece que o aplicativo aponta apenas o último local em que esteve antes de ela morrer... ou de desligarem o aparelho.

Quanto mais avanço no cômodo, mais forte fica o cheiro de cobre. Tinsley está com a camiseta do uniforme sobre o nariz.

— Então isso significa que ou ela esteve aqui ou o assassino esteve.

— Ou os dois. Mas não vejo motivo pra Nova ter vindo aqui naquela noite. — Nós nos encontramos do outro lado do cômodo, no final de nossos respectivos corredores. — Viu alguma coisa?

Seus ombros pendem para baixo, e ela nega com a cabeça.

— Não dá pra ativar um alarme ou algo assim no celular dela com esse aplicativo? Quer dizer, a gente ia ter que revirar este lugar todinho pra encontrar no meio de toda essa tralha. E não sei por mais quanto tempo vou aguentar esse fedor.

— Não mentiu.

Sinto o gosto do futum no fundo da garganta.

— É como se alguém tivesse deixado carne moída fora da geladeira por tempo demais.

Outro baque. Mais perto desta vez. Nós duas ficamos imóveis. Meu estômago dá cambalhotas. Tinsley e eu trocamos olhares desconfiados. Nós nos viramos devagar na direção do barulho... logo depois da entrada do depósito. Ouvimos risadinhas e, em seguida, o que soa como o arrastar de pés.

Alguém está aqui. *Estávamos* sendo seguidas!

Duas sombras se destacam da escuridão na entrada. São a Lana e a Giselle. Ou, como eu gosto de chamá-las, as seguidoras tietes da Tinsley. Se bem que parece que esse rótulo não está mais valendo. Os sorrisos debochados nos rostos das suas amigas estão cheios de maldade, e uma veia já se projeta no pescoço da Tinsley ao vê-las.

— É incrível como tanta coisa na vida de uma pessoa pode mudar em questão de dias — comenta Lana, lançando um olhar inquisitivo na minha direção. Giselle, ou melhor, a Senhorita Me Considero Branca, segue o olhar da amiga conforme elas se aproximam. — Na semana passada você estava com o Nathan e era a autoproclamada Abelha-Rainha, e esta semana você é uma suspeita de assassinato que está se misturando com Duchess Simmons?

Eu ficaria ofendida se desse a mínima para o que elas pensam de mim.

Tinsley respira fundo. Como se estivesse se preparando mentalmente.

— Lana, Giselle, eu venho querendo melhorar as coisas entre a gente — diz ela, com a voz embargada como no dia em que me abordou no corredor perguntando sobre a gravidez da Nova. — Esta semana fui aconselhada a pedir desculpas a vocês duas, como uma forma de tentarmos superar essa fase difícil.

Tinsley mal faz contato visual com as amigas. Ela está se mexendo muito também. Posso ver o desespero pouco a pouco crescendo em seus olhos. Ela quer suas tietes de volta. O que me faz sentir algo que nem sei pôr em palavras.

— Pedir desculpas? Pelo quê, exatamente? — questiona Giselle.

— Por tudo. Tipo, de verdade. Pelo jeito como eu tratava vocês.

Ela dá alguns passos tímidos para a frente.

— Sei que no passado fiz vocês duas sentirem que eu não valorizava a nossa amizade... e talvez não valorizasse. Tá, eu sei que não. É por isso que não tenho escolha a não ser perdoar você, Lana, por postar aquele vídeo. Talvez eu tenha merecido. E você não tinha como saber o que ia acontecer. Eu realmente sinto falta de vocês. Sinto falta *da gente*. Seria bom poder contar com as minhas amigas agora. Tipo, *muito bom*.

Porque ter apenas uma pessoa ao seu lado (eu) nunca seria suficiente para essa falsa. Começo a apertar os lábios enquanto as observo.

— Fiquei tão perdida sem vocês esses últimos...

— Então é isso que acontece com uma pessoa que está prestes a perder tudo que nunca mereceu ter — interrompe Lana. — Eu meio que gosto de te ver assim... patética.

Há um lampejo de raiva nos olhos da Tinsley. Ela os fecha e respira fundo.

— Lana, eu sei...

— Você não sabe de nada — rebate Lana. — Pode poupar suas desculpas. A gente dispensa. Quer saber a verdade? Eu postei aquele vídeo pra que todos pudessem ver quem você realmente é. A pessoa que você é com a gente. A Nova aparecer morta foi uma feliz coincidência que tornou essa queda mais épica.

Ah, aí não.

— Eu *não* vou deixar você falar merda da minha amiga! — intervenho.

Tinsley usa o braço esquerdo para me impedir de partir para cima da Lana e me pega desprevenida.

— Duchess, não — adverte ela.

— O jogo virou — diz Giselle. — Agora *você* é a excluída. Você nos ensinou bem.

— Assim que o conselho estudantil arrancar o seu título, será o seu fim aqui — acrescenta Lana. — Vou garantir que não seja mais a capitã da equipe logo depois.

— Isso é o que vocês nunca entenderam sobre mim. — Tinsley vai andando até ficar cara a cara com a Lana. Elas estão tão próximas que quase parece que vão se beijar. — Nada vai me conter por muito tempo. E, assim que o meu nome estiver limpo, guardem as minhas palavras: vocês duas vão estar acabadas. A traição de vocês não ficará impune. Só fiquem sabendo que não precisava ser assim. Eu estava *tentando* acertar as coisas.

O complexo de superioridade desta garota está fora de controle. Mas tenho que admitir que, depois do que a Lana acabou de dizer, estou meio feliz em ver um pouco da velha Tinsley ressurgir.

— Lá no fundo — continua Tinsley —, vocês devem estar com medo de que, quando tudo isso acabar, todo mundo volte rastejando pra ter a *minha* aprovação. Vocês não estariam se esforçando tanto pra serem eu se não fosse verdade. Isso deve te preocupar, Lana. Saber que você nunca será mais que um abutre mordiscando as minhas sobras, como o Nathan.

Mal consigo desviar da Tinsley quando Lana a empurra para trás, e ela desaba em cima de uma das estantes, fazendo com que se incline, com todo o conteúdo caindo no chão de concreto junto com ela.

— Sua puta desgraçada! — grita Tinsley.

Lana e Giselle saem correndo do depósito, e a porta bate atrás delas.

Tenho que fechar a boca com força para abafar a risada que quer escapar.

— Princesa, deixa eu te dar mais um conselho — digo. — Considerando a rapidez com que as coisas mudaram entre vocês, aquelas garotas *nunca* foram suas amigas.

— Será que dá pra me ajudar a levantar? — esbraveja ela.

Olho para ela com uma expressão de *"Como é que é?"*.

— *Por favor?* — acrescenta ela.

Seguro suas mãos estendidas e a puxo para que fique de pé. Quando a solto, ela se vira, verificando se está machucada.

— Ah, tem uma coisa na sua camiseta.

Pego seu antebraço e aponto para a mancha amarronzada nas suas costas.

— O que é isso?

Ela estica o pescoço para tentar ver por cima do ombro.

— Parece tinta seca ou...

O ar frio da sala toma meu corpo.

— Ou *o quê*? — Ela estende a mão pelas costas, passando-a pela camiseta, e a levanta. Flocos marrons enlameados cobrem as pontas dos seus dedos. — Que que é isso, porra?

Olho para a poça escura que mancha o concreto. Estava oculta pela estante de metal que Tinsley derrubou. Eu me ajoelho para inspecionar mais de perto.

— Isso parece... — Devagar estendo a mão para baixo, mas paro segundos antes de tocar o chão. Puxo a mão de volta. — Acho que é sangue.

— Sangue? De onde...

Nossos olhares se encontram. Então ficamos de queixo caído quando chegamos à mesma conclusão.

Nova.

Uso os pés para empurrar a estante derrubada mais para trás e expor o resto da mancha.

— Olha, tem umas marcas borradas aqui — aponto. — Alguém tentou limpar. Mas a pessoa não conseguiu alcançar aqui embaixo, ou não era forte o suficiente pra mover a estante.

— Duchess.

— O quê?

— Olha.

Tinsley está apontando para algo no chão atrás de mim.

O motivo de estarmos aqui.

O celular da Nova.

CAPÍTULO DEZENOVE
DUCHESS

19 DE OUTUBRO
17h

TINSLEY ESTÁ NO banho. Ela disse que ainda estava se sentindo "grudenta" mesmo depois de trocar a camiseta manchada de sangue. Olho para o celular da Nova, que está sobre a mesinha de cabeceira da Tinsley, conectado ao carregador dela. Prometi não ligar o aparelho até que a Tinsley saísse do banho para que pudéssemos fuçá-lo juntas. Mas cada pedacinho de mim quer se esticar pela beirada da cama dela e agarrá-lo. Todas as respostas estão ali. A apenas meio metro de distância. Justiça pela Nova.

Foda-se! A Tinsley vai ter que superar. Preciso de respostas agora.

A porta do quarto dela se abre bem quando estou erguendo o telefone da mesinha de cabeceira. Pulo de volta para a beirada da cama. Meu coração vai parar na boca.

A sra. McArthur está parada na porta. Uma das mãos segura a maçaneta, a outra está apoiada na cintura. Ela olha duas vezes para mim, sentada na beirada da cama da Tinsley, tentando parecer inocente, e estreita os olhos.

— O que você está fazendo aqui... *de novo*? — pergunta ela. Então dá um passo à frente, espiando ao redor. — Cadê a Tinsley?

— E-e-ela está no chuveiro, senhora — gaguejo, nervosa, recuando mais para trás na cama. — Temos mais trabalho pra fazer naquele... projeto de grupo.

Ninguém estava em casa quando a Tinsley e eu chegamos aqui. Pensei que tivesse escapado de outro confronto com esta mulher.

Seus lábios formam uma linha dura.

— Que tal você esperar pela Tinsley lá embaixo? Assim vamos ter a chance de conversar.

A ideia de ficar sozinha com ela me dá vontade de vomitar.

— Hum, acho que ela está quase acabando — digo, rezando para estar certa. — Eu não ia querer que ela pensasse que eu saí...

— Eu insisto — retruca ela.

É óbvio que esta mulher não gosta de mim. O sorriso dela carrega uma hostilidade exasperante. O jeito como olha para mim grita: *"Eu não quero você aqui!"* Nem precisa dizer em voz alta. Tudo bem. Também não vou com a cara esnobe dela.

Ela fita o celular da Nova; então seu olhar gelado volta para mim.

— Vamos, querida — pressiona a sra. McArthur, acenando para mim na direção dela como se eu fosse um cachorro teimoso que se recusa a obedecer.

Eu me levanto e caminho devagar pelo quarto. Se eu me mexer com lentidão o bastante, talvez a Tinsley apareça e me salve desta mulher. Passo pela sra. McArthur, saio pela porta, e ela a fecha atrás de mim, com a boca fixa em um sorriso amarelo. Então me conduz para o andar de baixo, onde há várias mulheres hispânicas reunidas no saguão, todas vestindo jalecos azul-claros iguais, e cada uma segurando uma ferramenta de limpeza diferente.

— Vamos, senhoras, podem começar — diz a sra. McArthur para elas. — Se precisarem de mim, estarei na sala de jantar fazendo sala para nossa visita inesperada.

Uma das senhoras acena com a cabeça antes de se virar para dizer algo em espanhol que faz as outras mulheres saírem do saguão para começarem a limpar e polir.

— Que tal nos sentarmos aqui? — A sra. McArthur estica o braço em direção à sala de jantar formal. Passo por ela e um leve cheiro de álcool exala de seu hálito quando ela diz: — Pode se acomodar ali. Quer beber alguma coisa?

— Pode ser água — respondo, contornando a mesa de jantar retangular.

Sento-me na primeira cadeira de frente para o saguão.

Começo a balançar a perna sob a mesa enquanto espero a sra. McArthur voltar da cozinha. De onde estou sentada, posso ver uma das mulheres da equipe de limpeza percorrer a sala do outro lado do saguão. Pelo sofá macio e pela poltrona de dois lugares, presumo que seja a sala de estar formal.

De todas as donas de casa bêbadas que minha mãe atendia naquele country club, a mãe da Tinsley era quem ela mais detestava. Mesmo antes de ser despedida, a mamãe dizia que a sra. McArthur tratava a ela e ao restante da equipe como se estivessem ali somente para servi-la.

— Aquela mulher inventou o termo "duas-caras" — disse ela um dia no carro voltando para casa depois de um de seus turnos. — Toma cuidado com a filha dela. Já vi como aquela mulher fica olhando vocês brincando juntas. Ela não gosta nadinha... Acha que é melhor que as pessoas com a nossa aparência. Vai arranjar algum motivo pra colocar a filha contra você. Guarde o que estou dizendo.

As palavras da mamãe ecoam na minha cabeça até que os passos da sra. McArthur me trazem de volta ao presente.

— Lamento pelo que aconteceu com a sua mãe — diz ela ao entrar novamente na sala de jantar. O copo de água que coloca na minha frente faz um baque abafado ao bater na mesa. — O câncer é uma doença terrível.

Ela faz uma pausa, analisando meu rosto. A referência à morte da minha mãe me fez segurar o copo de água com mais força. A Tinsley deve ter contado a ela que minha mãe morreu depois da primeira vez que estive aqui. A sra. McArthur espera pela minha reação, provavelmente querendo que eu compartilhe um dos momentos mais dolorosos da minha vida com ela. Mas não vai rolar. O que eu queria era dizer a ela para nunca mais usar aquela boca para falar da minha mãe.

O zumbido de um aspirador sendo arrastado pelo chão de um dos cômodos do térreo preenche o silêncio que deixa o ar entre nós mais pesado.

— Me fale sobre esse projeto em grupo que vocês vivem mencionando. — Com delicadeza, a sra. McArthur coloca as mãos bem cuidadas na borda curvilínea do encosto da cadeira na cabeceira da mesa. — Você não é uma aluna do currículo escolar avançado. Deve saber que há poucos adolescentes negros nesse programa. Não é muito difícil acompanhar quem é quem, sabe?

Engulo três goles grandes de água para não verbalizar o que acabou de passar pela minha cabeça. Incluía as palavras *vaca* e *vai se foder*, mas não necessariamente nessa ordem.

— Que matérias você poderia estar fazendo com a Tinsley? — questiona ela.

— Artes — murmuro, o que não é mentira.

— Interessante — ronrona ela. — Você deve ser uma aluna muito dedicada.

— Muito. Dedicada o bastante pra estar no currículo escolar avançado, se eu quisesse.

Os cantos de sua boca se erguem em um sorriso conciliatório.

— Não foi isso que eu quis dizer. — Ela inclina a cabeça para o lado. — Você não era amiga íntima da Nova Albright?

Meu estômago fica embrulhado, e paro de balançar a perna debaixo da mesa. Por que essa mulher está me perguntando isso?

— Depois das acusações absurdas contra minha filha pela morte daquela pobre garota, e de o seu pai ter mencionado como vocês duas eram próximas, eu poderia pensar que fazer um trabalho em grupo com a Tinsley seria bastante difícil para você neste momento. Pelo que sei, algumas pessoas nesta comunidade estão determinadas a ver minha filha punida pelo assassinato. Estou errada em presumir que você pensa o mesmo, levando em conta sua amizade com a Nova?

Pronto, aí está. É disso que se trata este pequeno tête-à-tête. Ela acha que estou tramando algo contra a filha dela. Permita-me acabar logo com isso.

— Sou uma líder, não uma seguidora — afirmo, olhando-a bem nos olhos. — A Tinsley e eu certamente não somos tão próximas quanto éramos...

— Lógico que não — interrompe ela.

— *Mas* eu fui criada pra acreditar na inocência de uma pessoa até que se prove o contrário. E, considerando que sei aonde a senhora está querendo chegar, é o seguinte: eu não acho que ela tenha algo a ver com o assassinato da minha amiga. O fato de eu estar aqui deveria ser uma prova disso.

— Bom saber — diz a sra. McArthur. — A Tinsley se encontra em um estado muito vulnerável agora. O discernimento dela está distorcido pelas traições dos amigos. Eu, no entanto, ainda vejo as coisas com *bastante* nitidez. Principalmente quando se trata da minha família. Espero que entenda por que estou sendo um tanto cautelosa com o seu reaparecimento na vida dela. O departamento de polícia tem um propósito, e o seu pai trabalha para esse departamento. Portanto, perdoe-me por ser desconfiada achando que você está aqui com segundas intenções.

Estou curiosa para saber por que a Tinsley não disse à mãe que acredito em sua inocência. Só posso imaginar que ela teme que a mãe possa tentar impedi-la de se envolver na investigação da mesma forma que o papai fez comigo. E, se for esse o caso, é melhor eu não entregar o jogo da Tinsley.

— Estou aqui apenas pra fazer um trabalho da escola, senhora McArthur — declaro.

Não sei dizer se ela acredita na mentira. Sua mandíbula está cerrada enquanto analisa meu rosto.

— Espero que seja verdade — retruca ela alguns segundos depois. — Prefiro acreditar que sim. Tenho certeza de que seu pai te educou bem. Eu detestaria que um ato seu pudesse afetá-lo... de alguma forma.

Sinto um arrepio no corpo. Tenho certeza de que isso foi uma ameaça à carreira do papai se eu fizer algo para prejudicar a filha dela.

— Ei, o que você está fazendo aqui embaixo?

Nós duas nos viramos ao ouvir a voz e encontramos Tinsley de pé no arco do saguão. Ela está vestindo uma calça de moletom folgada e uma camiseta larga, e o cabelo está solto sobre os ombros em mechas úmidas. Ela lança um olhar angustiado na minha direção, então estreita os olhos para a mãe, confusa.

Afundo na cadeira. Nunca pensei que ficaria tão aliviada por vê-la.

— Ah, sua mãe pediu que eu esperasse aqui embaixo enquanto você tomava banho — digo com um sorriso tenso.

— Querida, você sabe que é falta de educação deixar visitas desacompanhadas nesta casa — censura a sra. McArthur.

— Ela estava no meu quarto — rebate Tinsley. — Você nunca achou ruim quando deixei outras pessoas lá sozinhas.

A sra. McArthur me olha de soslaio.

— Sim, mas eu as *conhecia*.

Reviro os olhos. A mamãe estava totalmente certa sobre esta senhora.

— Vamos — diz Tinsley para mim. — Precisamos terminar aquele... trabalho.

Eu me levanto e me viro para ir, mas a sra. McArthur me detém.

— Duchess, foi informativo... esse reencontro — declara ela. Então, quando passo por ela para chegar até a Tinsley, ela acrescenta: — Você é mais do que bem-vinda para jantar conosco esta noite. Tenho certeza de que seu pai não tem tempo para preparar uma boa refeição se estiver fazendo o trabalho dele, assegurando que a minha filha seja inocentada.

Tinsley me lança um olhar constrangido quando passo por ela.

— Ela está ocupada, mamãe — diz ela. — Com certeza não tem tempo pra suportar um dos nossos jantares em família.

Estou quase na escada quando percebo que não ouço Tinsley atrás de mim. Eu me viro e vejo que ela ainda está no arco. A mãe a está segurando pelo braço e sussurrando no seu ouvido, e Tinsley parece aborrecida com o que quer que esteja ouvindo.

Consigo ler os lábios da Tinsley antes que ela puxe o braço do aperto da mãe:

— Sei o que estou fazendo.

— Tudo bem? — pergunto quando Tinsley se junta a mim na base da escada.

— Não, Margaretta! — grita a mãe, impedindo Tinsley de responder. — Eu disse para *não* tocar no armário de vidro!

Eu me viro e vejo uma mulher latina mais velha parada na frente de uma enorme caixa de vidro, parecendo tão confusa quanto eu. Os saltos da sra. McArthur estalam contra o piso de madeira quando ela caminha até o meio do saguão.

— A sua gente *entende* inglês, certo? Não me ouviu da outra vez?

A sua gente?

— Sim, senhora — responde a mulher com um aceno de cabeça, correndo para o saguão com o pano branco de tirar poeira bem apertado entre as mãos enrugadas.

A senhora que varre o saguão diz algo em espanhol para Margaretta, que de pronto se retira pelo corredor estreito à direita e desaparece em outro cômodo.

Aperto os lábios para Tinsley, que faz uma careta tão acentuada que rugas profundas distorcem seu rosto.

— Acho que é hora de procurar um novo serviço de limpeza — diz a sra. McArthur para nós, sem esconder a indiferença à tensão que criou. — Algumas coisas andaram sumindo nesta casa ultimamente. Preciso limitar o acesso dos empregados por aqui.

Tinsley segura meu pulso.

— Vamos. Precisamos continuar com aquele... negócio.

Quero sumir desta casa. O lugar é um palácio de preconceitos. Não é de se admirar que a Tinsley seja como é. Basta ver quem é a mãe dela. Descobrir o que há no celular da Nova é a única razão pela qual estou deixando essa garota me levar de volta para o quarto dela.

— Desculpa por isso — diz Tinsley quando entramos. — Juro que ela não é sempre assim com elas.

— Sua mãe é... *intensa*. — É tudo que consigo dizer. Respiro fundo, engolindo a raiva que borbulha em meu peito. — Ela é uma versão sua com anabolizantes.

A Tinsley está com uma expressão aflita ao fechar a porta do quarto. Provavelmente não está gostando da comparação, considerando o comportamento que sua mãe acabou de demonstrar.

— O que ela te disse? — pergunta ela.

— Ela ficou curiosa com o nosso trabalho — digo. Depois acrescento: — Não se preocupa, eu dei uma disfarçada depois que percebi que você não contou a ela o verdadeiro motivo de estarmos meio que andando juntas.

— Me desculpa *de novo*.

Tinsley vai direto para a mesinha de cabeceira, sobre a qual o celular da Nova ainda está, carregando. Não parece que ela mexeu nele enquanto eu estava lá embaixo.

Sento-me no mesmo lugar em que sua mãe me encontrou antes.

— Essas coisas que estão rolando comigo estão afetando meus pais de maneiras diferentes — confessa ela. — Meu pai está virando um alcoólatra, e minha mãe está bancando cada vez mais a "mãe superprotetora". Nada disso me ajuda.

Essa demonstração de vulnerabilidade é um pouco desconcertante.

Ela arranca o celular do carregador e o entrega para mim antes de se sentar ao meu lado na cama, dobrando uma das pernas debaixo do bumbum. Encaro o aparelho por alguns segundos, mordendo o lábio inferior.

— Está esperando o quê? Liga logo.

Tinsley chega um pouco mais perto enquanto a tela do celular volta à vida. Ela tem cheiro de maçã e jasmim.

Digito a senha de quatro dígitos da Nova, ativando a tela inicial. A selfie que Nova tirou durante o almoço no primeiro dia do semestre ainda é sua imagem de fundo.

Quase imediatamente, o telefone começa a vibrar conforme as notificações chegam. Alertas de mensagens, e-mails, chamadas perdidas apitam em rápida sucessão. Abro o aplicativo de mensagens de texto. As mais recentes, que foram enviadas enquanto ele estava desligado, empurram para baixo as mais antigas.

— Precisamos descer a tela até o dia da coroação, ver com quem ela estava falando até ser coroada — opina Tinsley.

— Estou tentando, mas essas malditas mensagens novas não param de pular na tela — respondo. — Jesus Cristo, como o celular de uma garota morta pode bombar mais que o meu?

Continuo passando o dedo indicador pela tela para descer até as notificações de sexta à noite. A maioria dos textos ecoa as declarações comovidas que as pessoas têm postado nos perfis das redes sociais da Nova. Para ser sincera, é meio mórbido. Por que as pessoas enviaram mensagens para uma garota morta que nunca leria nada disso?

Finalmente, chego a uma minha e paro.

— Ok, esta é de sexta à noite. Mandei uma mensagem durante a coroação dizendo como ela estava bonita.

— Você sentiu a necessidade de mandar uma mensagem pra ela enquanto estava lá, vendo a menina ser coroada? — questiona Tinsley com a sobrancelha arqueada.

— Olha, eu não era apaixonada por ela nem nada...

Ela ergue as mãos, tentando conter um sorriso.

— Eu disse isso? Eu não disse isso.

— Mas foi o que sua cabecinha maldosa pensou. — Aperto os lábios para evitar sorrir também. — Eu queria deixá-la mais animada. Ela parecia meio desconfortável naquela noite.

Ajeito a postura quando as mensagens de sexta-feira à noite começam a aparecer na tela.

— Aqui está uma mensagem que ela recebeu às 21h02. De um contato que ela salvou como "Mô" — relato.

A confirmação de que a Tinsley estava certa, de que a Nova estava se relacionando em segredo com alguém, me atinge como um soco no estômago.

Tinsley se inclina para ler.

— *"Me encontra no depósito"* — lê ela em voz alta.

Nós olhamos uma para a outra, franzindo a sobrancelha. Esta é a mensagem que convocou a Nova para a própria morte.

— O que diz antes disso? — pergunta ela.

Vou subindo a conversa.

— Parece que eles estavam discutindo sobre alguma coisa.

— Pelo jeito, o tal Mô queria que a Nova fizesse algo que ela não queria fazer.

— Olha essa mensagem de três dias antes de ela morrer: *"Quanto vai custar?"* — Baixo o telefone. — Ele só pode estar falando do aborto.

Tinsley pressiona o dedo indicador no botão que exibe informações adicionais de contato do Mô. Nós duas franzimos a testa para o número do telefone. É o mesmo DDD daqui, mas não o reconheço.

— Não acredito nisso — murmuro, rolando mais a tela.

— Você reconhece o número?

— Não. Não consigo aceitar que ela estava tendo todo um relacionamento pelas minhas costas. Essas mensagens começaram tem meses.

— E ela nunca mencionou sequer que gostava de alguém? Nego com a cabeça.

— Espera! Está fazendo o quê? — grita ela ao ver meu dedo pairando sobre o botão de chamada no perfil de contato do Mô.

— Vamos ligar e ver quem é ele, ora — digo, dando de ombros.

A Tinsley se levanta para pegar o próprio celular na mesa de cabeceira.

— Ideia certa, execução errada. Duvido muito que a pessoa vá atender a ligação de uma garota morta.

Ela disca o número e ativa o viva-voz. Chama quatro vezes antes que alguém atenda.

— Coé.

A voz soa familiar, mas não consigo identificá-la de imediato.

— Alô. Quem é? — pergunta Tinsley.

— Jax. Quem tá falando?

Meu coração vai parar na boca.

— Jax? Tipo, Jaxson Pafford? — sonda Tinsley, olhando para mim com os olhos arregalados.

— Aham. Coé?

— Desculpa, número errado — responde ela, e rapidamente encerra a ligação.

O quarto fica tão silencioso que posso ouvir um aspirador no andar de baixo. Estou respirando com dificuldade, cerrando o punho. Jaxson Pafford, o Boy Lixo, matou a Nova?

— A Nova estava grávida do Jax? — indaga Tinsley.

Você ficaria com um cara branco?

— Era *dele* que ela estava falando? — pondero com a voz esganiçada.

CAPÍTULO VINTE
TINSLEY

20 DE OUTUBRO
7h05

COMBINAMOS DE CONFRONTAR Jaxson juntas antes do primeiro período. O objetivo: fazê-lo confessar e depois ir até o pai da Duchess compartilhar tudo que descobrimos ontem. Achamos que temos mais que o suficiente (contando as mensagens de texto e a gravidez da Nova) para persuadir Jax a admitir que a matou.

Dá para entender por que Jax manteve o relacionamento deles em segredo. Todo mundo sabe que os pais dele são conservadores de direita supremacistas e armamentistas. Ele passou muito tempo tentando se distanciar deles e de suas visões preconceituosas depois que surgiram fotos dos dois em uma manifestação pela supremacia branca. O Jax declara apoio ao movimento Vidas Negras Importam com frequência e lembra a todos quantos amigos negros ele tem. Na real, acho que as pessoas só o toleram por causa do talento dele no futebol americano.

O fato de namorarem em segredo é provavelmente o motivo pelo qual ele estava pressionando a Nova a abortar o bebê. A Duchess acha que a Nova não queria o aborto, e eles começaram a discutir sobre isso. Uma discussão que levou à morte dela.

Não faça isso! Ou vou fazer você se arrepender!

O que não entendo é por que ele escreveu aquele bilhete que a polícia encontrou. Ainda não mencionei isso a Duchess, porque sei que ela vai pensar que *eu* que escrevi para assustar a Nova e fazê-la desistir da eleição de rainha do baile. Nem importaria que a letra não seja nada parecida com a minha. Não quero correr o risco de que ela duvide da minha inocência. Ela é a única pessoa, fora da minha família, que tenho ao meu lado agora.

A polícia deve saber que não fui eu que escrevi. Eles estão com os meus cadernos, e a caligrafia não condiz com o jeito que escrevo. Por isso não me prenderam. Mas por que o Jax fez a ameaça? Essa é a única peça que ainda não se encaixa.

Olho para o celular para confirmar o que já sei: a Duchess está atrasada. Ela deveria me encontrar no estacionamento dos alunos às 6h55. Cheguei aqui dez minutos antes e estou parada em pé perto do portão do campus, como a excluída patética que me tornei. Provar minha inocência é a única razão pela qual continuo vindo aqui. Ontem passei o dia inteiro dando uma espiada na caligrafia do máximo de colegas que pude. Nenhuma combinava. Vai ver que a pessoa que estou procurando não cursa matérias do currículo escolar avançado. Se estivermos erradas e não for o Jax, talvez eu seja obrigada a mostrar à Duchess a foto do bilhete.

Mas não vou pensar assim. É ele. Tem que ser. Não vejo a hora de esse pesadelo acabar.

O sinal do primeiro período vai tocar em dez minutos. Atravesso a cerca em direção ao Edifício A. Não preciso dela mesmo.

Encontro Jaxson exatamente onde eu esperava que ele estivesse, mexendo no armário. Ele está com a camiseta do futebol e as chuteiras que ele e os outros jogadores titulares usam. O time de futebol e as líderes de torcida sempre usam os uniformes para ir à escola no Dia do Espírito Escolar da semana do baile de volta às aulas. Eu usaria o meu se estivesse participando do evento pré-jogo hoje à tarde. Não estou, por motivos óbvios.

— Jaxson Pafford, justamente quem eu estava procurando.

Inclino a cabeça para trás enquanto me aproximo dele. Estou sentindo algo que não sentia desde que acordei cinco dias atrás com a notícia de que a Nova foi assassinada. Pareço um pouco eu mesma novamente. A versão de mim que andava por esses corredores como se fosse a dona do pedaço.

A cabeça do Jaxson sai de trás da porta do armário. Ele franze a sobrancelha loira. Está com olheiras. Sei bem por que não tem dormido direito.

— Tinsley, não estou nem um pouco a fim de conversar agora — diz ele, enfiando a mão no armário para pegar um livro.

— Ah, mas estou aqui pra dar meus pêsames — digo com um sorriso aberto. — Você sabe, levando em conta quanto a Nova significava pra você... ou melhor: quanto ela achava que significava.

Ele pigarreia.

— Hã?

Este menino precisa melhorar a cara de paisagem. Mal consegue me olhar nos olhos agora. Respiro fundo, satisfeita. *Peguei ele!*

— Eu sei que você é um galinha, mas por favor não me diga que já se esqueceu dela. Ela não foi nem enterrada ainda. E era a mãe do seu filho, pelo amor de Deus.

Ele arregala os olhos castanhos e enrijece os ombros.

Jaxson fecha o armário, lançando um olhar nervoso para trás enquanto coloca a mochila no ombro.

— Você tem cheirado demais aquele perfume caro que usa — responde ele com uma risada nervosa. — Sempre imaginando umas paradas absurdas.

— Há quanto tempo vocês estavam namorando escondido? — pressiono.

— Namorando? Você está inventando merda porque todo mundo te odeia agora? — questiona ele, enfiando as mãos nos bolsos da frente da calça jeans. — Eu estava tentando transar? Estava. Mas isso não é namorar. Se fosse, eu também estava namorando você.

Sua arrogância habitual está de volta, mas dá para ver que é uma fachada. Ele deve estar se cagando de medo. É óbvio que está tentando desviar o assunto. Não sabe que tenho provas para corroborar o que falei. Mas está prestes a descobrir.

— É assim que você vai agir? Mentindo bem na minha cara?

— Não tenho tempo pra isso. Vou me atrasar pra aula.

— Tenho provas de que você queria que a Nova fizesse um aborto — despejo nele quando se vira para sair.

Algumas garotas próximas se viram na nossa direção. Jaxson as lança um sorriso tenso.

Ele dá dois passos à frente para diminuir a distância entre nós.

— Que porra de joguinho é esse, garota?

Cutuco seu peito duro como pedra com o indicador.

— Você deveria saber que eu *nunca* invento coisas. Sei que você e a Nova estavam namorando tinha uns meses. Assim como sei que você a engravidou e quis que ela fizesse um aborto, o que ela não fez, então você a matou.

— Quê?

— Você pediu à Nova que te encontrasse no depósito na noite da coroação.

Jaxson trava a mandíbula. Agora ele definitivamente sabe que não estou mentindo. Aposto que está se perguntando como sei de tudo isso. Ele segura a alça da mochila com tanta força que os nós dos dedos estão pálidos. Cruzo os braços com um sorriso demorado. O que ele vai dizer para sair *desta*?

O toque atroante do sinal do primeiro período ecoa pelo prédio. É imediatamente seguido pelo ruído do sistema de intercomunicação. Jaxson e eu continuamos nos encarando em silêncio enquanto a voz da diretora Barnett ressoa pelos corredores.

— Bom dia, alunos. Por causa de uma emergência, todas as aulas e atividades extracurriculares foram canceladas hoje.

Jaxson e eu desviamos o olhar um do outro quando os poucos alunos restantes no corredor começam a aplaudir e comemorar, abafando momentaneamente a voz da diretora.

— ... e aqueles que pegam ônibus devem aguardar na sala do primeiro período até redirecionarmos todos os ônibus de volta para a escola — informa ela depois que alguns professores chamaram a atenção dos alunos para que fizessem silêncio.

— Enviaremos uma mensagem de texto aos pais para avisá-los que podem buscar os alunos que voltariam de carro. Tomaremos uma decisão quanto ao resto da semana até o meio-dia de hoje.

Eu me viro para Jaxson, que parece tão confuso quanto eu.

— E Tinsley McArthur, por favor, compareça à minha sala... *agora*.

Todos estão olhando para mim. Todos, exceto Jaxson, que já está bem adiante no corredor quando me viro.

* * *

A diretora Barnett está esperando por mim na porta de sua sala. Ela pressiona os lábios com tanta força que eles quase desapareceram. Quando se afasta para que eu possa entrar, vejo a Duchess sentada em uma das cadeiras em frente à mesa.

— Onde é que você estava? — pergunto. — Tentei esperar...

O resto da frase fica preso na minha garganta quando vejo que o superintendente Barrow e o pai da Duchess também estão aqui. Ambos os homens estão de pé na lateral do escritório, seus rostos retorcidos na mesma carranca rígida da diretora.

— O que está acontecendo? — pergunto à Duchess.

Ela não olha para mim. Simplesmente fica sentada olhando adiante pela janela que dá para o pátio da escola.

— Tinsley, sente-se. — A diretora Barnett fecha a porta. Eu me sento. Depois de se acomodar atrás da mesa, ela continua: — A polícia está aqui para falar com você.

O superintendente Barrow aparece à minha esquerda.

— Onde está o celular?

Ele estende a mão, com a palma para cima. A princípio fico sem reação, então começo a balançar a cabeça assim que me dou conta do motivo para a Duchess estar sendo tão fria.

— Sua cobra — sibilo para ela. — Minha mãe me avisou pra não confiar em você.

Ela segue sem olhar para mim.

— O que aconteceu com o nosso combinado? — indago.

Duchess gira na cadeira, estreitando os olhos para mim.

— Como posso confiar em você quando sei que mentiu pra mim?

Menti para ela?

— Sobre o quê?

— Sobre o porquê de ter voltado à sala do meu pai ontem, pra começar.

Eu me mexo no assento, focando o olhar ao redor da sala para evitar todos os olhares que sinto sobre mim.

— Por que você voltou, de verdade? Porque eu sei que não foi só pra pegar sua bolsa — declara Duchess.

O capitão Simmons se aproxima da cadeira da Duchess.

— Falei pra minha mãe que ela estava errada — digo. — Que você não estava me sacaneando, mas é isso mesmo que está acontecendo, não é? Você não estava tentando me ajudar a descobrir quem matou a Nova. Estava ajudando os dois a armar pra cima de mim.

O capitão Simmons coloca a mão no ombro da Duchess, e ela fecha a boca. Então solta o ar devagar e volta a olhar pela janela.

— Bem, agora a verdade foi revelada, e fico feliz com isso — afirma o pai dela. — Não podemos arriscar que a cena do crime fique ainda mais contaminada do que já está.

— Que verdade? — pergunto, confusa. Então eu me viro para a Duchess novamente. — Você contou *tudo* a eles?

— Contou — confirma a diretora Barnett. — É por isso que estamos fechando o campus hoje... e provavelmente amanhã também. A polícia precisa analisar o local do crime.

— Por que você voltou à sala do capitão Simmons? — pergunta o superintendente Barrow.

— Não importa. — Eu me curvo, enfiando a mão na bolsa para pegar o celular da Nova. — E suponho que vocês irão prender o Jaxson.

— Você só ficou sabendo que a Nova foi ao depósito depois de ver aquela mensagem de texto? — continua o superintendente Barrow, pegando o celular da minha mão.

Eu me encolho na cadeira, com as sobrancelhas franzidas.

— Que tipo de pergunta é essa?

— Jaxson Pafford é bastante popular aqui. Assim como você. — O superintendente se senta na quina da mesa da diretora. — Presumo que vocês dois frequentassem os mesmos círculos sociais.

— Não. Não mesmo. E o que isso tem a ver com ele ter matado a Nova?

A diretora Barnett quase se engasga.

— O Jaxson? Não! Ele não poderia... Ele não faria...

— Ele fez — interrompo.

— Como pode ter tanta certeza disso? — questiona o superintendente.

Eu me viro para a Duchess.

— Achei que você tivesse contado tudo.

— Ele está insinuando que você e o Jaxson podiam estar mancomunados — responde ela, seca.

— Vocês só podem estar de sacanagem!

O olhar do superintendente Barrow se desloca para o pai da Duchess, que está segurando uma folha de papel couché branco em uma das mãos. Ele estica o braço para entregá-la ao chefe. O superintendente vira a folha e a analisa brevemente antes de estendê-la para que eu possa ver que é uma imagem granulada de uma garota dirigindo o que parece ser um carro de cor chamativa.

Só quando me aproximo e forço a vista é que entendo por que ele a está mostrando para mim. Sinto calafrios. Eu sou a garota da foto. E não preciso que digam quando foi tirada. Estou usando a camisa de botão do Nathan. A que ele me deixou vestir enquanto estávamos na praia naquela noite.

— Essa imagem foi capturada pela câmera de segurança de uma loja perto do campus — explica o superintendente Barrow. — Dentro do intervalo de tempo em que a Nova foi vista pela última vez no jantar de coroação.

— Por que você estava do lado de cá da cidade? — pergunta o capitão Simmons. — Você nos contou que dirigiu bêbada da praia direto para casa naquela noite. Sua casa não fica perto daqui.

— Não é totalmente fora de mão pegar a rota 715 pra eu ir pra casa — argumento. — Pelo estado em que eu estava, provavelmente passei por aqui por hábito, considerando que faço isso todo dia.

— Então você não estava vindo aqui para se encontrar com Jaxson Pafford naquela noite? — indaga o superintendente.

Meu coração quase sai pela boca. Ele está usando tudo contra mim. Maldita tecnologia e maldita vodca.

— Você não larga o osso — digo a ele. — O Jax matou a Nova. Ele a engravidou, e ela não quis abortar! Isso não tem nada a ver comigo.

— Considerando que sabia disso, então alguém poderia argumentar que você usou o segredo para fazer o Jaxson matar a garota que conseguiu algo que você queria — retruca o superintendente.

A expressão pensativa da diretora Barnett faz algo dentro de mim explodir.

Giro na cadeira para encarar a Duchess.

— Não entendo por que você faria isso comigo! Ainda me odeia tanto assim?

— Se enxerga — diz ela em tom comedido. — Eu nem penso em você.

— Tinsley, estamos tentando entender o que aconteceu naquela noite — diz o capitão Simmons.

Depois de respirar fundo, eu me recosto na cadeira com calma e cruzo as pernas.

— Eu sou menor de idade. Vocês não podem falar comigo sem a presença dos meus pais ou de um advogado. — Inclino a cabeça na direção do superintendente Barrow. — Estamos entendidos?

* * *

— Você está bem? — Rachel faz a pergunta da outra extremidade do sofá da sala logo depois que ouvimos a porta da frente se fechar.

Eu me inclino para a mesa de centro e pego o controle remoto da TV.

— Tive que passar a última hora e meia discutindo minha estratégia jurídica pro caso de ser presa por um assassinato que não cometi. Como acha que eu me sinto, Rach?

— Mas o senhor Hubbard disse que o juiz não vai assinar um mandado de prisão até que a polícia apresente provas concretas de que você esteve envolvida no assassinato da Nova. Isso já é... alguma coisa.

O sr. Hubbard é o advogado que eu não sabia que meu pai tinha deixado de sobreaviso desde sábado. Tomei conhecimento da existência dele quando minha mãe invadiu a sala da diretora hoje de manhã e disse a todo mundo que eu não responderia a mais nenhuma pergunta sem a presença do meu advogado. Fiquei trancada no meu quarto depois que cheguei em casa. Meus pais me obrigaram a descer quando o sr. Hubbard chegou. A Rachel apareceu com ele. Ela esteve aqui quase todas as noites esta semana, às vezes permanecendo até tarde da noite. Estou muito preocupada com meus próprios problemas para questioná-la sobre isso.

— Espero que ele não tenha cobrado o papai pela hora, porque toda aquela conversa foi inútil. — Aponto o controle remoto para a TV a fim de ligá-la. — A polícia não *acha* que eu sou a assassina, eles *querem* que eu seja. O superintendente está fazendo de tudo pra fomentar essa narrativa.

— Ah, aumenta o volume! — grita Rachel, apontando para a TV. — As manifestações viraram notícia no país todo.

Na tela, um jornalista está de pé em uma rua que parece uma zona de guerra. Ontem à noite, em Jackson, os protestos exigindo a libertação de Curtis Delmont se intensificaram, e as pessoas começaram a vandalizar estabelecimentos comerciais e lançar bombas incendiárias contra a polícia, que efetuou mais de uma dezena de prisões. A filmagem mostra policiais com equipamento de choque em conflito com manifestantes aos berros. Parece que o advogado de Curtis Delmont obteve declarações de várias pessoas dizendo que Monica Holt estava tendo um caso com um homem chamado Thomas Edgemont. Elas afirmam que Thomas tinha um temperamento violento. Tudo explodiu ontem quando a informação veio a público; a polícia de Jackson ainda não interrogou o tal Thomas.

— Sabe o que é triste? — comento. — Duvido muito que alguém vá fazer tumulto nas ruas assim por minha causa se eu for presa.

Rachel finalmente desvia o olhar da TV. Ela inclina a cabeça para mim, apertando os lábios.

— Tins, para com isso. Você sabe que a mamãe e o papai não vão deixar isso acontecer.

— Nossos pais são parte do motivo pelo qual isso *vai* acontecer.

— Parece que o Fred estava falando sério quando disse que iam ficar de olho em você — diz minha mãe, reaparecendo na sala com meu pai dois passos atrás dela. — Tem um policial acampado lá fora. Talvez isso a impeça de brincar de detetive com a filha daquele homem. Eu te avisei pra não confiar nela...

— Mamãe, não começa.

Ela não fala outra coisa desde que saímos da escola. E tinha razão: a Duchess *não* era confiável. Mas, se está esperando que eu admita isso em voz alta, é melhor esperar sentada. Eu me recuso a lhe dar esse prazer.

— Sua mãe tem razão... pra variar um pouco — concorda meu pai. Rachel chega para o lado para que ele possa se sentar no espaço vago. — Você ouviu o senhor Hubbard. Não pode dar a eles nenhum motivo pra acreditarem que você está tentando sabotar a investigação policial.

Agora *ele* está do lado *dela*. Tem como este dia ficar pior?

— Não é isso que...

— Você ouviu seu pai — interrompe minha mãe. — Isso acaba hoje. Não quero você perto de nada disso, muito menos da filha do capitão Simmons.

Uma imagem da Lovett High aparece na TV, e endireito a postura. Em algum momento enquanto meus pais uniam forças de maneira irritante (e atípica) para me aconselhar, o noticiário passou para as notícias locais. Aumento o volume.

— *... a polícia não nos deu uma declaração oficial sobre o motivo de os alunos terem sido dispensados para casa hoje* — diz Judy Sanchez enquanto várias imagens da escola aparecem na tela. — *Mas fontes confiáveis me informaram que manchas de sangue foram descobertas em algum lugar do campus e que a polícia fechou a escola para examinar o local. Eles acreditam que o sangue possa ser de Nova Albright, cujo assassinato cometido na sexta-feira segue sob investigação.*

A tela volta a mostrar Judy, que está parada na frente do nosso campus vazio para sua transmissão ao vivo.

— *A polícia confirmou que está interrogando um novo suspeito do assassinato da garota: o principal quarterback da escola, Jaxson Pafford, que teria conspirado com Tinsley McArthur para assassinar a vítima. Tinsley é a aluna do vídeo vinculado a esta investigação de assassinato que viralizou na internet.*

— Isso é ridículo! — exclama minha mãe, e chio pedindo silêncio.

— *As manchas de sangue podem ser a primeira indicação de que Nova foi assassinada em algum lugar do campus da Lovett High, pouco depois de ser coroada rainha do baile de volta às aulas. Falando nisso, os funcionários da escola não deram nenhuma indicação de que o jogo de amanhã à noite será cancelado em função dos últimos acontecimentos. Mas o baile que aconteceria no ginásio após o jogo talvez seja adiado, e muitos pais partilharam conosco suas frustrações a respeito.*

O segmento muda para uma entrevista gravada com alguns dos pais insensíveis que a repórter mencionou, e desligo a TV.

— Ela nem mencionou a gravidez da Nova, nem que a Nova e o Jax estavam namorando — digo.

— A Nova estava grávida? — pergunta meu pai.

Assinto com a cabeça.

— Do Jax.

— Como você sabe? — indaga minha mãe, e lança um olhar ansioso para o meu pai do outro lado da sala.

— Eu estava brincando de detetive.

— A Tins está praticamente sendo crucificada pela mídia — esbraveja Rachel. — A polícia está distorcendo os fatos e dando à imprensa qualquer coisa que ponha a inocência dela em dúvida. Mais ou menos como fazem sempre que um policial branco atira em um homem negro desarmado.

Para mim já deu. Eu me levanto e saio da sala.

* * *

Eu era uma daquelas pessoas que, depois de ver notícias envolvendo policiais brancos atirando em homens negros desarmados, pensava, e às vezes verbalizava para os outros, que a polícia devia ter tido alguma justificativa para reagir com o uso da força. Meus sentimentos em relação às vítimas eram em parte alimentados pelos históricos criminais, pelas fotos nada lisonjeiras e pelos antecedentes socioeconômicos que a mídia apresentava. Nunca cogitei que as forças de segurança pudessem estar moldando uma narrativa para justificar as ações dos policiais. Mas esses últimos dias me mostraram em primeira mão como a polícia pode ser manipuladora e tendenciosa quando quer que algo pareça verdade.

Estou sentada à escrivaninha quando ouço leves batidas na porta do meu quarto. Sei que é a minha mãe: ouvi seus saltos na escada alguns segundos atrás. Não estou a fim de ouvir o que quer que ela queira me dizer, então continuo lendo o artigo sobre viés implícito que pesquisei na internet depois que saí da sala. Tenho alternado entre ele e a página da Fox 6 News, frustrada por não haver uma notícia de última hora anunciando que o Jaxson foi acusado pelo assassinato da Nova.

Meu celular apita. Enquanto o pego, a porta do meu quarto se abre atrás de mim. Toco na tela para abrir a mensagem de "Desconhecido" e meu coração vai parar na boca. É uma foto minha dirigindo para casa depois da nossa saída antecipada da escola hoje. E diz: *Melhor tomar cuidado!*

De imediato ponho o telefone com a tela virada para baixo na escrivaninha.

— Tinsley? — diz minha mãe.

— O quê? — respondo, seca, tentando estabilizar a respiração.

— Você saiu furiosa da sala agora há pouco. Está se sentindo bem?

— Por que todo mundo fica me perguntando isso?

Como posso estar bem? As pessoas estão ameaçando fazer sabe-se lá o que comigo por causa do que aconteceu com a Nova.

— Querida, você sabe que o seu pai e eu *jamais* deixaremos que prendam você. *Jamais*.

Espero alguns segundos antes de me virar na cadeira. Ela está enfiando a cabeça pela pequena fresta da porta.

— A gente pode não falar disso agora? — imploro.

— Está bem. Então eu tenho algo que pode distrair um pouco a sua cabeça. — Ela abre mais a porta e entra, revelando que está segurando um envelope de papel pardo grande na outra mão. — A treinadora Latham passou aqui alguns minutos depois que o noticiário acabou para deixar isto.

Não me lembro de ter ouvido a campainha.

— Ela disse que estas são todas as sugestões de arrecadação de fundos que a equipe apresentou ontem. — Minha mãe atravessa o quarto para me entregar o envelope. — Tecnicamente você ainda é a capitã.

Jogo o envelope na escrivaninha com desdém.

— É, mas por quanto tempo?

Do jeito que minha vida está caminhando, não vai durar muito. Portanto, não preciso me preocupar em coordenar nossas arrecadações de fundos neste semestre.

— Acho importante você honrar suas obrigações em meio a tudo isso — sugere minha mãe. — Assim que tivermos superado essa questão, você poderá continuar de onde parou como se nada tivesse acontecido.

Eu me viro na cadeira.

— Só que aconteceu, mamãe, *comigo*, não com você.

Demora alguns segundos para que eu ouça a porta se fechar atrás de mim. Minha mãe deve ter se demorado na soleira, procurando por palavras que pudessem aliviar minha ansiedade, e decidiu ir embora quando percebeu que não havia nenhuma.

Atualizo o feed do Instagram e aparece uma postagem da Duchess. A legenda é: "Meu coração e minha provação." Presumo que o coração e a provação a que ela esteja se referindo sejam a garota com o cabelo loiro raspado que está inclinada na direção da câmera exibindo um dos sorrisos mais contagiantes que já vi. A Duchess está com o braço em volta do ombro da garota e a beija na bochecha. Elas estão sentadas em uma mesa de lanchonete. O chão preto e branco me diz exatamente onde estão.

Quanto mais olho para a foto, mais apertado meu peito fica. A Duchess e eu conversamos mais nos últimos dois dias do que em um bom tempo. Talvez seja por isso que a traição dela me afete com mais intensidade do que a da Lana e da Giselle.

Fecho o notebook, pego uma jaqueta jeans nas costas da cadeira e saio do quarto. Preciso entender por que ela fez o que fez.

CAPÍTULO VINTE E UM
DUCHESS

20 DE OUTUBRO
19h43

O CHEESEBURGER QUE acabei de comer me desceu muito mal. Verifico o aplicativo da Fox 6 News no celular novamente: ainda não há alerta de notícias de última hora anunciando as prisões do Jax ou da Tinsley. A maneira abrupta como tudo se desenrolou nas últimas 24 horas está fazendo meu peito doer, esmagando minhas entranhas. O atrito entre mim e o papai está pior agora que ele sabe que o desafiei e continuei investigando o assassinato da Nova com a Tinsley, que provavelmente me colocou em primeiro lugar no seu livro do arraso por achar que a traí.

E foi o que fiz, de certa forma, considerando que não falei com ela ontem à noite nem hoje de manhã para avisá-la que meu pai e o superintendente iam emboscá-la para pegar o celular da Nova. Eu me convenci a não a alertar depois que o papai me mostrou a imagem da câmera de segurança que mostrava Tinsley dirigindo perto da escola na noite do assassinato da Nova, me fazendo duvidar da minha intuição sobre a inocência dela ao tecer teorias sobre como ela poderia estar envolvida *junto* com o Jax.

Um milk-shake de chocolate de repente é colocado na minha frente, interrompendo meu fluxo de pensamento. A Ev está de pé perto da mesa que reservei na Jitterbug's quando olho para cima, com um sorriso de desculpas iluminando seu lindo rosto.

— Uma oferta de paz — diz ela, olhando para o milk-shake.
— Você não pode ficar com raiva de mim pra sempre.

— Quer apostar? — retruco, arrancando-lhe da mão o canudo que ela tirou do avental preto amarrado na cintura. Depois de rasgar o papel da embalagem e enfiar o canudo no líquido grosso, digo: — Ev, você piorou muito as coisas entre mim e o papai.

Ontem à noite, depois que voltei da casa da Tinsley, a Ev apareceu, me dando sermão. "Tinsley é culpada": é só nisso que minha namorada quer acreditar. Contei a ela o que descobrimos na escola, pensando que isso poderia convencê-la a ver as coisas da mesma forma que eu. Dois minutos depois, enquanto eu preparava um sanduíche na cozinha, ela entrou no escritório do papai e contou sobre o celular da Nova e a descoberta da mancha de sangue no depósito. Nem cheguei a comer o sanduíche. Perdi o apetite quando o papai começou a gritar.

— Eu poderia dizer que me arrependo muito, mas não me arrependo. — Ev se senta do outro lado do banco, atirando o pano úmido que acabou de usar para limpar uma mesa.

— Não quero você perto daquela garota. A foto que tiraram prova que ela está mentindo.

— Não necessariamente — contesto. — Não acho que o papai e o superintendente perguntaram especificamente a ela que caminho fez pra voltar pra casa quando a interrogaram pela primeira vez.

Ev estala a língua, impaciente.

— Você não acabou de defender aquela mina, não mesmo.

— Ev...

— Ev o quê? — repete ela, com a voz embargada de irritação. — Eu não quero saber o que a sua intuição está dizendo. Está errada. Todo mundo sabe que a garota é culpada. E eu não ia deixar que se safasse só porque te enrolou pra que confiasse nela de novo...

— Espera aí — interrompo. — Quem disse...

— Ela pode ter entrado no campus ontem à noite pra sumir com provas ou apagar coisas do celular da Nova — continua Ev, me atropelando. — Você não tem nada pra me contar ou mostrar que elimine a possibilidade de ela estar mancomunada com o Jax. E o fato de ela *afirmar* que não se lembra de dirigir pela escola porque estava bêbada? Que conveniente!

Afundo no banco. Ev tem razão. Mas, no fundo, me pergunto se minha disposição para acreditar que o que a Ev está dizendo pode ser verdade vem do medo da humilhação de estar sendo feita de boba por nem sequer cogitar essa possibilidade. Justiça pela Nova. Justiça. Pela. Nova.

— Sabe o que eu não entendo? — Ev inclina a cabeça. — Você mesma descrevia essa garota como traidora e manipuladora, e do nada são amiguinhas de novo?

— Não somos "amiguinhas". Eu pensei...

— Pensou errado, admite — interrompe ela, jogando as mãos para o alto. — Sua namorada linda e inteligente estava certa.

Apesar de estar muito irritada por ela ficar me cortando, dou risada. Essa garota... Adoro como fica toda enérgica e entusiasmada. É a única pessoa que consegue me fazer rir mesmo quando estou brava com ela. Decido deixar de lado a irritação que sinto em relação ao que ela fez. Não quero brigar com ela também. A Ev tem sido minha única âncora desde que minha vida saiu do controle. Mesmo que eu tentasse contar para ela como a Tinsley é um produto de seu meio, que é uma bolha de preconceito e arrogância moldada pela sra. McArthur, a explicação não ajudaria em nada.

No final das contas, não devo nada à Tinsley. Não somos amigas. Quem se importa se ela está chateada? Tenho muitos motivos para sentir raiva dela, independentemente de ela estar ou não envolvida no assassinato da Nova. Mas nada disso elimina a culpa que me aperta o peito.

— Alguma notícia? — pergunta Ev, apontando para meu celular.

Franzo a testa, sem entender de cara o que ela está perguntando.

— Sobre o Jax ou ela — explica.

— Ah, não — respondo, balançando a cabeça.

— Se eu soubesse que ele poderia estar metido nisso tudo, teria contado antes ao seu pai o lance que vi dele com a Nova.

Evelyn não só me dedurou para o papai ontem à noite, como também lançou uma nova luz sobre esse rolo entre o Jax e minha amiga.

Ajeito a postura no banco.

— Então o Jax esteve aqui com a Nova alguns dias antes da coroação, e você não achou que isso era importante o suficiente pra contar antes?

Eu quis questionar a Ev ontem à noite depois que ela mencionou isso para o papai, mas os gritos dele por eu não ter contado antes sobre o celular da Nova e o sangue no depósito me impediram. Ele só não me deixou de castigo porque deve estar preocupado com a maneira como estou lidando com a morte da Nova.

— Não me pareceu estranho — responde Ev. — O Jax está sempre aqui com os amigos dando em cima das garotas, então imaginei que ele estivesse fazendo o mesmo com ela. Não pensei em mencionar porque realmente achei que não significasse nada. Não consegui ouvir sobre o que ele e a Nova estavam conversando naquele dia, mas ficou nítido que estavam tendo uma discussão. Por um instante ela pareceu a ponto de chorar.

— Deviam estar discutindo sobre a gravidez.

— Achei que ele tivesse dito algo desrespeitoso que a irritou. — Ela faz uma pausa, um pensamento muda a sua expressão. — *Na verdade,* ouvi ele dizer que não ia deixá-la arruinar a vida dele.

Eu me inclino para a frente, atordoada com esse novo detalhe.

— Você não contou isso ao papai ontem à noite.

— Acabei de me lembrar — diz ela baixinho.

Então só pode ser ele! Aquele embuste não queria que a Nova arruinasse sua vida com um bebê que *ele* ajudou a fazer, então a matou? De repente o lugar fica dez graus mais quente. Mordo o canudo do milk-shake, sugando o líquido com a testa franzida. Ev olha por cima do meu ombro, acenando com a cabeça e sorrindo para os clientes sentados em uma das mesas que ela está atendendo.

— Ei, amor, deixa eu fechar essas últimas mesas, e aí a gente cai fora — diz ela, jogando o pano sobre o ombro enquanto desliza para fora do banco.

Assinto para ela, sem prestar muita atenção. Minha mente está fervilhando com imagens do Jax machucando a Nova.

Esta é a primeira vez que venho à Jitterbug's desde o assassinato dela. Antes disso, eu aparecia aqui quase todo dia, fazendo hora enquanto ela e Evelyn trabalhavam. O clima estava muito diferente quando entrei esta noite. O lugar agora é outro lembrete de mais uma coisa que nunca mais compartilharei com a Nova. Uma foto emoldurada dela com o uniforme da hamburgueria está no balcão do caixa na entrada, com uma pequena coroa de flores pendurada na ponta. É a maneira de a equipe homenagear a garota que os clientes sempre elogiavam pela personalidade descontraída e o ótimo atendimento.

Enquanto olho ao redor da lanchonete com tema retrô, minha atenção é atraída para uma família de quatro pessoas sentadas a duas mesas da minha. As duas crianças pequenas estão empolgadas, colorindo o verso dos cardápios infantis. Pego seus pais olhando desconfiados para mim, e eles rapidamente se escondem atrás dos próprios cardápios. Mudo de posição no banco, inclinando o corpo para longe deles. Tenho certeza de que frequentam nossa igreja, o que significa que sabem quem é meu pai. E, nesse caso, posso acrescentar seus olhares minuciosos à coleção de encaradas decepcionadas que recebi a semana toda de pessoas negras que colocaram a resolução do assassinato da Nova diretamente nos ombros do papai. Ser vista com a Tinsley também não pegou nada bem.

— Tudo o que você disse foi mentira?

Tinsley se senta do outro lado da minha mesa. Chego para trás com o susto. Há veias saltando no seu pescoço fino enquanto ela me encara.

— Toda aquela história sobre o seu pai ser discriminado no departamento por conta da raça... Você me contou aquilo pra ganhar minha confiança? — indaga ela. — O fato de você acreditar na minha inocência... também era mentira?

Acho um pouco de graça do ressentimento delineando as linhas firmes de seu rosto de porcelana. Escondo isso apertando os lábios. Beleza, o que fiz foi meio escroto. Mas ela já fez coisa *muito* pior com as pessoas, e não vou deixar que me torne a vilã da história.

— Isso importa? — retruco.

— Você acha mesmo que eu sou culpada?

Ignoro o desespero em sua voz e, em vez disso, cedo à frustração que precisei conter desde que apareci na casa dela procurando fazer justiça pela Nova.

— Por que se importa com o que eu acho? — Apoio as mãos na mesa. — Você pode dizer o que quiser, fazer o que quiser e nunca vai arcar com as consequências! Como se tivesse carta *branca*, né?

— Duchess, eu juro por tudo que é mais sagrado. — Ela levanta a mão direita no ar. — Eu não matei a Nova.

— A questão vai muito além disso! É sobre você abrir a sua boca pra dizer o que disse naquele vídeo. Zombando da vida dela. Por tentar *diminuí-la*, lembrando-a do que ela não tinha naquele dia na aula do professor Haywood.

— Não foi a intenção. Só estava...

— Usando as ferramentas de lei pra magoá-la ao demonizar quem ela era, o caráter dela. É isso que vocês fazem. Nos lembram com toda a arrogância do que a gente é, sempre que acham que estamos recebendo algo que não merecemos. E, mesmo que não fosse a sua intenção que isso soasse racista, soou, porque veio de *você*. Uma garota branca mais do que privilegiada que nunca teve que pensar a respeito ou ser excluída de qualquer coisa por causa da cor da pele... isso até você não poder ser a rainha do baile por causa disso.

Ela pega um guardanapo e começa a rasgar as bordas em nervosismo para evitar a verdade no meu olhar intenso.

— Achei que você estivesse empenhada em me ajudar a descobrir o que aconteceu com a sua melhor amiga — choraminga ela.

Isso me faz rir.

— Sabe o que é engraçado? Você vir aqui com essa cara de sebosa, fazendo a linha magoadinha por causa de algo que eu fiz e que você fez sabe Deus quantas vezes com as pessoas. Você vive de usar as pessoas, manipulá-las. Fazer joguinhos com elas. E agora está brava? Garota, por favor. Se não sabe brincar, não desce pro play.

— Isso é sério — diz ela com uma expressão sofrida. — É a minha vida que está em risco.

Algo dentro de mim explode. Por que toda vez que uma pessoa branca é repreendida por nos tratar mal inverte as coisas, *nos* acusando de arruinar a vida *dela* por termos a coragem de não ficar caladinhos aceitando tudo? Graças a Deus não defendi essa menina para a Ev.

— Ah, não. Você não tem o direito de bancar a vítima, não agora — retruco. — Não depois das coisas que a sua família fez pra subjugar as pessoas negras nesta cidade. A sua tentativa de roubar a eleição de rainha se encaixa perfeitamente nisso.

Ela deixa a cabeça cair para trás e franze a sobrancelha.

— Não entendo do que você está falando.

— Óbvio que não!

Mesmo que ela não tenha matado a Nova, o que ela disse obviamente inspirou outra pessoa a fazer isso. É isso que me irrita tanto nessa garota. Ela age como se não percebesse o poder que tem.

— Duchess, eu não sabia que a minha mãe ia fazer o que fez quando contei que você me beijou — diz ela, baixando a voz. — Isso também faz parte do seu ressentimento contra mim?

Ora, ora: desviando do assunto! Ela e a Nova devem seguir a mesma cartilha. Não quer falar sobre uma coisa? Basta apresentar outra que não tenha nada a ver com ela.

— Vai muito além disso. Você desejou a morte de uma garota, da *minha melhor amiga*, que significava algo importante pra nós. Quando estávamos enfim tendo representatividade na escola. Temos sido sistematicamente excluídos de coisas que você e seus amigos nunca valorizaram.

— Esse tempo todo, isso aqui que rolou foi o quê? — pergunta ela, gesticulando entre mim e ela. — Você conferindo que eu não estava encobrindo alguma coisa? Ou foi algum tipo de vingança?

— Foi sobre descobrir quem matou a minha amiga — respondo entredentes. — *Como* e *se* isso fere os seus sentimentos sempre vai ser a última das minhas preocupações.

Ela rasga o guardanapo ao meio, os lábios apertados. Tento estabilizar a respiração. Posso sentir as pessoas olhando para nós. Também me sinto cinco quilos mais leve depois de dizer todas as coisas que tinham ficado reprimidas dentro de mim, antes mesmo de a Nova morrer.

— Você está bem? — indaga Evelyn, aparecendo ao lado da nossa mesa.

— Estou bem, amor. — Minha voz ainda está tremendo. — Por favor, me diga que você está pronta pra meter o pé.

— Me dá quinze minutos.

O olhar dela se volta para Tinsley, que a lança um sorriso nervoso.

Depois de alguns segundos de silêncio tenso, Tinsley estende a mão.

— Oi, eu sou...

— Eu sei quem você é — interrompe Ev, virando as costas para Tinsley de modo que fique de frente para mim. — Por que ela está aqui? Ela não deveria estar...

— Ev, não — digo, lambendo os lábios, que ficaram secos e rachados durante meu desabafo. — Eu não acho que ela... você sabe.

O olhar da Tinsley cai no próprio colo quando olho em sua direção.

— Ah, os privilégios — resmunga Ev, e se afasta.

Engulo em seco, sentindo a garganta apertar. A Ev quer muito que eu acredite em algo que não acredito. A Tinsley é uma babaca, sem dúvida. Mas ela não é uma assassina. Minha intuição ainda me diz isso.

— Ela é a sua namorada, né? — pergunta.

Reviro os olhos e solto o ar, alto. Então fecho os olhos e faço que sim com a cabeça.

— Ela estuda com a gente?

— Está no primeiro ano na faculdade comunitária Cartell.
O silêncio que se segue deixa o ar entre nós mais pesado.
— Duchess, me desculpa por...
— Que porra é essa?
Meu olhar vaga para além de Tinsley, além da janela atrás dela que dá para o estacionamento e encontra Jaxson Pafford, encostado na caminhonete, cercado pela comitiva habitual de jogadores de futebol.

* * *

O sorriso meloso do Jaxson desaparece assim que ele vê Tinsley e eu correndo em sua direção. A música da Ariana Grande que tocava dentro da Jitterbug's é imediatamente substituída pelos sons misturados de motores acelerando, música pulsante e uma tagarelice barulhenta ecoando por todo o amplo estacionamento.
— Você não devia estar na cadeia? — grito.
O bando de jogadores de futebol ao redor de Jaxson se vira.
— Calma aí, *cara*. O nosso amigo estava só prestando depoimento à polícia sobre o que viu acontecer na escola entre a Nova e a debutante psicopata aí — diz Patrick Dunnard, inclinando o queixo para Tinsley. Ele está no penúltimo ano e é o *running back* do time de futebol americano. — A mídia está fazendo um escarcéu desnecessário com essa merda.
Tinsley e eu trocamos um olhar cúmplice.
— Foi *isso* que você disse a eles? — questiona ela, olhando para Jaxson. Um pouco da confiança maldosa que estou acostumada a ver nela parece ter retornado. — Bem, deixa eu

explicar a vocês por que a polícia realmente quis interrogar o seu reizinho. Foi porque...

— Pessoal, encontro vocês lá dentro — interrompe Jaxson. — Deixa eu falar com elas um minuto.

Os garotos nem questionam. Saem em bando para a Jitterbug's revirando os olhos e resmungando comentários dirigidos a nós. Assim que estão fora do alcance da voz, Jaxson se inclina contra a grade da caminhonete, apoiando a perna casualmente no para-choque. Quero socar a cara dele.

— Por mais que possa parecer, não fui eu — diz ele. — Tive que passar duas horas provando isso.

— E que mentira você contou pro meu pai? — exijo saber.

— Não precisei contar nenhuma mentira. Falei a verdade.

— Ah, então contou sobre a briga que você e a Nova tiveram aqui alguns dias antes da coroação? — rebato.

Sinto a Tinsley olhar para mim, sem entender minha pergunta. Os braços do Jax despencam, e seu queixo treme. Ele sabe muito bem a que estou me referindo.

— O que você disse pra ela naquela noite? — pressiono, dando a ele aquele olhar confuso exagerado. — Ah, isso mesmo. Que não estava disposto a deixá-la arruinar a sua vida.

— Vocês, filhas da puta, estão viajando — retruca ele, mordendo o lábio inferior enquanto se esforça para recuperar a fachada arrogante da qual se orgulha.

Dou um passo à frente, cerrando os punhos.

— A gente não vai aturar essa porra, seu embuste.

— É por isso que estão andando juntas? — indaga ele, apontando para mim e Tinsley. — Inventando essas teorias ridículas sobre o que aconteceu com ela? Pra quê? Pra descobrir quem a matou? Bem, pegaram a pessoa errada.

— Por que pediu a ela pra te encontrar no depósito naquela noite? — interrogo. — Sabemos que foi onde você a matou.

— E qual era o lance daquele bilhete ameaçador? — acrescenta Tinsley.

Jaxson lança a ela um olhar inexpressivo.

— Que bilhete? — A pergunta também me deixa confusa. — Por que não conseguem enfiar isso na cabeça de vocês? — esbraveja ele, elevando a voz. — Eu não machuquei a Nova.

— Mentira! — exclamo.

— Eu não faria isso com ela.

— Então por que o encontro secreto no depósito? — pergunta Tinsley novamente.

— Você a matou porque não queria aquele bebê atrasando a sua vida? — argumento, falando bem perto da cara dele. — Ela significava tão pouco pra você?

— Foi porque os seus pais são, tipo, a escória da humanidade, e você é mais parecido com eles do que quer admitir? — provoca Tinsley.

O peito do Jaxson afunda.

— Não! O lance não era esse — diz ele com a voz trêmula.

— Então por que você fez isso? — berro.

— Eu não fiz! — berra Jaxson em resposta. Um pouco de saliva espirra no meu rosto. — Eu nunca machucaria a Nova. Eu... eu gostava demais dela.

Dou um passo para trás.

— Ah, qual é. Você trata as garotas feito lixo.

— E é justamente por isso que ela estava com medo de te contar sobre a gente — afirma Jaxson, enfiando o dedo na minha cara. Vê-lo piscar para conter as lágrimas me faz estremecer. — Ela não queria aturar você a julgando por querer ficar comigo.

Foi por isso que ela mudou de assunto naquele dia, quando a pressionei sobre o motivo para ela estar perguntando sobre ficar com um cara branco? Há quanto tempo ela estava guardando isso? O comportamento dela no jantar pouco antes de eu sair... Isso tinha a ver com ele e o bebê? *Coisas que você teria que prometer não contar pra mais ninguém*, ela me disse na coroação. Se ela e o Jaxson gostavam tanto um do outro, por que ela ia querer esconder esse segredo de mim?

Jaxson vira a cabeça e passa a mão nos olhos depressa. Isso não pode ser real. Jaxson chorando? A Nova e eu costumávamos tirar sarro dele. E agora ele está aqui chorando por ela? O que está acontecendo?

— Você gostava mesmo dela, não é? — pergunta Tinsley, com a voz mais suave. — Por isso tem agido de um jeito tão *diferente* na escola. Parece que não está dormindo direito.

Os olhos vidrados do Jaxson fitam o chão antes que ele confirme com a cabeça.

— A gente costumava falar brincando que íamos ser os próximos Travis Kelce e Kayla Nicole, aquele casal do jogador branco com a namorada negra, quando eu me tornasse profissional. Isso não vai mais acontecer.

— Mas por que pedir a ela pra te encontrar no depósito? O que aconteceu lá? — pergunta Tinsley de novo, mas dessa vez com um tom menos acusatório. — Você é a única pessoa que sabemos que esteve lá com ela naquela noite.

— Não me encontrei com ela.

— Mentiroso! — exclamo. — A gente viu a mensagem.

— Sim, eu mandei mensagem pra ela me encontrar lá, mas não cheguei a ir.

Balanço a cabeça, mudando o apoio de um pé para o outro. Esse não pode ser o álibi dele. Não pode ser tudo que ele tinha a dizer para evitar ser preso.

— Isso não faz sentido — comenta Tinsley, parecendo ler minha mente.

Jaxson coça a cabeça.

— Olha, vocês estavam meio que certas, tá? Ela e eu estávamos brigando muito antes da coroação. Ela descobriu que estava grávida alguns dias antes da eleição do baile. E nós dois concordamos em tirar, porque ninguém queria um bebê agora, nem poderia bancar um. Mas aí ela mudou de ideia. Disse que não sabia se ia conseguir fazer, considerando que a mãe dela havia pensado em abortá-la quando engravidou.

— A mãe disse isso pra ela? — indaga Tinsley.

Eu o chamaria de mentiroso de novo, mas a mentirosa seria eu, uma vez que isso soa como algo que a Donna diria; especialmente se estivesse zangada com a Nova. Como falei, o relacionamento delas era muito complicado.

— Acho que a Donna disse isso uma vez no meio de uma briga — continua Jaxson. — A Nova contou que a mãe dela estava transando com um cara casado quando engravidou dela. Enfim... ela tentou fazer eu me sentir culpado por querer o aborto, dizendo que a gente nunca teria se conhecido e se apaixonado se a Donna tivesse abortado. Eu falei que isso não fazia sentido nenhum. Tentei lembrar a ela que nenhum de nós tinha dinheiro ou família que pudesse nos sustentar pra fazermos faculdade *e* criarmos um bebê. Na escola, no dia da coroação, ela me perguntou se eu mudaria de ideia se ela tivesse uma solução pra termos o bebê *e* não precisássemos nos preocupar com grana. Mandei uma mensagem pra ela naquela noite pedindo que me encontrasse porque eu sabia qual era a minha resposta. Mas acabei não indo pra escola. Preferi evitá-la. Por isso saí com o Parker e outros caras quando eles apareceram na minha casa e insistiram que eu fosse com eles invadir o campus da Capitol Heights e roubar os troféus do campeonato... Sabem, como um trote antes do jogo esta semana.

— E você nem chegou a dizer a ela que não ia aparecer? — grito, atraindo olhares do grupo de garotas que passam por nós em direção à Jitterbug's.

Se ele tivesse se encontrado com ela naquela noite, a presença do Jaxson poderia ter impedido quem a matou. Ou, pelo menos, ele poderia ter visto quem fez isso.

— A Nova estava de péssimo humor naquela noite — relata Jaxson. — Sua mãe estava sendo superbabaca com ela — acrescenta, apontando para a Tinsley. — Eu não queria brigar de novo. Minha intenção era dizer a ela que não tinha mudado de ideia no dia seguinte, mas... pois é.

— Isso não prova que você não a matou — observa Tinsley.

Jaxson suspira.

— A Capitol Heights notificou a invasão, então a polícia já verificou a história. Aquela escola fica a mais de 45 minutos de distância. Voltamos de lá tarde, então passei a noite na casa do Derrick McGillian, porque sabia que os meus pais iam ficar putos se eu chegasse depois do horário. A mãe do Derrick confirmou minha história pro seu pai, Duchess.

Enfio as mãos no bolso da frente do moletom. Estou de volta à estaca zero. Assombrada por perguntas sem resposta sobre o motivo pelo qual alguém mataria minha melhor amiga.

— Quando vocês começaram a namorar? — pergunto.

Se ele não a matou, quero saber quem ela era com ele. O que mais escondeu de mim e por quanto tempo. Lembrar-me dela por meio dos olhos de outra pessoa. De uma pessoa que eu nunca poderia imaginar que se importava tanto com ela.

— Nas férias de verão, quando você estava na Califórnia visitando seu irmão — responde ele. — Eu estava aqui sozinho, e ela trabalhando no turno da noite. A gente ficou de palhaçada um com o outro. Eu dava em cima dela, e ela ficava dando resposta atrevidinha. Mas acabamos passando a noite toda juntos só conversando. E foi legal. Diferente. Então continuamos a conversar toda noite até que...

O sorriso eufórico em seu rosto desaparece aos poucos.

— Tá muito difícil. Tentar andar por aí fingindo que ela não significava nada pra mim. Que ela não estava carregando o nosso... Tá foda, cara! Se eu tivesse me encontrado com ela como deveria...

Então talvez ela ainda estivesse aqui.

Jaxson morde o punho cerrado. Ele está piscando depressa para conter mais lágrimas. Eu me afasto para esconder as próprias emoções. Se eu soubesse sobre os dois, talvez pudéssemos ter compartilhado essa dor em vez de sofrer sozinhos. Assim o vazio não seria tão grande dentro de mim.

— Você tá bem? — pergunta Tinsley quando me viro.

Jaxson foi embora.

Olho por cima do ombro e o vejo caminhando em direção à Jitterbug's. Evelyn está alguns metros atrás de nós. Ela bateu o ponto e trocou o uniforme por uma minissaia preta, ankle boots preta e uma camiseta cropped preta, sob a jaqueta de couro rosa que dei para ela de aniversário.

— Tudo bem? — indaga ela.

Dou uma fungada para conter as lágrimas.

— Sim, estou bem. Mas não foi ele que a matou.

— Você vai ter que me contar no carro. O pessoal está esperando a gente.

Eu a deixo entrelaçar os dedos nos meus. Começo a puxá-la na direção em que estacionei, mas ela resiste.

— Tinsley — diz ela —, por que não vem com a gente?

Olho para trás. Minhas costelas parecem querer esmagar meu coração. Tinsley está parada no mesmo lugar com um braço sobre a barriga.

— Tá fazendo o quê? — falo para Ev, brusca.

— Shhh — diz Evelyn com um sorriso sonso. — Tinsley, vem com a gente. Vai ser bom pra você.

— Não quero atrapalhar — responde Tinsley, olhando para mim.

Puxo a mão da Ev, mas ela resiste.

— Para com isso! Você sabe que essa garota...

— A Duchess diz que você é inocente. Quero tirar minhas próprias conclusões. — Evelyn segura o pulso da Tinsley com a mão livre. — Além disso, quero conhecer a garota que tem passado tanto tempo com minha namorada.

Ev não dá a Tinsley a chance de responder. Ela apenas a conduz em direção ao meu carro. Está praticamente me rebocando também, ignorando cada aperto que dou em sua mão para tentar impedi-la. É mentira que quer conhecer melhor a Tinsley. Ela não suporta a garota. Não suporta que eu fique perto dela. Isso só pode significar que está tramando alguma coisa. Algo de que já sei que vou me arrepender.

CAPÍTULO VINTE E DOIS
TINSLEY

20 DE OUTUBRO
20h05

A VIATURA DA polícia que me seguiu até a Jitterbug's tinha ficado estacionada ao lado do canteiro central do outro lado da rua. Por causa da ameaça que recebi esta noite, não estou achando ruim ter essa sombra da polícia atrás de mim agora.

O carro entra na estrada de mão dupla junto conosco. Do banco de trás, consigo vê-lo pelo espelho retrovisor, mas não sei dizer se a Duchess percebeu que estamos sendo seguidas. Se percebeu, seu olhar fixo na estrada não demonstra isso.

Só agora começo a assimilar a inocência do Jaxson, e vou afundando no banco. Eu estava errada. De novo. A percepção se soma às coisas graves que a Duchess gritou para mim na Jitterbug's.

Talvez o pai dela e os meus pais estejam certos. Não levamos jeito para isso. Toda vez que fui petulante o suficiente para achar que descobri quem poderia ter matado a Nova, dou com a cara na porta. Agora estou sentada aqui sem saber para onde estou indo. Algo que meio que permiti que acontecesse graças à necessidade desesperada de que mais alguém acredite na minha inocência. E esse alguém é a namorada da Duchess, que nitidamente não gosta da nossa proximidade.

Ela fica me olhando pelo retrovisor do lado do carona. Está muito escuro para eu conseguir interpretar sua expressão. Eu achava divertido ser odiada por outras garotas. Estou habituada a isso. É a maldição que vem junto de ser quem sou. Foi justamente essa ideia que me colocou nessa situação. Todo mundo pensar que eu poderia fazer a pior coisa de todas. Preciso mudar essa narrativa. Provar que a Duchess está errada a meu respeito.

— O Jax contou a vocês por que a Nova mudou de ideia sobre o aborto? — pergunta Evelyn para a Duchess na frente.

"Ela me perguntou se eu mudaria de ideia se ela tivesse uma solução pra termos o bebê e não precisássemos nos preocupar com grana", foi o que Jax contou. O que a Nova quis dizer com isso? Ela estava prestes a receber uma grande quantidade de dinheiro de alguma forma?

Enquanto Duchess e a namorada conversam, pego o celular e abro a foto que tirei na delegacia.

Não faça isso! Ou vou fazer você se arrepender!

Ela estava chantageando alguém? Quem quer que tenha escrito aquele bilhete não queria que a Nova fizesse alguma coisa. Não pode ter sido o Jax. Ele *queria* que ela fizesse. Todo mundo que já pediu que eu não fizesse algo foi porque eu sabia de alguma coisa constrangedora que a pessoa não queria que eu revelasse. Será que a Nova foi atrás da pessoa errada com algum segredo que ela sabia? É a única explicação plausível em que consigo pensar para aquele bilhete. A verdade é que a Nova não tinha inimigos.

Enfio o telefone no bolso da jaqueta enquanto os pneus trituram o cascalho e olho para cima. Estive tão estressada que nem prestei atenção ao lugar para onde estão me levando. O estacionamento pequeno está cheio de carros, e um prédio escuro e sem graça preenche a vista do para-brisa do carro da Duchess. Consigo distinguir várias pessoas negras perto das portas duplas de vidro fumê no centro do prédio. A maioria parece ter nossa idade. Depois de me inclinar para a frente e forçar a vista, percebo que são todas garotas.

— É um bar lésbico? — pergunto enquanto a Duchess espreme o carro entre um sedan e um SUV preto.

Ela estala os lábios.

— Não.

— É uma cafeteria-restaurante-bar-ponto de encontro daora — explica Evelyn enquanto vasculha a bolsa no colo.

Encosto o rosto na janela. Consigo ler a placa no final do estacionamento. As palavras THE DRIP estão iluminadas com luzes LED brancas piscando. O quadro abaixo diz: *Microfone aberto — Noite de poesia slam: quinta-feira, das 20h às 22h.*

— Pera aí. Este é um daqueles lugares onde as pessoas recitam poemas, tipo, como naquele filme antigo *Uma loucura chamada amor*? — Minha mão já está na maçaneta, uma leveza inflando meu peito. — Sempre quis vir num desses!

A Duchess lança um olhar divertido para a Evelyn, que está usando o espelho no quebra-sol do lado do carona para aplicar uma nova camada de gloss bordô nos lábios carnudos.

— Menina, que que cê sabe de *Uma loucura chamada amor*? — pergunta Evelyn depois de pressionar os lábios para espalhar o gloss.

— Eu amo o Larenz Tate — respondo. — Comecei a assistir à série *Power* só por causa dele. Ele é tipo um vampiro. Não fica velho.

— Abençoada seja a melanina — brinca Duchess ao sair do carro.

— Vai ser tranquilo eu estar lá? — pergunto. Os e-mails anônimos surgindo na minha mente.

Qualquer pessoa com o nome de usuário chegadeprivilégiobranco tem que ser negra.

Evelyn se vira no banco do carona com as sobrancelhas perfeitas levantadas.

— Menina, relaxa. Você não vai ser a única pessoa branca. Somos *nós* que precisamos nos preocupar quando tem um monte de vocês por perto.

Uma pontada de vergonha me domina. Essa garota já me odeia. Ela provavelmente acha que eu disse isso porque vejo todos os negros como ameaças. Não sabe sobre as mensagens enigmáticas que tenho recebido. Não se importa que eu possa ser reconhecida. Mas, de qualquer forma, não estou sozinha. Estou com elas. A união faz a força, certo?

Abro a porta do carro e saio. Ao fechá-la, noto minha sombra policial parando do outro lado do estacionamento. Noto os olhos da Duchess se voltando para a viatura e depois para mim. Aposto que ela sabe quem é a silhueta no banco do motorista. Quero perguntar, mas ela olha para baixo e começa a brincar com as mangas da jaqueta bomber estilo beisebol.

A descrição complexa que a Evelyn fez do lugar faz todo o sentido assim que entramos. Sinto o aroma estimulante de grãos de café torrados assim que entramos. Várias mesas, variando em tamanhos e formatos, ocupam o salão mal iluminado que se estende diante de nós. Todas as pessoas sentadas estão olhando para o palco elevado em um dos cantos. Está iluminado pelos holofotes da cabine do DJ posicionada em outro canto em uma plataforma elevada atrás de onde paramos na entrada. A cerca de seis metros do outro lado da entrada tem um bar cercado por um balcão. Duas máquinas de café expresso de tamanho industrial ficam em extremidades opostas, mas as garrafas de bebida alcoólica estão bem organizadas pelas prateleiras iluminadas que compõem a bancada do bar. Um letreiro em néon informa que bebidas alcoólicas são servidas apenas mediante a apresentação da identidade. Há muita gente aqui mais ou menos da nossa idade, mas muitas outras que obviamente têm idade para beber.

— Tiroteios envolvendo policiais? Não, são linchamentos modernos dos nossos pretinhos! — grita a garota no palco em um tom ritmado que é seguido pela pulsação constante de um tambor invisível.

A batida do tambor, que parece ser uma faixa tocada pelo DJ, representa uma batida do coração.

— Vamos, minha galera está ali — anuncia Evelyn.

Ela segura meu pulso e me puxa, indo atrás da Duchess, que já está se movendo em silêncio entre as mesas.

A garota no palco continua o manifesto antiviolência policial enquanto Evelyn me leva ao grupo de pessoas sentadas no centro do salão em torno de duas mesas quadradas que foram unidas. Ela não me solta até chegarmos. Quatro das cadeiras estão vazias e por acaso estão de frente para o palco, então nos sentamos, e as três pessoas já acomodadas se viram ao som de nossas cadeiras arranhando o chão.

— Até que enfim chegaram — sussurra uma garota negra de pele marrom-clara com um corte tipo bob na altura dos ombros com as pontas loiras. — Quase perderam a apresentação da Briana — acrescenta ela, apontando com a cabeça para o palco.

Dou um sorriso tenso para a garota quando ela me olha duas vezes.

— Essa é a amiga da Duchess, Tinsley — sussurra Evelyn, inclinando-se na direção de todo mundo que percebo me encarando.

— Chamar de *amiga* é um exagero — diz Duchess, olhando de soslaio para a namorada.

O cara sentado ao lado da garota de cabelo pintado nas pontas é branco. Ele me dá uma conferida rápida com os olhos cinzentos antes de estender a mão por cima da mesa.

— Meu nome é Chance. — As pulseiras de miçangas em seu pulso chacoalham quando aperto sua mão. — Essa é a minha namorada, Nikki — apresenta ele, acenando para a menina do corte bob, que me lança um sorriso educado.

Chance indica com a cabeça a pessoa sentada à minha direita, e meu sorriso desaparece quando vejo quem é.

— E esse é o...

— Trenton — finalizo, esquecendo de manter a voz baixa.

Meu rompante provoca alguns olhares irritados das pessoas sentadas atrás de nós.

O sorriso de escárnio de Trenton Hughes faz meu peito se apertar.

Ele se inclina para a Duchess.

— Não me contou que *ela* vinha com você — sussurra ele, alto o suficiente para eu ouvir.

— Para de mentir — diz ela. — Te mandei mensagem quando saímos da Jitterbug's e avisei que ela estava com a gente.

Trenton se recosta na cadeira.

— Bem, achei que era brincadeira.

Chance e Nikki se olham. Na minha tentativa desesperada de evitar o olhar de desaprovação do garoto que apareceu no noticiário da noite para proclamar enfaticamente que eu era culpada, dou uma olhada em volta. Uma garota sentada três mesas à direita me encara. Ela cutuca a menina sentada ao lado dela e aponta para mim.

Enfio a mão no bolso da jaqueta para pegar o celular, esperando poder me esconder olhando para ele.

Evelyn estende a mão para cobrir a tela do meu telefone.

— Nada de celular enquanto as pessoas estão se apresentando. A luz atrapalha.

A voz da Briana aumentou em volume e ritmo, assim como a batida do tambor, agora se assemelhando a um coração acelerado. Não sinto mais o Trenton me observando, mas o desdém irradia dele como o calor de um radiador, aquecendo o lado direito do meu corpo. Meu coração entra em sincronia com a batida do tambor eletrônico pulsando no sistema de som.

Posso sentir a perna do Trenton balançando debaixo da mesa, e mordo o interior do lábio, minha ansiedade aumentando.

Ele vai fazer uma cena. Por favor, Deus, não permita que ele faça uma cena.

Vou ficando tão preocupada com essa possibilidade que não percebo que Briana terminou a apresentação até que luzes fortes inundam o lugar e as pessoas batem palmas em entusiasmo.

— Miga, você arrasou! — exclama Nikki enquanto a menina que se apresentou se senta na última cadeira vazia da nossa mesa.

Briana joga as tranças na altura do bumbum por cima do ombro com um gesto teatral.

— Obrigada, obrigada. Sem autógrafos, por favor.

Então a garota estreita os olhos para mim.

— Bri, essa é a Tinsley — anuncia Evelyn com um aceno em minha direção. — Ela estuda com o Trenton e a Duchess.

A expressão tensa da Briana indica que ela já sabe quem sou (e provavelmente tem opiniões fortes sobre mim). Percebo um traço de diversão no rosto da Evelyn. Meu estômago está se revirando. Não quero que todos nesta mesa me odeiem.

Eu me inclino para a Briana.

— Seu poema foi muito bom — elogio. — Tipo, numa sincronia ótima.

Todos os olhares se fixam em mim, mas não consigo ler as expressões. Será que consegui piorar as coisas?

— Você não vai chegar no Encontrinho dos Brancos e me denunciar, vai? — pergunta ela, e fico de queixo caído. Todo mundo cai na gargalhada, e começo a balançar a cabeça. — Relaxa, garota. Foi uma brincadeira — acrescenta Briana. — Duchess, por favor, não me diz que você trouxe uma garota branca sensível pra gente. Sabe que só aqueles com estilo, como o Chance, têm casca grossa o suficiente pra aturar nossas gracinhas.

Eu me junto às risadas desta vez, esperando que isso refute a teoria da Briana sobre mim.

O apresentador chama outra garota ao palco. Ela recita um texto desconstruindo as disparidades entre o feminismo branco e o feminismo negro. O bate-papo na mesa recomeça quando as luzes se acendem, e o apresentador avisa que haverá um intervalo de trinta minutos antes da próxima apresentação. Na maior parte do tempo, fico à margem da conversa, que oscila entre as opiniões deles sobre algumas das apresentações anteriores que perdemos e as fofocas da faculdade, o que confirma para mim que Nikki, Briana e Chance estudam na Cartell com a Evelyn.

Ouvir as alfinetadas rápidas deles uns contra os outros é divertido. É bom fazer parte de um grupo novamente... mesmo que seja com um monte de gente que mal conheço. Parece familiar. Seguro. Algo que eu não sentia desde sexta-feira.

Pego o Trenton me observando. Seus olhos disparam pela mesa em direção ao Chance e à Nikki no segundo em que percebe que o flagrei.

— Tinsley! — exclama Evelyn, me cutucando com o ombro. — Você está ignorando a gente?

— Hã? — respondo, piscando para ela.

— A Briana estava falando com você — responde Evelyn, com um sorrisinho, enquanto aponta para o outro lado da mesa.

— Desculpa, o que foi?

— Eu estava perguntando se quer vir com a gente pra Jackson no fim de semana. — Briana cruza os braços à frente na mesa. — Estamos pensando em participar do protesto.

— Está falando do lance do jardineiro que acham que matou aquele casal?

Briana, Chance e Nikki concordam com a cabeça.

Coço a lateral do pescoço, com receio de como minha resposta pode soar.

— Ah, acho que a minha mãe não ia deixar eu participar.

— *E choca um total de zero pessoas* — diz Duchess, estendendo as palavras.

— A minha irmã está obcecada com esse caso — acrescento depressa. — Tem certeza de que aquele cara é inocente.

— Bem, é óbvio que ele é — afirma Nikki. — Por isso não culpo as pessoas por saquearem e queimarem tudo pra mostrar à polícia que estamos cansados de eles banalizarem as nossas vidas e escaparem impunes.

— Talvez vocês pudessem usar essa mesma energia a meu favor — sugiro.

Eu me arrependo assim que vejo a forma como o Trenton e a Duchess se voltam para mim, com as sobrancelhas franzidas e os lábios apertados.

— Como é que é? — pergunta Briana.

— Diz que você não acabou de tentar comparar o que está passando com o que estão fazendo com Curtis Delmont — diz Nikki enquanto Chance passa o braço em volta do ombro dela. — Ele está na cadeia. Você não. Graças à sua linda pele branca. Nem de longe é a mesma coisa.

— Eu... eu... eu não falei que era. Mas quis dizer tecnicamente. Ele está sendo acusado de algo que diz não ter feito, e eu também.

— Garota, faz favor! — retruca Evelyn. — Aquele homem negro está na prisão porque estava no lugar errado, na hora errada. E porque um bando de brancos *acha* que ele fez alguma coisa. E, no entanto, aqui está você, *livre*, apesar de haver um vídeo em que diz que quer matar uma pessoa que coincidentemente apareceu morta no dia seguinte...

— E é por isso que estou com dificuldade de entender por que vocês estão andando por aí com essa garota — interrompe Briana, olhando para a Duchess, que está evitando os olhares que lanço a ela, implorando silenciosamente para ficar fora disso.

— Você não pode posar de vítima quando ainda tem a liberdade de andar por aí e provar a sua inocência... o que Curtis Delmont não pode fazer agora — declara Evelyn. — E talvez ele nunca tenha a chance, porque a polícia já decidiu o destino dele. E eles nem precisam de provas *inequívocas* pra isso. Se ele tivesse feito tudo que você fez, provavelmente já o teriam mandado pra cadeira elétrica.

Sinto um nó na garganta do tamanho de uma bola de tênis. Evelyn não me trouxe aqui para me conhecer melhor nem para tentar entender por que a namorada dela acha que sou inocente. Ela me trouxe aqui para isso: me atacar usando as mesmas coisas que a Duchess já falou na Jitterbug's.

— Aproveitando que tocamos no assunto, Tinsley — intervém Chance —, estou um pouco curioso pra saber por que você usou o termo *racismo reverso* como um argumento contra a política de eleição da rainha do baile de volta às aulas da sua escola. — Chance recolhe o braço com que tinha envolvido as costas da cadeira de Nikki, apoiando o cotovelo na mesa. — Você sabe qual é grande parte do problema neste país: pessoas brancas agindo como se todo grupo racial tivesse o poder de oprimir outros grupos marginalizados sistematicamente em vários níveis. Tipo, os preconceitos dos negros não chegam nem perto de afetar os nossos direitos ou o nosso modo de vida da maneira como a nossa intolerância e o nosso ódio os afetam.

E agora literalmente quero morrer.

— É tipo aqueles brancos que reclamaram das cotas. O que eles acham que é a possibilidade de "admissão herdada" nas universidades de elite? — continua Chance. — Quando o candidato tem mais chance de entrar se um parente já tiver estudado naquela universidade? É basicamente uma política de cotas, mas para os brancos, embora a gente nunca tenha visto problema algum nisso.

— Eu não sou essa pessoa horrível e preconceituosa — argumento, desesperada para que entendam meu lado. — Ok, sim, eu disse coisas que não devia. Eu não sabia que machucariam as pessoas tanto assim.

— Isso é o que acontece quando você não tem noção do próprio privilégio — interrompe Nikki.

— Eu ainda não consigo entender você andando com essa garota — diz Briana para a Duchess. — Sabe o que as pessoas estão falando... e coisa boa não é.

— Vocês não estão me defendendo? — retruca ela, os ombros pendendo para baixo.

Briana se vira para mim, ignorando a pergunta da Duchess.

— Ainda quero ouvir a garota defender o que disse sobre a política da escola. Aqui tem a pessoa certa pra fazer com que ela acorde.

Algo dentro de mim explode. Não aguento mais. Existe uma pessoa nesta mesa que não deveria ter permitido que isso acontecesse.

— Você é uma escrota do caralho! — grito para a Duchess, levantando-me da cadeira. — Como se já não bastasse ter me falado como eu sou uma pessoa horrível, ainda precisava que a sua namorada e os seus amigos fizessem isso também?

Não espero que ela responda. Disparo em direção à saída.

— Tinsley, não fui eu — ouço-a gritar atrás de mim.

Eu me viro e vejo que ela está bem atrás de mim.

— Nem sei por que eu perco meu tempo com você — confesso.

— *Você* perde tempo *comigo*? Não, queridinha, é o contrário. Porque, sinceramente, eu devia ter te dado um soco na cara no dia em que você foi falar comigo na frente do armário da Nova. O que você não suporta em mim é que eu não tenho medo de apontar as merdas que você faz. Você não sabe lidar com isso porque está acostumada com todo mundo se curvando pra você como se fosse uma rainha.

— Sim, eu fui uma pessoa horrível! Sim, eu fui manipuladora e maldosa! Mas eu não mereço nada disso!

— Ah, coitada da Tinsley!

— Vocês aí, parem — diz Chance, aparecendo ao nosso lado. — Tá todo mundo olhando.

E eu que pensei que o Trenton quem provocaria uma cena constrangedora.

— Parece que você sabe de tudo, né? — respondo para a Duchess. — Bem, tudo, exceto literalmente qualquer coisa pela qual a sua *suposta* melhor amiga estivesse passando.

Ver a dor estampar os olhos da Duchess faz meu coração acelerar.

— Entendo demais por que a Nova escondeu tanta coisa de você. E você deve se sentir um lixo sabendo que ela te achava tão crítica que não podia nem contar que estava apaixonada. Você perde o sono pensando que pode existir algum outro segredo que tenha resultado na morte dela? Talvez, se você tivesse sido uma amiga melhor, ela ainda pudesse estar viva!

Deixo a Duchess e o Chance parados no meio do lugar.

Aí saio no estacionamento e lembro que vim até aqui com ela.

Merda.

* * *

Estou observando a viatura que me seguiu. Meu celular está dizendo que o carro por aplicativo mais próximo está a mais de 25 minutos de distância. Devo ir até lá e convencer quem quer que esteja dentro a me dar uma carona até a Jitterbug's?

— Ei, não é você a garota que estão dizendo que matou aquela rainha do baile negra na Lovett?

Mal tirei os olhos do celular e me vejo cercada por três garotas. Todas elas negras. Todas parecendo furiosas.

— Aham, ela mesma — confirma a que está à esquerda, acenando com desdém para mim.

— Você tinha muito a dizer naquele videozinho — continua a primeira garota. — Por que falou uma merda daquelas?

— O que aquela garota fez pra você? — brada a terceira garota.

Não percebo que estive andando lentamente para trás até que quase tropeço em um bloco de concreto demarcando uma vaga na frente do prédio.

Recupero o equilíbrio e declaro:

— Estou só esperando a minha carona. Não quero confusão.

Em desespero, olho pelo estacionamento e de repente percebo que somos as únicas pessoas aqui. Cambaleio para trás na esquina do prédio e perco a viatura de vista. Eu deveria gritar. Preciso gritar. Mas minha voz está presa na garganta.

— Chega de vocês, garotas brancas, acharem que podem sair dizendo e fazendo o que quiserem — diz a segunda garota.

Eu a reconheço. Foi ela quem me apontou para a amiga lá dentro.

— Deveria ter sido você levando uma pancada na cabeça e sendo desovada no cemitério, não ela! — vocifera ela, cruzando os braços com um sorriso de escárnio.

Deveria ter sido você, não a Nova. A mesma coisa que chegadeprivilégiobranco disse naquele e-mail anônimo. Meu queixo começa a tremer. Preciso gritar que não a matei. Não que o que eu disser vá significar alguma coisa para elas. Mas as palavras saem em choramingos enquanto meus olhos se enchem de lágrimas.

— Pode poupar suas lágrimas de branca, querida — comenta a segunda garota.

— A branquitude adora usar as lágrimas como arma quando é esculachada pelas merdas racistas que faz — completa a terceira garota.

Mas eu não sou racista. Não sou!

— Preferem matar uma garota negra a deixá-la ser rainha quando vocês, privilegiadas, usam coroas desde sempre — diz a primeira garota.

A segunda garota se aproxima de mim.

— Seria merecido se alguém fizesse a mesma coisa com você!

— Isso, hashtag Justiça pela Nova — intervém a terceira garota.

Quando dou dois passos para trás, minha cabeça bate na lateral do prédio com um baque atroante. Estou encurralada. Sem nenhuma maneira de escapar, a não ser passando por entre essas meninas. Foi assim que a Nova se sentiu antes de receber um golpe letal na cabeça naquele depósito? Paralisada pela sensação de que alguém a odiava o suficiente para querer vê-la morta?

— Sorte a sua que eu sou cristã — afirma a primeira garota, apontando o dedo na minha cara. — Minha versão antiga podia ir parar na cadeia hoje por ensinar a uma babaca arrogante a não falar merda de minas pretas!

Fecho os olhos com força, as lágrimas rolam pelo meu rosto. Minha nuca está latejando. Nunca senti tanto a fragilidade da minha vida quanto agora.

— Ei!

Meus olhos se abrem. Todas as meninas se viram.

Trenton está parado ao lado, segurando o celular. Uma carranca no rosto.

— Estão a fim de ir pra cadeia hoje? — Ele balança o telefone no ar. — A polícia já está vindo.

A segunda garota mexe o lábio superior para o Trenton.

— Calma aí, ninguém tocou nela. É que ela tem medo de gente preta.

— Tinsley, vamos.

Trenton está estendendo a mão para mim. Ele é a última pessoa que pensei que viria em meu socorro, mas estou muito feliz por isso. Seguro sua mão. O bote salva-vidas pelo qual nunca esperei (e talvez não mereça).

— Toma cuidado, hein, patricinha! — ameaça uma delas enquanto Trenton me puxa.

Ele me leva até um Nissan Maxima prata.

— Vamos, te dou carona pra casa — diz ele depois que paro.

— Meu carro está na Jitterbug's.

— Então te dou uma carona até lá. Entra.

Entro no carro, no lado do carona. Meu coração ainda parece prestes a explodir, e minha cabeça está a mil. Por que ele resolveu bancar o herói comigo, a garota que ele acusou de assassinar sua amiga no noticiário local?

Este deve ser o carro da mãe dele. Tem um adesivo da Delta Sigma Teta na placa. Sei que é uma irmandade negra porque a mãe da Giselle também é membro. Trenton dá partida, e acordes expressivos de baixo em uma música de R&B que não reconheço imediatamente nos envolve, explodindo em todos os alto-falantes. Os graves fazem meu coração bater mais forte. Ele muda de rádio com um sorriso suave antes de sairmos, optando pela que toca os cem maiores sucessos do momento. O silêncio desconfortável que se forma entre nós ajuda a acalmar meus nervos.

— Obrigada — murmuro depois que minha respiração volta ao normal.

Demora alguns segundos para ele responder sem emoção:

— Beleza, de nada.

O silêncio continua por alguns quilômetros. Dou uma olhada no espelho retrovisor. Minha sombra da polícia está alguns carros atrás de nós.

— Me desculpa.

Ouvi o Trenton pronunciar as palavras com perfeição, mas me inclino para ele de qualquer maneira.

— Está pedindo desculpa? Pelo quê?

— Pelo que eu disse no noticiário — explica ele.

Abro um pouco a boca. Ele disse mesmo o que eu acho que disse? Trenton está me olhando de lado. Provavelmente porque não reagi. Mas não sei o que falar. É por isso que ele estava no estacionamento? Estava me procurando para pedir desculpa e acabou se deparando com a minha experiência de quase-morte? Apoio o cotovelo na porta para segurar o próprio queixo, que está tremendo um pouco.

— Eu estava muito revoltado, muito magoado, quando dei aquela entrevista. — Ele aperta o volante com mais força. — E... bem... eu...

— Não precisa disso, Trenton. — Minha voz sai suave e trêmula. Não sei se tenho forças para lidar com o rumo que esta conversa está tomando. — Eu entendo. Era meio óbvio que você gostava dela... Tipo, mais do que só como amigo.

— Mas você não entende tudo. Pelo menos eu não acho que entenda.

Suas mãos ficam se movendo ao redor do volante. Acho que ele está nervoso.

— O que mais tem pra entender? — pergunto.

— O que eu fiz não foi só pela Nova.

— Não foi?

Minhas mãos estão tremendo. Se o que ele disse no noticiário não foi a mágoa falando por perder a garota por quem estava secretamente apaixonado, então só poderia ser sobre uma outra coisa: eu.

— Quer dizer, sim. Eu gostava da Nova, e *muito* — afirma ele. — Mas eu não estava apaixonado por ela. Não do jeito que você pensa. Faz muito tempo que aceitei o fato de que garotas como você e a Nova não procuram caras nerds como eu até começarmos a ganhar os salários de muitos zeros das nossas startups de tecnologia.

Levanto a mão para esconder um sorrisinho. *Nerd* é definitivamente a palavra que eu usaria para descrever o Trenton, mas ele sempre pareceu muito certinho para ser autodepreciativo. Um salário de muitos zeros é se subestimar demais. Posso vê-lo se tornando o CEO de alguma empresa multibilionária de tecnologia. Ele é o presidente do clube de robótica e do de matemática, e capitão da nossa equipe de debate. Até ouvi alguns alunos dizerem que ele hackeou o sistema de segurança da escola uma vez só para provar que era capaz.

Ele não ia parecer *tão* nerd se mantivesse o cabelo aparado e parasse de usar camisas largas, que só o fazem parecer mais magro do que é. Trenton não é um cara *feio*. Com o tratamento de pele certo e roupas melhores, ele chamaria atenção das garotas que ele supõe estarem fora de seu alcance agora.

— Sério mesmo, eu me contentava com a amizade da Nova — continua ele. — Ela era... muito complicada. Sempre criava muitas barreiras. Às vezes eu sentia que ela não estava me contando toda a verdade sobre... bem... qualquer coisa. Era como se ela tivesse certeza de que nenhum de nós entenderia as coisas pelas quais tinha passado, ou algo assim.

Trenton não faz ideia de quanto está certo. Mas não cabe a mim contar a ele tudo que descobri sobre a Nova nos últimos quatro dias. Agora quero proteger a imagem dela, e tudo que eu queria uma semana atrás era destruí-la.

— Por que mudou de opinião? — pergunto depois de cerca de um quilômetro de silêncio. — Seu olhar furioso pra mim lá no The Drip passou outra impressão.

— Foi a Duchess.

— O que tem ela?

Duvido muito que ela tenha dito algo *positivo* sobre mim para ele. Ela deixou evidente hoje que nunca, jamais poderíamos ser amigas.

— Ela é bem crítica, como você disse, mas também é intuitiva e raramente se engana sobre as pessoas — explica Trenton. — Ela não estaria andando com você se achasse mesmo que você matou a Nova.

Olho pela janela. Meus olhos se enchem de lágrimas que tento conter piscando.

Estraguei mais um relacionamento. Disse coisas que não deveria. Passei muitos anos sendo a pessoa que a Duchess e seus amigos pensam que sou. Quando me sinto ameaçada, atacada ou insegura, minha reação padrão sempre é partir para cima e destruir.

— Se você disser a ela o que vou dizer agora, vou negar — aviso quando as marquises de todos os hotéis-cassino e restaurantes à beira-mar aparecem, indicando que estamos prestes a entrar na cidade. Deixo a sensação acolhedora da lembrança de quem a Duchess e eu costumávamos ser quando garotinhas me envolver. Aquela pode ter sido a única vez que tive uma amiga que não tratei como uma posse. — Por mais que ela me irrite, eu realmente me importo com o que a Duchess pensa de mim. É quase como se recuperar a amizade dela pudesse provar de alguma forma que eu não sou tão horrível quanto todo mundo pensa. Que eu não sou quem aquelas garotas lá disseram que eu sou.

Trenton não fala nada, e, depois de alguns segundos, acrescento:

— Ela vive a vida de maneira muito autêntica. Tudo na minha vida é artificial pra cacete. Ao mesmo tempo, ela faz com que eu sinta que não faço nada certo. Quer dizer, por que tenho que carregar o fardo dos pecados dos meus ancestrais, sabe?

— Talvez porque você não tenha se disposto a fazer nenhuma parte do trabalho que vocês todos precisam pôr em prática pra desfazer esses pecados — opina ele em tom cordial.

Os faróis do carro na pista oposta iluminam o interior do carro enquanto ele passa. Olho para o Trenton e vejo o que parece ser gentileza no seu rosto.

— É verdade? — pergunta ele.

— O que é verdade?

— Que você e a Duchess estão investigando juntas o assassinato da Nova?

— *Era* verdade. Duvido que ainda seja, depois do que aconteceu hoje.

Talvez, se você tivesse sido uma amiga melhor, ela ainda pudesse estar viva! A culpa da lembrança do que eu disse a ela pressiona meu peito.

— Descobriram alguma pista boa?

— Não. Só um monte de becos sem saída. — Ajeito a postura, de repente me dando conta de que o Trenton estava na cerimônia de coroação. Depois de um instante, pergunto: — Você não viu nada de estranho no evento naquela noite, viu?

— Não. Caí fora logo depois da Duchess e da Ev.

Ele vira na rodovia 675, a estrada sinuosa de mão-dupla que leva à Jitterbug's.

— Estou rezando pra que descubram quem realmente a matou — digo, mais para mim do que para ele.

— Se ainda não prenderam você, e você não a matou, isso importa? Você é uma McArthur, porra. A sua família é praticamente a realeza nesta cidade.

Belisco a ponte do nariz.

— É exatamente esse o problema. Eu sou uma McArthur. Uma McArthur que terá uma suspeita pairando sobre a cabeça pelo resto da vida se não encerrarem esse caso. Nesta cidade, trata-se de outro tipo de prisão.

— A sua família é meio que a razão pela qual eu disse aquilo no noticiário.

O letreiro da Jitterbug's brilha ao longe.

Então eu estava certa. Era sobre mim.

— Tem a ver com o que aconteceu entre os nossos pais, né?

Trenton olha para mim.

— Você sabe o que o seu pai anda fazendo?

Por que ele está falando no tempo presente? A briga entre os nossos pais aconteceu anos atrás. Desde então se trata apenas de negócios.

— *Anda fazendo*? — repito. — Só sei que ele tirou a empresa do seu pai de um monte de projetos e que o seu pai está todo ressentido, e sinceramente não é justo me culpar por isso.

Trenton entra com o carro da mãe no estacionamento da Jitterbug's. Meu conversível é o único veículo ali, tirando um Ford Focus preto estacionado a mais de quinze metros de distância. Ele estaciona ao lado do meu Mustang, mas não saio.

Sinto que a nossa conversa ainda não chegou ao fim.

Trenton engole em seco e desliga a ignição e os faróis, deixando apenas o coro distante de grilos cantando na noite preencher o silêncio.

— O que aconteceu entre eles foi muito mais que isso, Tinsley — revela ele, olhando para mim. — Você sabe bem disso.

— Não, eu não sei. Então me explica por que você passou os últimos três anos olhando pra mim como se eu tivesse atirado o pau no seu gato.

— O meu pai foi um dos primeiros funcionários que o seu pai contratou quando fundou a McArthur Construções.

Concordo com a cabeça. Eu estava ciente dessa parte.

— Meu pai trabalhou como engenheiro-chefe por anos, praticamente o ajudou a construir aquela empresa quando seu avô estava dificultando que seu pai tivesse sucesso por conta própria — relata ele, com um tom cortante na voz. — Quando as construções tiveram um boom por aqui depois do Katrina, o meu pai foi falar com o seu e pediu demissão pra que pudesse abrir a própria empresa com o meu tio David. Virgil permitiu, prometendo ao meu pai que os aproveitaria como subempreiteiros em seus projetos multimilionários, muitos dos quais tinham a exigência de envolver empresas pertencentes a minorias, por estarem vinculados à financiamento federal.

O que me contaram foi que o pai do Trenton se demitiu porque se tornou difícil trabalhar com ele. *Achava que sabia de tudo*, disse meu pai. Mas não vou mencionar isso, vendo a convicção no rosto do Trenton agora.

— Mas seu pai não cumpriu com a palavra. Na verdade, ele fez de tudo pra sabotar a empresa do meu pai. Falava mal dele para as incorporadoras, tirava-o da jogada nas licitações pra contratos do governo, graças à amizade de infância que tem com o prefeito.

Depois de um tempo, Trenton continua:

— É o seguinte: achamos que o seu pai garantiu de maneira ilegal muitos dos contratos governamentais que permitiram o crescimento dos negócios dele.

Meu coração parece que vai sair pela boca.

— Você não tem como provar isso!

Trenton me lança um olhar de desdém, do mesmo jeito que fez no The Drip.

— Na véspera da coroação, o meu pai teve que entrar com um pedido de falência — conta ele. — Ele e o meu tio David apostaram todas as fichas em ganhar a licitação pra um enorme projeto de moradias populares em Avenues. Seria a grande oportunidade deles. Mas adivinha quem levou o contrato?

Sinto o peito apertar. *Achei que poderia me ajudar a me blindar de alguns erros nos negócios,* foi o que o meu pai disse quando o confrontei sobre apadrinhar a Nova. Então ele estava se referindo ao que o Trenton está contando? O que a Duchess disse sobre a minha família fazer coisas para seguir subjugando pessoas negras também me vem à mente.

— Ele não falou nada pra minha mãe sobre declarar falência, mas eu hackeei o computador dele — revela Trenton. — Acho que ele vai perder a empresa. Está cheio de dívidas. Quero ir pra Universidade Howard no próximo ano. Mas não tem a menor chance de os meus pais conseguirem bancar a minha ida pra lá.

— Como você sabe disso tudo, Trenton? — questiono com a voz embargada. — A gente era praticamente bebê na época do Katrina.

— Porque era só disso que o meu pai falava quando eu era criança. De como Virgil McArthur "atrapalhou seus sonhos" depois que o meu pai o ajudou a realizar os dele. — Trenton inclina a cabeça para trás no encosto, lançando um olhar distante pela janela. — Essas eram as palavras exatas que ele dizia. Ouvi tanto que não pude deixar de odiar o seu pai também.

Um silêncio constrangedor cresce dentro do carro enquanto assimilo tudo que ele acabou de dizer.

Como o Trenton poderia não odiar meu pai? Eu provavelmente odiaria se fosse ele. E o tempo todo eu ignorava isso de modo voluntário enquanto agia toda presunçosa e desprezava seus sentimentos. A Duchess tem toda a razão. Eu sou o pior ser humano do mundo.

— Sinto muito — digo.

Devagar, o Trenton se vira para mim. Por causa do leve sorriso que ele está me dando, noto pela primeira vez que ele tem uma covinha na bochecha direita.

— Estou começando a achar injusto te recriminar pelo que o seu pai fez com o meu.

Esboço um sorriso triste que espero que ele enxergue em meio à escuridão.

— Acredita em mim: já fiz merda o suficiente pra merecer todas as coisas que você disse a meu respeito.

Ficamos sentados em silêncio por mais algum tempo. Minha mão está na maçaneta da porta, mas não tenho vontade de puxá-la. Esta bolha de honestidade em que estou agora é agradável, e abrir a porta significa voltar para um mundo que não quero enfrentar. Suspeitas que estão me fazendo questionar quem quero ser se conseguir me livrar dessas alegações.

— Você está bem? — pergunta Trenton, sua voz profunda como nunca ouvi.

Estou prestes a responder quando faróis iluminam o interior do carro. Nós dois nos viramos e observamos um BMW entrar devagar no estacionamento e parar ao lado do Ford Focus da mesma forma que Trenton está ao lado do meu carro.

— Podemos conversar mais um pouco se você quiser — sugere ele.

A covinha do Trenton fica mais profunda conforme seu sorriso fica mais aberto. Meu pulso começa a acelerar.

— Parece que você não está a fim de ir embora, e eu ainda tenho trinta minutos antes do meu horário de chegar em casa — acrescenta ele, e seus olhos caem brevemente para o colo, e então de volta para mim.

Espera aí. Ele está meio a fim de mim?, eu me pergunto. É por isso que quer continuar conversando?

Meu olhar desvia em nervosismo, e minha garganta aperta. As pessoas que estavam no BMW agora estão entre ele e o Ford Focus. É um casal se pegando forte. O homem e a mulher se separam quando estou prestes a desviar o olhar, e, assim que o rosto do homem aparece, meu coração vai parar na boca.

— Ai. Meu. Deus!

Trenton vira a cabeça na direção do meu olhar arregalado.

— Qual o problema?

— Eu conheço aquele cara!

Eu me debruço sobre o console central, minha mão segurando o joelho do Trenton para eu não cair no seu colo. Ele recua para trás no banco do motorista enquanto me inclino para a frente e aperto os olhos para enxergar melhor.

— Quem é? — pergunta ele.

O sorriso bobo do homem para a mulher cujo rosto acaricia com delicadeza é o mesmo que já vi sabe-se lá quantas vezes na mesa de jantar.

— O meu cunhado!

— E, pela sua reação, aposto que aquela de cabelo escuro não é a sua irmã.

Volto a me sentar direito no banco do carona para tirar o celular do bolso da jaqueta e rapidamente aciono a câmera.

— Está fazendo o quê? — questiona Trenton enquanto aponto o celular para Aiden e a vagabunda.

— Garantindo que a minha irmã possa romper o acordo pré-nupcial — digo, tirando o máximo de fotos que posso.

CAPÍTULO VINTE E TRÊS
DUCHESS

21 DE OUTUBRO
10h07

FOI UM ERRO concordar em discursar no tributo à Nova. Não sei o que dizer.

Arranco outra página do caderno, desta vez depois de anotar apenas uma frase. Jogo-a junto com todas as folhas descartadas que se acumularam ao lado do meu sanduíche de bacon, ovo e queijo. Apoio a cabeça no punho sobre a mesa, franzindo a testa para mais uma folha em branco. Estou nesse processo há trinta minutos. Nada parece bom o suficiente para dizer na frente de sabe Deus quantas pessoas no jogo hoje à noite. Nada do que escrevi até agora combina comigo. Ou com ela, por sinal.

É por isso que adolescentes não deveriam ter que proferir discursos fúnebres para os próprios amigos. Deveríamos ter mais tempo para fazer isso de maneira adequada.

Meu telefone apita. Provavelmente é outra mensagem da Ev. Que pretendo ignorar, assim como fiz com a que ela enviou uma hora antes. É sua punição por ontem à noite. Eu sabia que ela estava tramando algo quando convidou a Tinsley para o The Drip. Mas não fazia ideia do que seria. Até que ela e os outros começaram a atacar a garota. Ev pode não ter previsto que a Tinsley acabaria descontando em mim, mas ficou feliz com isso. Estava praticamente radiante enquanto assistia à nossa briga. Dei um gelo nela durante todo o trajeto até a casa dela. O que mais me chateia não é a conspiraçãozinha que armaram contra a Tinsley. É o fato de a Ev se recusar a confiar na convicção de que Tinsley é inocente.

Minha melhor amiga está morta. O papai e eu mal nos falamos. E agora minha namorada está sendo superbabaca. Ela ficar instigando mais drama entre mim e a Tinsley não me ajuda a obter justiça pela Nova. Principalmente se eu estiver certa, e o assassinato dela estiver de alguma forma ligado a alguém querendo se vingar daquela princesa mimada por alguma merda que ela fez no passado.

Não sei o que dizer hoje à noite porque minha mente está totalmente desnorteada.

Eu me recosto na cadeira de ferro forjado e observo os arredores do Bistrô Sunny Side. O movimento na rua principal está a toda. Todo mundo tem algum lugar para ir e alguém para encontrar a fim de tomar um café e conversar, menos eu. Ontem à noite fomos avisados de que a escola permaneceria fechada pelo segundo dia. O noticiário matinal disse que a polícia ainda está lá examinando a cena do crime. De acordo com a reportagem, o jogo de hoje à noite está de pé, mas o ginásio e o auditório estarão interditados. A escola ainda terá o baile no ginásio amanhã à noite, o que parece um pouco mórbido. Certamente não estarei lá.

Eu me pergunto quanto tempo vai demorar para deixar de parecer tão estranho a vida seguir sem ela. Já se passaram quatro anos desde que minha mãe morreu, e ainda sofro com essa perda. Meu olhar vagueia pela rua, parando no banco de madeira onde tive um ataque de nervos quando tinha 7 anos porque não queria entrar na loja de roupas e deixá-la comprar um vestido para eu usar no culto do domingo de Páscoa. A lembrança de nós duas juntas naquele banco provoca uma coceira na minha garganta.

"Não quero usar vestido", lembro-me de dizer para ela, soluçando. *"Por que preciso usar? Não tem a ver comigo. Eu não sou como todas as outras garotas."*

Eu não entendia nada sobre sexualidade na época. Só sabia que eu era *diferente*. E, naquele momento, minha mãe também percebeu isso.

Minha mãe me deu o sorriso mais gentil de todos os tempos (Deus, que saudade sinto desse sorriso) e disse: *"Tá bom, filha. Não precisa ser como elas. Quero que você seja você mesma. O que quer que seja. E eu vou te amar incondicionalmente."*

Então ela me beijou de leve na testa e me levou a outra loja na rua, onde me deixou escolher um terno de menino que usei na igreja no domingo de Páscoa. E, para todo mundo que me olhasse de forma esquisita, ela dizia: *"A Duchess é uma líder, não uma seguidora. Ela é a nossa menina especial."*

Enxugo a lágrima que escorre pela bochecha enquanto volto a focar o olhar no caderno. A sensação duradoura de seu beijo quente formiga na minha testa. Não é justo que ela tenha partido. Não é justo que agora eu tenha que continuar vivendo sem minha melhor amiga também. Talvez eu devesse colocar isso no meu discurso. Deixar que todos saibam como me sinto culpada por continuar vivendo. Sobretudo com o assassino da Nova ainda à solta por aí.

Pensar nisso me faz pensar na Tinsley.

O que ela me disse ontem à noite fica me cutucando. *"Você perde o sono pensando que pode existir algum outro segredo que tenha resultado na morte dela?"*

Eu tinha dito a mim mesma que não deixaria essa merda me afetar. Não sei se estou mais chateada comigo por mentir para mim mesma ou com a Tinsley por saber exatamente o que dizer para me calar. *"Talvez, se você tivesse sido uma amiga melhor, ela ainda pudesse estar viva!"* Suas palavras ainda apertam meu coração, com uma força maior cada vez que penso nelas. Eu deveria ter pressionado mais a Nova para me contar o que a estava incomodando no jantar da coroação. Talvez fosse a gravidez e a briga com o Jaxson. Mas e se *houvesse* algo mais que eu não saiba e essa seja a razão pela qual ela está morta?

Uma sombra paira sobre o papel à minha frente.

— Devo concluir, por essa pilha de papel amassado, que você está tendo problemas pra escrever o nosso próximo best-seller? — indaga uma voz, e ergo o olhar.

Um cara de cabelo desgrenhado está parado diante da minha mesa, sorrindo.

Ajeito a postura, puxando o caderno para mais perto de mim.

— É, tipo isso.

— Talvez eu possa ajudar a desbloquear a sua criatividade, Duchess — sugere ele, e um arrepio desce pelas minhas costas.

Leva alguns segundos para eu entender por que esse cara sabe meu nome. A calça de moletom, a camiseta descontraída e os óculos escuros me confundiram. Estou acostumada a vê-lo de calça cáqui e blazer, os cachos pretos e grossos um pouco mais arrumados do que agora.

— Oi, professor Haywood — digo, relaxando. — Não te reconheci.

Ele olha para a própria roupa e ri.

— Costumo me vestir como se ainda fosse um universitário ferrado nos dias de folga. Considerando o pouco que eu ganho, talvez este seja o meu visual de professor ferrado agora.

Minha risada sai mais alta do que a piada dele merece.

— Estou vendo que eu não era a única pessoa a fim de comer um sanduíche de bagel no café da manhã.

Ele mostra a sacola marrom na mão direita.

— Grandes mentes pensam igual — digo de maneira leve.

— Está aqui fazendo o dever de casa no seu dia livre? — pergunta. — Tendo em vista como as coisas têm sido difíceis para você, estou impressionado com a sua dedicação.

— Não é dever de casa — revelo, tentando evitar que minha voz falhe enquanto olho para as bolas de papel descartadas. — Sou eu sem saber o que dizer sobre uma pessoa da qual não estou pronta pra me despedir.

O professor Haywood puxa a cadeira vazia à minha frente e se senta, embora eu tenha certeza de que nada na minha postura tenha indicado que eu estava querendo companhia. Sorrio de qualquer maneira, considerando que às vezes até que ele é legal.

— Certo — diz ele gentilmente. — A homenagem póstuma no jogo hoje à noite. Você vai fazer um discurso, não vai?

— Supostamente. — Jogo a caneta sobre o caderno. — Como pode ver, a coisa não vai lá muito bem.

— Não quero comparar os meus sentimentos com os seus, mas tem sido muito surreal ter uma aluna assassinada e outra suspeita de ter feito isso. — A empatia nos seus olhos escuros amolece um pouco mais a minha resistência a essa conversa inesperada. — Achei que a Nova se tornaria uma daquelas pessoas que eu me gabaria de ter tido como aluna depois que ela virasse uma estilista famosa. A garota tinha muito talento pro design de moda.

— Minha amiga com certeza era destruidora nos looks.

Abro um sorriso diante das lembranças de todas as vezes que a vi rasgar, cortar e/ou costurar roupas incríveis como se fosse a coisa mais simples do mundo. O que a Nova não tinha dinheiro para comprar ela mesma fazia, mas com o toque dela.

— A hostilidade que você está enfrentando de alguns colegas tem algo a ver com isso? — questiona ele, acenando para os papéis entre nós na mesa.

Franzo a testa, sem entender o que ele quer dizer.

— Posso ser um professor, mas fico por dentro das fofocas — explica. — Sei que os alunos, principalmente os negros, têm pegado no seu pé. Você sabe, porque seu pai ainda não prendeu a Tinsley.

Dou de ombros.

— Bem, sim e não. Não é isso.

Estou curiosa para saber quem poderia ser a fonte dele. Os alunos estão falando *tanto assim* sobre o papai?

— Sei que a Tinsley vem de uma família bastante poderosa, mas ainda estou surpreso por ela não estar enfrentando nenhuma acusação — comenta ele. — Depois de ver aquele vídeo e saber que ela ameaçou a Nova, eu imaginava que nem todo o dinheiro do mundo poderia livrá-la de, pelo menos, sair fichada.

— Espera aí — digo. — Que ameaça?

Quem está falando merda sobre o papai para ele? A Tinsley ameaçou a Nova? Quando? Ajeito a postura na cadeira.

— Do bilhete que foi encontrado pela polícia — responde o professor Haywood.

As palavras duras que a Tinsley disse me sufocam ainda mais. Ela mencionou um bilhete no estacionamento da Jitterbug's. O papai não disse nada sobre uma ameaça. Mas não tenho certeza se faria isso. Ele não compartilhou mais nada desde que apareci na delegacia com a Tinsley. A única coisa que sei que encontraram foi o que levaram do armário da Nova.

Será que é *disso* que o professor Haywood está falando?

A ruga acima da borda dos óculos de sol do professor Haywood desaparece quando meus olhos se iluminam, e dou um chute para ver se estou certa.

— Ah, você está falando daquele bilhete que acharam no armário da Nova — digo com casualidade, o que desfaz seu olhar confuso. — Como soube disso? Você não dá aula no Edifício A.

Ele dá de ombros e retruca:

— Fofoca da escola.

Concordo com a cabeça. É estranho que eu não tenha ouvido falar sobre isso, e nem o Jaxson ou qualquer outra pessoa além da Tinsley. Embora o que mais me interesse no momento seja o que o bilhete dizia. Talvez eu consiga fazer com que ele me conte.

O professor Haywood tira os óculos escuros.

— A ameaça não foi suficiente para implicar a Tinsley?

— Não sei. Aparentemente não é tão simples quanto parece.

— É mesmo? Pareceu para mim que o bilhete poderia estar diretamente relacionado à treta delas.

Se isso fosse verdade, o superintendente sem dúvida teria algemado a princesa a essa altura. O que significa que eles não devem conseguir provar que ela o escreveu.

— Não foi a Tinsley que escreveu — declaro, esperando que isso o leve a falar mais.

— Que viagem — comenta ele, passando a mão pelos cabelos rebeldes. — Eles têm alguma ideia de quem foi? A Nova parecia muito querida. A Tinsley foi a única pessoa que eu soube ter tido um conflito com ela.

Dou de ombros.

— Nenhuma pista.

— Nenhuma mesmo?

— Não que eu saiba. E o meu pai tem me mantido atualizada de tudo, considerando que isso é muito pessoal pra gente — minto.

— Humm — murmura ele, voltando a colocar os óculos escuros. — Não deve ter tido nada a ver, então. Bem, vou deixar você voltar ao trabalho.

Enquanto ele se levanta, pergunto:

— Se um passarinho trouxer mais alguma fofoca, você me avisa? Sabe, pra que eu possa dar uma dica pro meu pai.

— Lógico. Boa sorte com o discurso.

Ele me dá um aceno rápido e um sorriso tenso, depois sai andando pela rua principal. Eu o vejo entrar no carro e seguir para o trânsito, com o estômago revirando o tempo todo.

O que geralmente acontece quando desconfio que alguém mentiu para mim.

CAPÍTULO VINTE E QUATRO
TINSLEY

21 DE OUTUBRO
11h

O DIA DE ontem está pesando tanto em mim que não consigo sair da cama. Minha briga com a Duchess, ter sido abordada por aquelas garotas, as acusações do Trenton contra meu pai: tudo isso assombra meus pensamentos. Mas foi ver o Aiden quase engolir o rosto daquela mulher no estacionamento da Jitterbug's ontem à noite que está tirando minha motivação para começar o dia. Não quero sair do quarto. A Rachel está aqui. Ela estava aqui quando cheguei em casa ontem à noite. Felizmente, já estava dormindo no seu antigo quarto, então não precisei encará-la. Meu celular parecia cinco quilos mais pesado com a foto que tirei do Aiden com aquela mulher.

Como contar a ela que o Aiden a está traindo sem que pareça um grande "eu te avisei"?

Estou aqui deitada me arrependendo de cada comentário malicioso que já fiz sobre ele. Mas como a Rachel pode não ter desconfiado de que ele a estava traindo? Seria impossível ela não sentir que havia algo errado com o casamento deles, levando em conta como ele está sempre "trabalhando até tarde". Coitada da Lindsey. Sua infância está prestes a se tornar um troca-troca constante entre duas casas.

Por que justamente eu tinha que flagrar o Aiden? Já tenho problemas suficientes. Expor o casamento dela pode acabar muito mal para mim. É provável que ela pense que estou fazendo isso por despeito. Para fugir das coisas pelas quais estou passando. E, no passado, ela estaria certa.

Ouço uma batida na porta, seguida por:

— Tins, sou eu.

Sinto meu peito se inflar.

Vai se foder, Aiden, por ser um babaca traidor!

— Pera aí! — grito para minha irmã enquanto afasto as cobertas.

Abro a porta do quarto. Ela está parada ali, vestindo um pijama velho. Está folgado no seu corpo. Tenho estado tão preocupada que não percebi que ela perdeu peso? Por se estressar com ele, talvez? O que pode significar que ela já sabe. Minha mãe sempre diz que as mulheres têm um sexto sentido para esse tipo de coisa.

— Oi — cumprimenta ela. — Só queria ter certeza de que você está bem antes de a Lindsey e eu irmos. A mamãe está convencida de que você vai precisar dos Alcoólicos Anônimos antes dos 18.

Eu me forço a dar risada.

— Qual é o problema, Tins? — pergunta ela. — Essa sua cara que está angustiada desde sábado está ainda mais tensa agora.

— Cadê a Lindsey?

— Lá embaixo com a mamãe. — Ela dá uma olhada rápida nos dedos entrelaçados, depois foca de novo em mim. — O Aiden estendeu o expediente até tarde no escritório de novo, e a Lindsey dormiu aqui assistindo a *Frozen 2* ontem à noite, então a gente ficou. Eu não estava a fim de arrastá-la pela cidade até uma casa vazia.

Dá para ver que ela está lutando para manter o sorriso artificial.

— Entra — peço. — E fecha a porta.

Rachel se junta a mim na cama. Minhas mãos estão tremendo quando pego o celular. Minha irmã me analisa, com o rosto desconfiado.

— O que está acontecendo?

A voz dela tem um quê de impaciência.

— Aqui.

Entrego a ela meu celular com a foto da indiscrição do Aiden na tela.

A princípio, eu me pergunto se passei sem querer para a próxima foto do álbum por causa do seu olhar resignado. Mordo a unha do polegar enquanto a observo, esperando que seus olhos se arregalem ou suas narinas se inflem do jeito que sempre acontece quando ela está chateada. Mas sua expressão não muda.

Estou literalmente prendendo a respiração quando ela me devolve o celular.

— Onde foi isso? — indaga ela.

Seu tom é neutro. Seus olhos estão firmes.

— Na Jitterbug's — respondo.

— Ele está saindo em público com ela agora. Maravilha.

— Não sei, quer dizer, eu era uma das poucas pessoas ali. Eu estava... passando de carro... Espera. Você conhece a mulher?

Ela parece mais incomodada por eu saber do que indignada pelo fato de o marido estar tendo um caso. Que porra é essa?

Rachel fecha os olhos e confirma com a cabeça.

— Ela é garçonete em um dos cassinos. Eu descobri sobre o caso no fim de semana do Quatro de Julho, da maneira mais clichê possível. Notei algumas cobranças na fatura do nosso cartão de crédito: flores, quarto de hotel e joias. Então o segui uma noite e... o resto é história.

Ela acabou de dizer Quatro de Julho?

— Você sabe há *meses*? — questiono. — Por que não disse nada? Por que não pediu o divórcio?

Ela olha para o colo e depois para mim.

— No começo eu ia, mas depois...

— Depois o quê? — pressiono.

Rachel suspira.

— A mamãe me convenceu a desistir.

Espera. A nossa *mãe* também sabe? E disse a Rachel que *não* deixasse o Aiden? Isso não pode estar certo. Mamãe adora implicar com qualquer mínima coisa. Ela vetou a presença de uma amiga em um baile de caridade somente porque a mulher esqueceu de incluir o nome dela na lista de doadores. Não faz sentido.

— Por que ela faria isso? — pergunto.

— Ela diz que é isso que os homens fazem, principalmente homens com dinheiro e status social, como o Aiden e o papai.

Ouvi-la mencionar nosso pai provoca uma leve pontada na minha barriga. *O papai não traiu, o Aiden sim!*

— Por que você está metendo o papai nisso?

— É por isso que sempre invejei você — desabafa Rachel. — Eles te protegem de qualquer coisa real. Permitem que viva nessa bolha romantizada do que acha que é a nossa vida só por ser a caçula.

— Isso... isso não é verdade — contraponho, balançando a cabeça.

Por que ela está tão na defensiva? Já estou me arrependendo desta conversa. Eu deveria saber que ela não ia gostar de ouvir isso vindo de mim.

— Então por que você parece tão surpresa ao ouvir que o papai também se envolveu com outras mulheres?

Meu estômago dá um nó.

— Mulheres? Foram várias?

Rachel comprime os lábios. Ela está agindo como se eu não devesse ficar chocada por ela estar basicamente chamando o nosso pai de mulherengo e a nossa mãe de pessoa que consente.

— A mamãe jamais toleraria isso — afirmo. — Ela é tão dominadora... E o papai às vezes dá a impressão de ser meio pau-mandado.

— Ele não briga porque não precisa — contesta ela com naturalidade. — O que a mamãe vai fazer? Deixá-lo? Aquele acordo pré-nupcial que a vovó a fez assinar é bem rígido. Ela não receberia um centavo. E você sabe que ela prefere morrer a voltar a ser pobre.

— Mas você não é ela. Você é uma McArthur de sangue. Tem seu próprio dinheiro e aquele diploma de administração que nunca usa. Você vai ficar bem se deixar o Aiden. Não tem uma cláusula de infidelidade no seu acordo pré-nupcial que o obriga a pagar pensão alimentícia em caso de traição?

Rachel passa a mão pelo cabelo preto. De repente fica óbvio para mim: ela tingiu o cabelo da mesma cor do da amante do Aiden, pensando que de alguma forma isso faria com que ele parasse de sair com ela? Pensando nas datas dos acontecimentos, faz sentido.

— Os advogados da família do Aiden fizeram questão de retirar isso do nosso acordo. Mas a mamãe os convenceu a manter uma cláusula me garantindo apoio financeiro no caso de ele engravidar outra mulher.

— Mesmo assim, você não precisa ficar em um casamento sem amor, Rachel. Que vida é essa?

Uma igual à dos nossos pais? Não é possível que ela queira isso. A Rachel está sempre criticando o jeito como fomos criadas. Ela zomba com frequência das tradições aristocráticas sulistas que fomos ensinadas a abraçar. Nem sei quem ela é agora.

— Quem disse que é sem amor? — retruca ela.

Reviro os olhos.

— A mamãe disse que quase todos os maridos das amigas delas tiveram casos. Não é motivo pra deixar o meu casamento quando ele me provê segurança em tantas outras áreas.

— Sim, vamos ignorar o movimento das mulheres como fazemos com qualquer outro pensamento progressista aqui no Sul.

É como se eu tivesse acordado em alguma realidade alternativa. Agora é a Rachel quem está regurgitando as convicções da nossa mãe, e sou *eu* quem vê a bizarrice no seu pensamento.

— Olha, Tins, eu não ligo muito, tá? — declara Rachel, jogando as mãos para o alto.

Não vou deixá-la fazer isso. Está na hora de rompermos o ciclo.

— Não acredito em você.

— Ele é um bom pai, um bom provedor. A mamãe disse que você não deixa o marido por causa de infidelidade. Você *administra* isso.

Eu me levanto da cama e sou atingida por uma onda de tontura, então caio no colchão de novo e, com delicadeza, coloco as mãos nos seus antebraços.

— Você tem muito valor — digo a ela. — Merece mais que isso.

A Rachel se afasta de mim.

— Tins, você já tem muito com que se preocupar. Não esquenta com o meu casamento. Eu sei o que estou fazendo.

— Mas...

— E, se você mencionar uma palavra disso pra Lindsey, eu te mato — acrescenta ela. Observo, atordoada, enquanto ela se levanta e caminha até a porta. Faz uma pausa depois de segurar a maçaneta e diz: — Eu te amo por querer me contar. E te amo ainda mais por querer o melhor pra mim. — Ela abre a porta, mas para de novo à soleira. — Vou pensar no que você disse, prometo.

— Espera.

Ela para.

— Que foi?

Posso ser a única a pensar com nitidez quando se trata do casamento dela, mas também estou sofrendo com uma questão. E ela é a única pessoa nesta casa em quem confio para discutir o assunto comigo. Meu estômago está revirando.

— Você acha que eu sou racista? — pergunto.

— Quê? — Rachel fecha a porta e volta para o mesmo lugar na minha cama. — Da onde tirou isso?

Conto a ela todas as coisas que os amigos da Evelyn despejaram em cima de mim ontem à noite, as críticas que a Duchess me fez na Jitterbug's, e o meu desentendimento com aquelas três garotas no estacionamento. E explico como, depois de pensar nisso a noite toda, estou começando a me sentir culpada por algumas das coisas que disse e fiz, incluindo como imediatamente rotulei aquelas garotas como ameaças só porque estavam com raiva (com razão) de mim pelo que eu disse sobre a Nova.

— Eu me sinto um lixo por não saber de que forma as minhas ações podem ter piorado as lutas que a Duchess e os amigos dela vêm enfrentando. Se pelo menos eu...

— Para — interrompe Rachel. — Não faz isso.

— O quê?

— Não se coloque como vítima ou mártir por ser ignorante quando se trata de racismo estrutural. — Rachel dobra uma das pernas embaixo do bumbum enquanto a frustração que delineava seu rosto um minuto atrás se transforma em serenidade. — Isso só vai irritar ainda mais a Duchess.

— Então o que eu devo fazer? — pergunto, dando de ombros.

— Aprenda. Ouça. — Rachel se inclina, dando-me um sorriso afetuoso depois de segurar meus pulsos com suavidade. — Não transforme a sua culpa numa bagagem emocional com que os outros precisam lidar. Não é função deles segurar as nossas mãos e fazer a gente se sentir melhor. Faça o que eu fiz na faculdade: leia livros sobre essas coisas, e existem muitos deles. Posso te indicar alguns.

Começo a girar os polegares.

— Quero ser uma pessoa melhor.

— Você pode ser. — Rachel aperta a minha mão. — Mas precisa se esforçar.

Depois que ela sai do meu quarto, sinto como se tivesse me livrado de um peso. Minha cabeça gira enquanto continua a processar tudo que Rachel me contou.

O banho não lava a consternação que se infiltrou em cada poro do meu corpo. O envelope que a treinadora Latham deixou ontem me chama atenção quando estou amarrando o roupão ao sair do banheiro. Eu o pego da escrivaninha, desesperada por uma distração, e me acomodo na cama desarrumada, sobre a qual despejo o conteúdo do envelope.

As sugestões de arrecadação de fundos da equipe estão dentro do que eu esperava. Basicamente apresentaram um monte de coisas que já fizemos.

Lavagem de carros.

Venda de bolos.

Barraca do beijo... *Nojento*.

Rifa.

Adivinhar quantos anos a Tinsley vai pegar por assassinato. Esta foi sugerida pela Lana.

Escrota.

A próxima lista de sugestões me causa calafrios. Ajeito a postura na cama e pego o celular. Acesso as fotos e seguro o papel manuscrito ao lado da foto na minha tela. Minha respiração fica presa na garganta. A caligrafia inclinada é exatamente a mesma.

Sei quem ameaçou a Nova.
Saio correndo do quarto.
Por favor, meu Deus, que a Rachel ainda esteja aqui!

* * *

Toda a equipe das líderes de torcida está me olhando quando me aproximo. Elas estão no meio da formação de pirâmide na área gramada perto da parte de trás do Beachfront Park. Estão praticando aqui porque a escola ainda está fechada.
Não faça isso! Ou vou fazer você se arrepender!
O que poderia ter feito Jessica Thambley escrever isso para a Nova? Interromper o treino parece ser uma maneira lógica de descobrir.

— Treinadora, não foi decidido que *ela* não ia para o jogo com a gente hoje à noite? — grita Lana para a treinadora Latham, que está sentada em um banco de concreto sob a sombra de um carvalho próximo.

Não recebi nenhuma correspondência oficial do conselho estudantil informando me dispensando dos cargos. Provavelmente porque eles não puderam se reunir, com a escola fechada nos últimos dois dias. Portanto, ainda estou me agarrando por um fio a todas as minhas posições de liderança estudantil.

— Calma, Judas, estou aqui estritamente para fins de supervisão — respondo. — Quero dizer, ainda *sou* a capitã. É justo que eu esteja aqui pra garantir que vocês não pareçam um show de horrores hoje à noite.

Abaixo o queixo para lançar um olhar inquisitivo para a treinadora Latham por cima da armação dos meus óculos escuros.

— Tudo bem, meninas. — Ela volta a olhar para o celular que segura com ambas as mãos. — Façam a pirâmide de novo. Precisamos deixar isso bem acertado pro tributo à Nova. Todo mundo vai estar vendo.

Analiso o rosto da Jessica por trás dos óculos escuros. Procuro por qualquer mudança de expressão com a menção ao nome da Nova. Mas suas feições angelicais não revelam nada.

A equipe entra em formação novamente. Sento-me no chão e cruzo as pernas, fingindo supervisionar como eu disse que faria. Várias garotinhas que estavam se balançando no parquinho à nossa frente param para assistir também.

Enquanto observo o corpo de quase 45 quilos da Jessica sendo jogado para cima e para baixo, fico em dúvida. É difícil acreditar que ela teria força suficiente para desferir um golpe fatal. Se a polícia está certa, e o cetro da Nova foi a arma do crime, como Jessica colocou as mãos nele? E como ela poderia dominar Nova, que era pelo menos trinta centímetros mais alta que ela?

O ceticismo que se insinua nos meus pensamentos não vai ofuscar minha certeza sobre uma coisa: Jessica sem dúvida escreveu aquele bilhete. A caligrafia combina com perfeição.

No caminho para cá, repassei todas as interações de que me lembro entre a Nova e a Jessica antes da sexta-feira passada. A única coisa que se destaca é o olhar mortal que a Nova lançou à Jessica logo antes de ela e eu começarmos nossa briga.

Isso é verdade?, Nova perguntou a ela depois que insinuei que as garotas da equipe estavam fofocando sobre a Nova e seu tio. Um pouco da cor sumiu do rosto da Jessica. A Nova definitivamente sabia de algo que envergonhava a Jessica.

Jessica estica os braços magros no ar, formando um Y, depois que ela é içada ao topo da pirâmide para o movimento final. A dúvida lampeja na minha mente outra vez. Mesmo que Jessica tivesse ímpeto suficiente para acertar a Nova na cabeça e matá-la, não consigo imaginar que tenha tido força o bastante para carregar o corpo da Nova até o cemitério de escravizados a fim de fazer parecer que fui eu. Ela com certeza precisaria de um cúmplice para isso.

— Meninas, ficou impecável! O que acha, Tinsley?

A treinadora Latham está de pé à minha frente. A equipe já desfez a pirâmide e recebe os aplausos das meninas assistindo do parquinho.

— Sim, ficou ótimo. — Eu me levanto, limpando a parte de trás da legging. — Ainda bem que dominamos isso antes do campeonato nacional.

As garotas se reúnem na frente da treinadora Latham, que berra ordens e a hora que as quer uniformizadas no campus para o jogo desta noite. Assim que ela as dispensa, vou direto até Jessica. Os confrontos não funcionaram bem até agora, então adotarei uma abordagem diferente com ela.

Tiro os óculos escuros enquanto me aproximo do grupo de garotas que se retiraram para uma mesa de piquenique ali perto.

— Não deve demorar muito para as coisas voltarem ao normal — afirmo. Todas as garotas se voltam para mim. — O caso deve ser encerrado em breve e minha inocência, provada.

A sombra da árvore próxima é um alívio necessário do calor e da umidade que já faz meu moletom grudar nas costas. Eu o tiraria se usá-lo não servisse a um propósito.

— Estou meio que gostando desse novo normal. E vocês? — indaga Lana, e toma um gole da garrafa de água, seus olhos fixos em mim o tempo todo.

Giselle e algumas das outras garotas desviam o olhar, nervosas. Jessica está puxando o elástico que prendia o cabelo loiro volumoso em um rabo de cavalo. Ela usa a mão para ajeitar o cabelo, despreocupada com o que está acontecendo ao seu redor.

— *Enfim...* — continuo. — Tive notícias da polícia hoje. Eles encontraram um bilhete no armário da Nova de alguém que ameaçou matá-la. — Isso faz Jessica parar no mesmo instante. — O pai da Duchess Simmons disse que eles têm uma boa ideia de quem o escreveu e que pode prender a pessoa antes do jogo de hoje à noite.

Jessica vira as costas para o restante do grupo. Seus ombros pendem para baixo quando ela se inclina para fechar a bolsa esportiva, que estava no banco conectado à mesa de piquenique.

— Uhul — fala Lana devagar, revirando os olhos. — Bem, meninas, vejo vocês mais tarde. Preciso correr pra pegar meu vestido pro baile. O Nathan me ajudou a escolher.

Lana não recebe de mim a reação ciumenta que ela provavelmente esperava. Pela frequência com que aparecem no Instagram nos últimos tempos, presumi que iriam ao baile juntos. Além disso, estou focada apenas na Jessica, que pegou a bolsa e está caminhando apressada para o estacionamento.

Ao tentar alcançá-la, quase esbarro em um casal correndo pela trilha sinuosa do parque.

Jessica está estacionada três vagas depois de mim. Quando chego no começo do estacionamento, ela já entrou no carro. Mas, pelo que parece, está sentada no banco do motorista, falando freneticamente no celular. Olho para o carro da polícia do outro lado do estacionamento. Preciso despistá-lo se for seguir com o plano.

Certifico-me de que Jessica não está prestes a sair do estacionamento antes de entrar no meu carro. Rachel aparece de onde estava escondida no banco de trás assim que fecho a porta do lado do motorista. Deixei as portas abertas para ela entrar escondida assim que chegasse aqui, cinco minutos depois de mim.

— Ela mordeu a isca? — pergunta ela.

— Mordeu! Onde você estacionou?

Começo a tirar o moletom pela cabeça.

— Duas vagas para a direita — responde ela. — A sua sombra não me viu.

— Ótimo.

Leva menos de um minuto para Rachel vestir meu moletom. Ela se move para o banco do motorista enquanto saio discretamente pelo lado do carona. Permaneço agachada entre o meu carro e o Ford Explorer estacionado ao lado, fora da vista do policial que me segue hoje.

Rachel enfia o máximo de cabelo que pode debaixo do capuz. Ainda agachada ao lado do Ford Explorer, observo a viatura seguir Rachel quando ela dirige meu carro para fora do estacionamento. Depois que os dois se vão, eu me levanto e vou até o carro da Rachel. Ela deixou a chave na ignição.

Jessica está entrando na Beachfront Boulevard enquanto dou ré. Mantenho uma distância de pelo menos dois carros ao segui-la. Dirigimos por mais dez minutos, passando pelos hotéis-cassino, pelo country club e pela praia. Ao que parece, ela não vai para casa; mora em Plantation Hills, como eu. Ela vira na Prescott Boulevard, uma rodovia de quatro pistas onde estão a maioria das novas construções e estabelecimentos comerciais de Lovett. De um lado, a rodovia é ocupada por prédios de apartamentos construídos nos últimos sete anos. E, à esquerda, estão inúmeros shoppings com grandes lojas grandes como Walmart e Target. Esta parte da cidade é habitada principalmente por jovens solteiros, estudantes universitários e recém-casados que não estão prontos para se mudarem para as primeiras casas antes de terem filhos.

Jessica diminui a velocidade quando nos aproximamos de um aglomerado de casas geminadas. Ela estaciona em frente a um carro branco e amarelo-canário.

— Aonde ela está indo? — pergunto a mim mesma.

Continuo dirigindo, depois viro à direita na próxima esquina e estaciono perto de uma placa de "Pare" a alguns quarteirões de onde Jessica estacionou. De onde estou, a vejo sair do carro e começar a caminhar na minha direção.

Eu me abaixo, esticando o corpo sobre o console central para que ela não me veja enquanto passa. Meu coração está martelando nos meus ouvidos.

Ela atravessa a rua para outro aglomerado de casas geminadas no quarteirão atrás de nós. Espero até que ela esteja completamente fora de vista antes de sair do carro da Rachel. Ando depressa pela rua, mas fico distante o suficiente para que ela não me veja. Jessica para em frente a uma casa bege e azul-celeste. Rapidamente me esquivo atrás de uma árvore antes que ela olhe para um lado e para o outro da rua. E se ela souber que está sendo seguida?

Espero até que ela desapareça ao lado da casa antes de ir atrás dela.

— Está fazendo o que aqui?

Paro de súbito e giro nos calcanhares. Duchess está tirando o capuz enquanto se aproxima vindo do outro lado da rua.

— Está me seguindo? — pergunto, bufando.

— Não. — Ela olha por cima do meu ombro na direção em que Jessica foi. — Mas parece que estou na pista certa.

— Por que você está aqui?

Duchess cruza os braços.

— Responde você primeiro.

Solto um grunhido.

— Não tenho tempo pra isso. Preciso...

— Continuar seguindo a Barbie Baunilha? O que que tá rolando?

Lanço um olhar ansioso para a casa por cima do ombro, observando o local por onde Jessica desapareceu.

— Realmente não tenho tempo pra explicar agora — digo.

— Ou você me fala, ou eu ligo pro meu pai e pergunto se eles sabem que você deu um jeito de despistar o policial que deveria te seguir.

Ela pega o celular com a sobrancelha levantada.

Por que essa garota é tão irritante?

— Tá bem! — grito, erguendo as mãos. — Tem uma coisa que não te contei. É o que a polícia encontrou no armário da Nova no início da semana.

— A ameaça? — indaga ela.

Meus olhos se arregalam.

— É — confirmo, depois acrescento: — Achei que você não soubesse disso.

— Eu não sabia até hoje de manhã. O que dizia?

— "Não faça isso! Ou vou fazer você se arrepender!" — respondo depois de uma pausa.

Duchess fica de olhos esbugalhados.

— Eu não mencionei isso...

— Porque você sabia que eu iria te acusar de ter escrito — completa ela —, pensando que era sobre as eleições.

— Bem, foi a Jessica que escreveu.

Seus olhos se estreitam.

— A Barbie Baunilha? Por quê?

— É isso que você está me impedindo de descobrir — respondo, irritada, mas aliviada por ela acreditar em mim. — Eu acho que, considerando o segredo que a Nova sabia sobre ela, ela veio aqui pra diminuir o estrago.

— Pra casa do professor Haywood?

Olho de novo para o condomínio.

— O nosso professor de artes?

— É por isso que *eu* estou aqui.

Duchess me conta sobre sua conversa no centro da cidade com o professor Haywood. E sobre como ele saber do bilhete e as perguntas que ele fez terem acionado todos os desconfiômetros dela, e com razão. Como ele sabe do bilhete?

— Eu descobri onde ele mora e estava sentada no carro pensando em como ia bater na porta dele e sondá-lo um pouco mais — explica ela. — Foi quando eu vi a Jessica, e aí você apareceu.

— Mas por que ela está aqui? E como ele...

Paro de falar quando nossos olhos se encontram, e ambas nos damos conta da mesma coisa ao mesmo tempo. Saímos correndo e damos a volta na casa do professor Haywood.

Todas as janelas têm cortinas, o que é péssimo. Não podemos enxergar o que acontece dentro. Mas isso também significa que a Jessica e o professor Haywood não podem nos ver aqui fora.

Uma onda de alívio me atinge quando viramos a esquina. Há um pátio e, mais importante, uma porta de vidro de correr com venezianas puxadas para cima. Eu me agacho, gesticulando para a Duchess me seguir, e com cuidado vou até lá. Fico de pé devagar quando chegamos à porta de correr. Duchess continua agachada, parando na minha frente para esticar o pescoço e ver o interior também. De repente me lembro de quando éramos garotinhas, andando escondidas assim no country club em nossas missões de espionagem de faz de conta.

Temos uma visão nítida do que parece ser uma sala de jantar com uma cozinha americana. Ao longe, uma sala de estar pode ser vista através de um arco todo trabalhado. A casa é razoavelmente decorada em muitos tons de bege e marrom.

— Você vê a garota? — pergunta Duchess. — Porque eu não estou vendo ninguém.

— Talvez ela esteja lá em cima — sussurro.

Um galho se quebra em algum lugar no pátio e meu coração vai parar na boca.

Duchess e eu viramos ao mesmo tempo na direção do barulho. Um esquilo de pé sobre as patas traseiras inclina a cabecinha para nós e sobe correndo em uma árvore. Ponho a mão no peito. Meu coração parece prestes a sair pela boca.

O silêncio é interrompido pelo som de gritos abafados, e definitivamente *não* é um esquilo desta vez. Está vindo lá de dentro. Mas não consigo entender o que estão dizendo. Eu me estico na ponta dos pés para dar uma olhada melhor, e de repente Jessica aparece descendo a escada que divide a sala de estar da sala de jantar.

Duchess chega para trás, encostando-se nas minhas pernas enquanto tenta ficar escondida. Ainda não consigo ouvir o que está sendo dito, mas posso ver Jessica, que agita os braços enquanto fala.

— Você já viu o professor? — sussurra Duchess.

Prendo a respiração quando o professor Haywood desce a escada.

Ele envolve o rosto da Jessica com delicadeza entre as mãos e então a beija.

CAPÍTULO VINTE E CINCO
DUCHESS

21 DE OUTUBRO
13h27

JESSICA ESTACA NO lugar assim que vê Tinsley e eu encostadas no carro dela.

Estou de pé no lado do motorista, com os braços cruzados. Tinsley está do outro lado, apoiando o corpo na porta do carona. Mesmo a cinco metros de distância, vejo o pavor estampando o rosto perfeito da Barbie Baunilha enquanto ela se aproxima de nós com relutância. Está tentando inventar uma história para explicar por que veio parar neste lado da cidade, motivo que imagino que a Nova soubesse muito bem.

— Oi, Jess! — cumprimenta Tinsley com um sorriso arrogante. — Gostou da aulinha *particular* de artes?

— Se vocês *acham* que sabem... — começa ela, mas, antes que Jessica possa concluir a frase, Tinsley ergue o celular, mostrando a foto que tirou pela porta de vidro da Jessica e do professor Haywood se beijando.

O rosto dela fica pálido.

— Vocês me seguiram? — pergunta Jessica, agora de pé ao lado do para-choque dianteiro do carro.

Balanço a cabeça.

— Não. Quem vai fazer as perguntas aqui somos nós — retruco.

— Tipo, como a Nova descobriu sobre você e o professor Haywood? — questiona Tinsley, fazendo os olhos grandes e inocentes da Jessica se arregalarem. — Foi por isso que você a ameaçou, certo? Porque estava com medo de que ela contasse a alguém sobre o seu segredinho sujo? E não teve sequer a coragem de fazer a ameaça cara a cara. Você a enfiou no armário dela.

Jessica se vira para mim, com a testa franzida.

— É verdade mesmo que o seu pai sabe que escrevi aquele bilhete?

— Ainda não — revelo. — Mas, assim que contarmos, ele com certeza vai entender por que você e o professor Haywood mataram minha amiga.

— Nós *não* matamos a Nova! — exclama ela, erguendo as mãos, o olhar disparando de Tinsley para mim.

— O seu bilhete dizia literalmente "Não faça isso! Ou vou fazer você se arrepender!". — O pescoço da Tinsley se inclina para a frente conforme ela pronuncia cada palavra da ameaça da Jessica. — De que outra forma você a faria se *arrepender*?

— Porque está parecendo muito que vocês a mataram — digo, dando de ombros e apertando os lábios.

Minha mente ainda está desnorteada, tentando digerir tudo isso. Nunca teria passado pela minha cabeça ver a Barbie Baunilha como suspeita.

— Vocês não sabem do que estão falando! — grita ela.

— Então ajuda a gente a entender — sugiro.

Jessica torce o nariz para mim.

Ficamos em silêncio por alguns momentos antes de eu descruzar os braços.

— Tinsley, que se foda — digo, mantendo contato visual com Jessica. — Vamos só ligar pro meu pai. Ele vai fazer essa vaca falar.

— Tá bom! — berra ela, depois olha para um lado e para o outro da rua movimentada, como que para se assegurar de que ninguém consegue escutar, e diz: — Podemos primeiro entrar no meu carro? Aí conto tudo pra vocês.

Olho por cima do capô do carro para a Tinsley. Ela espera um instante antes de concordar com a cabeça.

O zumbido do tráfego pela Prescott Boulevard diminui para um sussurro cadenciado quando entramos no carro dela e fechamos as portas. Vou para o meio do banco de trás e me inclino para a frente através do vão.

— A Nova flagrou a gente na sala dele um dia, depois das aulas... Foi no dia em que os resultados da eleição foram anunciados, na verdade — começa Jessica, com a voz trêmula. — Ela não falou nada até o dia seguinte, quando me encurralou no banheiro, antes do primeiro período. Disse que tinha ido à sala do Aaron depois do ensaio de dança naquele dia pra pedir uma carta de recomendação pra se candidatar a alguma faculdade de design de moda. Ela nos viu, sabe, pela janelinha da porta.

Eu nunca tinha ouvido o primeiro nome do professor Haywood, então levo um segundo para registrar a qual disciplina ela está se referindo.

— Aaron? — repito. — Vocês se tratam pelo primeiro nome? Ah, óbvio que sim. Considerando que você é uma grande piranha.

Lágrimas brotam nos olhos da Jessica.

— Tinsley, por favor, por favor, não usa isso contra mim — implora ela. — Ele pode perder o emprego. Ir pra cadeia. Ah, meu Deus, ele vai me matar agora que vocês sabem.

— Como ele matou a Nova? — cutuca Tinsley.

As mãos da Jessica caem do rosto para o colo.

— Ele não a matou. Não foi ele!

— *Garota* — falo devagar. — Para de mentir.

Querer evitar o escândalo para a carreira e a pena de prisão que o caso deles implicaria é uma motivação forte o suficiente para o professor Haywood. E eles tiveram oportunidade de sobra para cometer o assassinato. Ambos estavam no jantar da coroação. Qualquer um deles poderia ter escapulido naquela noite e seguido a Nova até o depósito, então voltado mais tarde para remover o corpo.

— Então por que ameaçá-la? — pergunta Tinsley.

Jessica comprime os lábios rosados até formarem uma linha. Olha pela janela, com as mãos inquietas no colo.

— Ele nem sabia que eu tinha escrito o bilhete. Ficou furioso quando descobriu. — Ela funga, engasgando-se um pouco com as lágrimas. — Mesmo que você tenha contado a ele que a polícia não sabe quem escreveu, ele está fixado nisso. Me chamou de estúpida por fazer isso. Como se eu tivesse como saber que a Nova apareceria morta antes mesmo de ler.

— Então você *realmente* enfiou o bilhete no armário dela? — indaga Tinsley.

Jessica assente.

— Depois do treino das líderes de torcida na sexta passada, antes da coroação.

— Por que ameaçá-la com "vou fazer você se arrepender"? — questiona Tinsley antes de mim. — O que isso significava? Você tinha algo contra ela também?

— Não. — Jessica usa a mão para enxugar as lágrimas que escorreram pelo rosto. — Foi uma ameaça vazia. Era só a minha reação depois que ela me confrontou, toda hipócrita. A gente mal tinha trocado uma palavra antes daquele dia, mas de repente ela estava fingindo que se importava muito com o meu bem-estar. Ficava dizendo que seria obrigada a procurar a diretora Barnett se eu não parasse de transar com ele. Tipo, quem é ela pra me julgar?

Os olhos da Tinsley se voltam para os meus. Nós duas estamos pensando a mesma coisa: a Nova conectou o próprio abuso sexual na infância ao caso inapropriado da Jessica com o nosso professor. Depois do que ela passou quando menina, posso imaginá-la não sendo capaz de deixar outro homem mais velho abusar de sua autoridade com uma menina mais nova, ainda que o que eles estivessem fazendo fosse consensual. Embora ninguém jamais vá me convencer de que esses tipos de relacionamento são consensuais.

— O Aaron disse que eu deveria ter falado com ele depois que a Nova me confrontou — continua Jessica. — Mas eu não queria que ele perdesse a cabeça e terminasse tudo. Achei que eu poderia, sei lá, assustá-la e fazê-la ficar calada.

— Você vai ter que se esforçar mais se espera que a gente acredite que o que você acabou de dizer prova que não a mataram — respondo. — Sinceramente, não estou convencida de que você não contou ao *Aaron* que a Nova sabia, considerando tudo que ele tem a perder se descobrirem que o professor está transando com uma aluna. Se isso não é motivação pra matá-la e depois tentar incriminar a Tinsley pra garantir que isso não respingue em vocês, eu não sei o que é.

Tinsley concorda com a cabeça.

— E sabemos que vocês tiveram oportunidade. Então, só me deixa adivinhar: quando vocês viram a Nova sair escondida pro depósito, o professor Haywood a seguiu e a matou. E, aí, depois que todos foram embora e o jantar de coroação acabou, vocês dois voltaram e jogaram o corpo dela naquele cemitério de escravizados, considerando que o meu vídeo já tinha viralizado àquela altura.

— Não foi nada disso que aconteceu! Nós... eu...

Jessica está com uma expressão de dor. As mãos tremem, e os olhos disparam para todos os lados. O que ela poderia estar com receio de dizer?

— Está dizendo que mentiu pra polícia, então? — Tinsley pega o celular e mostra uma foto que parece ter tirado dentro da delegacia. Ela começa a tocar na tela para ampliar algo na imagem. — Sabemos que você disse à polícia que esteve no ginásio arrumando as coisas pelo menos até 22h ou 22h30.

— Eu menti, tá bem?! — grita Jessica, batendo no volante com as mãos. — Saímos bem antes disso. Eu não fiquei esse tempo todo pra arrumar as coisas. O Aa... Ele e eu fomos pra um hotel de beira de estrada depois. O Grady's Inn.

Tinsley torce o nariz.

— Eca! Aquele lugar é um lixo.

— Um lixo do outro lado da cidade onde dificilmente alguém que conhecemos nos veria juntos. — Jessica funga para conter mais lágrimas. Suas mãos estão tremendo no colo. —

Ficamos lá a noite *toda*. Eu menti e disse aos meus pais que tinha ido dormir na casa da Kimberly Weathers.

— E você espera que a gente simplesmente acredite nisso? — pergunto.

— Por que eu ia mentir quando vocês estão ameaçando contar à polícia que a matamos? — Nem Tinsley nem eu reagimos ao olhar desesperado dela. — Liga pro hotel se não acredita em mim. Ele sempre faz check-in em nome de Keith Haring.

— Aquele artista sobre quem nós estudamos uma vez, que morreu de Aids? — pergunta Tinsley, com uma expressão surpresa.

Pego o celular. A cabeça da Jessica e a da Tinsley giram para o banco de trás quando começo a digitar *Grady's Inn* na janela de busca do Google. Quando o hotel aparece nos resultados, toco no número e clico em ligar.

— Está fazendo o quê? — indaga Jessica, com urgência na voz.

— Ligando e conferindo — respondo, dando de ombros de modo indiferente.

— O que você vai dizer? — pergunta Tinsley.

Ponho o dedo indicador nos lábios, pedindo silêncio, e coloco o telefone no viva-voz.

— Grady's — atende uma voz masculina que soa como vidro raspando contra concreto.

— Oi, desculpe incomodar, senhor, mas preciso de um grande favor — começo, enunciando cada sílaba e falando com uma inflexão mais aguda para dificultar que ele perceba que sou negra. — Estive aí uma semana atrás com o meu... crush. E acho que esqueci meus brincos favoritos no quarto. Por favor, me diga que você encontrou.

— Depende — diz o homem. — Em que quarto vocês ficaram?

— Não me lembro, bebi um pouco demais naquela noite — justifico. — Mas a reserva estava no nome de Keith Haring.

Ouvimos papéis farfalhando e murmúrios do outro lado da linha.

— Ah, quarto 215 — anuncia o homem segundos depois. — Check-in por volta das 21h45 naquela noite. Mas acho que me lembro daquele jovem me dizendo que passaria a noite com a irmãzinha, não com a namorada. Você é a linda garotinha loira que estava esperando no carro, é? Parecia novinha demais pra ser...

Desligo. Ele me revelou tudo de que eu precisava saber.

Jessica joga o cabelo para trás, revirando os olhos para nós.

— Eu disse — afirma ela.

— Você não está totalmente à salvo, queridinha — retruca Tinsley. — Como sabemos que vocês não fizeram check-in lá só pra terem um álibi?

— Pra quê, Tinsley? — rebate Jessica. — Se realmente fôssemos suspeitos de matá-la, por que íamos querer fingir estar juntos em um hotel decadente? Considerando que, como vocês estavam ávidas pra me lembrar, ele poderia ir pra cadeia?

Faz sentido.

— Tins, por favor, por favor, não conta pra ninguém. Eu te imploro. — Jessica gentilmente coloca a mão no joelho da Tinsley. — Faço o que você quiser. Juro que não tivemos nada a ver com a morte da Nova. Mas, por favor, não me expõe. Não posso perder o Aaron. Eu o amo, e ele me ama.

Argh.

— Não estamos fazendo mal a ninguém por estarmos juntos — continua ela. — Eu nunca deveria ter escrito aquele bilhete, mas estava desesperada. Ele... ele significa muito pra mim.

Tinsley tira a mão da Jessica do joelho.

— Tá, tá, tudo bem — diz ela. — A gente acredita em você.

Espera aí. Eu me inclino para a frente.

— *A gente?*

Tinsley me lança um olhar sério e acena com a cabeça, e eu me recosto enquanto a Jessica faz a Tinsley prometer pelo menos mais três vezes não ir à diretora ou à polícia.

— Se eu descobrir que você mentiu pra gente sobre qualquer coisa, fica sabendo que vai ser com o meu pai que você vai falar da próxima vez — ameaço antes de sair do carro.

Tinsley e eu batemos as portas e observamos o carro de Jessica sair pela Prescott Boulevard.

— Papo reto... — digo. — Não sei se vou conseguir guardar essa merda pra mim. Não está certo.

— É, eu também não sei — diz Tinsley.

— Mas você prometeu a ela...

— Prometi que não contaria à polícia nem à diretora Barnett — retruca Tinsley com um sorriso maroto.

Eu retribuo o sorriso.

Caminhamos em silêncio até pararmos ao lado de um Tesla SUV branco.

— Você realmente acredita nela? No álibi dela? — pergunto enquanto ela dá a volta para o lado do motorista.

Minha mente não quer descartar a possibilidade de eles terem matado a Nova. Talvez porque não tenhamos nenhuma outra pista para seguir agora.

Tinsley dá de ombros.

— Acho que sim. Mas não cem por cento. Acha que poderia colocar uma pulga atrás da orelha do seu pai pra ele investigar mais a fundo sem deixar transparecer como sabemos sobre o bilhete?

Reflito sobre isso.

— Talvez.

Tinsley solta um suspiro profundo.

— Meu Deus. A Nova descobriu a gravidez, estava sendo pressionada pelo namorado a fazer um aborto, tentava expor um caso entre professor e aluna, e ainda lidava com a saída do tio depravado da prisão, tudo isso na mesma semana. Mas o comportamento dela não entregou nada disso.

— Mulheres negras fazem isso há séculos. — Coloco o capuz sobre a cabeça. — Sorrimos apesar de toda a merda que este mundo nos faz passar pra sermos fortes por todos os outros.

— Eu estaria destroçada.

— É, nós sabemos — respondo, depois atravesso a rua em direção ao meu carro.

Deixo Tinsley para trás com uma careta com que ela deve ter permanecido durante todo o trajeto para casa.

CAPÍTULO VINTE E SEIS
TINSLEY

22 DE OUTUBRO
11h15

RACHEL BATE NA porta do meu quarto e abre antes que eu possa responder.

Estou aninhada na poltrona reclinável com o notebook equilibrado no apoio de braço. Estou lendo um artigo publicado no jornal hoje de manhã, cujo título é: "A garota que não podia ser rainha." Enquanto passei a semana andando para cima e para baixo pela cidade feito a detetive Nancy Drew, um repórter do *Lovett Bugle* estava entrevistando as vítimas das minhas intrigas do passado. Ele usou todas as coisas traiçoeiras que fiz contra elas para elaborar um argumento sobre minha possível culpa. Inseriu até citações do presidente da Associação Nacional para o Progresso das Pessoas de Cor, que despejou muitas das mesmas coisas que a Duchess e seus amigos disseram sobre como meus privilégios e a riqueza da minha família estão me blindando de uma acusação.

— Posso te perguntar uma coisa? — questiona Rachel, parada no meio do meu quarto.

Ela e Lindsey passaram a noite aqui de novo. Nós três ficamos acordadas até tarde comendo besteira e vendo filmes.

— Estou lendo o texto — declaro, seca, sem tirar os olhos da tela do computador. — Não sou sensível. Não me importo mais com o que essas pessoas dizem ou escrevem sobre mim.

De repente, se eu continuar dizendo em voz alta, isso se tornará verdade.

— Hã? — Rachel inclina a cabeça com a testa franzida. — Ah, aquilo. Sim, eu vi. Mas não é por isso que estou aqui. Eu... preciso de um favor.

Fecho o notebook.

— Já está cobrando por ter me ajudado ontem?

— Tipo isso. — Os olhos da Rachel vagam pelo quarto, sem se fixar a lugar algum. — Você iria comigo ao country club? Vou almoçar com uma advogada especialista em divórcio.

Ajeito a postura. *Eu realmente a ouvi dizer "advogada especialista em divórcio"?*

— Você está falando sério?

— Shhhhhhh, fala baixo. Não quero que a mamãe saiba ainda. Não tenho cem por cento de certeza de que vou deixá-lo, mas eu quero... eu *preciso* ver quais são as minhas opções.

— Sim, lógico. — Eu me levanto. — Eu vou adorar fazer *isso*.

Eu não tinha mesmo planejado nada para hoje. Sem pistas para seguir que possam me livrar de qualquer suspeita, estou sem opções e, portanto, não tenho motivos para sair deste quarto.

Não sei o que aconteceu nas últimas 36 horas para a minha irmã ter mudado de ideia, e não me importo. Quero crer que o que eu disse a ela ontem funcionou. Uma pequena vitória de que eu precisava muito. Se ela vai deixar aquele traste mentiroso, dou a maior força. Está na hora de nós duas pararmos de viver nas sombras dos nossos pais. Traçar nossos próprios destinos. Ainda não sei qual será o meu se eu conseguir sair dessa aura de desconfiança, mas sei que a vida que eu levava antes e as coisas que considerava importantes simplesmente não são mais.

Rachel inventa uma mentira para minha mãe, que concorda em tomar conta da Lindsey enquanto estivermos fora. Saio depressa pela porta atrás da minha irmã antes que minha mãe tenha a chance de mencionar o artigo do jornal.

A recepcionista que cumprimenta a Rachel e eu quando entramos no restaurante no centro do amplo terreno à beira-mar do country club fica surpresa ao me ver. Ajusto os óculos escuros enormes que estou usando, como se empurrá-los mais para cima no nariz fosse esconder mais meu rosto.

— Mesa para três, por favor — informa Rachel a ela. — Estamos aguardando uma pessoa.

O restaurante está razoavelmente cheio, o que não é incomum, considerando que é sábado. Hoje é o dia em que mais membros utilizam as comodidades do clube, como o campo de golfe, as quadras de tênis e o spa. Era aos sábados que eu costumava vir aqui com meus pais. Lana e Giselle também apareciam com os delas, e ficávamos juntas enquanto nossos pais jogavam golfe e nossas mães "jogavam tênis", o que significava beber o dia todo no bar. O salão é banhado pela luz do sol que entra pelas janelas do chão ao teto que compõem a parede dos fundos do restaurante e oferecem uma vista panorâmica do Golfo.

Dou as costas para o ar livre. A cor vibrante do céu me lembra os olhos da Nova.

As toalhas de mesa e os guardanapos de linho branco, os arranjos cintilantes, os tons terrosos suaves, os acabamentos em madeira e a música ambiente de jazz instrumental me embalam pelo momento em uma sensação de conforto que eu não sentia há dias. Mas os olhares de soslaio que já estamos recebendo das pessoas sentadas às mesas próximas ao balcão da recepcionista me puxam de volta para minha nova realidade.

— Só um momento. Deixe-me ver o que temos disponível, senhora Prescott.

A recepcionista lança outro olhar estranho na minha direção antes de sair apressada.

— Não estão mais servindo café da manhã? — pergunto.

Rachel ergue os olhos do celular.

— Do que você está falando?

Aponto para a placa no balcão da recepcionista que diz: CAFÉ DA MANHÃ SUSPENSO ATÉ SEGUNDA ORDEM.

— Ah, sim. Desde a semana passada. Um dos chefs foi demitido. — Rachel volta a atenção para o celular. — O Aiden chegou em casa reclamando disso bem quando eu estava tentando entrar em contato com você depois de ver a notícia sobre a Nova.

Algo sobre a explicação da Rachel não se encaixa para mim. Mas não tenho a chance de entender o motivo antes de a mulher reaparecer e gesticular para que a sigamos.

Enquanto ziguezagueamos pelas mesas, vejo a mãe e o pai da Jessica Thambley sentados a uma mesa para dois no fundo. Ambos inconscientes do escândalo em que a filha está metida. Vou precisar mudar isso de alguma forma. Mas não hoje.

A advogada com que a Rachel marcou chega cerca de dez minutos depois de nos sentarmos. É uma mulher de cabelos escuros chamada Allie Sullivan, ao que parece da mesma irmandade que a minha irmã. Allie se veste como se tivesse saído de uma revista de moda. Já estou impressionada. Enquanto pedimos a comida, ela e Rachel conversam um pouco, basicamente fofocas sobre quais colegas de irmandade elas acham que postam mais mentiras sobre as próprias vidas nas redes sociais.

— Por favor, me diz que você convenceu a minha irmã a deixar o marido cafajeste e de alguma forma vai fazê-lo pagar por isso — digo depois que o garçom coloca uma cesta de pães na mesa.

Allie ri e retruca:

— Se ela quiser, com certeza eu vou tentar. O acordo pré-nupcial dela é bem amarrado, mas existem algumas soluções alternativas que podemos usar contra ele. A Rachel me disse que você tem algo pra mim.

— Está falando da foto que tirei dele com a vagabunda?

— Eu gostei dela, Rach — comenta Allie, lançando um sorriso divertido para minha irmã.

— Por acaso você também atua em direito penal? — pergunto enquanto pego o celular. — Se ainda não ficou sabendo, posso precisar de uma boa advogada em breve também.

— Tins, isso não é engraçado — comenta Rachel.

Abro a foto e entrego o telefone a Allie.

Ela analisa a imagem com a sobrancelha arqueada por alguns instantes, então diz:

— Me manda isso por e-mail. Comprovantes são tudo.

— É pra já — digo.

Digito freneticamente enquanto Allie me passa o e-mail. Sempre achei que as fotos são as melhores ferramentas para chantagem. Obrigada, Deus, pelos smartphones.

— Você vai ter que estar preparada pra uma batalha, Rach — informa Allie. — A família do Aiden é tão rica e influente quanto a sua. Ele pode contra-atacar... e com força.

Os olhos da minha irmã se fixam nos meus. Dou a ela um sorriso tranquilizador. Quero que saiba que pode fazer isso, e que estarei ao seu lado para apoiá-la.

— Você sabe que ele vai querer fazer de tudo pra salvar a própria reputação — continua Allie. — O que significa que pode tornar a coisa pessoal se você tentar manchar a imagem dele.

Deslizo o dedo para a direita na foto do Aiden e da amante, e a que tirei na delegacia aparece. Enquanto a Rachel expressa suas preocupações com a minha sobrinha e como um divórcio complicado pode afetá-la, analiso a foto novamente.

Dou um zoom na imagem. Eu tinha me concentrado tanto no bilhete da Jessica que não reparei direito no restante. Na parte inferior, o nome do Trenton chama minha atenção. Observo melhor, e abaixo dele aparecem os nomes das garotas da equipe que sei que se voluntariaram para trabalhar no jantar de coroação. Subo um pouco a foto, e acima da lista de nomes estão as palavras *"Alunos que a diretora disse terem ficado para"*. Então a foto acaba. Imagino que o resto dessa frase fosse *"arrumar as coisas após o jantar"*.

Mas por que o nome do Trenton está listado? Ele me disse que saiu do evento pouco depois da Duchess.

CAPÍTULO VINTE E SETE
DUCHESS

22 DE OUTUBRO
12h53

VUM-BONG-PÁ!

Mais uma no aro. Corro e pego a bola de basquete antes que ela desça pela entrada da garagem e vá parar na rua. Não converti um único arremesso desde que vim aqui fora fazer uns lances na cesta portátil na frente da nossa casa. Estou tão enferrujada que, se o papai e eu jogarmos nossa partida semanal amanhã, ele conseguirá uma rara vitória contra mim. Se bem que ele ainda mal fala comigo, então amanhã provavelmente teremos dois domingos seguidos sem nosso jogo de pai e filha. Minha garganta começa a se apertar só de pensar nisso.

Paro de jogar, apoiando a bola no quadril enquanto olho para a rua, toda ladeada por casas de tijolos com quintais simples como o nosso. O papai não foi ao tributo em homenagem à Nova no jogo da noite passada. Ele estava dormindo no escritório quando voltei, roncando com a cabeça em cima da mesa e da papelada espalhada do arquivo criminal da Nova. Parece que chegou a um beco sem saída na investigação do assassinato, assim como eu e a Tinsley. Estou começando a achar que ele está me evitando porque não quer que eu me decepcione por ele não ter descoberto o assassino da Nova.

Coisas que você teria que prometer não contar pra mais ninguém. As palavras da Nova têm ecoado na minha cabeça a manhã toda. É por isso que estou distraída demais para me concentrar em converter uma cesta. *Do que ela estava falando?*, não paro de me perguntar.

Meus pensamentos se dissipam quando o Kia sedã prata da Briana vira na entrada da garagem, parando alguns centímetros à minha frente.

— Já jogou demais — digo, abaixando-me para rolar a bola de basquete em direção à nossa casa.

Eu estava fazendo arremessos desde que a Ev me avisou que eles iam dar uma passada aqui antes de irem para Jackson. Ev apareceu no jogo ontem à noite, embora eu tenha ignorado suas mensagens o dia todo. Nenhuma de nós se desculpou ou falou sobre a razão para estarmos chateadas uma com a outra. E, por enquanto, estou conformada em agirmos como se nada tivesse acontecido. Tenho muitas outras coisas na cabeça.

Ev sai do carro da Briana pelo lado do carona. Está vestindo um short jeans desfiado e uma camiseta branca com decote em V. Ela se aproxima e me beija, afastando-se quando Briana, Chance e Nikki saem do carro.

— Vocês têm que cuidar uns dos outros enquanto estiverem lá no protesto — digo, apertando a mão da Ev. — Tentem não ser presos. Ouvi no noticiário que prenderam mais de dez pessoas ontem à noite.

— Tem certeza de que não quer vir? — pergunta Nikki, levantando a mão sobre a testa para proteger os olhos da luz do sol e erguendo uma bandana vermelha. — Você pode amarrar isso sobre a boca pra esconder o rosto. O Chance trouxe algumas no caso de lançarem gás lacrimogêneo.

Por mais que eu adorasse ir a Jackson me juntar às manifestações cada vez maiores contra a prisão de Curtis Delmont, não quero causar mais estresse ao papai. Se o superintendente ou qualquer outro policial descobrisse, criaria vários problemas para ele. Ele foi massacrado pelo chefe depois que retuitei algo que o ativista Marc Lamont Hill disse sobre reduzir recursos da polícia. O papai tem ficado de olho nas minhas redes sociais desde então. Muitas vezes me perguntei se o superintendente Barrow impõe aos filhos de seus policiais brancos os mesmos padrões de conduta.

— A minha garota vai representar nós duas — respondo, puxando Ev para perto a fim de lhe dar um beijo na bochecha.

— Vocês deviam ter visto minha gata ontem à noite no tributo à Nova — comenta Ev enquanto caminhamos para o lado do carona do carro da Briana de braços dados. — Ela fez muita gente chorar.

O discurso que eu havia escrito depressa em casa depois que cheguei do confronto com a Jessica foi esquecido no segundo em que me aproximei do microfone. O silêncio que tomou conta da multidão, a energia ressoando no estádio e o emocionante tributo que a banda, as líderes de torcida e a equipe de dança organizaram me motivaram a falar de improviso. Isso incluiu dizer às centenas de pessoas lotando as arquibancadas que o assassinato da Nova é um alerta de como a vida pode mudar rapidamente. De como o dia de amanhã não é garantido. De que até as melhores amizades podem ter seus segredos. De que o legado da Nova não é sobre inclusão. De que sua campanha para se tornar a primeira rainha do baile negra da escola foi um triste lembrete de que precisamos convencer os brancos a nos conceder a mísera oportunidade de sermos vistos como pessoas dignas de serem celebradas.

— A Ev não fala de outra coisa — diz Chance.

— Sem parar — completa Briana, revirando os olhos.

Não gosto do tom dela, mas vou deixar passar.

— Vai fazer o que enquanto eu estiver fora? — indaga Ev.

Apoio o braço na porta do carona.

— Ainda não sei. Pensando em visitar a Donna. Ela não foi ao jogo ontem à noite. Estou um pouco preocupada.

— Isso seria bacana — opina Ev, acariciando meu antebraço.

Espio dentro do carro. Cartazes e panfletos estão empilhados no banco do carona. *"Inocente até que se prove o contrário... a menos que você seja negro!"* está rabiscado em letras garrafais no cartaz de cima.

Pisco para ler de novo o que vejo escrito em um dos cantos do cartaz que aparece por baixo dele.

— Pera aí. — Eu me curvo para pegá-lo lá dentro e puxá-lo da pilha. Leio em voz alta. — *"Se Curtis é culpado, Tinsley McArthur também é! Cadeia para ela!"* Vocês não podem estar falando sério.

Ev, Nikki e Chance olham para o chão quando me viro para eles. Briana abaixa o queixo com a boca comprimida.

— É o que todo mundo tem falado, inclusive você — afirma ela.

— Isso foi antes — respondo, jogando o cartaz de volta no banco do carona.

— Antes do quê? De você começar a sair com a sua amiguinha de novo? — provoca Briana. — De ela fazer lavagem cerebral em você?

Não sei por que olho para a Ev. Sei como é que vai ser. Ela desvia sua atenção de mim. É óbvio que não vai me defender. Não quando Briana está sendo sua porta-voz.

— Ela não a matou, então fazê-la ser acusada não ajuda em nada — retruco.

Briana ri pelo nariz.

— Viu? Eu falei pra vocês que ela ia fazer isso agora que é amiguinha daquela garota branca.

— Fazer o quê? — grito.

— Porra nenhuma! — rosna Briana, as tranças balançando feito tentáculos enquanto ela sacode a cabeça. — Mas aprendi a esperar isso de você e do seu pai.

Ev tenta segurar meu braço, mas não deixo. Eu deveria estar gritando é com ela, mas, como a Briana parece estar querendo briga, vou entregar o que ela quer. Posso sentir o pulso acelerando. Já é puxado ter que defender o papai diante de pessoas que não tentam entender suas motivações para vestir aquele uniforme todos os dias, mas adoram questionar seu caráter por fazê-lo. Mas nem por cima do meu cadáver vou deixar as minhas supostas amigas o desrespeitarem.

— A prisão da Tinsley não leva a nada no que se refere ao assassinato da Nova — argumento.

— Galera, vamos acalmar — implora Nikki.

— É pra mostrar aos brancos que eles não estão acima da lei — contesta Briana. — Que estamos cansados de eles mudarem as regras quando se trata de nós.

— E fazemos isso prendendo brancos inocentes? — retruco em tom sarcástico.

— Eles fazem isso com a gente há décadas!

— Ah, então é uma questão de olho por olho, não de consertar o sistema? — rebato. — Eu tinha a impressão de que estávamos lutando por igualdade. Protestando pra evitar que a balança da justiça penda pra um lado ou pra outro com base nos preconceitos de quem está no poder.

— E estamos!

— A Tinsley ser presa não ajuda nisso! — berro. — A Nova merece justiça. Quero que quem a matou apodreça na cadeia! Não estou interessada numa prisão simbólica pra apaziguar as pessoas negras, fazendo-as pensar que as mesmas injustiças também podem acontecer com os brancos.

A mão da Ev toca as minhas costas com suavidade. Eu me afasto do seu toque. Faço uma pausa para respirar fundo, tentando não me exaltar ainda mais.

— Bri, eu entendo o seu raciocínio, juro que entendo — prossigo. — Mas existem várias camadas nisso. Eu quero um sistema que funcione da mesma forma pra todos. Os negros escaparem impunes de crimes porque os brancos fazem isso não serve pra mim. Não se há pessoas e famílias que merecem respostas quando os nossos amigos e entes queridos são mortos. Você fica possessa toda vez que uma mãe negra tem que ver um policial branco tirar férias remuneradas e escapar da prisão depois de matar o filho desarmado dela. Bem, a Nova é aquele homem negro desarmado pra mim. E a Tinsley ser presa mesmo sem ter matado minha amiga significa que quem realmente a matou está recebendo férias remuneradas pra continuar tocando a vida sem sofrer as consequências.

O toque do meu celular corta o silêncio que se instalou entre nós. Olho para a tela. Briana vê o nome da Tinsley na chamada. Ela solta um grunhido e desaba no banco do motorista.

Ando até a cobertura da garagem para atender a ligação.

— E aí?

— Oi... Você tá bem? — questiona Tinsley. — Parece... sei lá. Tensa.

— Estou bem. Fala.

Meu coração está batendo forte por causa da briga com Briana.

— Qual é a do Trenton? Tipo, ele é confiável? — pergunta ela.

Sinto a garganta se fechando. *Não estou pra isso agora!*

Ontem à noite, durante o jogo, Trenton ficou me perguntando se eu ainda estava andando com a Tinsley. Fiquei irritada e disse que, se ele não gostava dela na Jitterbug's, então por que se importava? Ele alegou que os dois chegaram a algum tipo de *entendimento* depois que ele lhe deu carona do The Drip até o carro dela na Jitterbug's. Tinha o mesmo brilho no olhar que costumava exibir quando estava a fim da Nova, até que ela disse que só gostava dele como amigo. O que significa que agora ele está a fim da Tinsley. E, a julgar por esta ligação, é pior do que isso: ela deve estar a fim dele também. Por que não consigo me livrar dessa garota?

— Estão querendo se pegar ou algo assim? Que porra aconteceu entre vocês na quinta à noite? — indago.

— Nada — responde Tinsley. — Espera, ele disse alguma coisa?

Solto um suspiro.

— Não tenho tempo pra bancar a cupido.

— Não é por isso que estou ligando. — Ela solta o ar com força. — Eu só... Não sei... Ele... Argh!

— Desembucha. Estou no meio de uma parada aqui.

— Ah, desculpa. Não foi nada — diz ela com a voz trêmula. — Esquece que eu liguei. Tchau.

Ev está parada atrás de mim quando me viro. Os outros estão nos observando de dentro do carro da Briana.

— Não, a gente não vai começar também — falo depressa no momento em que ela está abrindo a boca para falar. — Você não vai me apoiar, beleza. Podemos só...

— *Paaaaraaaa!* — interrompe ela, segurando meus braços agitados pelos pulsos. — Respira fundo, se acalma.

Ela começa a acariciar meus antebraços. Afasto o olhar dela e fico observando a rua enquanto tento controlar a respiração. Essa tensão entre nós duas por causa da Tinsley está começando a parecer um impasse. Algo que não podemos continuar varrendo para debaixo do tapete. Algo que poderia nos separar. Cada músculo do meu corpo está dolorido pelo conflito que vem borbulhando entre nós.

— Desculpa — diz Ev.

O pedido de desculpas atrai meu olhar de volta para ela. O queixo da Ev está apontado para o chão, mas seus olhos estão fixos nos meus. É o olhar mais meigo que ela me lançou a semana toda.

— Desculpa por ter contado ao seu pai sem te falar antes sobre o celular da Nova e aquela mancha de sangue — continua ela. — Me desculpa por ter sido babaca e convidado a Tinsley pra ir ao The Drip só pra darmos um esculacho nela. E desculpa por não te apoiar agora. Você tem razão.

A tensão no meu corpo começa a se dissolver.

— Deus, tem hora que eu odeio ser negra neste país — diz ela, jogando a cabeça para trás. — Nada é fácil pra gente assimilar. E às vezes sinto que nunca será.

— Acredita em mim, eu sei.

— Eu acredito em você. — Ev levanta meus punhos, dando um selinho em cada um. — Você é uma das únicas pessoas neste mundo em quem eu confio além da minha família. E independentemente do que eu pense sobre ela, eu devia ter confiado em você e no que acredita, em vez de ficar entre você e o seu pai, e ela.

Um sorriso aparece no canto da minha boca. Acho que ela nunca vai gostar da Tinsley. Mas o que está dizendo agora é tudo que eu queria ouvir. Precisava ouvir. Está me lembrando do motivo para eu ter me apaixonado por Ev: ela fica ao meu lado quando mais preciso dela.

— Isso é pessoal pra você, e eu não tenho respeitado isso, amor — declara Ev. — Eu devia estar te apoiando agora, não dificultando as coisas. Eu te amo. E nunca mais quero que sinta que estou questionando o que é importante pra você.

Entrelaço os dedos nos dela.

— Eu também te amo.

— Quer que eu fique?

— Não. Vai com elas. Isso é importante também. — Ela me beija. — Mas não deixa a Bri falar mais merda de mim.

— Não vou deixar.

Ela me dá aquele sorriso sedutor que me deixa fraca desde o dia em que nos conhecemos.

Ev promete rasgar o cartaz sobre a Tinsley, e nos beijamos de novo antes que ela se vire e entre no carro. Fico parada na entrada da garagem, observando Briana dar partida, e permaneço ali até o sedã prata desaparecer na rua. A ligação da Tinsley está formigando no meu subconsciente.

CAPÍTULO VINTE E OITO
TINSLEY

22 DE OUTUBRO
16h40

OS NÓS NA minha barriga vão se apertando conforme me aproximo da casa do Trenton. Esta noite é o baile de volta às aulas. Se o Trenton for, provavelmente vai estar a caminho em breve, ainda mais se tiver uma acompanhante. Piso no acelerador com mais força, vendo minha sombra policial pelo retrovisor. Não quero despistá-lo hoje, não enquanto estou fazendo isso. Não quando não tenho certeza do que estou prestes a enfrentar.

Por favor, Deus, que haja alguma explicação lógica para o Trenton ter mentido. Tipo ele ter se confundido com as palavras. Não ele ter matado a própria amiga.

Não, Tinsley, digo a mim mesma. *Não pensa assim. Ainda não.*

A entrada da garagem da casa de dois andares em estilo colonial onde estaciono está vazia. Descobri onde o Trenton mora por meio de uma pesquisa reversa com seu número de celular, que está vinculado à conta do Facebook. Desligo o carro e saio. Se não houvesse luzes iluminando várias das janelas, eu poderia achar que não havia ninguém em casa.

Por mais que esfregue as mãos na calça jeans enquanto caminho pelo estreito caminho de pedras até a porta da frente, não consigo me livrar da sensação grudenta nas palmas. Aperto a campainha, o coração batendo a mil por hora.

Dou uma espiada por cima do ombro para ter certeza de que minha sombra policial está estacionada por perto. E está, próximo ao meio-fio entre a casa do Trenton e seus vizinhos.

Fica tranquila. Flerta um pouco. Não demonstra nervosismo, digo a mim mesma assim que a porta se abre.

Trenton está descalço, vestindo uma calça de moletom cinza cortada na altura do joelho e uma camiseta azul-marinho com a palavra HOWARD no peito. Tem uma expressão atordoada.

— Tinsley? Hum, e aí? — diz ele com um sorriso torto. — Está fazendo o que aqui... na minha casa?

— Eu... É... Estava aqui no bairro e... eu...

Ele ergue as sobrancelhas.

— Você estava no *meu* bairro?

— Sim. É tão difícil de acreditar?

Eu me forço a sorrir. Sua boca relaxa.

— Aham, é.

Faço uma coisa para jogar charme, que é dar risada e desviar o olhar, então lentamente trazer os olhos de volta para a pessoa com quem estou falando depois que meu rosto fica sério. Bancar a sedutora pode fazê-lo baixar a guarda. A Duchess parece achar que ele gosta de mim.

— Eu estava dirigindo por aí, sabe, pensando na nossa conversa da outra noite — digo. — Em como foi boa e inesperada.

— Pra falar a verdade, ficou na minha cabeça também. — Ele esfrega a nuca, trocando o apoio de um pé para o outro. — Quer entrar?

Assinto, então entro.

— Você não vai ao baile hoje? — pergunto depois que ele fecha a porta.

— Não. É mais um lance da sua galera, se é que você me entende.

Um sorriso aparece nos cantos da minha boca quando me lembro do comentário anterior da Duchess.

Ficamos parados na porta, olhando um para o outro sem jeito por alguns segundos. Minha mente está lutando para encontrar uma maneira de perguntar a ele por que mentiu.

Estico o pescoço para analisar o que acredito ser a sala de estar, que fica à esquerda. O cômodo à direita está escuro, mas sei que é a cozinha pelo piso de ladrilhos e pela silhueta de uma mesa e quatro cadeiras que vejo nas sombras. Uma escada acarpetada está logo atrás de mim. Tem um cheiro de torta de maçã quente no ar.

— Cadê sua família? — pergunto, casual.

— Meu irmão está no cinema com uns amigos. Meus pais... — Os olhos do Trenton baixam para o chão, e ele começa a esfregar a nuca novamente. — Meu pai contou à minha mãe sobre a falência da empresa hoje e, bem, eles estão jantando, tentando "resolver as coisas". O que quer que isso signifique.

Faço uma careta e digo:

— Ah, sinto muito.

— Não, não, não é culpa sua. — A sinceridade na sua voz me faz acreditar nele. — Eu falei sério quando disse que não vou te recriminar pelo que aconteceu entre os nossos pais. É só que...

— É só o quê?

— A minha mãe me disse hoje de tarde que provavelmente não terão dinheiro pra me mandar pra Howard. Ela quer que eu me candidate a algumas faculdades comunitárias, sabe, só pra garantir.

Quero me aproximar dele e abraçá-lo. Pedir desculpas de novo pelo fato de o meu pai ter contribuído para impedi-lo de fazer algo que quer tanto. Estou me sentindo ainda mais culpada por nunca ter que me preocupar com dinheiro dessa forma.

— Mas você é inteligente pra caramba — afirmo. — Não conseguiu uma bolsa de estudos?

— Sim, mas não seria suficiente pra cobrir as taxas mais altas por eu ser residente de outro estado e tudo o mais. — Ele coça a cabeça. — Sem querer ofender, mas não estou nem um pouco a fim de pensar nisso agora.

— Lógico, foi mal. — Mais silêncio e encaradas desconfortáveis. — Então, o que é que a *sua* galera faz na noite do baile de volta às aulas?

Um sorriso contagiante transforma o rosto dele.

— Eu estava no quarto trabalhando num projeto pro Clube de Robótica.

— Me mostra — peço.

As palavras voam da minha boca em uma reação instintiva. Ele franze a testa.

— Quer dizer, se você quiser — acrescento.

— Vamos — diz ele, acenando para que eu o siga escada acima.

Todas as partes do meu corpo estão tremendo. Não me lembro de ter ficado tão nervosa quando confrontei outra pessoa de quem suspeitei, de maneira equivocada, de ter matado a Nova. Talvez vir aqui, tentar fazer isso sozinha, tenha sido um erro. Se eu estiver certa desta vez, o policial estacionado do lado de fora da casa está longe demais para oferecer qualquer ajuda. Se o Trenton fizer alguma coisa comigo, não será tão fácil se safar como aconteceu com o caso da Nova.

Para com isso, Tinsley, censuro a mim mesma. *Você não tem provas de que ele fez alguma coisa. Só de que ele mentiu.*

O quarto do Trenton é bem como eu esperava. Uma estante do chão ao teto ocupa uma parede inteira à direita, cada prateleira cheia de livros perfeitamente alinhados, com bonecos Funko Pop dispostos de forma ordenada entre eles. Os que o Trenton tem são réplicas relacionadas a super-heróis ou caricaturas que reconheço de *Stranger Things* e *Lovecraft Country*. Uma mesa em um canto do quarto está abarrotada com tantas peças de computador e eletrônicos que parece que ele poderia se comunicar com a Nasa. O esquema de cores é uma mistura de tons neutros suaves.

— Pode sentar aí.

Ele acena para a cama.

Respondo com um sorriso tenso antes de me sentar na beirada. Ele não fecha a porta, o que alivia um pouco a tensão no meu corpo. Pelo menos tenho uma saída se as coisas azedarem. Trenton se senta à escrivaninha, pegando alguma coisa prateada que parece um lápis que segura entre o indicador e o polegar, como se estivesse comendo com pauzinhos.

— Preciso terminar este robô pra mostrar ao professor Netherton semana que vem — diz ele. — A competição distrital de robótica é no próximo mês.

— Maneiro.

O garoto constrói robôs por diversão. Ele quer ir para a faculdade. Não é um assassino. *Por favor*, que ele não seja um assassino.

— Você não acha isso maneiro de verdade, né? — indaga ele com um sorriso brincalhão, levantando a sobrancelha.

Forço outro sorriso. Será que devo dizer logo: *Por que você mentiu sobre ter saído do jantar de coroação mais cedo?* E, se ele tentar dizer que não mentiu, digo a ele como sei que é mentira? E, quando eu fizer isso, o que acontece depois? Talvez eu devesse enviar minha localização para a Rachel.

— Estou falando sério, Trenton. É maneiro. — Estendo a mão para pegar casualmente o celular no bolso de trás. — Mas, se você contar pra alguém que eu disse isso, vou negar.

Isso o faz rir, e tiro a mão do bolso.

— Mas que explicação você daria pra estar na minha casa, no meu quarto? — pergunta ele, seu olhar ficando mais astuto.

Trenton está olhando para mim como se eu fosse algo fascinante que ele está tentando muito entender, e percebo que provavelmente isso me causaria um frio bom na barriga não fosse o medo de que ele possa ter matado alguém. Meu instinto me faz pensar que devo estar errada. Que estou exagerando. Ninguém tão despretensioso é capaz de matar. Não tem como.

— Podemos conversar enquanto eu trabalho nisso — sugere ele —, se foi pra isso que você veio. — Ele pega uma placa-mãe quadrada, a única coisa que consigo identificar na mesa, graças às aulas de ciência da computação que tive dois anos atrás. Ele a coloca no colo. — Ou posso parar se você preferir. Não quero te entediar com isso.

— Não se preocupa comigo — digo, lançando um sorriso a ele. — Não quero interromper. Eu só queria sair de casa. Estava cansada de olhar para as paredes do meu quarto.

Trenton começa a enfiar a coisa parecida com um lápis prateado na placa-mãe, provocando faíscas de vez em quando.

— Isso significa que você e a Duchess desistiram de ser... quaisquer que sejam as duplas improváveis de detetives amadores que existem na cultura pop? — Ele sorri com a própria piada. — A Nova estaria apavorada se soubesse que vocês estão se dando bem agora.

— É mesmo? Por quê? — digo, movida por uma curiosidade crescente de entender quem era a Nova.

— Qual é, Tinsley, não se faz de boba. Você não estaria se rebaixando ao nosso nível se não tivesse caído no conceito de geral.

Ai. Essa meio que dói.

— Não acho eu que esteja me rebaixando.

Trenton olha para mim.

— Ah. O que você acha, então?

— Que estou fazendo novos amigos — digo com um sorriso sincero.

Trenton retribui o sorriso, então baixa a cabeça para continuar o que quer que esteja fazendo.

Olho ao redor do quarto. Ele quer saber o que fiz no fim de semana e conto meias-verdades que omitem o caso da Jessica Thambley com o professor Haywood. Pergunto a ele sobre a homenagem à Nova, meus olhos curiosos saltando das bugigangas na cômoda espelhada para os pôsteres e fotos na parede enquanto finjo ouvir sua resposta. Meu olhar foca na fileira organizada de tênis alinhados junto à parede ao lado da porta do closet.

Ele está tagarelando sobre alguma treta no clube de robótica, mas mal estou ouvindo. De onde estou sentada, posso ver dentro do closet e identifico algo que me faz parar de respirar. É o terno preto que Trenton usava em todas as fotos do jantar da coroação. Percebo que não preciso perguntar a ele sobre a mentira. Tem outra maneira de descobrir o que quero saber.

— Ei, tem alguma coisa pra beber? — pergunto, tocando o próprio pescoço. — Estou, tipo, *morrendo* de sede.

Ele deixa cair na mesa a coisa que parece um lápis e diz:

— Merda. Foi mal. Eu nem perguntei. — Ele se levanta e se dirige para a porta. — Quer Coca? Sprite? Água?

— Tem algo um pouco mais forte? — indago com um sorriso malicioso.

— Posso assaltar o estoque de bebidas dos meus pais. O que a senhorita deseja?

Peço uma taça de vinho, e percebo que isso o surpreende um pouco pela forma como ele inclina a cabeça e seus olhos se arregalam.

— Aguenta aí. Já volto — diz ele.

Quando o ouço descer as escadas, entro em ação. Pego o celular, ligo a lanterna e começo a inspecionar o terno. Embora houvesse uma mancha no depósito, parecia que alguém tinha limpado a maior parte do sangue. E não é possível uma pessoa matar alguém, limpar a cena do crime e levar o corpo para um segundo local sem se sujar de sangue.

Embora ele pudesse ter lavado o terno a essa altura, penso.

Com o coração acelerado, vasculho os bolsos do paletó e da calça. Não tenho ideia do que estou procurando. O que não importa, uma vez que estão todos vazios. Olho para o chão do closet. Ele deve ter usado os sapatos pretos de verniz no jantar de coroação; são os únicos que combinam com um terno. Se ele pisou no sangue da Nova ou esteve no cemitério, haveria vestígios no solado.

Fico de joelhos e pego um sapato para inspecionar a sola. O fundo está arranhado, mas, tirando isso, está praticamente impecável.

Pego o sapato esquerdo, virando-o para confirmar que está tão limpo quanto o direito. Quando faço isso, algo cai e bate no meu joelho. Olho para baixo e um pingente prateado com diamantes em forma de flor brilha sob a luz da lanterna do celular. Um arrepio gelado desce pela minha coluna.

O colar da Nova!

Aquele que ela não tirava quase nunca. Aquele que ela usava na noite da coroação. Aquele que o pai da Duchess disse estar desaparecido.

De repente sinto vontade de vomitar.

Algo se move na minha visão periférica, e me viro, vendo o Trenton parado na porta, com a taça de vinho que pedi na mão. A empolgação nos seus olhos se transforma em pânico no segundo em que ele olha para baixo e vê o colar da Nova pendendo da minha mão.

— Pera aí. Deixa eu explicar.

Fico de pé num pulo, ainda segurando o colar. Estou tentando falar. Murmurando a pergunta que reverbera na minha cabeça. *Por que você fez isso?* Mas minha voz está presa, buscando um grito que borbulha na superfície quando o Trenton dá um passo na minha direção.

Ouço um baque abafado quando recuo para a estante. Isso o faz parar.

— Sei o que está parecendo, Tinsley, mas é... complicado.

Estou encurralada. Sem saída a não ser pela porta que ele está bloqueando. É, foi muito estúpido da minha parte vir aqui sozinha.

— Se você me der um minuto, posso explicar tudo — continua ele, e se inclina devagar, pondo a taça de vinho no chão.

Seus olhos permanecem em mim enquanto faz isso. Seu movimento cria um caminho estreito até a porta. E, o mais importante, para fora do quarto. É a única chance que provavelmente terei, então a aproveito.

Trenton deve ter previsto o que eu estava planejando fazer. Quando me lanço na direção da porta, ele salta para a direita, segurando-me, me prendendo no abraço mais apertado e aterrorizante que já experimentei.

É quando sai o grito que estava alojado na minha garganta. Dou chutes e continuo gritando. Dou um soco nele. Mas não largo o colar da Nova.

— Cala a boca! — berra ele. — Cala a boca! Por favor!

Arranho o rosto dele, cravando as unhas em sua bochecha como se quisesse arrancar sua pele.

— *Aaaaaaaaah!* — grita ele.

Seu aperto se afrouxa. Consigo ganhar um pouco mais de controle. Aproveito a oportunidade para pular e me impulsionar para trás, fazendo nós dois cairmos na cama. Escapo dos braços do Trenton com o impacto. Antes que ele possa se recompor, saio correndo pela porta do quarto.

Ele está colado atrás de mim enquanto desço a escada.

— Tinsley, para! Espera! Por favor, me escuta!

Ele perdeu a sanidade?

Trenton quase segura meu moletom quando estou chegando ao final da escada. Grito de novo, girando em um pé para me apoiar no outro, fazendo-o tropeçar nos últimos dois degraus. Isso o faz voar na direção oposta, para a sala de estar. Ele desliza pelo cômodo, quase em posição fetal, o que me dá tempo suficiente para abrir a fechadura da porta da frente e sair em disparada da casa.

— Tinsley, espera! — grita ele. — *Por favor!*

Continuo correndo e atravesso o jardim da frente, em direção ao carro da Polícia de Lovett que ainda está estacionado no mesmo lugar. Minha sombra. Obrigada, superintendente Barrow!

Bato na janela, e o jovem policial que apareceu na sala do capitão Simmons no dia em que voltei lá e tirei a foto escondida dá um pulo.

Ele abaixa o vidro, e berro:

— Ele está tentando me matar!

As lágrimas correm pelo meu rosto.

— Quem? — pergunta ele, colocando a cabeça para fora da janela para olhar para um lado e para o outro da rua tranquila.

— Trenton Hughes! — grito em resposta. — Ele matou a Nova!

CAPÍTULO VINTE E NOVE
DUCHESS

22 DE OUTUBRO
20h26

DESCOBRIR POR MEIO de um plantão de notícias na TV que seu parça foi preso por matar sua melhor amiga é mesmo de derrubar qualquer um. Estou na delegacia há quase duas horas e sigo lutando para recuperar o fôlego. Simplesmente não consigo entender.

O papai me confinou na sua sala, assim não atrapalho enquanto ele e o superintendente interrogam o Trenton e a Tinsley separadamente. Estou andando de um lado para outro há tanto tempo que vou ficar tonta. Paro assim que a Tinsley e seus pais passam pela porta.

Corro para o corredor.

— Tinsley!

Eles param. Ela se vira primeiro. Seus olhos estão vermelhos e a gola de seu moletom está rasgada. A iluminação forte do teto confere a ela um brilho fantasmagórico. Ela se separa dos pais e corre na minha direção, e nós colidimos em um abraço estranho.

— Que porra é essa? Não pode ser verdade — digo quando ela se afasta.

O corpo dela está tremendo, seus olhos disparam para todos os lados, como se nada ao redor fizesse mais sentido para ela.

— O Trenton? Não tem como. Eu conheço o cara. Não entendo...

— Eu sei, mas ele estava com o colar dela. Aquele que tinha sumido. Tudo ..

— O quê? — interrompo. — Tudo faz sentido? Isso é absurdo. Eu. Conheço. O. Garoto.

— Aparentemente não tão bem quanto você pensava — opina a sra. McArthur atrás de nós.

Reviro os olhos para ela por cima do ombro da Tinsley.

— Me ajuda a entender — falo para Tinsley. — Como você poderia achar...

Meu coração vai murchando aos poucos conforme a Tinsley me explica o que a levou a ir à casa do Trenton hoje à noite. Ouvir sobre como ela achou o colar da Nova e como ele a atacou me deixa com um zumbido nos ouvidos. Trenton pode ser esquentado, mas violento? É como se eu nunca o tivesse conhecido de verdade.

— Por que ele machucaria a Nova? — pergunto.

— O superintendente Barrow acha que ele estava apaixonado por ela e pode tê-la matado num ataque de fúria por ela não ter correspondido aos sentimentos dele, *ou* porque ele sabia do namoro dela com o Jaxson.

— Pode tê-la matado? — repito.

— O seu pai disse que o Trenton ainda não admitiu... que a matou.

— *Você* acha que ele fez isso?

A forma como a testa da Tinsley está franzida e a tensão no seu rosto me fazem pensar que ela também pode estar duvidando da culpa dele.

Seu lábio inferior começa a tremer.

— O que mais eu deveria achar? Ele admitiu que...

— Tinsley — diz a mãe dela, vindo em nossa direção —, anda. Vamos embora *agora*! — Ela segura o braço da Tinsley e a puxa para longe, praticamente a arrastando pelo corredor. No meio do caminho, ela para e se vira para mim. — Agora você tem as respostas que queria. Não é culpa da Tinsley se não quer aceitá-las.

— A senhora poderia mostrar um pouco de compaixão. O Trenton era meu amigo! — grito depois que a sra. McArthur se afasta.

Ela dá meia-volta, ainda segurando o braço da Tinsley.

— Ah, a mesma compaixão que você mostrou ao ajudá-los a culpar minha filha? — pergunta ela. — Desde o segundo em que você entrou na nossa casa, eu sabia que você não era confiável.

Minha antipatia por essa mulher se transforma em um ódio fervilhante que rasteja pela minha pele.

— Aposto que tem mais a ver com o meu bronzeado natural — digo entredentes.

— Se é isso que você precisa dizer a si mesma, querida, fique à vontade. — Ela se volta para a frente e grita: — Virgil, vamos *embora*!

O pai da Tinsley parece tão aflito com a troca de insultos quanto a filha. Mas isso não o impede de obedecer à ordem da esposa. Antes que desapareçam no saguão, a Tinsley se vira para mim e fala sem emitir som:

— Sinto muito.

Mas não tenho certeza a que ela se refere: à insensibilidade da mãe ou ao que está acontecendo com o Trenton?

O papai está parado no meio do corredor quando me viro.

— Papai, fala comigo — imploro. — O que ele disse? Admitiu ter matado a Nova?

Ele aperta a ponte do nariz.

— Não. Disse que não foi ele. Afirma que a encontrou morta no depósito enquanto faziam a limpeza após o jantar de coroação. Ele estava ligando pra emergência quando alguém lhe enviou o vídeo com o desabafo da Tinsley na praia. Alega que a raiva que sentiu diante disso, mais o que o pai dela fez com o dele ao longo dos anos, o motivaram a ir pra casa, trocar de roupa e depois voltar às escondidas ao campus mais tarde pra levar o corpo dela pro cemitério como uma forma de lançar mais suspeitas sobre a Tinsley. Ele hackeou o sistema de segurança da escola, e por isso não havia nenhuma filmagem dele voltando pro campus.

Sinto o estômago se apertar. Trenton mentiu sobre a escola ter instalado um novo firewall quando pedi a ele que invadisse o sistema de segurança no início desta semana.

— Ele disse que estava farto de os McArthur pensarem que podiam fazer e dizer o que quisessem sem arcar com as consequências — continua o papai. — Viu o assassinato da Nova como uma oportunidade de envergonhar aquela família. Contou que pegou o colar da Nova porque pretendia plantá-lo em algum lugar que fizesse a Tinsley parecer ainda mais suspeita. Ele planejava fazer isso na noite em que vocês saíram juntos e ele levou a Tinsley até o carro dela, mas mudou de ideia.

E a motivação? São todas as coisas que já sei: que Trenton nutre desprezo pelos McArthur por atravancarem os negócios do seu pai durante anos, inclusive o tirando de contratos lucrativos com o governo. Trenton chegou até a dizer que o sr. McArthur conseguiu o contrato para a construção de moradias populares em Avenues de maneira ilegal. E esse contrato foi o que forçou o pai do Trenton a declarar falência, por algum motivo. Com isso, Trenton não poderia estudar na faculdade dos seus sonhos. Incriminar Tinsley foi sua forma de se vingar.

Agora parece que levei um soco na barriga.

— Escuta, o superintendente está no meu pé pra que ele seja fichado e indiciado — diz o papai. — Ele já estava recebendo ligações de autoridades municipais reclamando sobre a forma como a Tinsley foi tratada. Vai usar a prisão do Trenton como uma forma de voltar a cair nas graças deles. Vamos ter que conversar mais tarde.

Concordo com a cabeça, tentando processar tudo que acabou de me contar, e ele não falava tanto desde que explodi com ele na primeira noite após o corpo da Nova ter sido encontrado.

Ciente de que não conseguirei mais informações agora, deixo a delegacia. Quando estou sozinha no carro, as lágrimas caem. Esta semana, perdi dois amigos. Nada disso faz sentido. Mesmo que Trenton tenha tentado incriminar Tinsley intencionalmente, ele ter assassinado a Nova não está se encaixando como deveria. Faz meses que Nova lhe disse que só gostava dele como amigo. Ele ficou decepcionado, mas nunca agiu como se isso o perturbasse. Só seguiu em frente.

Acho que nem tudo precisa se encaixar quando os holofotes estão sobre nós. Mandados de prisão são distribuídos feito doce quando um suspeito negro entra na jogada.

Meus olhos ficam ásperos como lixa quando secam. Olhando no espelho retrovisor, uso uma camiseta que estava jogada no banco de trás para limpar o rosto. Quando estou prestes a virar a chave na ignição, me lembro de uma coisa.

O colar da Nova.

Uma conversa que a Nova e eu tivemos sobre ele se desenrola na minha mente, voltando à tona pelo que descobri sobre ela esta semana. Seu significado parece diferente. Saio do carro e corro para a delegacia, subindo dois degraus de cada vez até a entrada da frente.

Encontro o papai sentado à mesa, franzindo a testa para algo que está lendo no notebook.

— O colar! — exclamo.

Ele ergue o olhar, com a mão em concha no queixo.

— O que tem ele?

— Quando a Nova o ganhou de aniversário, comentei como parecia caro. Ela fingiu, dizendo que era uma boa falsificação que tinha achado na internet. Eu acreditei nela, sabendo que a Donna nunca poderia pagar por uma joia, muito menos a própria Nova.

— Aham.

Eu me inclino, apoiando as mãos na mesa do meu pai.

— Acho que ela estava mentindo. Ela escondeu muitas coisas de mim, papai. E, se ela mentiu sobre isso, talvez o colar seja uma pista do segredo que ela guardava. Ela nunca o tirava do pescoço. Devia ter um valor sentimental, certo?

Sinto o corpo inteiro formigando. Aquele colar *tinha* que estar conectado com "as coisas" que a estavam incomodando no jantar da coroação. Com as coisas que ela me faria prometer não contar a ninguém. Estou praticamente ofegante enquanto tento interpretar o rosto do papai. Ele parece impassível no início; então sua mão larga o queixo e os cantos de sua boca se curvam em um sorriso orgulhoso.

Ele não acredita em mim? O pensamento faz meu peito apertar.

— Qual é a graça? — pergunto. — Estou falando sério.

— Eu queria que você voltasse a pensar em ser policial — diz ele. — Daria uma ótima detetive, minha menina.

Ele vira o notebook para que eu possa ver a tela. Uma foto do pingente de diamantes em forma de flor da Nova preenche o que parece ser uma página de vendas on-line.

— Pensei a mesma coisa, então pesquisei na internet o nome que estava gravado atrás de uma das pétalas — informa ele, segurando o saco plástico de evidências lacrado que contém o colar da Nova. — É de uma loja sofisticada em Atlanta.

Dou a volta na mesa enquanto ele vira o notebook para si outra vez.

— O Trenton é bastante esperto e tinha a motivação pra incriminar a Tinsley, mas o garoto não faria mal a uma mosca — declara ele. — Eu me lembro daquela vez que ele estava na nossa casa e implorou pra que eu não matasse uma aranha, dizendo que "ela servia a um propósito no ecossistema". Em vez disso, o garoto me ajudou a pegá-la e soltá-la lá fora. Esse tipo de pessoa não tira a vida de outra.

O papai volta a atenção para o notebook, mas não consigo tirar os olhos dele. Respiro fundo, o ar preenchendo parte do vazio que passou a se alojar em mim. É por *isso* que tê-lo na força policial é importante. O superintendente está pronto para prender o Trenton. Mas o papai conhece o garoto e conhece as lutas que as pessoas negras enfrentam no sistema judiciário, então ele vai fundo em busca da verdade em vez de aceitar as coisas pelo que elas aparentam ser, como seus colegas brancos fazem, que só querem enxergar pessoas negras de uma maneira. Esses são os momentos que eu gostaria que quem o critica pudesse ver.

— Papai, eu não estava falando pra valer. — As palavras escapam da minha boca.

Ele franze a testa.

— Hã?

— O que eu disse sobre a mamãe e você ter prometido que não a deixaria morrer. Eu não estava falando pra valer. Estava com raiva. Só isso. Você é o meu herói, mesmo quando não entendo por que ainda trabalha neste lugar. Em momentos como este, fico feliz que você trabalhe.

— Eu sei disso, minha menina. — Ele se levanta, me puxando para seus braços. — Sei que teve que aturar muita coisa por eu ter esse distintivo. Exijo demais de você.

— Mas não quero jamais que passe pela sua cabeça que eu penso o mesmo que eles sobre você — desabafo aos soluços em seu peito. — Esta semana, eu pensei, só por um instante. E não te defendi como deveria de uns colegas da escola que estavam me enchendo o saco por vocês não terem prendido a Tinsley. É que estava doendo muito... perder a Nova como perdi a mamãe.

Ele me afasta um pouco para que possa olhar para mim.

— Me desculpa por ter sido duro com você. O que fiz foi por amor. Por não querer ver você em perigo, porque... — Ele engole as próprias lágrimas. — Seus irmãos e você são tudo que me restou dela. Eu não ia correr o risco de te perder como perdemos a Nova.

Mordo o lábio, sentindo o gosto salgado das lágrimas que escorreram pela minha boca.

— E não há nada que você possa fazer ou dizer que me faça te amar menos — continua ele. — O que temos é incondicional, ouviu?

Ele me puxa para um abraço apertado. Ouvir seus batimentos cardíacos me acalma. Faz com que eu sinta pela primeira vez em muito tempo que tudo vai ficar bem.

— Agora, sobre o colar. — Nós nos separamos e ele se senta na cadeira. O meu rosto paira acima do seu ombro, e uso a manga para secar as lágrimas. — Ele custa uns cinco mil dólares.

Fico de queixo caído.

— Quem gastaria tanto dinheiro com ela?

— Um *sugar daddy*, talvez? — sugere o papai.

— Difícil de acreditar, sabendo do que ela passou com o tio — respondo. — Também seria super-hipócrita, considerando que ela estava prestes a expor o relacionamento da Jessica com o nosso professor.

— Como é que é?

— Depois eu conto. — Viro a cabeça do papai para a tela do computador. — Tem como descobrir quem comprou pra ela?

— Eu estava prestes a ligar pra loja quando você voltou. — Ele pega o fone do telefone fixo e digita o número que aparece no final da página da loja. Então coloca no viva-voz assim que começa a chamar e põe o fone no gancho. — Fica em silêncio. Deixa que só eu falo.

— *Sparkling Creations*, como posso ajudar? — atende uma mulher.

— Eu gostaria de falar com o proprietário — diz o papai.

— Está falando com ela. Sou Johanna Kurns.

Meu coração bate forte enquanto ouço o papai explicar quem ele é e por que está ligando. Sinto que descobrir quem presenteou a Nova com um colar de cinco mil dólares é a resposta que estava na nossa cara esse tempo todo.

— Capitão Simmons, ficarei feliz em ajudar no que puder — diz a srta. Kurns. — Para sua sorte, mantenho registros meticulosos dos clientes para nossa lista de e-mails. A maioria se torna compradora recorrente das minhas peças. Vendi apenas alguns destes pingentes de flores.

O som de papéis farfalhando toma a ligação.

— Quando o senhor disse que o pingente foi comprado?

— Talvez entre abril e maio do ano passado — informa o papai.

— E você fala de Lovett, no Mississippi, certo?

— Sim, senhora.

— Ah, aqui está...

Coloco a mão na boca, com medo de respirar muito alto e não ouvir o que a mulher está prestes a dizer.

— Esse pingente foi comprado por um homem — continua ela. — McArthur. Primeiro nome: Virgil.

CAPÍTULO TRINTA
TINSLEY

22 DE OUTUBRO
21h15

MEUS PAIS VÊM mentindo para mim.

Eles contaram a primeira mentira na manhã em que acordei com a notícia do assassinato da Nova. Eu me dou conta disso quando estamos chegando em casa. O porquê de saber que o country club tinha suspendido temporariamente o serviço de café da manhã não ter feito sentido. Se isso fosse verdade, então seria impossível que meus pais tivessem tomado café da manhã lá na semana passada, como meu pai me disse quando perguntei por que eles não estavam em casa quando acordei no dia seguinte à coroação. É lógico que ele poderia apenas ter se atrapalhado com as palavras, considerando meu estado de desespero. Eu teria acreditado nisso se não fosse pela segunda mentira. Tenho pensado nela desde que me tranquei no quarto.

Na verdade, é *possivelmente* uma mentira. Mas, depois de testemunhar a conversa estranha que meus pais tiveram sobre a prisão do Trenton quando estávamos entrando no carro esta noite, tenho quase certeza de que é mesmo mentira.

Enquanto eu estava sentada no banco de trás, meu pai murmurou alguma coisa para minha mãe por cima do ombro antes de dar a volta até o lado do motorista.

Enquanto minha mãe se acomodava no banco do carona, ela respondeu:

— Virgil, acabou. Deixa isso pra lá.

E meu pai retrucou:

— Aquele garoto não merece...

E então minha mãe sibilou:

— Virgil, não me testa. Já falei: deixa pra lá!

Acho que minha mãe mentiu sobre a suspeita de que as faxineiras estivessem roubando de nós, que ela alegou ser o motivo para repreendê-las na frente da Duchess. Eu estava tão focada em não deixar a Duchess pensar que éramos esnobes racistas que deixei o absurdo do seu raciocínio passar batido.

Alguns anos atrás, minha mãe achou que um dos jardineiros havia roubado um equipamento do nosso galpão e logo o demitiu. Ela não tinha qualquer prova de que ele de fato roubara, mas isso não a impediu de dispensá-lo. Se ela achasse mesmo que aquelas mulheres estavam em nossa casa furtando coisas, elas nunca teriam tido permissão para retornar. E isso leva à pergunta que venho me fazendo nos últimos trinta minutos: existia algo no armário de vidro que ela não queria que as mulheres vissem? Essa é a única explicação lógica para ela não querer o pessoal da limpeza por perto. A resposta me causa arrepios.

E quanto às palavras do meu pai, *"Aquele garoto não merece..."*. Trenton não merece o quê? O que minha mãe impediu meu pai de dizer?

A fala do Trenton jurando que não matou a Nova ecoa na minha mente enquanto abro a porta do meu quarto sem fazer barulho. O corredor está um breu. Há um feixe de luz saindo pela fresta sob a porta do quarto dos meus pais quando piso descalça no chão gelado de madeira do corredor.

Desço os degraus na ponta dos pés, meu estômago embrulhado me conduzindo escada abaixo até o armário de vidro que guarda as coroas e cetros da família.

Sua mãe estava sendo superbabaca com ela, Jaxson disse na noite em que o confrontamos do lado de fora da Jitterbug's. Tento afastar a lembrança quando chego à base da escada. Minha mãe é babaca com todo mundo. Isso não significa que...

Para com isso!, digo a mim mesma. *Você está viajando.*

Mas isso não diminui a tensão na minha barriga.

A maioria das luzes está apagada lá embaixo. Rachel decidiu ir para casa hoje à noite, uma vez que a Lindsey começou a perguntar sobre o Aiden. Acho que minha sobrinha está sentindo que tem algo errado entre os pais.

Uma luz escapa por baixo da porta do escritório do papai. Era de se esperar que suas bebedeiras terminassem agora que o Trenton foi preso, e meu nome está limpo. Talvez esta noite seja a primeira em que ele esteja lá de fato trabalhando.

A luz do luar que invade a sala pelas janelas é refletida no armário de vidro. Mal posso sentir os dedos enquanto corro para ele como se fosse uma espiã fodona invadindo um museu para roubar um artefato precioso em um filme clichê de ação. Por alguns segundos fico parada na frente do vidro, olhando para as coroas.

Tudo lá dentro está disposto da mesma forma de sempre. Mas as suspeitas rondando meu subconsciente persistem. Abro a porta e pego a coroa da minha mãe. Seguro-a ao luar e a inspeciono como se nunca tivesse visto aquilo. Não sei o que estou procurando, mas, ao mesmo tempo, sei.

Sangue. Qualquer gota de sangue. Caso minha mãe...

Mas isso é absurdo.

Recoloco a coroa em seu suporte na prateleira de cima. Deixei que o assassinato dessa garota me transformasse em uma desequilibrada desconfiada. São meus pais. Minha *mãe*. Sim, ela fez algumas coisas escrotas, como virar as costas para a melhor amiga, que foi estuprada em uma festa a que tinham ido juntas. Isso não significa que ela seja capaz de matar.

Significa?

Pego o cetro da minha mãe em seguida, analisando-o da mesma forma que fiz com a coroa. A luz da lua ilumina a inscrição gravada abaixo da esfera, e sinto o corpo ficar petrificado.

NOVA ALBRIGHT

* * *

Invado o quarto dos meus pais agitando o cetro da Nova com as mãos trêmulas. Minha mãe está sentada à penteadeira retrô usando um pijama de seda lilás.

— O que você está fazendo com isto? — exijo saber.

Minha mãe para de depilar as sobrancelhas com a pinça, lançando um olhar confuso para mim pelo espelho da penteadeira. É breve, mas vejo seus olhos se arregalarem antes de ela se remexer no assento e relaxar o rosto.

— Do que você está falando?

Ela se inclina para a frente em direção ao próprio reflexo para retomar o trabalho nas sobrancelhas.

— Este é o cetro da Nova! — Vou pisando duro até o meio do quarto, parando na lareira, de frente para a cama king-size dos meus pais. — Por que você está com ele? Onde está o seu?

— Devo ter pegado o dela por engano na noite da coroação. — Minha mãe joga a pinça na penteadeira com todos os outros cremes, perfumes e acessórios de maquiagem que entulham a superfície polida. — Por que você está aí me olhando desse jeito?

Balanço a cabeça enquanto analiso o comportamento indiferente da minha mãe no espelho, com o meu corpo reagindo inconscientemente à outra mentira que ela contou. Tentei acreditar que o cetro da Nova estava na nossa casa porque minha mãe o pegou por engano, mas ouvi-la dizer isso confirma como a ideia é ridícula.

— Você está mentindo — digo entredentes.

— O quê?

— Você está *mentindo*! — grito. — Porque, se você está com o cetro dela, isso significaria...

As palavras ficam presas na minha garganta como um pedaço de pão seco.

Minha mãe se vira devagar, com a mandíbula travada e as sobrancelhas recém-depiladas franzidas. Seus olhos estão desprovidos de emoção e a boca, apertada.

— O que exatamente você está insinuando, *querida*?

Ela diz "querida" no tom gélido que sempre foi capaz de me paralisar. Esta noite, transforma minha descrença em hostilidade.

— Explica como você pode ter pego o cetro da Nova por acidente — digo. — Me fala ou...

— Ou o quê? — Minha mãe se levanta. — Você não está em posição de me ameaçar, mocinha. Agora ponha aquele cetro de volta no lugar dele e depois vá bonitinha pra cama. Você teve uma semana estressante... Todos nós tivemos.

Meu lábio inferior começa a tremer quando ela se aproxima e começa a acariciar meu cabelo.

— O assassino da Nova está preso. E esse é o fim da história toda.

— Não é, não! — Eu a empurro, caindo para trás na cornija da lareira. — Ele não fez isso. Foi você, não foi?

— Você não sabe do que está falando.

Minha mãe me dá as costas.

— Por que você faria isso? Porque ela foi a rainha do baile no meu lugar?

Minha mãe gira nos calcanhares. Há uma intensidade feroz nos seus olhos e na sua boca.

— Não seja ridícula. Apenas faça o que eu digo e *vá dormir*!

Estou lutando para recuperar o fôlego.

— Você e o papai mentiram sobre terem tomado café da manhã no clube sábado passado. Sei disso porque o clube estava fechado pro café da manhã. Um dos chefs foi demitido.

— Tinsley, saia *agora*! — grita ela. — Antes que você *realmente* me aborreça.

— E aí vai acontecer o quê? — pergunto, me surpreendendo ao dizer isso. — Você vai me matar, como deve ter matado a Nova?

— Cala a porra da boca!

Foi ela. Sei que foi. Mas não faz sentido. O que a Nova poderia ter feito a ela para merecer a morte?

— Por que você faria algo assim? — Estou me engasgando com as lágrimas. — Foi por minha causa?

Minha mãe salta da cadeira tão depressa que fica cara a cara comigo antes que eu consiga piscar.

— Cala o caralho da boca, sua merdinha! — Ela arranca o cetro da minha mão, sacudindo-o para mim com tanta maldade que tenho que recuar alguns passos para não ser atingida por ele. — Você não faz ideia da verdade. Nenhuma! E nunca conseguiria lidar com ela. Acabou. Ela está morta. Seu nome está limpo…

— Ele não matou a Nova.

Sei que é a verdade assim que digo em voz alta.

— Mas você jamais dirá uma palavra sobre isso, está me ouvindo? — O rosto da minha mãe está a centímetros do meu. — Agora saia, e nunca mais fale comigo sobre esse assunto.

Como ela poderia matar alguém e continuar vivendo como se nada tivesse acontecido? É como se ela já houvesse feito isso antes, matado e seguido em frente. Nossa conversa sobre a irmã do superintendente da polícia ressurge na minha mente, ganhando um novo significado considerando o que sei agora.

— Tudo aquilo sobre a Regina Barrow também era mentira? — pergunto.

Tudo acontece tão rápido que nem percebo que ela me deu um tapa até que sinto a bochecha queimar. Minha mãe está praticamente espumando pela boca quando toco o próprio rosto, meus olhos fixados nela, chocada.

— Charlotte, saia de perto dela.

Nós duas nos viramos. Meu pai está à soleira da porta do quarto, seu olhar amargo focado na minha mãe.

— Você me ouviu. Saia. De. Perto. Dela.

Minha mãe dá alguns passos para trás, mas está batendo com o topo do cetro na palma da mão aberta, lançando um olhar frio ao meu pai.

— Veio aqui pra contar a verdade à sua filha? — pergunta ela a ele. — Isso aliviaria sua consciência pesada? Enterraria as lembranças que você tem afogado no uísque a semana toda?

— Papai, o que vocês dois fizeram?

As lágrimas estão pingando na minha boca.

Meu pai passa a mão pelo cabelo.

— Virgil — insiste minha mãe —, a sua filha te fez uma pergunta.

— Eu ouvi, cacete! — grita meu pai.

— Então conte a ela! — ordena minha mãe. — Conte à sua filha o que nós fizemos.

— O que *você* fez! — retruca ele, apontando para minha mãe. — Não tive nada a ver com isso.

— Ah, querido, você teve tudo a ver — continua minha mãe. — Aconteceu por sua causa. Por causa de como você me desrespeitou.

O olhar do meu pai oscila entre mim e minha mãe. Seu rosto está distorcido por algo que acredito jamais ter visto nele antes. Medo, e talvez arrependimento. Como ele poderia estar ligado à Nova, e o que a minha mãe fez com ela?

— Papai, do que ela está falando? — pergunto, soluçando.

— Diga a ela quem era a Nova, Virgil. Já está na hora de ela saber tudo sobre o seu segredinho sujo.

— Cala a boca, Charlotte — esbraveja meu pai.

Minha mãe olha para ele com escárnio. Ela está gostando da situação, enquanto sinto que estou prestes a ter um infarto.

— Tinsley. — Meu pai diz meu nome como se usasse toda a força que lhe resta. — A Nova era...

— Ela era o quê? — indago, apavorada com o que ele vai me dizer.

Meu pai ergue os olhos do chão. Eles estão brilhando com lágrimas.

— Ela era minha filha.

Sinto o coração despencar.

Meus joelhos cedem. Preciso estender o braço e segurar a cornija da lareira para não desabar no chão. Isso só pode ser um pesadelo horrível. Meus pais estão olhando para mim, esperando uma reação à bomba que o meu pai jogou.

— Do-do-do que você está falando? — gaguejo.

— Ela era minha filha, Tinsley. Sua irmã.

Mas como? Quando? Por quê?

— Mamãe, isso não é verdade — digo. — Não pode ser verdade, certo?

Minha mãe me dá as costas, atirando o cetro da Nova na cama.

— Foi por isso que sua mãe fez o que fez — declara meu pai. Ele atravessa o quarto, vindo em minha direção, mas levanto a mão, mandando-o parar. — A Nova ameaçou contar pra todo mundo quem ela era.

— Não — diz minha mãe. — Eu perdi o controle e acertei a cabeça daquela cobra porque ela ameaçou te extorquir, e eu sabia que você seria otário o bastante pra cair nessa. Do mesmo jeito que foi manipulado para apadrinhá-la contra minha vontade, mesmo sabendo como isso afetaria a filha que você criou.

— Eu devia isso a elas depois de tudo que você fez! — grita meu pai.

— Você me devia muito mais por fazer uma filha com aquele lixo do gueto — retruca minha mãe. — Acha que eu ia deixar as Albright, aquela *gentinha*, roubarem aquilo pelo qual me sacrifiquei e lutei?

— Eu não sou a porra de uma posse! — berra meu pai.

— Não, você é um homem patético que não consegue manter o pau dentro das calças! — vocifera minha mãe, jogando o corpo no banco em frente à penteadeira.

— Parem com isso! — grito, com as mãos pressionadas nas têmporas.

Minha mente entra em parafuso enquanto tento acompanhar tudo que eles disseram. As ações da Nova que levaram à sua morte começam a fazer sentido. Foi por isso que ela mudou de ideia sobre o aborto? Porque fazer parte da nossa família daria a ela condições de criar um filho?

E o Jaxson disse que a mãe da Nova engravidou de um homem casado. Sem que eu soubesse, o homem era quem *eu* chamo de pai. A conversa com a Rachel no meu quarto duas noites atrás liga os outros pontos.

Tropeço na cadeira ao lado da lareira e desabo nela. O *homem* a quem Leland Albright se referiu no dia em que estive na casa da Nova devia ser o meu pai, não o Jaxson. E, no dia em que Nova e eu brigamos, ela fez aquele comentário sobre a oportunidade perdida de sermos próximas como irmãs.

Levanto a cabeça.

— Como a Nova soube? — pergunto. — Como ela soube que você era o pai dela?

— Ela só descobriu quando ela e a Donna voltaram a morar na casa da avó — responde meu pai, com os olhos fixos na minha mãe. — A Nova encontrou um monte de cartas de amor e bilhetes velhos que escrevi pra mãe dela quando Donna trabalhava pra mim. Ela foi a primeira secretária que tive quando abri a construtora.

— Eram *seus*? — digo, me dando conta do que havia na caixa que encontrei.

Os bilhetes não estavam desbotados por causa da umidade na ventilação do ar-condicionado. Eram apenas velhos.

— A sua mãe viu a Nova sair de fininho durante o jantar de coroação — explica meu pai. Ele se senta na beirada da cama, os cotovelos apoiados nos joelhos. — Eu não soube na hora, mas ela a seguiu. Ia ameaçar a Nova pra fazê-la ficar longe de você e dos McArthur depois que você nos viu juntos.

Minha mãe larga a escova que estava passando no cabelo enquanto meu pai fala.

— Porque obviamente a mãe dela não estava mais cumprindo o nosso acordo.

— Que acordo? — pergunto.

— Eu não ia deixar que um errozinho trágico me fizesse passar vergonha — declara minha mãe, virando-se para ficar de frente para o meu pai. — Imagine só o que as pessoas desta cidade falariam quando soubessem não só que o seu pai me traiu com alguém como *ela*, mas que também teve um filho com a mulher?

Então foi tudo por causa do orgulho dela. Do seu frágil status no mundo em que ela entrou ao se casar.

— Mas, naquele dia na escola, você agiu como se não conhecesse a mãe da Nova — comento.

Minha mãe me encara pelo espelho da penteadeira. Lembro-me da expressão fugaz de incompreensão no rosto de Donna depois que minha mãe fingiu não saber quem ela era. A encenação da minha mãe deve tê-la deixado confusa.

— Você mentiu esse tempo todo — digo a ela.

— A Nova era inocente — afirma meu pai.

— Aquela desgraçada ia roubar o que é da minha filha por direito! — grita minha mãe. — Além disso, *eu* sou a única mãe dos seus filhos! Esse foi o combinado.

Não aguento mais. Vou passar mal. Minha mãe eleva a maldade a outro patamar. Eu me levanto da poltrona e corro em direção às portas duplas que se abrem para a varanda da suíte. Sabia que não chegaria ao banheiro a tempo. A comida cujo gosto sinto no fundo da garganta explode da minha boca assim que me choco contra o guarda-corpo. Mais lágrimas escorrem pelo meu rosto a cada ânsia que faz minha barriga se apoiar com mais força nas saliências do gradil.

Minha mãe matou a Nova.

Minha barriga se contrai.

A Nova era minha irmã.

Outra contração.

Meu pai sabia e a ajudou a encobrir tudo.

Preciso tossir para cuspir o que não saiu.

— Tinsley.

Viro para trás. Meu pai está parado na porta da varanda.

— Por que você a ajudou? — questiono. — Se a Nova era sua filha, como pôde acobertar a mamãe?

— Ela me chantageou — responde meu pai. — Tudo que seu amigo Trenton disse sobre eu conseguir contratos governamentais ilegalmente é verdade. E a sua mãe tem os documentos que comprovam isso.

— Eu os chamo de "brecha no nosso acordo pré-nupcial" — diz minha mãe, passando pelo meu pai com uma toalha na mão.

— Sai de perto de mim! — grito, afastando-me dela. — Você matou a Nova pra manter um estilo de vida que nunca mereceu de verdade.

— Você não tem ideia dos sacrifícios que precisei fazer para dar a você e sua irmã uma vida com a qual eu apenas sonhava naquele parque de trailers abandonado por Deus.

Não me importo com os sacrifícios que ela fez. A Nova não merecia morrer por causa deles.

— Você a matou! — berro.

Em um piscar de olhos, minha mãe me segura pelos ombros.

— Fala baixo, porra! — sussurra ela.

Adiantando-se para tentar tirar minha mãe de cima de mim, meu pai grita:

— Charlotte, larga ela!

Mas ela não vai me soltar. Suas unhas estão cravadas na minha pele.

— Você tem ideia do que precisei aguentar para chegar aonde cheguei?

— Me larga! — grito.

Meu coração está acelerado. Nunca vi minha mãe assim. Parece uma mulher possuída.

— Cala a *porra* da boca! — grita ela. — Você vai levar isso para o túmulo com você!

— Charlotte! — berra meu pai.

Minha mãe me aperta com mais força e me esforço ao máximo para me libertar.

— Sai de perto de mim! — esbravejo, cravando minhas unhas nela, esperando que isso a faça me soltar.

Ela me puxa para perto, colando o rosto no meu.

— Ouviu o que eu disse? Não vai dizer uma palavra...

— Charlotte!

Meu pai está com os braços em volta da cintura dela, forçando-a para longe de mim.

— Me solta! — grito.

Meu pai finalmente consegue arrancá-la de mim. Mas o recuo violento provocado pela nossa separação me faz voar para o guarda-corpo da varanda com tanta força que meus pés saem do chão.

Ouço meu pai gritar meu nome. Enquanto estou caindo para trás, minhas mãos se agitam, tentando segurar alguma coisa, mas não sinto nada além de ar. Meu pai estende os braços para mim, mas é tarde demais. Meus dedos roçam os dele pouco antes de eu tombar por cima do guarda-corpo.

Por dois segundos, me sinto leve até que a gravidade me puxa para baixo.

Vejo um flash de luz azul ofuscante. E a última coisa que ouço antes de tudo ficar escuro é o grito horripilante da minha mãe.

CAPÍTULO TRINTA E UM
DUCHESS

23 DE OUTUBRO
11h18

SOMENTE UMA PALAVRA pode descrever as últimas catorze horas. *Absurdas.*

Todas as teorias que tinha para explicar por que Virgil McArthur poderia ter comprado um pingente de cinco mil dólares para a Nova estavam erradas. Nunca em um milhão de anos eu teria pensado que ele era o pai da Nova. Embora quase todas as minhas teorias envolvessem dinheiro e ele a matando por causa disso. Acontece que ele fez o que fez para evitar que as pessoas descobrissem que havia tido uma filha com a ex-secretária, algo que a Nova estava ameaçando expor depois que ele se recusou a dar a ela mais dinheiro ou presentes caros para ficar quieta.

"As coisas" que ela ia me contar antes de morrer agora são de conhecimento público. A Nova era essa outra pessoa que eu realmente não conhecia. E a Donna não é nem um pouco melhor aos meus olhos. Uma parte de mim acredita que de alguma maneira ela *devia* saber que o sr. McArthur estava por trás disso. Estava com tanto medo do homem que ia deixá-lo escapar impune de um assassinato?

A prisão do sr. McArthur já virou notícia no país inteiro. Tenho certeza de que todo mundo na cidade está falando disso, mas estou no hospital desde que a Tinsley foi internada ontem à noite.

A irmã dela estava esperando ao lado da cama comigo no início. Agora a mãe dela está aqui. A sra. McArthur e a cara de entojada dela chegaram esta manhã depois que ela foi liberada do interrogatório relacionado à prisão do marido. Aparentemente, a Tinsley descobriu o que o pai fez ao mesmo tempo que o papai e eu. Quando ele me ligou agora há pouco para saber do estado da Tinsley, fez um resumo de tudo que a sra. McArthur disse a eles. Que ela estava tentando impedir o marido de atacar a filha depois que a Tinsley o confrontou com a verdade. E que a Tinsley caiu da varanda durante o confronto.

Graças a Deus o papai chegou lá na hora certa. Eu estaria de luto por duas garotas mortas se não fosse por ele. Independentemente de gostar dela ou não, eu não queria que ela morresse. Muito menos desse jeito.

O bipe contínuo do monitor cardíaco da Tinsley preenche o silêncio entre sua mãe e eu. Nós duas estamos agindo como se a outra não estivesse aqui. Ela está sentada do outro lado do quarto e eu do lado da cama que fica mais perto da janela. O horizonte cinzento do lado de fora aumenta a frieza do interior. A única coisa que a mãe dela me disse, logo que chegou aqui, foi que eu podia ir embora. Torceu o nariz quando eu disse que não iria a lugar nenhum até que a Tinsley acordasse.

Meus olhos saltam do celular quando os dedos da Tinsley começam a se contrair. Pulo da cadeira e corro para a cama dela, sua mãe logo atrás de mim.

— Tinsley — sussurro. Seus olhos se abrem ao som da minha voz. — Estava começando a achar que você nunca mais ia acordar.

Ela semicerra os olhos para mim por causa da luz do teto. Mas seu rosto se suaviza quando começa a reconhecer o meu. Sua boca se abre, a língua se mexendo entre os lábios rachados. Ela tenta se sentar, e aperto seu braço com gentileza.

— Não se mexe. Você deve estar sentindo que o seu corpo foi atingido por uma tonelada de tijolos — comento.

— Querida — diz a mãe, inclinando-se sobre a filha —, você me deu um baita susto.

O braço da Tinsley fica tenso sob o meu toque, e seus olhos quase pulam das órbitas.

— Sai de perto de mim! — grita ela com a voz rouca, recuando da mão que sua mãe estava prestes a colocar em sua testa.

Recolho a mão devagar, confusa com o que acabou de acontecer.

O olhar nervoso da sra. McArthur salta na minha direção. Ela dá à filha um sorriso tenso. Tinsley está fitando a mãe como se não quisesse aquela mulher perto dela *de jeito nenhum*.

— Calma, querida. Você está em choque — afirma a sra. McArthur, estendendo a mão novamente, mas faz uma pausa quando a Tinsley se encolhe. — Sei que ainda está abalada com o que o seu pai fez, mas está tudo bem agora. Você está segura.

Eu me inclino para a frente novamente.

— Sim, ele está...

— Deixa eu falar com a minha filha, tá bem? — brada a mãe dela, seca.

A enfermeira encarregada da seção onde fica o quarto da Tinsley entra, dizendo que viu uma mudança nos sinais vitais dela no aparelho de monitoramento no posto de enfermagem. A sra. McArthur e eu nos afastamos para que ela possa examinar a Tinsley. Há uma estranheza no ar que até a enfermeira percebe. Ela fica olhando de mim para a sra. McArthur, e a mãe da Tinsley começa a andar de um lado para o outro entre a cadeira e a porta. Sinto as entranhas se retorcerem.

Por que a Tinsley se afastaria da mãe desse jeito? A mulher a salvou do pai assassino.

— Relaxa, tá, meu bem? — pede a enfermeira. — Você quebrou o braço e sofreu uma concussão grave. Daqui a pouco volto com o médico. Tenho certeza de que sua amiga e a sua mãe vão te deixar a par das *coisas*.

Ela fala isso como se saber que o seu pai matou a filha ilegítima (e quase matou você também) fosse um acontecimento normal de domingo.

— Você se importa de sair enquanto eu converso com ela? — pede a sra. McArthur depois que a enfermeira se retira.

O sorriso plácido que essa mulher está me dando não combina com a angústia nos olhos dela.

Olho para a Tinsley. A maneira como ela está me encarando deixa minha nuca arrepiada. Um fio começa a se desenrolar aos poucos no meu subconsciente. Não era para ser assim, para causar essa sensação. Onde estão o abraço cheio de lágrimas e os agradecimentos pelas preces atendidas que imaginei que haveria entre mãe e filha depois daquilo a que elas sobreviveram?

Por que isso parece tão errado?

— Você quer que eu saia? — pergunto para a Tinsley.

— *Eu* pedi que você saia — intervém a mãe dela.

— Estou aqui desde que você foi internada. — Volto para a cabeceira dela como se não pudesse ver ou ouvir sua mãe. — O papai estava chegando na sua casa quando você caiu da varanda.

— As luzes azuis. — Tinsley estreita os olhos, fitando a TV atrás de mim com um brilho distante nos olhos. — Era o seu pai? Por que ele estava lá?

— O capitão Simmons estava lá para prender o seu pai — responde a sra. McArthur antes de mim. — Eles sabem que a Nova era filha dele. E que ele a matou.

Há uma mudança no rosto da Tinsley.

— O-o que...

— Não se dê ao trabalho de falar — instrui a sra. McArthur. — Poupe suas forças. — Então ela se vira para mim, sua boca comprimida em uma linha. — Você pode, por favor, sair... *agora*? Minha filha e eu precisamos conversar.

Tinsley evita meu olhar inquisitivo ao espiar pela janela. Vejo seu lábio inferior tremer.

Algo definitivamente não está certo.

— Como você descobriu? — indago a ela. — Sobre o seu pai? Me fala como você juntou as peças.

Ela olha de soslaio para a mãe, que posso sentir me fuzilando com o olhar.

— Minha filha já sofreu o suficiente. Ela não tem tempo para isso.

— Você descobriu que ele deu de aniversário pra Nova aquele colar de cinco mil dólares? — digo, ignorando a mãe.

— Ela está falando do colar que a Nova *extorquiu* do seu pai — retruca a mãe. — Agora, saia, antes que eu chame a segurança.

Dou de ombros e continuo:

— Por que ele...

— Chega! Saia! — A sra. McArthur aponta para a porta. — Saia agora.

— Só um minuto — vocifero para ela. — Só estou um pouco confusa. Se a Nova estava extorquindo seu marido por dinheiro, por que ele comprou pra ela um colar de uma butique de Atlanta durante uma viagem de negócios? Parece um presente tão pessoal... A Nova nunca foi de usar muitas joias. Então seria estranho que ela pedisse isso em vez de dinheiro. E seria estranho encontrar alguém que está te chantageando em público, como o sr. McArthur fez com a Nova. A filha que ele matou porque supostamente *não* queria que ninguém soubesse do vínculo com ela.

Sou pega de surpresa quando a sra. McArthur dispara até meu lado da cama e segura minha camisa.

— Saia! — esbraveja ela, me puxando.

Eu me agarro à grade da cama.

— Não faz sentido, né, Tinsley?

Os olhos dela estão brilhando com lágrimas. Tinsley está escondendo algo. Sei que está.

— Como você descobriu? Me fala! — imploro.

— Cala. A. Sua. Boca. E *sai* do quarto da minha filha!

Tinsley desvia a atenção de mim. O que quer que ela esteja escondendo, não vai me contar.

Por que não estou surpresa? É lógico que, entre mim e sua mãe, ela vai sempre escolher a mãe. Sua ídola. O molde do qual ela foi feita. Eu me solto da sra. McArthur e sigo para a porta. Vou descobrir o que estão escondendo. E não vou desistir até conseguir.

— Duchess — chama Tinsley.

Paro, já com a mão na maçaneta. Quando me viro, Tinsley está cerrando a mandíbula, seus olhos fixos em mim. A angústia que estava estampada no seu rosto há alguns segundos se foi.

— Fala pro seu pai ir até a nossa casa checar o armário de vidro que tem lá — sugere Tinsley.

— Tinsley — diz a mãe dela —, você não...

— Ele vai encontrar o cetro da Nova onde deveria estar o da minha mãe — conclui Tinsley.

— *TINSLEY.*

A sra. McArthur enuncia a palavra como um aviso e cerra os punhos.

— Onde está o dela? — questiono, minha mão caindo da maçaneta enquanto um arrepio percorre meu corpo.

— Não sei — responde Tinsley. — Ela teve que se livrar dele depois de usá-lo pra golpear a cabeça da Nova.

A sra. McArthur pula em cima da filha.

— Sua desgraçada vingativa! — ruge ela.

Não alcanço a Tinsley a tempo de impedir a mãe de segurá-la e sacudi-la com violência.

— Me solta! — choraminga Tinsley.

— Sai de cima dela!

Seguro o suéter da sra. McArthur, puxando com toda a força.

— Saia você de cima de *mim*! — vocifera ela.

Ela me empurra com tanta força que saio voando por cima da cadeira. Bato com a nuca na parede. A dor ofuscante faz tudo na minha vista virar pontinhos pulsantes. O quarto fica de cabeça para baixo. Não consigo segurar nada para me firmar ou me levantar. Então sinto mãos envolverem meu pescoço e não consigo respirar.

— Mamãe, não!

Ouço Tinsley gritar, mas não consigo vê-la. Os pontos estão por toda a minha visão, sombreados por uma silhueta escura.

— Você a mudou! — grita a sra. McArthur, me sacudindo. — Você mudou a minha filha!

Sua saliva me atinge no rosto. Seus gritos vibram nos meus tímpanos. Suas mãos apertam meu pescoço. Eu as arranho. Preciso afastá-las de mim. Não consigo respirar. Dou chutes e empurro o corpo para a frente e para trás, mas não consigo afrouxar seu aperto em volta do meu pescoço. Não consigo tirar essa psicopata de cima de mim.

— Nem ferrando vou deixar você tirar minha filha! — grita ela. — Ela é minha!

Minha garganta está pegando fogo.

— Socorro! Por favor, alguém me ajuda! — berra Tinsley, mas parece muito distante.

— Eu te mato antes de deixar gente da sua *laia* roubar tudo de mim! — berra a sra. McArthur.

Arfo por um ar que não vem.

Faz-se um barulho em algum lugar ao meu redor; então ouço:

— Senhora. *Senhora!* Por favor, pare... *Segurança!*

Ela bate minha cabeça contra a parede de novo. Uma dor lancinante me apunhala nas têmporas.

— Mamãe, larga ela! — grita Tinsley.

Tudo dói.

— Vai se juntar à sua amiga no inferno, sua intrometida degenerada!

— Mamãe, para!

A escuridão começa a se fechar ao redor da dor fulminante. A paz entorpecente que ela traz é boa. Alivia a queimação nos meus pulmões.

Mamãe. Penso na mamãe. Seu rosto brilha diante de mim, me dizendo para não ceder à escuridão tranquila.

Sinto sua falta, mamãe.

Duchess, aguenta firme!, grita ela.

Mamãe, por que a sua voz parece a da Tinsley?

— Para com isso! Você está matando ela!

Uma onda de ar frio golpeia meu peito.

Há uma luta.

— Não me toque! Me largue! — Ouço a sra. McArthur berrar.

A pressão diminui ao redor do meu pescoço. Meu corpo desaba no chão frio e duro.

Sou levantada por outra pessoa. Braços me envolvem, mas consigo respirar mesmo assim. A pessoa me puxa para perto. Tem cheiro de maçã e jasmim. Tinsley sempre tem esse cheiro.

— Só respira. Respira — murmura ela com uma voz tranquilizadora. — Vai ficar tudo bem.

Obedeço. Inspiro fundo. Expiro devagar. De novo. E de novo. E de novo.

Lágrimas quentes molham meu rosto. Mas não são minhas. São dela. Da Tinsley, que agora consigo enxergar me segurando enquanto os pontos pulsantes na visão começam a desaparecer.

— Estamos bem. Estamos bem. Estamos bem — repete ela sem parar.

É só quando o papai chega que conseguem nos separar.

CAPÍTULO TRINTA E DOIS
TINSLEY

26 DE OUTUBRO
14h05

PELA APARÊNCIA DELE, alguém poderia pensar que meu pai está preso na penitenciária do condado há quatro anos em vez de quatro dias. Fico chocada ao ver como ele está desgrenhado quando entra na sala de visitas. A barba cheia de nós, o cabelo todo áspero e desalinhado. O macacão listrado cinza e branco folgado demais no corpo. Seus olhos estão carregados até que eles se fixam em mim sentada sozinha na mesa do outro lado da sala. Seu rosto se ilumina com um sorriso. Quero retribuir, mas não consigo. Ainda estou confusa, com muita raiva. Ver tudo isso refletido no meu rosto acaba com a alegria dele.

Minha garganta começa a doer quando ele vem até mim. A sala de visitas da prisão me lembra o refeitório da escola. A luz do sol que entra pela parede de janelas à esquerda. Mesas quadradas de metal branco ocupam o ambiente espaçoso, com os assentos conectados à base e aparafusados ao piso de concreto. Um agente penitenciário está posicionado em cada um dos cantos da sala, monitorando tudo que está acontecendo. E há muita coisa acontecendo. A sala está lotada, com muitas das mesas cheias de familiares compartilhando reencontros animados com seus entes queridos encarcerados.

Não acredito que essa poderá ser minha vida por sabe Deus quanto tempo.

Meu pai observa o gesso no meu braço enquanto se aproxima. Ele para por alguns segundos, então continua e se senta à minha frente. Sua pele está manchada, e os olhos, um pouco vermelhos.

— Tins, estou feliz que você finalmente... Obrigado por ter vindo. — Até sua voz soa mais rouca que o normal. — Tenho perguntado sobre você... e muito.

Eu sei. Rachel me contou. Ela e Lindsey estão morando comigo desde que a prisão da minha mãe me deixou órfã. Ela diz que agir como minha guardiã está dando a ela um propósito agora que está se divorciando do Aiden. Isso e tentar organizar o desastre que é a empresa do meu pai. O FBI abriu uma investigação sobre seus negócios. Ela me explicou esta manhã que o nosso pai pode enfrentar várias outras acusações além daquela pela cumplicidade no assassinato da Nova e seu bebê ainda no ventre.

Nossa mãe não tem cooperado com a polícia, mas meu pai, sim. Ele confessou que a ajudou a acobertar o assassinato da Nova indo à praia na manhã seguinte à coroação para jogar o cetro da minha mãe no Golfo.

Muitas peças já se encaixaram, mas ainda preciso de algumas respostas. Essa é a única razão pela qual concordei em vê-lo.

— Não estou aqui pra conversinha — informo a ele. — Tenho perguntas e quero respostas. Só isso.

Ele cruza as mãos por cima da mesa.

— É lógico que tem. Sei que isso tem sido pesado pra vocês, meninas.

— Pesado? — repito em tom de escárnio. Ele não pode estar falando sério. — Isso é um eufemismo, papai. *Pesado* foi quando meu rosto apareceu em todos os jornais como *suspeita* em uma investigação de assassinato. A gente foi direto pra porra da coluna das bizarrices agora. "A socialite sulista assassina que matou a filha bastarda do seu marido": esta será literalmente a descrição do filme original da Netflix sobre a história. Anota o que eu estou falando. Eu não tenho conseguido comer nem dormir direito desde que a Rachel me levou pra casa quando saí do hospital. Então, papai, *pesado* é pouco.

— Querida, eu sei que você está com raiva. Eu entendo.

Ele me lança um olhar magoado que faz minhas mãos começarem a se contorcer. Como ousa agir todo ofendido pelo que eu disse? Não depois de tudo que ele fez.

— Sabe o que eu não entendo? — Eu me inclino para a frente, apoiando o braço engessado no colo. — Como você pôde ajudar a sua esposa a encobrir o assassinato da sua filha ilegítima. Se você não a queria, nunca deveria tê-la feito.

O queixo do meu pai treme.

— Eu só fiz isso por...

— Porque ela te chantageou? Aham, eu sei.

Mal consigo olhar para ele agora.

— Foi mais que isso, Tinsley. Muito mais. — Ele passa a mão pelo cabelo, o que não o deixa com uma aparência melhor. — Achei que estivesse protegendo você e a sua irmã dos meus erros. Da possibilidade de perder a sua mãe caso ela fosse presa por isso. Eu não queria que vocês sofressem por algo que eu nunca deveria ter deixado acontecer. Mas não pense nem por um segundo que eu não estava arrasado, que a culpa não estava me corroendo por dentro.

— Que culpa, papai? A culpa de estar casado com a mulher que matou a filha que nunca pôde contar com você? Ou a culpa de saber que poderia ter poupado sua outra filha da humilhação e do estresse pelos quais ela passou porque todos achavam que ela matou a irmã que nem sabia que tinha?

O olhar do meu pai baixa para o próprio colo. A sensação é boa, de colocar para fora a raiva que eu vinha reprimindo nos últimos quatro dias depois de refletir sobre como meus pais ficaram de fora só assistindo enquanto minha vida virava um inferno por causa de um crime que *eles* haviam cometido.

Eu me viro para as janelas gradeadas. O estacionamento da penitenciária se estende longamente do outro lado. Em algum lugar no mar de carros, Rachel e Lindsey estão esperando por mim. Minha irmã achou melhor eu falar com nosso pai a sós. Dou uma olhada no local.

— Você visitou a sua mãe desde...

— Não. Não consigo. Eu não queria nem estar aqui com você.

A imagem da minha mãe sufocando a Duchess no meu quarto de hospital ficou permanentemente gravada na minha mente. Assim como vislumbres de como ela parecia possuída quando me sacudia na varanda voltam o tempo todo aos meus pensamentos. Acho que nunca mais conseguirei vê-la de um jeito diferente.

— Sei que você acha que estragamos a sua vida...

— Como você pôde trazer uma criança pra este mundo e ignorá-la? — interrompo. Não quero ouvir seus lamentos. Quero saber como ele pôde tratar a Nova e a mãe dela daquela maneira. — Faz ideia de como a vida da Nova foi difícil? De que ela foi abusada pelo tio?

A boca dele se abre.

— Quem te contou isso?

— Proteger a imagem da nossa família era tão importante assim? Como você seguia com a sua vida sabendo que tinha uma filha por aí e dormia tranquilo à noite?

— Eu não sabia sobre ela. Fiquei muito tempo sem saber. — Ele esfrega a nuca. — Foi só quando ela e a Donna voltaram pra cá no ano passado que eu descobri. E só porque esbarrei nelas no centro da cidade um dia. Quando a Donna apresentou a Nova como filha, bom, eu fiz as contas. E tive essa sensação... que não consigo explicar. Eu simplesmente soube que ela era minha filha.

— Ela tem os seus olhos — digo; mais uma pista que estava na minha cara o tempo todo.

— A Donna não quis admitir no começo, mas, depois que continuei pressionando pela verdade, ela finalmente contou — relata ele. — Foi aí que eu soube de tudo que a sua mãe tinha feito pra que eu não descobrisse.

Ele me conta que ele e a mãe da Nova tiveram um caso de um ano, dezessete anos atrás. Chega a afirmar que estava muito apaixonado por Donna Albright, o que irritou a minha mãe. Diferentemente de outros casos que ele parece ter tido, que soam mais como lances de uma noite enquanto ele viajava a negócios, ele e a Donna tinham interesses em comum. Ela o fazia se sentir desejado e necessário. Não como um símbolo de status, como minha mãe fazia.

Seria difícil acreditar nisso se eu não conhecesse meu pai. Ele sempre quebrou as regras da nossa tradição sulista de classe alta. Desafiou meu avô ao não continuar na franquia de cassinos fluviais da família e, em vez disso, optou por iniciar um legado próprio com a construtora. A mãe dele queria que se casasse com Regina Barrow, mas ele foi atrás da melhor amiga dela, minha mãe, que todos julgavam ser inferior a ele. Casar-se com ela foi mostrar, mais uma vez, o dedo do meio para qualquer um que tentasse dizer quem ele deveria ser. Seu caso com a mãe da Nova deve ter sido mais uma afronta, uma vez que a minha mãe tinha ficado obcecada com ser aceita no mundo pelo qual ele nutre tanto desdém.

— Ela era uma mulher sofrida que nunca havia vivenciado o amor de verdade — diz ele, referindo-se à mãe da Nova —, e eu vi como importava pra ela o pouco que eu lhe dava, e fiquei viciado nisso... nela.

A estupidez dele me enfurece.

— Então, além de ser cúmplice de assassinato e adúltero, você tem o complexo do branco salvador? — provoco.

Li sobre o assunto ontem à noite em um dos livros que minha irmã recomendou sobre racismo estrutural. Eles têm sido a única coisa que me distrai do desastre que é a minha vida. A julgar pela expressão confusa no rosto do meu pai, eu deveria lhe enviar uma cópia para ler enquanto estiver aqui.

— Continua — digo, quando meu pai parece incerto sobre o que dizer em seguida.

— Eu deveria saber que a sua mãe se sentiria ameaçada pela Donna — prossegue ele. — Ela já tinha sido a intrusa que se agarrava a mim em desespero. Como a Donna fazia. Me fez sentir necessário e desejado. Uma pessoa diferente das debutantes certinhas com que a sua avó e todo mundo esperavam que eu ficasse.

— Como a Regina Barrow?

Depois de um segundo, ele confirma com a cabeça.

— De alguma maneira, a sua mãe descobriu sobre a Donna e eu. Talvez porque eu tenha me tornado muito ausente no nosso casamento. Ela também soube antes de mim que a Donna havia engravidado. Exigiu que ela fizesse um aborto.

"Infelizmente, a Donna não se deu conta da cobra com a qual estava lidando. A Charlotte contratou um detetive particular que descobriu o tanto que a mãe da Donna estava doente na época. A mulher lutava contra um monte de problemas de saúde: câncer, diabetes, só pra citar dois. Não tinha plano de saúde nem como pagar pelos tratamentos de que precisava pra no mínimo se manter viva. Era a situação perfeita pra sua mãe explorar, então ela aproveitou a oportunidade. Prometeu à mãe da Donna a melhor assistência médica pra prolongar sua vida, mas somente se a Donna deixasse a cidade com o nosso bebê, nunca mais voltasse e nunca me contasse."

Passo a mão pelo cabelo, deixando-o para trás por um segundo e depois o solto para que caia para a frente, emoldurando meu rosto. Era disso que minha mãe estava falando quando disse à Rachel que as mulheres devem "administrar" a infidelidade do marido. Para ela, isso incluía arruinar a vida de uma criança.

— A sua mãe fez até a Donna assinar um contrato de confidencialidade afirmando que, se ela o rompesse, teria que devolver todo o dinheiro que a sua mãe deu em segredo para as despesas médicas da mãe dela. A Donna usou a casa da mãe como garantia no contrato, então violá-lo as deixaria falidas e sem teto. Simplesmente não valia a pena pra ela contrariar a Charlotte contando à Nova e a mim quem éramos um pro outro.

— Ah, meu Deus! — exclamo, pressionando o gesso na barriga.

Outra peça do quebra-cabeça desta saga se encaixa.

— Na noite em que entrei no seu escritório pra te perguntar sobre apadrinhar a Nova... — Ergo o braço engessado quando me vem à mente a lembrança dele desmaiado na cadeira, segurando uma folha de papel. — Você estava segurando um contrato de confidencialidade. Mas guardou o papel quando me pegou tentando ler.

— Eu tinha visitado a mãe da Nova mais cedo naquele dia pra oferecer minhas condolências e implorar que ela me deixasse pagar pelo funeral da nossa filha — confessa ele.

Agora entendo por que a Donna pareceu achar graça quando mencionou que eu quase tinha esbarrado no visitante que estivera lá antes de mim.

— A Donna me contou sobre o contrato, então revirei a casa e encontrei a cópia que a sua mãe estava escondendo — continua ele. — Foi só quando você chegou em casa um dia no início do semestre, falando das suas frustrações sobre a garota negra que todos diziam ser a favorita pra eleição de rainha do baile, que a sua mãe descobriu que a Donna e a Nova tinham voltado. Ela estava prestes a ir atrás da Donna, provavelmente para confrontá-la sobre o contrato, mas eu ameacei me divorciar dela e mandá-la de volta pro parque de trailers de onde a tirei se ela fizesse algo contra as duas.

Algumas lágrimas cintilam nos olhos turquesa do meu pai. Mas elas me irritam em vez de me comoverem com o tormento pelo qual ele vinha passando.

— Você estava tentando criar uma relação com a Nova escondido? — pergunto.

— Talvez. Não sei. — Ele suspira. — A Nova se comportava como se não precisasse de mim. Não me queria por perto, considerando que eu tinha aberto mão de agir como o pai dela antes. Mas, assim que a rivalidadezinha de vocês sobre o baile começou, ela voltou a entrar em contato. Acho que pra te irritar. Ela nunca disse isso, mas voltar pra cá e ver a vida que poderia ter sido dela provavelmente a deixou ressentida com você também.

— E o fato de eu ter sido uma grande escrota com ela.

— Isso também — confirma meu pai com um sorrisinho.

— Você a apadrinhou porque se sentia culpado?

Ele faz que sim com a cabeça.

A essa altura, perdi a conta das mentiras que meus pais me contaram.

— Você sabia que ela estava grávida?

Ele balança a cabeça.

— Na época, não.

— Acho que ela queria ficar com o bebê. E que ela ia pedir a você que a ajudasse financeiramente.

Ficamos sentados em silêncio por um momento. Eu o sinto me observando enquanto olho para meu colo.

— Você fala dela como se ela fosse um objeto. Como se fosse essa *coisa*, e não a pessoa que você ajudou a trazer ao mundo. E eu a tratei como se ela fosse irrelevante. Ela tinha todo o direito de se ressentir de nós. Eu me ressinto de nós. — Levanto a cabeça para olhar meu pai nos olhos e acrescento: — Nunca tive tanta vergonha de fazer parte desta família.

CAPÍTULO TRINTA E TRÊS
DUCHESS

7 DE NOVEMBRO
16h25

— ME DESCULPA.

De início, acho que a Tinsley está falando com a Nova. Estamos de pé diante de seu túmulo. Mas Tinsley está olhando para mim quando levanto os olhos da lápide onde se lê: *"Primeira Rainha Negra da Lovett High. Que ela descanse em paz."*

— Pelo quê? — pergunto.

— Por ser tudo aquilo de que você me acusou na Jitterbug's. — Ela olha para a lápide da Nova. — Por tentar fazer você se sentir culpada pelo assassinato da Nova. Pelo que a minha mãe fez com a Nova... e com você.

Esta é a primeira vez que ela menciona o que aconteceu no hospital. Estendo a mão e toco meu pescoço. Eu também não queria falar disso, então não me incomodou que ela não o fizesse.

— Você não tem que se desculpar por ela — respondo. — Não depois do que sacrificou pra pará-la. Tá tudo bem entre a gente.

Enterramos a Nova ontem. Centenas de pessoas compareceram ao funeral. Tinsley optou por não ir. É por isso que estamos aqui hoje. Ela quis prestar as homenagens em particular, não ser uma distração na cerimônia. A presença da imprensa já era distração o suficiente. O funeral da Nova serviu como o *gran finale* para a cobertura de uma semana de seu assassinato e da prisão dos pais da Tinsley. Os veículos nacionais de notícias recolheram as coisas e foram embora da cidade ontem à noite, deixando-nos para lidarmos sozinhos com os estilhaços do estrago.

Trenton apareceu. Ele foi solto na manhã seguinte à prisão do sr. McArthur. O papai está trabalhando com o promotor em um acordo. Talvez ele tenha que cumprir apenas um tempo em liberdade condicional quando as acusações forem atenuadas. Assim como a Tinsley, ele ainda não voltou para a escola. O funeral foi a primeira vez que o vi depois de semanas. Enfio a mão no bolso da frente da calça jogger, passando os dedos pelas bordas dobradas da carta de uma página que o Trenton me pediu que entregasse à Tinsley. Agora parece o momento perfeito para fazer isso.

— Toma — digo, estendendo-a para ela.

Ela franze a testa antes de pegá-la da minha mão.

— O que é isso?

— É do Trenton.

Seu semblante fica pesado com a melancolia.

— Diz o quê?

— Lê e descobre.

Ela demora a desdobrá-la. Talvez porque as mãos estejam tremendo. Recordar minha conversa com ele ontem ainda me entristece.

— *Querida Tinsley* — lê ela em voz alta. — *O ódio faz coisas com a gente quando nos apegamos a ele por muito tempo. Pode nos transformar exatamente naquilo que aprendemos a detestar. Essa é a única maneira pela qual posso explicar o que fiz. Quando eu era criança, tudo que ouvia na minha casa era que os McArthur eram insensíveis, egoístas e sem escrúpulos. Isso me envenenou. Era só nisso que eu conseguia pensar ao olhar para o rosto sem vida da Nova naquela noite. Não porque achei que você a tivesse matado. Depois de ver aquele vídeo logo após encontrá-la no depósito, os anos de ódio que meu pai instigou em mim bateram com mais força enquanto eu estava lá, atordoado com o que encontrei. Sei que provavelmente você nunca vai me perdoar e nem espero que perdoe. Só quero que saiba que eu me odiei o suficiente por nós dois desde aquela noite. Somente uma pessoa insensível, egoísta e sem escrúpulos poderia ter feito o que fiz. O que, no final das contas, eu queria fazer com você. Aquela noite no carro da minha mãe mudou tudo. Me fez perceber como nós dois sofremos e fomos afetados pelos pecados e expectativas dos nossos pais. Foi por isso que não consegui ir adiante com o meu plano de incriminar você pelo assassinato da Nova. Mas o que diz sobre mim o fato de eu ter sequer tentado?*

Tinsley lê o resto em silêncio. Aposto que diz algumas das mesmas coisas que o Trenton me disse quando me chamou para conversar no velório. Ela enxuga uma lágrima enquanto dobra a carta e a enfia no bolso da jaqueta.

— Ele me pediu desculpas ontem — revelo.

— O que você disse a ele?

— Que preciso de tempo. Que estou magoada com o que ele fez, como tentou usar a nossa amiga. Poderia realmente ter nos impedido de descobrir a verdade. Ele disse que entendia. — As lágrimas começam a brotar nos meus olhos. Pisco algumas vezes para contê-las. — Não sei se algum dia vou conseguir olhar pra ele da mesma forma que antes.

Observar o caixão da Nova ser abaixado na terra preencheu o resto do vazio que seu assassinato deixou para trás. Agora a memória dela se assentou no meu coração. Ao lado da que carrego da minha mãe. Vai demorar um pouco até eu abrir espaço para o Trenton.

— Considerando que tocou no assunto, tenho me perguntado o que te levou a fazer aquilo — comento enquanto uma brisa roça minha bochecha. Tinsley me lança um olhar confuso.
— Entregar a sua mãe. Você poderia facilmente ter mantido em segredo. Ter protegido ela, sabe.

— Eu não suportaria viver com isso, com a ideia de permitir que ela escapasse ilesa de ter machucado outra garota. — Ela morde o lábio inferior. — Eu precisava encerrar o ciclo que o Trenton colocou com tanta precisão. Não queria acabar como *ela*. E queria fazer o certo pela Nova. E por você.

— Ainda não conversou com a sua mãe?

Tinsley coloca o cabelo atrás da orelha.

— Ainda não estou pronta. Nem sei se algum dia vou estar. Meu telefone apita. É uma mensagem da Ev.

— Ah — resmungo.

— Alguma coisa errada?

— Não. A Ev me mandou um artigo. — Tenho que estreitar os olhos para conseguir ler porque a luz do sol está escurecendo a tela do celular. — Curtis Delmont foi solto, e todas as acusações relacionadas aos assassinatos dos Holt foram retiradas.

Ontem à noite, a CNN exibiu uma reportagem sobre como os advogados dele identificaram a arma usada no tiroteio, que pertencia a Thomas Edgemont, que estava tendo um caso com Monica Holt, a esposa. Ele os matou depois que Monica se recusou a largar o marido por ele.

— Já era hora de fazerem a coisa certa — diz Tinsley.

— Bem, eles não tinham a gente pra fazer o trabalho por eles.

Tinsley contorna o monte de terra fresca para colocar o buquê de rosas brancas que ela trouxe entre as muitas flores que lotam a lápide. Ela e eu temos nos encontrado quase todos os dias desde que ela voltou do hospital. Tenho levado os trabalhos escolares para ela. Ela se tornou uma sombra da pessoa que era antes. Uma coisa boa, acho, mas triste também. Não sei como ser amiga dela. O que dizer. Ou o que fazer. Ev diz que aparecer todos os dias provavelmente é o suficiente. "Às vezes, as pessoas só querem alguém que não vai dar as costas a elas quando precisarem", ela me disse.

Ela não me critica mais por causa da Tinsley. Mas revira os olhos se falo muito sobre a garota.

— Ah, esqueci de te contar. Vão prender o professor Haywood hoje à tarde — informo.

O rosto da Tinsley se ilumina... um pouco.

— Sério?

— O que quer que você tenha dito à mãe dela funcionou. O papai falou que a senhora Thambley ligou pra delegacia pra denunciá-lo depois que ela pegou o celular da Jessica e viu todas as mensagens de texto impróprias entre eles. Acho que rolaram até algumas fotos também.

— *Eca*! Dele?

Quem diria que o assassinato de uma garota traria à tona tantos escândalos?

Tinsley anda devagar até meu lado. Ficamos em silêncio por alguns minutos. O sol aquece nossas costas.

— Eu tenho fuçado todas as publicações dela nas redes sociais — confessa ela. — Dissecando cada legenda. Analisando cada detalhe. Tentando absorver o máximo de informações possível sobre ela. Estou ficando obcecada em querer saber quem ela realmente era.

Tinsley está falando da Nova.

— É engraçado — digo. — O fato de ela se tornar a primeira rainha negra do baile me fez crer que tínhamos conquistado algo grande. Mas representação não basta. Não é a libertação que pensei que fosse ser. As regras para as eleições do baile e as cotas raciais são tudo outra forma de ativismo performático. Não resolve o problema se os mesmos sistemas opressivos permanecerem: neste caso, a oposição entre currículo escolar avançado e padrão. *Este* é o verdadeiro problema. É por isso que os adolescentes negros e os brancos não se conhecem nem são incentivados pra isso. Se a nossa escola não fosse tão segregada, faríamos mais aulas juntos. Socializaríamos mais. Não precisaríamos forçar a diversidade, aconteceria de maneira orgânica. Tentar forçar cria tensões.

— Sempre podemos derrubar o sistema — rebate Tinsley. — Acredite em mim: alguns alunos do avançado não estão lá porque têm notas boas. Eu sei como a gente poderia provar isso.

Ergo a sobrancelha, curiosa.

— A gente?

— Bem, ainda sou presidente do conselho estudantil, considerando que o conselho desistiu da rixa contra mim. Está mais do que na hora de eu usar essa posição pra realmente fazer algo impactante. — Ela se vira para mim e acrescenta: — Eu não conseguiria sozinha. Ainda tenho muito a aprender, e esse é um terreno complexo. Você é a única pessoa em quem confio. Topa unir forças novamente?

Deixo o sorriso satisfeito servir como resposta.

— Pronta pra meter o pé? — pergunto alguns minutos depois.

— Podemos ficar mais um pouco? — retruca ela. — Eu gosto do silêncio.

— Beleza.

Ela me pega desprevenida ao entrelaçar a mão na minha. Não me afasto. Aperto forte e puxo-a um pouco mais para perto. Permito-me ser dominada pela sensação de que, embora o vento esteja soprando um ar frio inquietante, talvez fiquemos bem depois de tudo que aconteceu.

AGRADECIMENTOS

As pessoas estavam certas. Publicar um livro pode ser uma montanha-russa de altos incríveis e baixos deprimentes. Por sorte, tenho um grande defensor ao meu lado: meu agente, Alec, ou como gosto de me referir a ele, "o homem mais branco e heterossexual que conheço". Alec, você prometeu continuar batendo de porta em porta até que alguma editora prestasse atenção em mim, e aqui estamos nós, com o primeiro de muitos livros juntos, tenho certeza. Eu nunca teria chegado tão longe sem você. Viu? Consegui escrever isto sem exagerar nos pontos de exclamação. Ficou orgulhoso de mim?

Krista, você fez jus a tudo que eu esperava e sonhava em uma editora. Você entendeu qual era a minha visão para este livro e me impulsionou até que ele fosse tudo o que eu queria e muito mais. Obrigado por amar a Nova, a Duchess e a Tinsley tanto quanto eu. Lydia, obrigado também, não apenas por se apaixonar por essas garotas, mas por falar sobre *The Real Housewives* quando não estávamos discutindo edições no texto. E, para o restante da equipe da Delacorte Press/Penguin

Random House: vocês ajudaram a transformar essa visão em realidade. São os melhores.

Aos meus pais: mãe, você foi minha primeira fã. Lia tudo que eu escrevia na máquina de escrever que comprou para mim de Natal quando eu estava nos anos finais do ensino fundamental. Passou anos rezando para que este meu sonho se concretizasse, e tenho certeza de que essas orações desempenharam um papel fundamental para que isso acontecesse. Pai, você diz que sou o seu herói. Bem, você é a minha rocha. Posso contar contigo quando mais preciso, e você me ama mais do que eu jamais poderia amar a mim mesmo. Espero ter deixado você orgulhoso. Espero ter deixado vocês dois orgulhosos.

Kita, eu não poderia ter uma irmã melhor. Você está sempre torcendo por mim. O sorriso que compartilhamos ilumina meu dia. Você sempre me deu muita coisa, incluindo Leah, Riley e R. J., que fazem eu me sentir o tio mais sortudo do mundo.

Adekunle, obrigado por dar vida à Nova por meio de sua ilustração poderosa e inspiradora. E obrigado, Casey, por criar uma capa com que eu nunca poderia ter sequer sonhado.

Minha gratidão a muitos amigos: G. M. B. (Koi, "Craig", Kim, Tat, Jennifer e Strozier), todos me fazem manter os pés no chão, me fazem rir e nunca param de torcer por mim. Os Jags da Southern University simplesmente são os melhores, e provamos isso todos os dias. Melody e Katara, compartilhamos muitas risadas e altos e baixos. Vocês duas me mostraram muito cedo que não há problema em viver minha verdade, porque existem pessoas no mundo como vocês que estarão ao meu lado, não importa o que aconteça. Ambas ocupam um lugar especial no meu coração por me apoiarem quando pensei que ninguém o faria. Lance e Mikey, um mundo sem dois dos meus melhores amigos é um mundo no qual não quero viver. Vocês me lembram o tempo todo de como este lugar poderia ser se todos nós realmente escutássemos e nos importássemos uns com os outros. E, Lance, um agradecimento especial por ser o meu fotógrafo pessoal. Para Kermit e Keith, vocês são Dorothy e Rose para minha Blanche... Podem brigar entre si para ver quem é a Rose (mesmo que todos nós saibamos quem é... [piscadela]).

Há também meus colegas escritores. A turma de desajustados que entendem as lutas tão difíceis de serem descritas para qualquer pessoa fora do mercado editorial. Jess, você acreditou apaixonadamente neste livro desde os primeiros momentos. Segurou minha mão durante toda a jornada. Nunca poderei recompensá-la por todas as palavras de sabedoria e pelos insights que me deu, mas vou tentar assim mesmo. Brian, meu irmão em prosa, você é tão talentoso que nem acredito que tenho a oportunidade de percorrer essa jornada contigo. Eu não poderia ter um parceiro crítico melhor. Brooke, a sua opinião sobre a versão inicial deste livro me ajudou muito a moldar a voz da Tinsley. Você é uma preciosidade, saiba disso.

Andrea, você plantou as sementes que fizeram esta história brotar. Serei eternamente grato por isso. Aos meus amigos e apoiadores da Pitch Wars e do #DVPit: vocês me ajudaram a acreditar em mim mesmo quando eu tinha dúvidas. É de fato a comunidade solidária de que todos falam.

Agradeço também a todos os professores (e foram muitos) que me incentivaram a escrever e a nunca desistir. Sou grato especialmente à minha professora do quarto ano do fundamental, a professora Fleming, que me permitiu escrever minha primeira peça para a escola como parte da campanha "Diga Não às Drogas" e então escalou meus amigos para encená-la na frente da turma. Os aplausos que recebi dos meus colegas foi o que deu início à minha obsessão por entreter as pessoas por meio das histórias criadas pela minha imaginação. E, para minha família e amigos, que são muitos para listar, este menino negro agradece do fundo do coração por todo o apoio.

Toni Morrison disse que deveríamos escrever uma história que desejamos ler, então foi o que fiz. Mas ainda há muitas outras que quero compartilhar. E talvez, quem sabe, a Duchess e a Tinsley apareçam novamente em algumas delas. ;)

Este livro foi composto na tipografia Calisto MT,
em corpo 11/16, e impresso em
papel off-white no Sistema Cameron da
Divisão Gráfica da Distribuidora Record.